De hitte van de hel

Van dezelfde auteur

De doden hebben geen verhaal

Bezoek onze internetsite www.awbruna.nl voor informatie over onze boeken, volg @AWBruna op Twitter of bezoek onze Facebook-pagina Facebook.com/AWBrunaUitgevers.

Gard Sveen

De hitte van de hel

A.W. Bruna Uitgevers

Oorspronkelijke titel
Helvete åpent
© 2015 Gard Sveen
First published by Vigmostad & Bjørke, Norway
Published by arrangement with Nordin Agency AB, Sweden
Vertaling
Carla Joustra en Kim Snoeijing, via het Scandinavisch Vertaal- en Informatiebureau Nederland (SVIN)
Omslagbeeld
© Andreas Overland/Trevillion Images
Omslagontwerp
Riesenkind
© 2016 A.W. Bruna Uitgevers, Amsterdam

ISBN 978 94 005 0729 6
NUR 305

Het citaat op pagina 165 komt uit 'Only the Lonely' van The Motels.

Dit boek is gedrukt op papier dat het keurmerk van de Forest Stewardship Council (FSC®) mag dragen. Bij dit papier is het zeker dat de productie niet tot bosvernietiging heeft geleid. Een flink deel van de grondstof is afkomstig uit bossen en plantages die worden beheerd volgens de regels van FSC. Van het andere deel van de grondstof is vastgesteld dat hiervoor geen houtkap in de laatste resten waardevol bos heeft plaatsgevonden. Daarom mag dit papier het FSC Mix label dragen. Voor dit boek is het FSC-gecertificeerde Munkenprint gebruikt. Dit papier is 100% chloor- en zwavelvrij gebleekt en wordt geleverd door Arctic Paper Munkedals AB, Zweden.

Behoudens de in of krachtens de Auteurswet van 1912 gestelde uitzonderingen mag niets uit deze uitgave worden verveelvoudigd, opgeslagen in een geautomatiseerd gegevensbestand, of openbaar gemaakt, in enige vorm of op enige wijze, hetzij elektronisch, mechanisch, door fotokopieën, opnamen of enige andere manier, zonder voorafgaande schriftelijke toestemming van de uitgever. Voor zover het maken van reprografische verveelvoudigingen uit deze uitgave is toegestaan op grond van artikel 16 h Auteurswet 1912 dient men de daarvoor wettelijk verschuldigde vergoedingen te voldoen aan Stichting Reprorecht (Postbus 3060, 2130 KB Hoofddorp, www.reprorecht.nl). Voor het overnemen van gedeelte(n) uit deze uitgave in bloemlezingen, readers en andere compilatiewerken (artikel 16 Auteurswet 1912) kan men zich wenden tot de Stichting PRO (Stichting Publicatie- en Reproductierechten Organisatie, Postbus 3060, 2130 KB Hoofddorp, www.cedar.nl/pro).

Maar wees om mij niet bevreesd, mijn vriend,
want ik heb de hel open al zien liggen.

1988

1

Een verlosser is ons geboren, dacht Tommy Bergmann.

Hij wierp een blik op een huis dat dicht bij de weg lag. Achter het middelste raam brandde licht, een eenzame kerststster van messing straalde de winterse duisternis in.

Een paar meter bij het huis vandaan stond een gestalte in donkere kleding, zijn rug gebogen; hij leek de auto nauwelijks op te merken. Tommy's collega, de oude Kåre Gjervan, afkomstig uit de provincie Noord-Trøndelag, zette de wagen stil en de versnelling in zijn vrij. De man aan de kant van de weg bewoog zijn hoofd langzaam in hun richting. Ze keken naar elkaar, de mannen in de patrouillewagen en de in het donker geklede man. De voorruit zat vol natte sneeuw. Gjervan zette opnieuw de ruitenwissers aan. De gestalte aan de kant van de weg staarde roerloos voor zich uit naar de sneeuw, zelfs zijn hond stond als bevroren en keek naar de twee lichtkegels van de koplampen, naar de sneeuw die op de grond spatte, alsof de wereld niets anders dan een sneeuwbal was en er geen kwaad bestond. Zelfs jaren later fantaseerde Tommy er nog over dat hij juist toen, tijdens dat korte moment, het portier had geopend en de andere kant op was gerend, terug naar de stad, dat hij had gerend tot hij volkomen buiten adem was.

Kåre Gjervan vloekte zacht bij zichzelf, net zoals hij bij het benzinestation in Mortensrud had gedaan toen Tommy de politieradio greep na een oproep van de centrale. Hun dienst zou nog maar een klein uur duren, maar Tommy verveelde zich, hij wachtte niet tot een andere wagen zich zou melden. Tommy was niet als de oude Gjervan; hij was drie-entwintig, wilde actie als hij aan het werk was en niet alleen zijn tijd uitzitten. Gjervan kon bijna niet wachten tot hij weer thuis was bij zijn vrouw en kinderen.

Gjervan sloeg een paar keer op de versnellingspook, zijn trouwring liet een metaalachtig geluid horen.

'Laat die oude man en hond instappen,' zei hij.

Op het moment dat Tommy het portier opende, kwam de man in beweging.

Ze reden een aantal minuten door de duisternis tot er geen huizen meer stonden en er alleen nog een dicht, donker bos was. Na een tijdje eindigde de voor auto's begaanbare weg door het bos en loste op in wat Tommy als niets beschouwde, één groot niets, alsof ze het eind van alles hadden bereikt. Slechts de koplampen die de sparren beschenen, lieten zien dat er buiten de auto nog een andere wereld bestond. De natte hond, een onschuldige labrador, hield zijn kop schuin toen Tommy zich omdraaide. De snuit zat nog vol donker bloed. De man op de achterbank zat stil door de voorruit te turen.

'Wat deed je daar in het bos?' vroeg Tommy zacht.

De man gaf geen antwoord.

Kåre Gjervan stelde het achteruitkijkspiegeltje bij en keek naar de man die de centrale vanuit een van de huizen aan de hoofdweg had gebeld.

'Ik zeg jullie...' zei de man.

Hij wachtte even en daarna sloot hij zijn ogen.

'Dit is het werk van de duivel.'

2

Hoewel de Maglite een fel licht verspreidde, leek om hen heen alles zwart. Tommy Bergmann dacht even dat er zo diep in het bos geen kleuren waren; zelfs midden op de dag als het hoogzomer was zou de zon hier niet kunnen doordringen, de sparren stonden hutjemutje op elkaar. Kåre Gjervan zette zijn ene voet nauwgezet voor de andere, maar hield een regelmatig tempo aan. De man die had gebeld liep al een heel eind voor hen, de hond trok hem mee alsof hij aan een hondenslee zat. Tommy raakte een paar meter achterop en pakte zijn Maglite nog steviger vast, tot het fijne wafelpatroon een afdruk in zijn handpalm achterliet. Onder zijn voeten sopte het, ijskoud water was door zijn laarzen heen gedrongen, een zwakke geur van rotte aarde steeg rond hem op. Hij liep zo snel hij kon om Gjervan in te halen. Toen hij bijna bij hem was, hoorde hij verderop in het bos een stem.

'Hier!' riep de man met de hond. Hij leek het beest maar met moeite in bedwang te kunnen houden. Tommy probeerde zo min mogelijk te denken.

'O, help me,' fluisterde hij maar een minuut later bij zichzelf. 'Lieve God, help me alsjeblieft.' De twee mannen voor hem waren een stukje verderop blijven staan, bij een groep sparren. Kåre Gjervan bewoog zijn Maglite langzaam, hield hem schuin en wachtte een paar tellen, alsof hij moed wilde verzamelen. Tommy stopte een paar meter achter hem op het smalle pad. De hond moest worden tegengehouden. Gjervan boog zich langzaam naar voren en verwijderde iets wat op takken en sparrennaalden leek. Hij kwam snel weer overeind en zette wankelend een paar stappen naar achteren. Zijn Maglite viel op de grond. Tommy pakte die van hemzelf steviger vast en liep de laatste passen naar de twee andere mannen.

Zelfs in het witte licht van de zaklantaarn, en hoewel ze daar al dagenlang lag, was ze gemakkelijk van het opsporingsbericht te herkennen. Kristiane Thorstensen lag in twee aan elkaar getapete afvalzakken die iemand met takken en mos had proberen toe te dekken. De hond had het bovenste deel opengetrokken en haar hoofd lag bloot. Op een paar plaatsen waren de zakken gescheurd; de vogels moesten aan haar hebben gepikt. Toch leek haar gezicht onaangeroerd, ze had blauwe vlekken, maar zag er beter uit dan Tommy had gevreesd. Gjervan boog zich naar voren en raakte voorzichtig het hangertje aan van het doopsieraad dat ze om haar hals droeg. Tommy sloot zijn ogen en probeerde zichzelf ervan te overtuigen dat ze een snelle dood was gestorven.

Toen de technisch rechercheurs verschenen en de afvalzakken opzijtrokken, verdween alle hoop op een snelle dood.

Ze was zo verminkt dat hij dacht dat er niets anders dan verdorvenheid op de wereld bestond.

Het lukte hem niet zijn blik van het linkerdeel van haar borst af te wenden.

Hij hoorde een van de technici 'trofeejager' mompelen en zacht een doodvonnis uitspreken over de man die dit had gedaan. Daarna voelde hij nog slechts Kåre Gjervans arm op zijn rug. Toen werd alles zwart.

3

In stilte reden ze via de Enebakkveien terug naar de stad. Kåre Gjervan stopte bij de Shell in Mortensrud en parkeerde de auto op dezelfde plek als eerder op de avond, in het donker aan de korte kant van het gebouw. Hij pakte de politieradio en riep de centrale op. Rustig zei hij alleen 'het adres' en wachtte tot de man op de centrale begreep wat hij bedoelde. Net als elke andere avond waren er meer dan genoeg journalisten die naar de politieradio luisterden, maar dit was nu precies iets wat de oude Gjervan hun niet cadeau wilde geven. Vervolgens vroeg hij naar de naam van de dominee van de kerk in Oppsal en verzocht de centrale hem te bellen. Waarom deed je dat nou? dacht Tommy; nu was het gebeurd, nu, terwijl zij hier zaten, was de eerste troep journalistenhyena's al onderweg naar de wijk Godlia.

Hij bestudeerde Gjervan, die iets opschreef. Zijn handen waren zo beheerst alsof hij op zondagavond thuis kerstkaarten zat te schrijven. Het was of Tommy's borst in elkaar werd gedrukt. Hij was drieëntwintig jaar en had tot deze avond nog nooit een dode gezien, laat staan iemand die vermoord was. En nu, dacht hij. Nu zou hij de ouders ontmoeten die hun kind hadden verloren.

'Wil je iets eten?' vroeg Gjervan en hij opende het portier.

Tommy schudde zijn hoofd.

'Je moet eten.'

Hij schudde opnieuw zijn hoofd en zat met gesloten ogen, terwijl hij probeerde zijn ademhaling onder controle te krijgen.

Ze bleken deze eerste zondag van de advent genoegen te moeten nemen met de vicaris van Oppsal. Hij had geen auto en ze pikten hem op in de woonwijk Abildsø, waar hij een appartement in een souterrain huurde. De man was niet veel ouder dan Tommy en onderweg naar de Skøyenbrynet in Godlia probeerde hij over Kristiane te praten, vroeg op zachte toon of ze inderdaad op de middelbare school Vetlandsåsen zat en handbalde, alsof ze nog in leven was.

'Het is niet gemakkelijk om in God te geloven,' zei de vicaris nauwelijks hoorbaar. 'Wanneer zoiets...' Het was alsof hij geen woorden meer had. Tommy wenste dat ze nooit bij het adres zouden aankomen, toen de auto de Skøyenbrynet op draaide. Gjervan stopte voor het roodgeverfde huis van de familie Thorstensen; het drong tot Tommy door – en die gedachte joeg hem angst aan – dat ze de familie niets anders te bieden hadden dan dit, drie mensen in een Volvo-patrouillewagen, meer was er niet, alleen hijzelf, nog maar net van de Politieacademie, een lijkbleke vicaris die spijt leek te hebben van zijn geloof in God, en de oude Kåre Gjervan. Als die er niet was geweest, hadden ze niemand gehad om steun bij te zoeken.

Tommy meende een gezicht achter het keukenraam te ontwaren toen ze langs de kale heg liepen. Het huis zag er bijna verlaten uit, alleen de buitenlamp brandde. Een ogenblik dacht hij eraan dat hij zich op minder dan een kilometer van de woonblokken bevond waar hij zelf was opgegroeid en toch was dit een andere wereld, een wereld van welstand die hijzelf waarschijnlijk nooit zou ervaren. Een wereld die over enkele seconden nooit meer dezelfde zou worden, die aan diggelen zou worden geslagen met één druk op de deurbel.

Toen ze op het stoepje stonden, kon hij niet nalaten naar het naambordje te staren. Het was een keramieken bordje dat een van de kinderen, misschien wel Kristiane, op het kinderdagverblijf had gemaakt. Grote, geglazuurde blauwe letters: HIER WONEN ALEXANDER EN KRISTIANE, PER-ERIK EN ELISABETH THORSTENSEN. Nu moesten ze dat weghalen. Kristiane zou nooit meer thuiskomen, ze zou nooit meer op dit stoepje staan en het bordje kinderachtig vinden.

Door het raam zag hij een adventskandelaar op de keukentafel staan. Er brandde één kaars. Tommy vond het in eerste instantie absurd om een adventskaars aan te steken als je dochter vermist werd. Maar wat wist hij ervan? Misschien was het gewoon een manier om zich aan het normale leven vast te klampen, aan de hoop dat ze nog leefde. Het doffe geluid van de deur naar het tochthalletje was buiten te horen. Tommy slikte moeizaam, zijn hartslag veranderde, hij keek in de ogen van de vicaris. In het licht van de buitenlamp boven de voordeur zag hij er zo mogelijk nog bleker uit dan hij eerder al deed.

Alle drie zetten ze een stap naar achteren toen de deur opening en er een man verscheen. Kåre Gjervan schraapte zijn keel. De man keek naar de drie op het stoepje.

'Per-Erik Thorstensen?' zei Kåre Gjervan rustig.

De man knikte nauwelijks waarneembaar.

Gjervan kuchte nog een keer.

'Ja?' zei Per-Erik Thorstensen met gebroken stem. Zijn ogen stonden al vol tranen, alsof het zien van de uniformen en de groene anorak van de vicaris hem alles vertelde wat hij moest weten. Toch zat er nog een zweem van hoop in zijn stem. Dat de drie mannen voor zijn huis met goed nieuws kwamen, dat er deze eerste zondag van de advent een wonder was geschied.

Achter Per-Erik Thorstensen hoorden ze voorzichtige voetstappen. Een vrouw kwam de trap af. Ze bleef in de gang staan met haar handen tegen haar gezicht.

'Het spijt me,' zei Kåre Gjervan.

Er ging een rilling door Tommy heen toen de vrouw begon te gillen. Het was alsof ze nooit meer zou stoppen.

Hij kon slechts vijf woorden uit de hysterische geluiden opmaken: 'Het is allemaal mijn schuld.'

Ze bleef het herhalen.

Het is allemaal mijn schuld.

Haar man zette wankelend een paar stappen naar achteren.

Zonder zich om te draaien, zei hij: 'Elisabeth, Elisabeth.'

Ze gilde steeds harder en ten slotte leek het fysiek onmogelijk dat ze dat kon volhouden. Per-Erik Thorstensen zocht steun tegen de wand in de gang, hij trok een aantal fotolijsten mee die op de ladekast stonden. Het geluid van rinkelend glas mengde zich met de kreten van Elisabeth Thorstensen. Kåre Gjervan stapte vlug op Per-Erik Thorstensen af en pakte hem bij zijn schouders.

Tommy wisselde een snelle blik met de vicaris. Een paar tellen keken ze elkaar aan, tot Tommy plotseling merkte dat het stil was geworden. Er was niets meer te horen, behalve een zwak, wanhopig huilen van Per-Erik Thorstensen, die zijn hoofd tegen het uniformjasje van Kåre Gjervan had gelegd. Tommy liep de gang in. Gjervan knikte in de richting van de keuken die aan zijn linkerkant lag.

Tommy haastte zich over het grote Perzische tapijt. Het geluid van keukenattributen die op de grond vielen, werd steeds luider. Hij bleef in de deuropening staan. De adventskaars flakkerde. Een kerstster lag op een keukenstoel, klaar om opgehangen te worden.

Elisabeth Thorstensen knielde. Ze tilde haar hoofd op en keek apathisch naar Tommy. Even kon hij zich niet bewegen. Hij bestudeerde haar gelaatstrekken en meende vrijwel zeker te weten dat hij haar al eens eerder had gezien. Lang geleden. Er dook een beeld op zijn netvlies op. Een paar tellen lang zag hij het duidelijk voor zich. Ze was jong, stond in een langgerekte gang, strekte haar hand naar hem uit.

Hij rukte zich uit zijn gedachten los.

'Doe dat niet,' zei hij en hij maakte een hoofdbeweging naar haar rechterhand.

Ze drukte het grote koksmes harder tegen haar pols. Hij zag het bloed al sijpelen, maar ook dat ze de polsslagader nog niet helemaal had doorgesneden.

Voorzichtig zette hij een stap naderbij. De grenen vloer kraakte onder zijn laarzen.

'Raak me niet aan,' zei ze zacht. 'Raak me niet aan, smerig varken.'

Zonder enig geluid te maken trok ze uit alle macht het koksmes dwars over haar pols. Tommy bedacht nog dat het maar goed was dat ze niet langs haar pezen in het vlees sneed. Die waren wel kapot, maar het bloed stroomde alleen maar, het pompte er nog niet uit. Hij ging op zijn hurken voor haar zitten, maar niet snel genoeg, ze had zich nog een keer kunnen snijden. Snel pakte hij haar rechterpols stevig vast, die hing slap, ze leek geen kracht meer te hebben, haar vingers lieten het mes meteen los. Tommy gooide het weg.

Hij drukte zijn grote hand ferm tegen haar magere pols, een chaos van witte sneden en zwart, warm bloed dat zich onmiddellijk tussen zijn vingers door perste.

Haar hoofd zakte tegen zijn leren uniformjas. Ze drukte zich tegen zijn hals, hij legde zijn vrije linkerarm over haar rug, probeerde Kåre Gjervan te roepen, maar niet te luid. Die moest de situatie al hebben begrepen, ergens achter zich hoorde Tommy hem korte bevelen geven, hij hoorde de woorden 'ambulance, Skøyenbrynet'.

Hij drukte zijn hand nog steviger om haar pols en liet zijn blik over het aanrecht glijden. Een keukendoek lag een meter bij hem vandaan. Hij probeerde overeind te komen, maar Elisabeth Thorstensen hield hem tegen. Hij liet haar pols los; hij moest de doek als kompres aanbrengen. Ze bracht haar rechterhand naar zijn gezicht, ze was zo bleek dat het leek alsof ze elk moment kon flauwvallen.

'Mijn kind,' zei ze. 'Ik zal mijn kind nooit meer zien.'

Deel 1
November 2004

In een poging zijn mobiel te pakken, stootte hij tegen de wekker die vervolgens op de grond viel. De stem van Leif Monsen, de chef van dienst bij de recherche, vulde zijn gehoorgang. Als medemens was de dikke Noor uit het zuiden van het land niet degene in wie Tommy Bergmann het grootste vertrouwen had. Hij was kinderachtig, een overtuigde racist en stond politiek gezien ruimschoots rechts van Dzjengis Khan. Als het echter om het beschrijven van plaatsen delict ging, was Monsen de man om naar te luisteren. Niemand in actieve dienst had er meer gezien dan hij. En wanneer hij zei dat een plaats delict verschrikkelijk was, dan was er geen reden om daaraan te twijfelen.

Tommy hoorde de woorden ducttape en mes, hamer en bloed, maar ze drongen nauwelijks tot hem door, alsof ze geen werkelijkheid waren. Pas de volgende woorden schudden hem echt wakker.

'Ik snap waarachtig niet hoe het kan, maar het moet om dezelfde man gaan,' zei Monsen. Zijn stem klonk een ogenblik wanhopig. 'Ik heb een auto naar je toe gestuurd.'

Net toen Tommy de verbinding had verbroken, hoorde hij het geluid van een dieselmotor, een auto die krachtig remde, daarna scheen er een blauw zwaailicht door zijn slaapkamerraam.

Het zwaailicht bescheen de wanden in de Svartdalstunnel, de chauffeur drukte snel de knop voor de sirene op de middenconsole in, een auto aan het eind van de tunnel reed midden op de weg.

'Dus jij bent Tommy Bergmann,' zei de jonge agent op de passagiersstoel. Tommy bromde iets terug. Dit was niet het moment om een gesprek te beginnen. Bovendien wist hij voor het eerst van zijn leven niet zeker waar het groentje op doelde, tot hoe diep in het systeem de geruchten de ronde deden.

Verder kon hij niet denken, want de auto stopte al voor het trappenhuis aan de Frognerveien. Twee patrouillewagens en een ziekenauto blokkeerden de straat. Het flitsende zwaailicht van de drie wagens cirkelde over de gevel van het appartementencomplex. Een agent stond bij de deur, zijn oren leken al bevroren, sinds gisteravond was de temperatuur aanzienlijk gedaald.

De stem van Monsen klonk in Tommy's oren toen hij de trap op liep: *Het is hier verschrikkelijk, Tommy.*

Tommy probeerde zo weinig mogelijk te denken aan wat hij in het appartement te zien zou krijgen, hij hield zijn blik gericht op het dieprode tapijt dat als een slang over de treden kroop.

Het was alsof de metaalachtige geur van bloed door de openstaande deur naar buiten was getrokken. Een andere agent stond op de overloop. Hij leek elk moment te kunnen gaan overgeven.

In het appartement kwam Leif Monsen hem tegemoet. Het was een appartement als alle andere aan de westkant van de stad. Drie kamers achter elkaar, witgeverfde wanden, een dienstbodekamer achter de keuken. Hij vermoedde dat het in werkelijkheid een doorgangshuis voor exclusieve hoeren was.

'Ze leeft nog,' fluisterde Monsen. IJverig herhaalde hij zijn woorden: 'Ze lééft nog.'

Monsen kon verder niets uitbrengen. Dat gebeurde niet vaak.

'Wie heeft dit gemeld?'

'Dat weten we niet. Ongeregistreerde prepaidkaart. Een man belde en zei dat een vrouw, of meisje, vermoord in dit appartement was gevonden. Hij dacht waarschijnlijk dat ze dood was. Shit, de beller kan de smeerlap die dit heeft gedaan wel hebben gezien.'

Die verdomde technologie, dacht Tommy en hij keek nu pas op zijn horloge. Het was halfvijf in de ochtend. Vanuit het trappenhuis hoorde hij gestamp. Er kwam nog een team van de ambulancedienst, ze haastten zich door de hal en duwden Tommy en Leif Monsen bijna omver. Daarna verscheen Georg Abrahamsen met een collega van de technische recherche op sleeptouw, en ten slotte Fredrik Reuter, die na het beklimmen van de trappen op het randje van een hartinfarct leek te verkeren.

Georg Abrahamsen baande zich met zijn camera een weg de slaapkamer in.

De vier anderen, Tommy, Leif Monsen, Fredrik Reuter en Abrahamsens collega van de technische recherche, van wie Tommy zich de naam nooit kon herinneren, bleven zwijgend in de donkere hal staan. Nog geen minuut later werd Georg Abrahamsen de slaapkamer uit gewerkt, er ontstond een korte woordenwisseling, Reuter greep in om er een eind aan te maken.

'Ik moet weten hoe ze ligt,' zei Abrahamsen. Een forse kerel van de ambulancedienst duwde hem de hal in.

'Ze proberen haar leven te redden, als dat ook maar enige betekenis voor jou heeft, Georg.' Fredrik Reuter leek weer op adem te zijn gekomen. Georg Abrahamsen klemde zijn camera niet meer zo stevig vast.

Reuter bleef met de beide mannen achter en wist het geschil kennelijk in der minne te schikken. Abrahamsen bleef in elk geval in de slaapkamer.

Tommy liep een minuut of vijf door het appartement, gehuld in overschoenen en haarnetje. Hij begon in de keuken, die er gloednieuw uitzag. De bescheiden inhoud van de kasten bevestigde zijn eerste indruk dat het appartement voor heel andere zaken werd gebruikt dan om in te wonen. Een paar borden en glazen op een hoge voet, wijnglazen, champagne in de koelkast. Niets eetbaars. Het aanrecht was opgeruimd, misschien had de dader spullen meegenomen die naar hem konden leiden, maar dat leek niet erg waarschijnlijk. Hij keek door het keukenraam naar de binnenplaats. Bij de ingang en achter een paar ramen brandde licht. De gordijnen in de slaapkamer waren vermoedelijk dicht geweest, vast ook een verduisterend rolgordijn of zoiets. Een paar seconden lang leek alles in de wereld volkomen hopeloos. Alsof dit de laatste winter zou zijn, dat de mensheid er deze keer niet in zou slagen een nieuwe zomer tegemoet te gaan.

Hij schudde zijn hoofd om zichzelf. Fredrik Reuter kwam de kamer binnen met twee agenten en Halgeir Sørvaag. Reuter hield een stapel formulieren vast.

'Buurtonderzoek,' zei hij.

Vanuit de hal kwamen nieuwe geluiden. Een brancard werd over een drempel gereden. Snel verliet Tommy de keuken; door het aangrenzende vertrek liep hij de hal in.

Hij keek naar de tengere vrouw, nee, naar het tengere meisje, met een zuurstofmasker over haar mond. De deken die ze over haar heen hadden gelegd, was al doordrenkt met bloed. Om haar polsen zaten resten ducttape. Haar ogen waren strak omhooggericht, alsof ze al dood was. Een stuk of vijf ambulancebroeders en een arts liepen met de brancard mee, een van hen hield een zak met bloed vast, een ander hield de naald in de gaten die in haar onderarm was aangebracht. God wist hoe ze er onder de deken uitzag.

Tommy voelde een rilling over zijn rug lopen; zijn hele lijf beefde een moment ongecontroleerd. Bij het zien van het meisje had hij het gevoel dat dit zijn schuld was. Dat hij in dit korte tijdsbestek schuld had aan alles wat er met deze meisjes was gebeurd.

Iedereen in het appartement leek te zijn bevroren vanaf het moment dat het ambulancepersoneel het appartement verliet tot er vanuit het trappenhuis niets meer te horen was en de commando's van en naar de nooddienst afgelopen waren.

De stilte duurde niet lang.

Een van de buren op een verdieping lager begon als een gek te schreeuwen. Waarschijnlijk had ze de brancard gezien die de trap af werd gedragen, de bloedtransfusie, het jonge, witte poppengezicht.

Net als Kristiane, dacht Tommy.

'Ik moet de foto's bekijken,' zei hij tegen Georg Abrahamsen. Hij klikte op de digitale camera tot ze op de display verschenen. Hoe jong was ze? Een van de jongsten die in de stad seks verkochten. Tommy voelde een bijna onbeheersbare razernij bovenkomen. Als – nee, wanneer – hij de man te pakken kreeg die dit had gedaan, en de mannen die dit meisje het land in hadden gebracht – want Noors was ze niet, dat meende hij heel zeker te weten – zou hij eigenhandig het leven uit hen slaan.

Ze moest met haar polsen vastgebonden aan het hoofdbord van het bed hebben gelegen, zo zag het eruit, de tape over haar mond was verwijderd en hing slap langs haar wang. Hoe ze er verder uitzag, dat zou hem later vele weken kosten om te verdringen.

'Die klootzak,' riep hij uit. Hij liep een rondje door de kamer en moest een paar keer diep ademhalen. Hij was in staat om met gebalde vuist tegen de wand te slaan, de openslaande deuren met zijn voorhoofd te versplinteren en alles omver te schoppen wat er in de witgeverfde kamer stond, stoelen, eettafel, een tv, een boekenkast.

Als laatste volgde hij de anderen de slaapkamer in, alsof de situatie voor hem gevaarlijker was dan voor hen.

Een groot tweepersoonsbed stond midden in het vertrek.

Er zaten inderdaad overal grijze taperesten op het smeedijzeren frame.

'De agent die hier het eerst was en ik hebben de tape verwijderd,' zei Monsen. Onder het witte haarnetje waren een paar verdrietige ogen te zien.

Halgeir Sørvaag stelde nergens in het leven vragen bij, en misschien was hij daarom de man tot wie iedereen zich moest wenden. Zonder te aarzelen, zonder de situatie ook maar even in zich op te nemen, zat hij op handen en voeten, al bezig de kamer grondig te onderzoeken. Tommy keek om zich heen. Hij kreeg de indruk dat de dader, die er deze keer niet in was geslaagd een moord te plegen, verrast was. Hij wist niet hoe, maar zo moest het zijn gegaan. Monsen had vast gelijk, iemand had de dader gestoord.

'Wat zei de beller?' Hij probeerde Monsens blik te vangen.

'Daarvoor moet je naar de bandopname luisteren, maar het was geloof ik niet veel.'

'Ik denk dat hij gestoord werd,' zei Tommy. 'Iemand die hier niet had moeten zijn, kwam het appartement binnen. Misschien heeft de beller de moordenaar gezien.'

'Ze leeft nog,' zei Reuter, 'en ik hoop godverdomme dat dat kind het overleeft. Dan pakken we hem, zij kan hem vermoedelijk identificeren.'

'Amen,' zei Monsen. Zijn ogen schitterden even, alsof hij hetzelfde dacht als Tommy. Alleen het Oude Testament kon in deze zaak voor gerechtigheid zorgen.

Tommy liet de slaapkamer aan Abrahamsen en Sørvaag over, hij kon het niet opbrengen er nog langer te blijven. En als daar iets te vinden was, dan zouden zij dat wel doen.

Hij nam Fredrik Reuter mee naar het aangrenzende vertrek.

'Het is dezelfde man,' zei Tommy tegen Reuter. 'Hij moet op een of ander moment zijn getriggerd door alles wat er over de Kristiane-zaak in de krant heeft gestaan. Die meisjes werden toch op deze manier vermoord? Dat heb je mij toch altijd verteld? Jij was immers bij het onderzoek betrokken.'

'Maar die man zou Anders Rask zijn,' zei Fredrik Reuter. 'En hij zit opgesloten in de psychiatrische inrichting Ringvoll.'

1

Het verkeer dat de Majorstukruising naderde leek voorgoed te zijn vastgelopen. Een eindeloze rij auto's in beide richtingen op de Kirkeveien. De bus van lijn 20 probeerde zich tussen de massieve rij te wurmen, maar slaagde er niet in bij de halte voor McDonald's weg te komen.

Een dun laagje sneeuw daalde over de stad neer, hoewel november nog maar net was begonnen. Tommy Bergmann vermoedde dat het een lange winter zou worden.

'Zou het niet heerlijk zijn als ik zei dat je iets de schuld kon geven?' zei de stem achter hem.

Tommy antwoordde niet. Hij zat zwijgend op de vensterbank op de tweede verdieping van het Majorstuhuis. De afgelopen maanden had hij veel gepraat. Vandaag had hij daar geen zin in. De dag was al beroerd genoeg geweest.

'Een vader die je nooit hebt ontmoet? Die theoretisch gezien gewelddadig kan zijn geweest? Een moeder die jou systematisch een schuldgevoel aanpraatte en je bestrafte als je je gevoelens toonde?' Viggo Osvold probeerde te focussen, hoewel hij behoorlijk loenste.

'De oorzaken zijn één ding. Daar kun je niets aan veranderen. Het probleem is: hoe kun je ermee leven? En hoe kan iemand anders er later mee leven dat jij ermee leeft?'

'Hege heeft me nooit zien huilen. Heb ik dat verteld? Niet echt zien huilen.'

'Je wilde gewoon nog een kans? Bedoel je dat?'

'Ja.'

'Waarom had ze je die moeten geven? Had je eigenlijk zelf iemand willen hebben die jou keer op keer een kans had gegeven? Na tien jaar?'

'Elf. Maar nee. Het antwoord is nee.'

Viggo Osvold ademde krachtig door zijn neus uit. Hij zette zijn bril af en schudde bijna onmerkbaar zijn hoofd, alsof Tommy de afgelopen maanden nog geen centimeter verder was gekomen. Misschien dacht hij diep vanbinnen dat weinig anders dan medicijnen zou helpen.

Tommy had nog geen goed antwoord kunnen geven op de vraag: *Wat voel je behalve je agressie? Voel je je klein, bang, afgewezen, gekwetst, eenzaam, trots, verdrietig?*

'Alles,' had hij geantwoord. 'Een kind. Ik ben gewoon weer een kind.'

Osvold kwam altijd weer op dat misbruik terug, dat eeuwige misbruik. Slaag, verkrachting, incest en moord zijn, als het erop aankomt, hetzelfde. *Alle misbruik van vrouwen gaat om macht. Voelde jij macht toen je haar sloeg? Of onmacht?*

'Ik weet het niet.' Een beter antwoord had Tommy niet. Osvold had geknikt, even zijn wenkbrauwen opgetrokken en een soort grimas getrokken, een voorzichtige, meelevende glimlach. Hij was niet bereid geweest Tommy een tentatieve diagnose te geven, zelfs niet na directe en herhaalde vragen. Tommy wist het zelf heel goed en Osvold had hem ongetwijfeld doorzien: een diagnose zou Tommy hebben verteld dat hij ziek was, wat zijn geweten zou kunnen sussen. Ik ben ziek en daarom sla ik.

'Je functioneert,' zei Osvold altijd, 'daarom wil ik je geen diagnose geven. Misschien later, we zullen zien.'

Tommy haalde vijf briefjes van tweehonderd kronen tevoorschijn.

Viggo Osvold pakte zijn gouden zakhorloge dat op de salontafel voor hem lag, tussen de doos Kleenex en een orchidee die zijn beste dagen had gehad.

'Ik moet gaan,' zei Tommy en hij pakte de *Aftenposten* van het bureau. Hij liet Osvold de voorpagina zien.

De psychiater sloot Tommy's dossier. Zijn leven, zijn slechtheid. Over een kwartier was een andere idioot aan de beurt. Een ander die zo het pad kwijt was dat hij of zij dat gedurende het leven nauwelijks weer op orde kon brengen.

Hij had met de rest van de mensen op het hoofdbureau moeten zijn, maar Reuter vond dat de therapieafspraken belangrijker waren. Op dit moment kon hij verder toch niets doen, dus hij was bijna gedwongen geweest drie kwartier bij Osvold op de bank door te brengen. Het eerste bedrijf was van de technici, zei Reuter altijd. Alles was tegenovergesteld aan het theater. De moord eerst, daarna de technici. Dan kon het tweede bedrijf beginnen. Het laatste bedrijf was niet meer dan een ondramatische samenvoeging van tragedies die met elkaar verwikkeld waren.

Zoals zijn eigen leven.

Hege had aan het begin van de herfst aangifte tegen hem gedaan wegens mishandeling. Haar nieuwe man had haar daartoe aangezet. Strafbepaling drie tot zes jaar.

Vreemd genoeg voelde het als een opluchting. Hij wilde voor geen goud achter de tralies zitten of dat iemand anders te weten zou komen wat hij had gedaan, maar toen de aangifte er eenmaal was, voelde het als uit de kast komen. Iets in hem wilde dat ze haar kracht zou laten zien. Dat Hege zou zeggen: ik breek je als ik dat wil.

Osvold vond dat positief. Zeer positief, had hij gewaagd te zeggen. Het probleem waren de *trigger points*. Tommy kon ze maar moeilijk onder woorden brengen. Zijn daden. Bij de gevoelens waren ze nog niet aanbeland. Dat was wellicht niet zo erg, hij wist niet of hij die nog wel had.

Hege trok haar aangifte in toen hij zich bereid verklaarde in therapie te gaan. Op het hoofdbureau waren alleen Reuter en het hoofd personeelszaken ervan op de hoogte. Toch wist hij zeker dat het was uitgelekt. Niet naar iedereen, maar naar een paar centrale beslissingsnemers, die elke verdere stap in zijn carrière efficiënt zouden tegenhouden als hij niet braaf deed wat ze wilden. Voorlopig stond hij op de wachtlijst voor Alternatief voor Geweld, waar mannen zoals hij thuishoorden, een gemeenschap van mannen die vrouwen halfdood slaan. Misschien zou hij ook doorgaan bij Osvold. Het was raar, maar hij mocht die loensende kerel wel.

'Eén misstap en je vliegt de laan uit,' had Reuter tegen hem gezegd. 'Dan word je zelfs geen juut met een gaspistool op je heup. En als Hege je toch een proces aan de broek doet, krijg je drie jaar. Je hebt het immers toegegeven. We hadden een procedure tegen je kunnen aanspannen. We hadden een procedure tegen je móéten aanspannen. Als je achter de tralies belandt, is het afgelopen, dat weet je toch? Daarbinnen zullen ze je volkomen tot moes slaan, Tommy. Ze trappen alle botten in je lijf kapot. Nu ik erover nadenk... dat had ikzelf moeten doen.'

2

Hij ging te voet naar de Frognerveien. De lange rij uitlaatgassen spuwende auto's loste langzaam maar zeker op.

Bij het appartementencomplex was het normale leven bezig zich een weg terug te banen. De nacht verscheen een paar tellen op zijn netvlies, de blauwe zwaailichten, de agenten, de sprekende blikken van degenen die het zwaargewonde meisje hadden gezien.

Nu was alles weg. De ambulances, de patrouillewagens, de afzetlinten bij de voordeur.

Twee technisch rechercheurs waren binnen nog bezig.

Hij klopte op de deur en trok even later een stel overschoenen aan.

In de slaapkamer was het bed nu zwart. Hoeveel bloed had ze verloren?

Hoe vaak had hij haar met het mes gestoken? Haar geslagen met de hamer, die nog op de vloer lag? Maar geen enkele vingerafdruk, de man moest handschoenen hebben gedragen, waarschijnlijk van latex. Het mes was verdwenen; ze namen aan dat het van middelgroot formaat was, het blad zo'n elf tot twaalf centimeter. Alleen al de gedachte dat er een dergelijk mes in je lichaam werd gestoken, deed hem fysiek pijn. Het meisje was zodanig gestoken dat ze vermoedden dat ze niet aan de steekwonden zou overlijden, maar aan het bloedverlies. Toch had de dader voldoende vitale organen geraakt. Dat was in dat kleine lichaam onvermijdelijk.

Zijn ogen gingen naar het bedframe. Resten van ducttape.

Ze had met tape aan het bed vastgebonden gelegen toen Monsen en de eerste patrouille verschenen. Over haar mond zat nog meer tape.

Dat was de modus, dacht hij. Het meeste klopte. Fredrik Reuter, die in de jaren tachtig als gewone rechercheur had gewerkt, had in de loop van de dag bijna tegenstribbelend moeten toegeven dat de moordpoging min of meer identiek leek aan de werkwijze bij de zes moorden waarvoor Anders Rask in de jaren negentig was veroordeeld. Het ziekenhuisverslag wees erop dat de jonge prostituee dezelfde methodische steek- en slagwonden had als de zes andere meisjes. Het feit dat hij werd gestoord, was er wellicht de oorzaak van dat hij nog niet met het verzamelen van al weer een trofee was begonnen, het verwijderen van lichaamsdelen, alsof hij een zelfbenoemde Aztekenpriester was. Was het hem wel gelukt, dan was er geen twijfel meer geweest. Anderzijds zou het meisje dan niet meer leven.

Het eerste meisje, in Tønsberg in 1978, had geen pink meer aan haar linkerhand gehad, van de rest van de meisjes ontbrak telkens een van de andere vingers, het zesde en laatste had geen rechterduim meer. Vervolgens had Rask besloten hun vrouwelijkheid weg te snijden op een manier waaraan Tommy zo weinig mogelijk probeerde te denken.

De enige zekerheid die ze hadden was dat Anders Rask niet achter deze moordpoging kon zitten. Hij zat opgesloten in het psychiatrisch ziekenhuis Ringvoll en probeerde zelfs zijn zaak heropend te krijgen. Net zo zeker was het dat degene die het meisje had geprobeerd te vermoorden wel op de hoogte moest zijn van de methoden die Rask had toegepast bij de zes moorden die hij had bekend en waarvoor hij was veroordeeld. De rechterlijke uitspraak, en daarmee de details van de moorden, was namelijk nooit openbaar gemaakt, uit respect voor de nabestaanden van de slachtoffers, hoewel nagenoeg iedere rechercheur en misdaadverslaggever in Oslo wist op welke wijze de moorden waren gepleegd. Ze hadden te maken met een copycat, een Rask-bewonderaar, een van degenen die de details van de oude moorden kende. Maar het kon ook zo zijn dat Rask onschuldig veroordeeld was, dat een ander de moorden had gepleegd en nu opnieuw had geprobeerd dat te doen. Of misschien had de politie in Oslo met een nog grotere nachtmerrie te maken: Anders Rask onderhield contact met een onbekende dader buiten de inrichtingsmuren, een dader die precies zo opereerde als Rask had gedaan.

Tommy kon er niet langer blijven. Het enige wat hem op de been hield was dat het weerloze meisje het gezicht moest hebben gezien van de man die had geprobeerd haar van het leven te beroven, als hij dat tenminste niet bedekt had.

3

Tommy liep terug naar de voordeur. Die was open geweest toen ze aankwamen.

Hij bleef op de overloop staan en probeerde de nacht voor zichzelf te reconstrueren. De dader had waarschijnlijk beneden aangebeld. Misschien had hij het meisje bij Porte des Senses ontmoet, of waarschijnlijker: had hij op een internetadvertentie gereageerd. Als ze er maar achter konden komen wie dat tengere meisje was, dan zouden ze bezig zijn met iets wat aan een degelijk onderzoek deed denken. Maar er was geen pc of mobiele telefoon in het appartement, geen adressenboekje, niet eens een velletje papier.

Langzaam liep hij de trappen af, tot aan de twee witgeverfde houten deuren in de poort naar de Frognerveien. De bel werkte uitstekend. Het appartement was eigendom van een Noors bedrijf, dat weer van een Estische onderneming was. De bestuursvoorzitter van het Noorse bedrijf was een Noorse zakenman, Jon H. Magnussen. Hij woonde 183 dagen per jaar op Cyprus en er was alleen contact met hem te krijgen via zijn advocaat, die naar verluidt niets van het appartement wist.

Hij bestudeerde de resten van de koolstof die nog op de bel zaten. Hij snapte niet waarom ze een poging hadden ondernomen.

Hij heeft hier gestaan, dacht Tommy. Met een tas of een koffer, misschien met een rugzak. Ergens moest hij zijn werktuigen hebben verborgen, het mes, de hamer, de ducttape.

De man voor wie ze deze ochtend een opsporingsbericht hadden doen uitgaan, die in de Cort Adelers gate liep, weg van Porte des Senses, in de richting van de Drammensveien, droeg daarentegen geen tas, koffer of rugzak. Misschien woonde hij in de buurt. Misschien was hij het helemaal niet.

Tommy duwde de poort open en liep nog een keer de trappen naar de vierde verdieping omhoog. Wat dacht iemand die op die manier een trap op liep, met een mes, een hamer en een rol stevige tape?

Tommy herinnerde zich de half hysterische stem van de beller. Een jonge man, dacht hij. Haar pooier, of een loopjongen die haar geld moest ophalen voor de grote jongens. Midden in de nacht was die jongeman opgedoken, misschien verdiende hij er zelf nog wat aan door seks met haar te hebben, in de hoerenbranche was het ene varken vaak nog erger dan het andere. Wie de beller ook was geweest, hij was onaangekondigd naar het appartement gekomen. De deur moest open hebben gestaan of de betrokkene moest een eigen sleutel hebben.

De vermoedelijk jonge man moest de schok van zijn leven hebben gekregen toen hij binnentrad. Wat hij daar had gezien, daar durfde Tommy niet te lang aan te denken.

Maar hij had de man kunnen zien die het meisje probeerde te vermoorden. Dat moest wel. Tommy had de geluidsopname van de nooddienst die ochtend minstens tien keer beluisterd. *Schiet op. Jullie moeten opschieten. Ze gaat dood. Ze gaat dood!*

Het gesprek was geregistreerd om 3.47 uur en afkomstig van een telefoon met een ongeregistreerde prepaidkaart, wat misschien betekende dat de beller tot het milieu rond het meisje behoorde. Hij had geen accent, het ging niet om een Oost-Europeaan.

Het gesprek leverde Tommy niet veel op om verder mee aan de slag te gaan, maar het kon wel betekenen dat er twee mensen waren die de dader hadden gezien. De een, de beller, konden ze niet beschermen als hij zich niet meldde. Hij had het appartement natuurlijk als de wiedeweerga verlaten. Er liep een bloedspoor in de hal, wat kon betekenen dat de dader hem met het mes of de hamer achterna had gezeten.

Het meisje leefde echter nog, zij was nu hun gouden kans.

Op de overloop van de derde verdieping bleef hij staan. Het jonge paar dat daar woonde, was al ondervraagd. Ze hadden die nacht niets gehoord. Misschien niet zo raar omdat de mond van het meisje dichtgetapet was. Ook ontkenden ze ten stelligste dat ze wisten wat voor activiteiten boven hun hoofden plaatsvonden. Toch had hij het gevoel dat de jonge, pasgetrouwde vrouw, moeder van een klein kind, hem meer te vertellen had.

Hij besloot aan te bellen.

Voordat hij op de bel kon drukken, ging zijn mobiel. Halgeir Sørvaag wist te vertellen dat hij het Rijkshospitaal onmiddellijk zou verlaten als Tommy het niet van hem kwam overnemen. Hij was te oud om voor niets te werken, zei hij.

Tommy liep snel naar beneden. Hij moest nog een keer met het stel praten, maar dat moest dan morgen maar.

Als het meisje in het ziekenhuis wakker werd, moest een van hen daar zijn. Het was de enige kans die ze zouden krijgen.

4

Ze werd wakker doordat iemand haar riep. De kamer zei haar niets. Ze had opnieuw over haar gedroomd. Dat ze aan de Skøyenbrynet de trap naar boven nam. Door de donkere hal, de half gesmoorde geluiden waren nauwelijks te horen. Die twee in haar bed. De gil.
Waar ben je, mama?
Ik ben hier, Kristiane. Zo ver weg, zoals ik altijd ben geweest.
De gebruikelijke teleurstelling overviel haar. Het was Peters stem vanuit de keuken.
'Mama?'
'Ik lig te rusten,' fluisterde ze. Ze had niet de kracht om te roepen. Even later verscheen hij in de deuropening. Hij ging de kamer binnen en deed het leeslampje aan.
'Waarom lig je in het kantoor?'
'Haal een glas water voor me,' zei ze. 'Wil je dat doen?'
Zonder iets te zeggen draaide hij zich om en deed de deur dicht. Ze wist dat hij allang had begrepen dat ze niet meer liefde te geven had. Hij was haar gaan verafschuwen, om iets wat hij niet onder woorden kon brengen.
Haar hoofd dreigde van haar lichaam te vallen toen ze overeind kwam. Ze had nu wel een paar tabletten valium kunnen innemen, maar wilde wachten. Het zwakke licht van de leeslamp drong tot in haar schedel, naar haar ruggenmerg en door naar haar onderrug.
Haar hand beefde toen ze het *Dagbladet* van het bureau pakte. In de taxi vanaf het SAS-hotel had ze naar het nieuws geluisterd. Toen ze thuiskwam, stuurde ze Rose op pad om alle kranten te kopen. Met tegenzin had ze de halve dag internetkranten zitten lezen.
De politie wenste in contact te komen met deze man, stond er. Een onscherpe foto van een man in een zwarte jas die via de Cort Adelers gate in de richting van de Drammensveien liep. Zijn gezicht ging schuil achter een baseballcap. NY Yankees.
De foto was om 1.59 uur gemaakt.
Ze wist dat hij naar dergelijke clubs ging. Die gedachte wond haar vaak

op. En dan die cap, zo eentje droeg hij altijd in het vakantiehuis. Soms in de stad.

Wanneer was hij bij het SAS-hotel aangekomen?

Ze kon het zich nauwelijks herinneren. Ze was pas om negen uur terug geweest. Rose zei dat Peter niet naar haar had gevraagd. Rose had hem zoals altijd gewekt, ontbijt gemaakt, een lunchpakket bereid. Heel af en toe bracht Elisabeth Thorstensen hem zelf naar school, als het slecht weer was. Of wanneer ze zich een normale moeder wilde voelen. Normaal? Normale moeders dachten niet zo over hun twaalfjarige zoon: ik heb jou gekregen om te vergeten.

En nu haat ik je.

'Hou je mond,' zei ze bij zichzelf. Ze hoorde Rose en Peter in de keuken met elkaar praten. Ze lachte om iets wat hij zei, op een manier waardoor je kon denken dat ze een beetje onder de indruk van hem was. Een dertigjarige Filipijnse huishoudster, gecharmeerd van een twaalfjarige jongen. Er waren dagen dat Elisabeth niet zeker wist of Asgeir de vader was. Peter leek op Alex. Het ene ongeluk afgelost door een ander.

Op een dag ban ik je uit mijn leven, dacht ze.

Echt uit mijn leven.

Meteen daarna vulden haar ogen zich met tranen.

Niet bitter worden, dat was haar toch verteld? Bitterheid zal je alleen maar de afgrond in leiden.

Zou dat zo erg zijn?

Gewoon loslaten.

5

Toen Tommy Bergmann eindelijk bij het Rijkshospitaal aankwam, lag er al een paar centimeter sneeuw. Achter het stuur van de taxi had een Deen gezeten die nog nooit sneeuw in november had meegemaakt, ook al kwam hij uit Hjørring in het noorden van Jutland. Welkom in Noorwegen, had Tommy gezegd. De man had zo langzaam gereden dat de jonge prostituee tijdens zijn rit naar het ziekenhuis wel had kunnen overlijden. Maar een lift met een politiewagen was uitgesloten. Slechts een stuk of tien mensen op het hoofdbureau wisten in welk ziekenhuis het meisje lag, en dat was volgens Tommy al te veel.

Het zachte geluid van John Coltranes 'A Love Supreme' stierf weg toen Tommy het portier dichtsmeet. Hij keek de rode achterlichten van de Mercedes na tot ze verdwenen in de sneeuwjacht die er in het licht van de straatlantaarns aan de Ringveien ziekelijk geel uitzag.

Hij bedacht dat het een wonder Gods was dat de ambulancebroeders en de spoedarts haar die nacht in leven hadden kunnen houden. In het persbericht had gestaan dat ze naar 'een ziekenhuis in het oosten van het land' was gebracht. Nu had ze negen uur onafgebroken op de operatietafel gelegen en Tommy had gebeden tot een god in wie hij niet meer geloofde dat ze heel gauw weer zou kunnen praten.

Het moest een bedoeling hebben dat ze het er levend van af had gebracht.

Hij veroorloofde zich twee sigaretten voor de ingang, niet wetend hoe lang hij daarbinnen zou blijven.

Er was niemand bij de receptie toen de glazen schuifdeuren achter hem sloten. Ook zat er niemand achter de balie. Vanuit de wachtpost daarachter was gedempt gelach te horen. Witte lamellen belemmerden het zicht naar binnen en, nam hij aan, het zicht naar buiten. Hij draaide in het rond en bekeek het plafond en de wanden. De enige zichtbare camera's waren de twee boven de schuifdeuren. Die dekten elk hun eigen sector bij de receptie, maar zodra je in een van de lange gangen naar rechts of naar links verdween, was je buiten het bereik van de lenzen.

Misschien dat daar een monitor was die de bewegingen bij de receptie registreerde, maar dat zou dan ook alles zijn.

Er waren meer dan genoeg verhalen over junks die door de gangen van ziekenhuizen doolden, op jacht naar morfine en wat ze verder maar te pakken konden krijgen. Dat ze daar niet beter over hadden nagedacht als het om het jonge meisje ging, kon Tommy niet begrijpen. Er was maar één onbetrouwbare werknemer nodig of de waarheid over de verblijfplaats van het meisje kon op de voorpagina van een krant staan. Dan waren een bewaker in de receptie en een politieman voor haar deur niet voldoende.

'Hallo,' riep hij in de richting van de wachtpost. Het gelach hield op.

Een jong meisje keek om de hoek van de deur. Een moment lang leek ze zich te schamen, maar de beginnende blos op haar wangen was al snel weer verdwenen. Achter haar verscheen een bewaker.

Ze kreeg een serieuze uitdrukking op haar gezicht. Even meende Tommy dat zowel de verpleegkundige als de bewaker, die duidelijk op wacht had moeten staan, dacht dat hij de man was naar wie iedereen op zoek was. Dat hij was gekomen om het meisje te vermoorden.

'Is dit jullie manier van opletten?' zei Tommy.

'Heus, we letten echt wel goed op,' zei de bewaker. Hij liep om de balie heen en begon aan zijn ronde door de receptie.

Jullie verdoen sowieso je tijd, dacht Tommy, maar hij zei niets.

Snel nam hij de grote receptie in zich op en keek naar de kleine, gedrongen bewaker die naar de toegangsdeuren liep. Als de moordenaar van deze meisjes hiernaartoe komt, ben jij ook dood, dacht hij.

6

Hij volgde de lange gang rechtdoor, zoals de verpleegkundige bij de receptie had gezegd. In plaats van met de lift naar de tweede verdieping te gaan, nam hij de trap. Halverwege overviel hem een slecht gevoel. Hij leunde over de balustrade en keek naar beneden, recht het souterrain in, waar de ziekenbroeders patiënten van de ene afdeling naar de andere brachten, en vooral overledenen naar de koelruimte, en waar de pathologen, met de zegen van het Openbaar Ministerie, moordslachtoffers bijna ontleedden, alsof ze nog niet genoeg te lijden hadden gehad.

Tommy stond een hele tijd naar het souterrain te kijken, door de smalle rechthoekige opening. Hoeveel minuten was hij nu al in het Rijkshospitaal? En hij was nog maar twee mensen tegengekomen – de verpleegkundige en de bewaker. En welke andere ingangen had het ziekenhuis nog meer?

De hele opzet was toch levensgevaarlijk?

De moordenaar wist dat het meisje zo ernstig gewond was dat de politie amper het risico zou nemen haar verder weg te brengen dan nodig was. En als hij het ziekenhuissysteem kende, dan wist hij dat het Rijkshospitaal de aannemelijkste plek was om een ernstig gewond meisje met een onbekende identiteit naartoe te brengen.

Tommy had geprobeerd Reuter ervan te overtuigen dat het Rijkshospitaal te vanzelfsprekend was, dat ze haar beter naar Fredrikstad of Tønsberg konden verplaatsen, maar hij had voor dovemansoren gesproken. De inzet van meer mensen was ook volstrekt niet aan de orde. De kas was leeg en Reuter kon niet toveren.

Het voelde alsof van beneden een koude wind opsteeg die een geur van dood met zich meebracht, precies als de stank die een politieman tegemoet sloeg wanneer hij een appartement binnendrong waar een moordslachtoffer al een paar dagen te lang lag, verrot vlees, een zoetige ijzerlucht, ontlasting en urine.

Naast hem ging een deur open en dicht, maar toen hij zich omdraaide, was er niemand te zien.

Opnieuw ging verderop in de gang een deur open. Een mannelijke verpleegkundige kwam tevoorschijn. Hij liep op Tommy toe en stak zijn hand uit.

'Kristian,' zei hij, maar Tommy kreeg zijn naam nauwelijks mee en hij dacht niet dat hij die van hemzelf noemde.

Een paar tellen maalde een vrouwenstem door zijn hoofd. Eerst kon hij die niet plaatsen. Daarna werd het hem duidelijk.

Het is allemaal mijn schuld!

Zoveel jaar geleden.

De deuren naar de intensive care gingen automatisch open. De wanden waren asgrauw, alsof ze te veel verdriet en dood hadden gezien.

'Ze ligt achteraan,' zei Kristian.

'Juist,' zei Tommy. Hij had de gewapende agent die achter in de gang voor een deur zat, allang gezien. Halgeir Sørvaag stond voor hem een of ander betoog te houden.

Tommy mocht Sørvaag niet, maar hij was een bekwame kerel, dat moest hij toegeven. Hij was degene die een luciferdoosje van Porte des Senses aan de Frognerveien had gevonden. De gangster Milovic, die de tent runde, was amnestie toegezegd door hoofdofficier van justitie Finneland als hij tot samenwerking bereid was en hun de naam van het meisje gaf. Waarschijnlijk was ze een van zijn meisjes, in een container het land in gebracht en ongetwijfeld niet ouder dan veertien jaar. Dat kon Finneland echter geen barst schelen. Hij wilde de man te pakken krijgen die de moorden had gepleegd waarvoor Rask was veroordeeld. Hij was ervan overtuigd dat het om dezelfde persoon ging. Tommy was daar niet zo zeker van.

Hij groette de mannen en toonde zijn legitimatie aan de agent, een forse man van bureau Majorstua.

Halgeir Sørvaag vertrok, slechts een paar woorden mompelend.

'Je moet klaar zijn om te schieten,' zei hij grinnikend tegen de agent.

Idioot, dacht Tommy. Maar hij had onmiskenbaar een punt. Als je de gevaarlijkste man van het land tegen het lijf liep, kreeg je maar één kans om te vuren.

'Hier ligt ze dus,' zei verpleegkundige Kristian, alsof Tommy dat nog niet had begrepen.

Tommy legde zijn handen als een scherm om zijn gezicht en keek door het draadglas. De kamer was in duisternis gehuld, met uitzondering van een zwak licht aan de wand tegenover het meisje. Hoe oud zou ze zijn? Veertien, vijftien. Misschien nog maar dertien, wat wist hij ervan.

'Ik wil naar haar toe,' zei hij tegen niemand in het bijzonder.

'Ik denk dat...'

'Je hebt gehoord wat ik zei.' Tommy draaide zich om naar Kristian en drukte zijn wijsvinger tegen diens borst. De agent kwam voorzichtig overeind.

'En jij gaat zitten,' zei Tommy tegen hem. 'Op mij hoef je niet te passen.'

'Maar...'

'Haal de dienstdoende arts erbij, Kristian. Anders moet ik maar eens wat rond gaan bellen, begrijp je? En dan kan ik niet garanderen dat je hier nog ergens werk krijgt.'

Een minuut later kwam Kristian terug met een arts, een vrouw van ongeveer Tommy's leeftijd, misschien was ze de veertig al gepasseerd. Hij meende haar te herkennen, van een eerdere zaak, maar welke dat was kon hij zich niet herinneren.

'Ik wil graag naar haar toe.'

De blik van de vrouwelijke arts gleed langs hem heen, naar de kamer met het meisje.

'Ze is erg zwak. Mogelijk gaan we haar kunstmatig in coma brengen, maar dat weet je wellicht. Dat overwegen we continu, maar het afgelopen uur ging het wat beter.'

Twee verpleegkundigen verschenen in de deuropening van de wachtpost.

'Is er niemand binnen?'

'We registreren de kleinste beweging, Bergmann.' De arts keek hem weer recht in de ogen.

'Ook of ze praat?'

Ze knikte.

'Heeft ze dat al gedaan?'

'Ja. Een beetje, onsamenhangend. De politieman die hier vandaag was, kon er niets uit opmaken. En, ik herhaal het nog maar een keer, ze is heel erg zwak. In feite zweeft ze tussen leven en dood. Ze heeft erg veel bloed verloren, hoewel ze nu...'

'Er moet daar de hele tijd iemand zitten.' Tommy had geen tijd om naar de arts te luisteren. Die idioot Sørvaag is naar huis gegaan omdat hij zijn overuren niet betaald krijgt, dacht Tommy, en iemand krijgt pas mee dat ze iets zegt als het te laat is. In deze situatie is elk woord belangrijk. Hij zou alles voor een piepklein beetje informatie overhebben. Hij pakte een dictafoon en hield die voor haar omhoog.

'Het wordt deze of ik.'

Nadat het hem een paar minuten had gekost haar te overreden, gaf ze eindelijk toe. Vanwege infectiegevaar moest hij zich in overschoenen, een haarnetje, een mondkapje en dezelfde groene jas als de dokter hullen. De arts liet onomwonden weten dat ze haar niet kwijt wilde raken als gevolg van een niet-gedouchte, zeurende politieman. Zo zwak als ze was, kon zelfs de kleinste infectie haar het leven kosten.

In de wachtpost bekeek Tommy zichzelf in de spiegel. De kamer rook steriel en de aankondiging naast de spiegel van een loterij waarbij een fles wijn te winnen was, leek volkomen misplaatst. Hij bedacht opeens dat dit de dagelijkse gang van zaken voor Hege was, dat zij elke dag zo stond. Dat hij misschien nooit over haar heen zou komen.

Hij trok het netje over zijn haar en boog zich naar de spiegel. De kringen rond zijn ogen leken eindeloos in het felle licht. Hij pakte het mondkapje en dacht dat het meisje vast van shock zou sterven als ze wakker werd en hij het eerste was wat ze zag. Even voelde hij paniek opkomen bij de gedachte dat hij een paar uur bij haar moest zitten, in de hoop dat ze bij bewustzijn zou komen en iets doorslaggevends zou zeggen.

Als dat tot welke gerechtigheid dan ook kon leiden, was het de moeite waard.

De arts bracht hem zwijgend het kleine stukje naar de andere kant van de gang. Tommy wisselde enkele woorden met de agent. Het was een potig heerschap, maar opnieuw bedacht Tommy dat niets de dader zou tegenhouden als hij het meisje eenmaal had gevonden.

Hij werd de kamer binnengebracht. De tengere gestalte lag in een groot ziekenhuisbed aan de linkerkant. Nog nooit had hij zoiets gezien. Hoeveel slangen waren er op haar aangesloten? Hij probeerde te tellen, maar werd er bijna duizelig van. Over haar mond zat een zuurstofmasker, de flexibele slang was aan de zuurstoftoevoer gekoppeld die van de wand naar het bed liep. Het ecg-apparaat lichtte groen op. Hij keek naar de cijfers en diagrammen. Het leek allemaal onwerkelijk, alsof alles van de wereld was afgezonderd, in een gesloten universum, en daar middenin lag dit meisje tussen leven en dood. Het was alsof het een scène uit een sciencefictionfilm was die hij een paar jaar geleden had gezien, maar hij kon niet op de titel komen. Daarin lagen halfdode meisjes in een soort comateuze toestand en konden moorden voorzien die nog niet waren gepleegd.

Zo voelde hij zichzelf ook. Dat hij alles kon voorzien wat er zou gebeuren. Hij wist waarom was geprobeerd het meisje om het leven te brengen. En hij wist dat hij als enige de man kon vinden die dat had gedaan. Omdat Rask nog opgesloten zat en omdat die drie weken geleden een interview aan het *Dagbladet* had gegeven, waarin hij zei dat hij Kristiane misschien toch niet had vermoord. De vijf anderen, had hij gezegd, maar niet Kristiane. Misschien niet.

Toen de arts was vertrokken, zakte hij bijna op de stoel naast het bed in elkaar. Hij bestudeerde haar gezicht. In het zwakke licht waren haar licht Slavische trekken, die hem ervan overtuigden dat ze uit Oost-Europa kwam, uitgewist. Een moment lang wist hij zeker dat ze het meisje in zijn dromen was, het meisje met het poppengezicht. Haar huid was wit, kleurloos, bijna doorzichtig.

Ze bewoog haar hoofd.

Tommy deinsde achteruit.

Haar oogappels onder de iele oogleden schoten heen en weer. Haar mond ging een klein eindje open, snel keek hij naar het ecg aan de andere kant van het bed. Haar hartslag was toegenomen, haar bloeddruk ook.

Opeens was het voorbij, net zo snel als het was begonnen. Meer bewegingen kwamen er niet, de hartslag daalde, ze ademde moeizaam uit en viel terug in wat een stille, droomloze werveling leek, opgelost in morfine.

De deur naast hem ging open. De arts wierp een lange schaduw over de vloer. Ze keek een tijdje naar Tommy en het meisje, waarna ze naar het ecg-apparaat liep. Ze hield haar hoofd schuin, drukte op een knop en even later verscheen er een afschrift uit een printer naast het apparaat.

'Heeft ze niets gezegd?' vroeg ze aan Tommy.

Hij schudde zijn hoofd.

'De afgelopen uren is ze vaker op deze manier even wakker geweest, ja, eerder vandaag zelfs een minuutje, maar het was onmogelijk contact met haar te krijgen.'

Dat is de reden dat ik hier zit, dacht Tommy, maar hij zei niets, hij knikte alleen even.

De arts liep naar het meisje, boog zich naar haar toe en legde behoedzaam een hand op haar voorhoofd. Hij keek naar de bewegingen van de lange vingers, de brede trouwring aan haar ringvinger, toen ze het meisje voorzichtig over het blonde haar streek.

'Ze is niet veel ouder dan mijn middelste dochter.' De arts glimlachte verdrietig naar hem, alsof er verder niets kon worden gedaan dan het halfdode meisje over het haar te strelen en tot hogere machten te bidden dat ze dit zou overleven.

'Je ziet eruit alsof je zelf ook wel wat slaap kunt gebruiken,' zei ze en ze tikte hem licht op zijn schouder. Een hele tijd nadat ze was vertrokken, voelde hij nog steeds haar warmte.

Hij kreeg de nagenoeg onweerstaanbare aandrang de hand van het meisje te pakken en die vast te houden. Hij voelde zijn ogen vochtig worden, drong de tranen terug en bedacht dat hij een sentimentele dwaas was. Hij sloot zijn ogen en raakte de kleine hand voorzichtig aan, zodat hij niet tegen de naald stootte.

Na een halfuur merkte hij hoe zijn ademhaling het ritme van die van het meisje volgde.

Uiteindelijk, na een uur of twee, viel hij op zijn stoel in slaap. De arts maakte hem wakker; ze zat op haar hurken voor hem en hield hem bij zijn schouders vast.

'We zoeken een kamer voor je,' zei ze.

Hij herinnerde zich nauwelijks waar hij naartoe was gebracht toen hij op een lege tweepersoonskamer in een bed stapte. Het laatste wat hij zag waren witte, smeltende sneeuwvlokken tegen het raam die strepen op het glas achterlieten.

7

De muziek van het eerste bedrijf van *Het zwanenmeer* maakte hem altijd zo verdomde sentimenteel. Het was alsof Tsjaikovski precies wist op welke knoppen hij moest drukken. Eerst de melodramatische scène, daarna de twee walsen die hem deden denken aan een tijd die nooit terug zou keren, toen zijn dochters klein waren en op balletles zaten, de kerstvoorstellingen, voordat hij tot chef-arts en hoofd van de kliniek was benoemd. Voordat de waanzin zijn broodwinning werd.

Arne Furuberget pakte de afstandsbediening en zette de muziek uit. Zijn benen hadden zo lang op het tafelblad gelegen dat het bloed uit zijn voeten was getrokken. Met moeite kreeg hij ze weer op de vloer.

Zijn benen trilden een hele tijd en deden pijn, tot het bloed terugkeerde. Hij vroeg zich af hoe het was om in een dwangbuis wakker te worden.

Arne Furuberget liep rondjes door het bijna volledig donkere kantoor, alleen de groene bibliotheeklamp gaf aan dat er zo laat op de avond nog iemand was. Hij ademde diep in en probeerde nog een keer het schuldgevoel van zich af te schudden, een zekere professionele distantie tot zijn eigen gevoelsleven op te bouwen. Hij liep naar de cd-speler en zette de Russische muziek weer aan. Daarna schonk hij zich een glas pure wodka in en ging bij het raam staan dat uitkeek op het Mjøsameer. Hij dronk het in één teug leeg en vertelde zichzelf dat er hier nooit een alcoholcontrole werd gehouden. Tussen de sneeuwbuien door zag hij niets anders dan een paar lichten op de binnenplaats van de kliniek. Voor de rest was het buiten pikdonker.

Ergens boven hem klonk een zwakke kreet, iemand anders zou dat niet hebben gehoord, maar hij had een apart zintuig voor deze haast supersonische uitbarstingen van de patiënten ontwikkeld. Het waren zijn patiënten, toch? Hij wist bijna feilloos wie van hen op welk moment dan ook waarop zou reageren.

Puur uit intuïtie belde hij de dienstdoende verpleegster.

'Ben je nog aan het werk?' vroeg ze.

Hij gaf geen antwoord.

'Wat vind je ervan de dosis te verhogen?'

Hij vroeg graag naar de mening van het voetvolk. Daardoor voelden ze zich belangrijker dan ze waren. Nee, dacht hij. Ze waren echt belangrijk. Misschien wel belangrijker dan hijzelf. Zij waren degenen die vierentwintig uur per dag strijd leverden. Niet hij. Hij ging meestal om vier uur naar huis. De volgende ochtend las hij de rapporten en journaals, kreeg een paar patiënten voor therapie, controleerde het vakinhoudelijke traject dat de verschillende teams in hun werk volgden.

Deze plek vol waanzin zou hem heus wel overleven.

De verpleger vertelde wat Furuberget al wist, dat het om Johansen ging, de boekhouder uit Kirkenær, op de verdieping boven hem. Hij leed aan een toenemende psychose, de avonden waren erger dan de ochtenden. Iets met wolven die hem wilden ombrengen, hij leefde in een soort parallel universum.

Ze kwamen overeen dat de dosis Trilafon die Johansen al kreeg, voldoende was. Furuberget wist best dat een hogere dosis hem geen kwaad zou doen, maar wachtte af. Johansen was cognitieve therapie al zo ver voorbij als maar kon. Misschien na kerst, als de machten hen bijstonden.

'Na de kerst,' mompelde Furuberget, waarna hij mismoedig om zijn eigen pessimisme glimlachte. Hij had het alleen al zo vaak gezien. Wanneer een patiënt eenmaal dusdanig in zijn eigen hoofd was verdwaald als bij Johansen het geval was, bestond er vrijwel nooit een weg terug.

Hij keek op de wandklok. Het werd al laat en even had hij spijt dat hij naar zijn werk was teruggegaan. Hij had het ziekenhuis op de gebruikelijke tijd verlaten, had de korte rit naar het centrum van Skreia afgelegd en met zijn vrouw gegeten. Terwijl zij haar middagdutje deed, was hij plotseling teruggekeerd naar Ringvoll.

Het gevoel een onherstelbare fout te hebben gemaakt, liet hem maar niet los. Arne Furuberget besefte heel goed dat hij Anders Rask had aangemoedigd om herziening van het vonnis in de Kristiane-zaak aan te vragen. Tijdens een van de therapiesessies had Rask de verlossende woorden gesproken, net zo onverwachts als hij de moorden vele jaren geleden had bekend. *Ik heb Kristiane niet vermoord.*

En nu was er weer geprobeerd een meisje om te brengen. Op dezelfde manier. De modus operandi was hem bevestigd door zijn oude collega, Rune Flatanger van de Landelijke Recherche. Het enige wat ontbrak was dat de rechterpink van het meisje was afgehakt, maar zover was de dader vermoedelijk niet gekomen. Furuberget en Flatanger waren het jarenlang over de meeste zaken oneens geweest, maar Flatanger had hem wel de informatie verstrekt die hij nodig had. Het kringetje was zo klein dat ze elkaar wel moesten helpen, vooral als het om Anders Rask ging.

De gedachte, of beter gezegd het onderbuikgevoel, was onvermijdelijk: als Furuberget de indirecte smeekbede van Rask eerder dat jaar om hulp bij heropening van de zaak had afgewezen, zou het meisje op de Frognerveien niet levensgevaarlijk gewond zijn geraakt.

Slechts één gedachte was nog erger. Die had hem die avond laten terugkeren. Had Rask hem toch volkomen in de maling genomen? En nog erger: had Rask contact met iemand van buiten? Iemand die hem hielp om te voltooien waarmee hij in 1978 was begonnen?

Hij logde in op de afdelingsdossiers en maakte een print van Anders Rasks correspondentie van het afgelopen jaar.

Arne Furuberget las persoonlijk alle brieven die naar de dertig patiënten op de gesloten afdeling werden gestuurd, met het oog op hun eigen mentale toestand en met het oog op de samenleving waarnaar ze misschien ooit terug zouden keren. Een doodenkele keer stuurde hij de brief niet naar de patiënt door. De afschuwelijkste geweldplegers en moordenaars, de een nog erger psychotisch en schizofreen dan de ander, kregen wekelijks post toegestuurd van mensen die hen haatten en hen met de dood bedreigden, of van vrouwen die van alles en nog wat voor hen wilden doen.

De vrouwen vermeldden zowel hun adres als hun telefoonnummer. Voor een groot aantal geplaatsten kon dat een te grote verleiding, of dwang zo men wilde, worden als ze vrijkwamen. De bewonderaarsters ondertekenden misschien hun eigen doodvonnis zonder dat te weten. Anderzijds zou het grootste deel van de patiënten op de gesloten afdeling nooit de gelegenheid krijgen de misdrijven uit te voeren waarvan ze tegenover deze vrouwen droomden. Ze waren gewoonweg zo ziek dat hun leven achter de hekken met prikkeldraad zou eindigen.

Anders Rask was echter altijd een raadsel geweest. En de jaren hierbinnen hadden hem niet minder raadselachtig gemaakt. Simpelweg niets aan zijn gedrag binnen de muren van de gesloten afdeling wees erop dat hij daar moest blijven. Zijn fantasieën over geweld waren de laatste jaren sterk afgenomen en met de juiste medicatie hield hij ook de psychoses in bedwang. De stemmen in zijn hoofd waren weg.

Als hij al ooit psychotisch was geweest.

De afgelopen veertig jaar had Arne Furuberget een paar psychiatrische patiënten gehad die onder zijn radar waren gedoken. Dat zou hij nooit officieel toegeven, maar het was onbetwistbaar waar. De nagenoeg perfecte psychopaten waren vrijwel onmogelijk te herkennen. Ze konden je beste vriend zijn en betere acteurs dan je op het toneel zag. Maar ze zouden nooit zomaar zes moorden bekennen. Dat was nog slechts het begin van het raadsel-Anders Rask.

Hij had een brief aan Rask doorgelaten.

De afzender was anoniem, dat wist hij nog. De inhoud was cryptisch, maar tamelijk onschuldig. Door de jaren heen had Rask een aantal anonieme brieven ontvangen en Furuberget had ze over het algemeen toegelaten.

Ik moet die brief nog een keer lezen, dacht Arne Furuberget. Toen hij hem voor het eerst las, dacht hij dat die van een van Rasks vele bewonderaars kwam. Hij kon toch niet van de persoon zijn die deze meisjes in werkelijkheid had omgebracht? Of van iemand die met Rask onder één hoedje speelde? Rune Flatanger van de Landelijke Recherche had hem verteld dat ze op dit moment geen enkele mogelijkheid konden uitsluiten en dat er geen verband kon bestaan tussen Rask en degene die had geprobeerd het meisje op de Frognerveien van het leven te beroven. Hij vond de gegevens van de brief die hij zocht. De kolom 'van' in het elektronische onderwerpveld was angstaanjagend leeg. Op de plek voor opmerkingen stond: *ongedateerde brief, datum van poststempel op envelop.* Hij keek naar de datum: 22 maart. Dat was toch een maandag? Gestempeld op de postcentrale van Oslo. Hij wist niet veel van de posterijen, maar nam aan dat de brief in een van de brievenbussen in de buurt van het centraal station was gestopt, vlak bij de postcentrale.

Dat betekende dat de afzender in Oslo woonde of werkte. Als die althans niet van ergens anders in het land naar de stad was gegaan om daar de brief te posten, met als doel verwarring te zaaien.

Alleen de datum stond vast.

Het stempel op de brief was van ruim een week nadat Rasks advocaat naar het *Dagbladet* was gestapt. Rask trok zijn bekentenis in. Hij had Kristiane Thorstensen toch niet vermoord. De dag na het artikel in de krant volgde het verzoek om herziening van het vonnis in de Kristianezaak.

De daaropvolgende maandag werd deze brief naar Rask gestuurd. Furuberget nam aan dat de schrijver een paar dagen had nagedacht voordat hij de brief schreef en postte. Misschien was de volgorde omgekeerd geweest, maar dat maakte niets uit.

Het kon toeval zijn, maar Arne Furuberget had een aparte antenne voor zoiets. Hij was een wetenschapper, maar soms meende hij dat hij een noodlottige fout had gemaakt. Twee keer had hij mensen hun vrijheid gegeven die volgens de schematische diagnoses van de psychiatrie gezond waren, maar van wie hij diep vanbinnen wist dat ze een gevaar vormden. Beide keren was het verkeerd afgelopen. Een moord en een groteske verkrachting. Nu had Anders Rask de eerste stap naar vrijspraak in de Kristiane-zaak gezet. Als hij won, zouden ook de andere zaken aan de beurt komen. Dat wist iedereen: het bewijs was in alle zaken even miserabel.

De brief, dacht Arne Furuberget weer. Die verdomde brief.

Het zou nog maar een klein halfjaar duren of hij ging met pensioen, en nu zat hij dus tot over zijn oren in dit dilemma. Hij wist dat hij het moest laten rusten, zijn ogen moest sluiten en de problemen aan zijn opvolger moest overlaten, maar zo stak hij gewoon niet in elkaar, zijn geweten zou de jaren die hem nog restten bederven.

Had hij moeten beseffen dat de man die afgelopen nacht had geprobeerd dat meisje te vermoorden dezelfde was als de briefschrijver? Dat was een wilde gedachte, zo wild dat bijna alleen de patiënten op de gesloten afdeling die hadden kunnen verzinnen. Maar toch, Furuberget kon zich er niet van losmaken.

Hij wist dat Rask een eigen map met al zijn correspondentie had.

Er was maar één ding te doen.

Morgen, wanneer Rask in de werkplaats was, moest hij de brief in zijn kamer gaan zoeken.

Rask had de moorden zelf begaan of hij was een nuttige idioot geweest voor iemand die hem na stond.

Of er bestond een derde mogelijkheid: ze hadden de moorden met zijn tweeën gepleegd. En die ander bevond zich nog steeds buiten deze prikkeldraadhekken.

Opeens kreeg hij een idee dat eerder in hem had moeten opkomen.

Zou Anders Rask misschien per brief met die ander communiceren en zou die ander anoniem naar hem schrijven?

Waarom had hij hier niet eerder aan gedacht?

Omdat sinds de arrestatie van Rask niemand op deze manier had gemoord.

Arne Furuberget zocht Anders Rask op in het afzenderveld van het archiefsysteem. Daarna maakte hij een lijst van alle brieven die Rask sinds 1994 had verzonden.

8

Het geluid van de sneeuwruimer doorbrak de stilte. Het oranje licht flitste door de gordijnen. Toen werd alles weer stil.

Al zoveel sneeuw. Die gedachte was bijna niet uit te houden.

Elisabeth Thorstensen ging rechtop in bed zitten en keek naar de cijfers op de digitale wekkerradio. Ze stak haar hand uit naar het doosje valium. Haar huisarts had haar dat voorschreven nadat ze in de winkel was flauwgevallen. Voor het rek met kranten.

Hoeveel moet ik innemen?

Het waren er te weinig om overal een eind aan te kunnen maken.

Eentje om te slapen? Wie wilde er nou graag slapen?

Ze had een oude minnaar, een anesthesist bij de Oslokliniek, zover gekregen dat hij haar Seconal voorschreef. Die ene rode capsule per keer was lang niet voldoende, maar meer kreeg ze niet. Dan sliep ze één keer per week een dag en nacht aan één stuk door. Dat moest genoeg zijn.

Haar stem, dacht ze. Dat was het allerergst. Dat het haar niet meer lukte zich haar stem te herinneren.

'Kristiane,' fluisterde ze in het donker. Elke lettergreep een eigen melodie.

Ze zei tegen zichzelf dat als ze maar stil genoeg lag, het haar wel zou lukken haar stem op te roepen. *Ik ben thuis!* vanuit de hal. De tas op de vloer. Haar schoenen die ze bij binnenkomst nooit uittrok. De kreten en het gelach vanuit haar kamer, vol vriendinnen. Haar eigen vingers door de dikke krullen, het zoute haar na een dag in de zon in Kragerø.

Soms viel ze overdag in slaap en hoorde ze voetstappen op de trap. Haar voetstappen. Elke keer dat ze ontdekte dat het Peter was, werd haar teleurstelling groter.

Ze stond op. De kamerjas viel op de grond. Even dacht ze dat iemand anders die van haar lichaam had getrokken. Nee, fluisterde ze. Ik ben alleen. Ze ging naakt voor de spiegel staan. De zwelling was wat afgenomen, rond haar polsen, haar enkels. Een paar blauwe plekken, dat was alles. Hij had het graag welddadig. Ze had hem altijd gegeven wat hij wilde, daar was ze immers voor geboren, voor machteloos zijn. Soms overschreed hij de grens ruimschoots. Maar dat was lang geleden. Gisternacht was hij moe, oud.

Zulke mannen trok ze aan. Of beter gezegd: zulke mannen wilde ze. Daardoor hadden ze zich destijds waarschijnlijk tot elkaar aangetrokken gevoeld. Plus en min. Zij wilde de min zijn. Een verdomde min.

Asgeir raakte haar niet meer aan, dus het was geen probleem. Of misschien raakte zij hem niet meer aan. Ze legde haar handen om haar borsten. Die waren nog mooi, maar dat had een prijs gehad. Net als de rest van de discrete cosmetische ingrepen. Ze had zichzelf qua uiterlijk het eeuwige leven beloofd. Als Kristiane op een dag voor de deur stond, als ze op een dag terugkwam, moest ze er precies zo uitzien als toen.

Kristiane is terug, dacht ze. Als ik deze kamer verlaat, keert ze terug.

Voorzichtig liep ze langs Asgeirs kamer, van waaruit ze zacht gesnurk hoorde. Dat vervulde haar met verachting. De manier waarop hij nog steeds van haar hield, vervulde haar met verachting. Alsof ze van porselein was. Hij wilde niet met haar vrijen, of beter gezegd, kon niet meer met haar vrijen, alsof hij elke poging een seksueel wezen te zijn had opgegeven. Niettemin wilde hij haar koste wat kost als een zorgzame echtgenoot behandelen, hoewel hij heel goed wist dat ze met andere mannen sliep.

Hij had zelfs niet gevraagd waar ze die nacht was geweest. Haar mobiel die avond niet gehoord. Of gemerkt dat ze de garage uit was gereden.

Asgeir was zo gemakkelijk voor de gek te houden dat het zelfs niet spannend meer was.

Ze rommelde net zo lang in de badkamerkast tot ze een doosje inlegkruisjes vond. Zoals een alcoholicus flessen verstopt, dacht ze en ze glimlachte tegen zichzelf in de spiegel. Ze opende de plastic verpakking een stukje en schudde er de twee scheermesjes uit die ze daarin had verstopt.

Behoedzaam liet ze de snijkant van een van de mesjes over de littekens op haar polsen gaan. Daar was de huid nog steeds dunner dan op de rest van haar onderarm en dat zou altijd zo blijven. Een vlammende fantoompijn sneed door haar heen, alsof ze de aderen in haar pols opnieuw open had gesneden.

Wankelend rechtte ze haar rug en viel bijna flauw boven de wasbak. Het zien van haar bleke gezicht in de spiegel joeg haar angst aan, langzaam veranderde het in dat van Kristiane, ze hield haar hand voor haar mond om het niet uit te schreeuwen. Toen gebeurde wat er al zo vaak was gebeurd. Ze had beter moeten weten.

Achter haar stond Kristiane, op een lange rij alsof ze een van die Russische baboesjka's was die uit elkaar waren gehaald. Naakt, zoals ze op de foto's van de sectie was geweest. Ze had erop gestaan ze te zien. Geschreeuwd dat ze dat wilde. Het was de grootste vergissing van haar leven.

Nee, niet de grootste.

Uit Kristianes mond kropen slangen, haar ogen bloedden, ze schreeuwde naar Elisabeth, maar er was niets te horen, behalve een zwak gegrom. Ten slotte veranderde het bleke, dode gezicht in addergebroed, de slangen spuugden bloed naar de spiegel en werden steeds groter, zodat ze haar zo meteen in haar nek zouden bijten, over haar rug zouden likken met hun sissende dubbele tongen.

Elisabeth Thorstensen krabde zich in haar gezicht, zo hard dat het morgen te zien zou zijn.

'Weg, weg, weg,' fluisterde ze. Ze had deze visioenen al duizenden keren gehad, al duizenden keren! Waarom kon ze er niet mee leren leven? Kristiane was niet gevaarlijk. Ze was nooit gevaarlijk geweest.

Ik moet me durven omdraaien.

Ze draaide langzaam in het rond.

Er was niemand.

De stuk of tien, vijftien Kristianes die achter haar hadden gestaan, waren verdwenen. Op de vloer kale tegels, geen bloederige voetafdrukken, zoals ze een paar dagen geleden had gezien. Geen zwarte slangen die langs haar benen omhoogkropen.

'Het zijn gewoon die foto's,' zei ze voor zich uit.

Waarom moest die ellendige krant die foto's van haar plaatsen? Waarom moesten ze over haar schrijven, het was alsof ze voor de ogen van iedereen, voor het hele land, telkens opnieuw werd vermoord, een klein, bloot meisje, kapotgemaakt, bang en alleen.

Ze scheurde een meter toiletpapier af die ze om de scheermesjes rolde. Daarna verliet ze de badkamer en liep naar beneden. Halverwege bleef ze staan. Geen voetstappen achter haar. Kristiane liep niet achter haar aan. 'Loop vannacht niet achter me aan,' zei ze bij zichzelf. Alsjeblieft, vannacht niet.

Ze haalde het *Dagbladet* uit het kantoor. Daarna ging ze naar de keuken. In de haard lag nog wat vuur. Misschien had Rose onder de schouw gerookt. Of Kristiane.

Hou op, ziek wezen dat je bent. Hou op.

Ze bladerde de krant door. Asgeir had de foto's van Kristiane weggeknipt. Ze liet haar vingers langs de vierkante gaten gaan. Daarna wikkelde ze het toiletpapier van de scheermesjes af tot die tevoorschijn kwamen. Ze sneed door het gezicht op de bylinefoto van journalist Frank Krokhol, de man die altijd over Kristiane moest schrijven. Vervolgens sneed ze hem de keel door.

Alsof ze slaapwandelde ging ze weer naar boven. Voor Peters kamer bleef ze lang in het donker staan. Ergens ver weg hoorde ze de sneeuwruimer rommelen. Als onweer. Een moment lang wist ze zeker dat ze nooit weer onweer zou horen. Dat dit de laatste winter werd.

Ze duwde de deur van zijn kamer open. De grote kamer was meer dan hij nodig had, dat verwende, slapende ventje.

Voorzichtig sloop ze verder. Hij had de gordijnen niet dichtgetrokken en zijn gelaatstrekken waren goed zichtbaar in het zachte licht van de straatlantaarn. Ze zat een tijdje op de rand van zijn bed naar zijn zware ademhaling te luisteren, terwijl ze continu haar vingers rond de snijkant van de scheermesjes hield, een in elke hand.

Uiteindelijk won het verstand.

Ze kuste hem op zijn wang en fluisterde 'sorry'. Hoewel hij twaalf was en het lijf van een vijftienjarige had, sliep Peter nog steeds de onschuldige slaap van een kind, alsof hij nog nooit met ook maar enige zorg was belast. Ze legde het dekbed over zijn schouders en streek hem voorzichtig over zijn haar.

Terug in haar kantoor zette ze de pc aan. Het blauwachtige licht weerscheen in het raam. Snel trok ze de gordijnen dicht.

De moordpoging aan de Frognerveien stond nog altijd boven aan de internetsite van het *Dagbladet*. Ze drukte haar vinger tegen het scherm, recht op de ogen van Frank Krokhol, een oude bylinefoto waarop hij er veel jonger uitzag dan hij volgens haar nu was.

POGING TOT MOORD OP PROSTITUEE. Haar toestand is ernstig, levensgevaarlijke verwondingen. Ligt in een ziekenhuis ergens in het oosten van het land. De politie wil geen nadere informatie verstrekken. Ze zouden graag in contact komen met een man die in de nacht van woensdag op donderdag rond twee uur in de Cort Adelers gate liep.

Elisabeth zoomde in, maar het gevolg was alleen dat de foto van de man met de cap en de donkere jas nog onduidelijker werd.

Dat maakte niet uit. Ze wist het. Hij was het. Het kon niemand anders zijn.

Ze was naar het SAS-hotel gegaan, net als vroeger. Maar hij was pas om drie uur in de ochtend verschenen. Of was het vier uur? Ze kon het zich nog altijd niet herinneren.

Nee, dacht ze. Nee. Niet alleen hij. Het moet iets ergers zijn. Iets veel ergers. Hij had destijds naar haar gekeken. Ze wist alles over dat soort blikken. Sinds Kristiane een meisje van twaalf, dertien jaar was had hij naar haar gekeken. Met dezelfde begeerte als waarmee hij naar Elisabeth keek.

Had ze dingen door de vingers gezien? Zoals haar eigen moeder had gedaan? Hadden ze zich beiden aan haar vergrepen?

Maar erger, dacht ze.

Nee, hij was toen nog niet zo oud.

Had ze zoiets verschrikkelijks in zich gedragen?

Als ze het huis niet hadden verkocht, had ze naar de kamer kunnen gaan om het te controleren. Het was écht haar haar. Ze kon zich niet in Kristianes haar vergissen. Het was echt zo.

Die zaterdag, dacht ze. November 1988.

Wanneer ging hij weg? Wanneer kwam hij weer thuis?

Ze sloot de site van het *Dagbladet* en zocht het nummer van de politie op in het telefoonboek.

Gewichtloos liep ze door de hal, naar de telefoon.

Een rechtstreeks vijfcijferig nummer, ze had het papiertje vast, behoedzaam, alsof het een pasgeboren baby was, alsof het Kristiane zelf in 1973 was.

Ze toetste de eerste vier cijfers in. Daarna legde ze de hoorn op de haak.

Waarom zal ik iets zeggen?

Het zou Kristiane niet weer tot leven brengen.

Het zou haarzelf zelfs geen rust schenken dat ze lang geleden niets had gezegd.

Wat moest ze zeggen? Ze zouden haar alleen maar terugsturen. Wat een duivelse ironie.

Rask? Het was Rask nooit geweest.

Rask. Wat een belachelijk idee.

Ze verliet het kantoor, tastte langs de wand in de hal, alsof ze zich in het pikdonker in een onbekend huis bevond. De deur naar het gastentoilet ging open, ze struikelde bijna over de drempel.

Ze begon te lachen, bestudeerde haar gezicht in de spiegel, ze werd steeds lelijker.

'Ik ben altijd knapper geweest dan jij,' zei ze tegen haar spiegelbeeld.

Het volgende dat ze zich herinnerde was dat ze in de entree stond, met haar jas aan. Zwarte ogen. De stem van Kristiane vulde haar hoofd. Wat ze dacht dat een stem was, een iele meisjesstem, van een meisje dat nog op het kinderdagverblijf zat. De gil. Had ze gegild?

Kristiane had hier geen kamer. Dit was niet haar huis.

Ze woonden niet meer aan de Skøyenbrynet, dat moest ze nu eens leren. Ze had een nieuwe man, een nieuw leven, al lang.

Ze moest plassen, maar durfde geen vertrek met een spiegel binnen te gaan. Ze wist dat Kristiane weer achter haar zou staan.

Ze schreeuwde één keer luid voordat ze op de grond viel.

Daar lag ze nog steeds toen Rose binnenkwam.

De kleine, Filipijnse vrouw knielde naast haar neer.

'Elisabeth,' zei ze zacht. 'Het komt goed, Elisabeth.'

'Geen woord,' zei Elisabeth Thorstensen apathisch. 'Je mag nooit iets aan Asgeir vertellen. Beloof me dat. Hij stuurt me terug. Dit gaat me toch lukken?'

Rose streelde haar over haar voorhoofd. Ze beloofde het, zoals ze dat elke keer deed.

'Niet ophouden. Je mag nooit ophouden.'

In de badkamer moest Rose haar hand vasthouden.

In de slaapkamer trok Rose Elisabeth de kleren uit, tot ze helemaal naakt voor haar stond.

Rose hield Elisabeths ene arm omhoog en bestudeerde haar blauwe plekken.

'Wie doet jou dit aan?' Ze streek met haar hand over Elisabeths onderarm.

Elisabeth schudde haar hoofd.

'Vraag me dat niet. Nooit.'

'Ga nu maar liggen.' Rose liet de slaapkamerdeur op een kier staan, precies zoals Elisabeth het graag wilde.

Ze bleef wakker tot ze om halfzeven de wekker van Asgeir hoorde. Toen begon ze zichzelf, bij de gedachte aan hém, te bevoelen. Ze had zich sinds zaterdag zelfs niet gedoucht. En de blauwe plekken zou nooit iemand te zien krijgen.

Ik doe toch alles voor hem?

9

De stem maakte hem langzaam wakker. Tommy Bergmann hield op met schreeuwen. Hij voelde hoe hij kippenvel kreeg en naar adem hapte. Als in een flits herinnerde hij zich de droom. Niet dezelfde, die met het meisje met het poppengezicht in het bos, hijzelf die nooit zijn doel bereikte. Maar iets ergers. Veel ergers. Een droom in zwart-wit. Hij had in een kist gelegen. Op het allerlaatste moment had hij zijn armen opgetild en voorkomen dat de klep boven hem dichtging.

Hij keek om zich heen. Zijn ademhaling ging zo moeizaam dat hij amper lucht in zijn longen kreeg. De kamer was veel te groot om zich veilig in te voelen. Er waren geen geluiden te horen. Hij zag alleen de sneeuwvlokken voor het raam.

Hij deed de lamp op het nachtkastje aan.

De wandklok gaf aan dat het even na tweeën in de nacht was.

Lag hij op de intensive care? Nee. Verre van dat, toch? Hij wist het niet meer, ook al was het vast niet langer dan een paar uur geleden dat hij hiernaartoe was gebracht. Hij wist zelfs niet meer welke dag het morgen was. Nauwelijks waarom hij hier was. Hij lag een tijdje van de ene zij op de andere te draaien. Hij had de lamp uit moeten doen, maar die bood hem veiligheid. Voor het eerst had hij gedroomd dat hij zou sterven, levend zou worden begraven.

Vanaf de gang hoorde hij een geluid, het eerste wat hij hoorde sinds hij wakker was. Een deur die opening, een elektrische dranger die hem weer dicht liet glijden. Voorzichtige voetstappen, was het niet? Het was alsof de voetstappen pal voor zijn deur tot stilstand kwamen. Even meende hij zeker te weten dat de deur een paar centimeter open werd geschoven, op de vloer was een streepje licht te zien.

Hij probeerde zijn adem in te houden terwijl hij rechtop ging zitten en zich erop voorbereidde dat hij zich op de vloer moest laten vallen. Het waterglas, dacht hij. Ik sla het kapot en steek een scherf in zijn nek.

Ongeveer een minuut lang bleef hij zo zitten. Voorzichtig ademde hij door zijn neus in en uit, nog steeds met zijn hoofd bij het meisje op de intensive care, alsof hij ook tussen leven en dood zweefde.

Ten slotte viel de deur weer dicht.

Zo geluidloos mogelijk liep hij ernaartoe. Het glas hield hij langs zijn lichaam; hij opende de deur en keek eerst naar links, daarna snel naar rechts.

Niets.

Slechts een ogenschijnlijk eindeloze gang met een flessengroene vloer en een even lange rij tl-buizen aan het plafond die om en om brandden. Hij moest zich nu op zijn ademhaling concentreren. Als in een roes ging hij zijn kamer weer binnen en sloot voorzichtig de deur. Hij wist niet zeker of het echt was gebeurd of dat hij het zich maar had ingebeeld.

Hij stond een tijdje bij het raam, dat uitzicht bood op de Ringveien. Het sneeuwde nu heviger, het zou niet lang meer duren of je kon de gebouwen op het universiteitsterrein van Blindern niet meer zien. Een paar auto's reden in westelijke richting, hij keek ze na, zijn blik raakte vertroebeld. Hij dacht aan Hege, ze woonde hier ergens in de buurt, in de wijk Blindern, dacht hij. Hij was geen haar beter dan de man die nu op zoek was naar het meisje op de intensive care. Geen haar.

Daarna dacht hij aan Hadja. Zij was de enige die hem sinds Heges vertrek iets had laten voelen. Ze hadden vorige zomer een kortstondige relatie gehad, waarna hij zich had teruggetrokken zonder haar een fatsoenlijke verklaring te geven. Diep vanbinnen verontschuldigde hij zich. Er was zoveel wat ze niet wist, zoveel wat hij haar nooit zou willen of kunnen vertellen.

'Iemand anders moet je redden,' zei hij. 'Ik kan dat niet.'

Hij ging weer naar bed en viel in slaap.

Het volgende moment schudde er iemand aan zijn schouder.

Een donkere verpleegkundige stond over hem heen gebogen.

Hij dacht nog steeds dat hij droomde.

Opnieuw keek hij in zijn droom recht in zijn eigen gezicht, hij was zelf degene die het meisje met het poppengezicht probeerde dood te slaan. Het beeld van het bebloede lichaam dat zich van hem verwijderde, vermengde zich met het gezicht van de verpleegkundige. Een paar tellen wist hij niet wat droom en wat werkelijkheid was.

De jonge vrouw sprak weer een paar woorden, in een zuidelijk dialect, het was alsof de zomer uit haar mond kwam.

Hij wilde net vragen waar hij was, toen het tot hem doordrong wat ze zei: 'Ze is wakker.'

Hij propte zijn overhemd in zijn broek terwijl hij haar probeerde bij te benen. Aan het eind van de gang hield ze haar pasje tegen de deur, het leek alsof het slot minutenlang nodig had. Hij duwde de deur open toen er een klikgeluid klonk. Ze holden de trappen af. De verpleegkundige liep een paar meter voor hem en bereikte de intensive care als eerste. Hij hapte naar adem en volgde haar. Het felle licht deed pijn aan zijn ogen. Buiten voor de wachtpost stond het bomvol mensen, hij herkende de arts van eerder op de avond. Ze ontmoette zijn blik, haar ogen waren smal, omgeven door grote donkere kringen, in een paar uur tijd was ze ouder geworden, ze was nu ook serieuzer, in gesprek met een mannelijke collega.

Tommy probeerde te horen wat ze zeiden, maar het ging hem te snel.

'Sorry dat ik jullie onderbreek...'

'Kom maar binnen,' zei de mannelijke arts, ouder dan hijzelf, en hij nam Tommy van top tot teen op.

'Praat ze?'

'Onsamenhangend, ik begrijp er niets van, ze zegt iets in een andere taal, iets Slavisch, maar geen Pools, volgens mij.'

'Snel,' zei Tommy. Hij duwde een verpleegkundige opzij en ging de wachtpost binnen.

Zo vlug hij kon hulde hij zich in de jas en zette hij het haarnetje op zijn hoofd. De twee artsen liepen voor hem uit de kamer binnen. Daar was het licht feller dan de vorige avond, hij had moeite de meetapparatuur aan de andere kant van het bed te zien. Het meisje kronkelde van de ene kant naar de andere. Een verpleegkundige die hij nog niet eerder had gezien, stond over haar heen gebogen, hield haar hand vast en streek over haar voorhoofd.

'Zo ja,' zei de verpleegkundige. 'Zo ja.'

Voor het eerst meende Tommy dat de vrouwelijke arts er radeloos uitzag. Het meisje begon een paar woorden te fluisteren, terwijl ze zichzelf continu met kreten van pijn onderbrak, geen luide kreten, het was alsof ze probeerde zich zo beheerst mogelijk te gedragen, of misschien was ze gewoon zo verdoofd dat ze maar amper een geluid kon uitbrengen.

Hij meende bloed onder het verband op haar bovenlichaam te zien, maar kon het mis hebben. Het dekbed was naar beneden getrokken. O ja, toch. De wonden waren gaan bloeden. Hij balde zijn vuisten en ontspande ze weer. Diep vanbinnen wist hij het. Geen enkele chirurg kon haar inwendige bloedingen stelpen.

Het meisje ging luider praten, maar was voor alle aanwezigen volkomen onverstaanbaar. Hij liep naar het bed en ging naast de verpleegkundige staan. Het meisje hield haar ogen gesloten. Ze fluisterde nu zacht, zo zacht dat er bijna niets te horen was. Hij duwde de verpleegkundige opzij en boog zich naar het meisje toe.

Ze mompelde iets, zo mogelijk nog zachter.

Hij voelde haar ademhaling tegen zijn wang. Ze rook al naar dood en verrotting.

Op het moment dat hij zich weer wilde oprichten, gingen zijn haren overeind staan.

Het meisje sloeg haar ogen op en keek hem recht aan. Haar blik was grijs, levenloos, alsof dit het laatste was wat ze zou zien.

'Maria,' zei ze zacht.

Hij schudde zijn hoofd.

'Maria?'

Ze stak haar arm naar hem uit, de infuusnaald werd er bijna uit getrokken, maar dat scheen ze niet te voelen.

Ze pakte zijn hand en drukte die. Haar hand was zo klein dat die in de zijne verdween.

Ze mompelde iets anders voordat ze opnieuw Maria zei, opnieuw zacht. Toen, nog een keer, dat woord dat hij niet goed kon horen. *Edel?*

Nee.

Zonder enige waarschuwing vooraf schreeuwde ze het uit: 'Maria!'

Tommy schrok zich lam en zette een stap naar achteren, hij liet haar hand los.

Ze ging rechtop zitten en schreeuwde harder dan Tommy voor mogelijk had gehouden. De kamer stond meteen vol witte en groene jassen. Hij wankelde naar achteren tot hij tegen de wand stootte.

Plotseling hielden de kreten op. Het tengere lichaam schokte een paar keer. Het duurde misschien een halve minuut, toen werd het stil.

'Defibrillator,' zei de vrouwelijke arts. Haar stem was rustig, maar Tommy begreep dat ze de situatie niet onder controle had. Een paar tellen zag ze er hulpeloos uit, daarna had ze haar beheersing hervonden. Het was alsof iedereen in de kamer een tijdje in een andere werkelijkheid had verkeerd. De kreten van het meisje hingen nog in de lucht. De twee artsen wisselden korte bevelen uit. Tommy ving een blik van de meetapparatuur op, alles leek te zijn uitgevlakt. Het ziekenhuishemd werd opengereten, het witte, in verband gehulde lichaam vloog bijna omhoog. Hij kon slechts toekijken. Toekijken hoe ze haar kwijtraakten.

Dat waren ook de laatste woorden van de vrouwelijke arts, waarna de deuren van de operatiekamer gesloten werden.

'We raken haar kwijt.'

Tommy bleef op de gang voor de wachtpost staan. Als een schooljongen klemde hij verbouwereerd zijn vuist om een papiertje, terwijl hij zich nauwelijks herinnerde dat hij daarop iets geschreven had. Hij leunde tegen de deurpost, trok het mondkapje van zijn gezicht en opende zijn hand. Op het in elkaar gepropte papiertje stond maar één woord: *Maria*.

'We raken haar kwijt,' mimede hij.

Hij verliet de intensive care, nog steeds in de groene jas, het haarnetje en de overschoenen gehuld. Het lukte hem de trap naar boven op te stommelen. Als een levende dode zwierf hij door de gangen, maar hij vond zijn kamer niet terug. Het was alsof er in het hele gebouw niemand meer leefde, het was halfvijf in de ochtend, er was geen mens te bekennen. Op een gegeven moment kwam hij weer tot zichzelf en zag dat er een verpleegkundige voor hem stond. Hij probeerde de situatie uit te leggen en zei dat zijn legitimatie in de kamer lag die hij niet terug kon vinden. Ze staarde naar het papiertje in zijn hand. Hij hield het stevig vast, alsof hij bang was dat hij het woord zou vergeten als hij het papiertje kwijtraakte.

Toen ze de kamer binnenkwamen, besefte hij dat het een gastenkamer was, een plek waar familieleden konden overnachten. En zo voelde hij zich. Het meisje, van wie hij nu zeker wist dat ze ging sterven, als ze niet al dood was, had niemand, niemand anders dan hem. En hij wist niet eens wie ze was, wie ze was geweest.

Zijn donsjack was er nog, dat hing ogenschijnlijk onaangeroerd over de stoel.

Toen de verpleegkundige weer was vertrokken, bestudeerde hij de kamerdeur. Er zat een stevige dranger op die tot ongeveer halverwege goede weerstand bood. Toch zou het niet veel kracht hebben gekost om hem op een kier te openen. Hij liep naar buiten en deed de deur dicht. Vervolgens schoof hij hem open, net zover als de afgelopen nacht het geval was geweest. Om een opening van twee, drie centimeter te krijgen, moest hij duwen. Een windvlaag of onderdruk was dat nooit gelukt. Bovendien waaide het niet. Hij schoof hem helemaal open.

Wie was hier vannacht geweest?

Of had hij het gedroomd?

Beneden bij de receptie was hij van plan geweest de verpleegkundige daar te vragen of er afgelopen nacht iemand was geweest, of er een bezoekerslijst bestond. De bewaker en zij waren er al sinds de vorige avond, toen hij was aangekomen. Dubbele diensten maakten je suf, maar ze moesten zich toch iets kunnen herinneren.

Ze was aan de telefoon terwijl een andere verpleegkundige en een ziekenbroeder over de balie hingen.

Hij wachtte een paar minuten, maar ze schonk geen aandacht aan hem. Hij wist best dat ze geen bezoekerslijst bijhielden. En als dat wel zo was geweest, zou de man op wie ze jacht maakten, zich niet onder zijn eigen naam hebben ingeschreven. Maar hij zou wel op de opname van de bewakingscamera's van de receptie staan.

Hij sloot zijn ogen en zette zijn gedachten stil. Frisse lucht zou hem weer op het juiste spoor brengen en vooral de herinneringen aan het meisje uitwissen. In zijn oren weergalmde het: 'Maria! Maria!'

Hij besloot weg te gaan, gewoon te lopen tot hij een taxi vond, ook al moest hij daarvoor helemaal naar Adamstuen of Bislett.

Net toen de deuren opengingen en hij de fikse sneeuwbui in wilde stappen, kreeg hij het gevoel dat hij zich moest omdraaien.

De verpleegkundige zat nog aan de telefoon, maar keek hem aan, alsof ze erop had gewacht dat hij zich zou omdraaien.

Ze sloeg haar blik neer en ging verder met haar gesprek.

10

De sneeuw joeg over het Mjøsameer. Het was alsof het landschap van alle contouren was ontdaan, alsof het een impressionistisch schilderij was waarop alle details in elkaar overvloeiden.

Arne Furuberget at de laatste stukjes van de croissant die hij in de oven van de inrichtingskeuken had opgewarmd. De geuren van de grote stad bereikten hem nauwelijks; hij moest het doen met de vacuümverpakte croissants van supermarkt Rema 1000. Hij had overal ter wereld kunnen werken, maar was uiteindelijk in Toten beland. En dat was zo slecht nog niet.

Precies om vijf voor tien sloot hij de vergadering van leidinggevenden af en stuurde hij de vier andere aanwezigen de deur uit. Rask zou om klokslag tien uur van zijn kamer naar de werkplaats worden gebracht, waar hij twee uur lang, tot aan de lunch, zou werken. Dat gaf Arne Furuberget drie uur de tijd om de kamer te doorzoeken. Het zou sneller gaan als iemand hem zou helpen, maar dat was onmogelijk. Zoeken naar een brief die hij al had vrijgegeven, was strikt genomen wettelijk niet toegestaan.

Snel liep hij de trappen naar de tweede verdieping op. Toen hij daar was, vertraagde hij zijn tempo. Zijn hartslag was hoog, maar hij was tevreden over zijn ademhaling. Een jaar geleden had hij knieletsel opgelopen, waardoor zijn snelheid aanzienlijk was afgenomen, maar toch was het hem gelukt beter in vorm te blijven dan de meesten die komend jaar zeventig zouden worden.

Bij de sluis naar de afdeling ging hij de portiersloge binnen en vergewiste zich ervan dat Rask naar de werkplaats was. Vervolgens verzocht hij de portier opdracht te geven de camera in de kamer van Rask uit te schakelen.

'Geen vragen,' zei hij slechts.

Ole-Martin Gustavsen werkte al twintig jaar in Ringvoll en wist wanneer hij zijn mond moest houden.

Een jonge invalkracht begeleidde Furuberget naar de eerste deur. Furuberget was het liefst in zijn eentje gegaan, maar dat was zo'n overduidelijke schending van de instructies dat dat onmogelijk was. De invalkracht was lang en fors, wat Furuberget een gevoel van veiligheid gaf. Hij zei tegen zichzelf dat het door zijn leeftijd kwam. Gedurende zijn lange leven binnen de psychiatrie waren er weleens situaties ontstaan waarin hij het leven had kunnen laten. Destijds had hij dat gewoon weggewuifd. Dat was echter in de tijd waarin er altijd veel meer personeelsleden dan patiënten waren. Nu dwongen de bezuinigingen op het budget hen om met een minimale bezetting te opereren, op het randje van wat nog verantwoord was. De middelen waren net voldoende om op de gesloten afdeling twee verplegers op één patiënt te hebben. Furuberget wist dat dit het uiterste was wat hij kon toestaan, maar wat kon hij doen? Hij wilde geen bewakers in zijn inrichting en dat wilden de landelijke politici evenmin. Maar in Oslo stelden ze ook niet genoeg geld beschikbaar om de veiligheid van het personeel voor honderd procent te kunnen waarborgen. Het zou vast niet lang meer duren of er was ook geen geld meer voor zelfverdedigingslessen voor nieuwe personeelsleden.

Furuberget hield zijn pasje voor de optische lezer naast de deur en toetste de vier cijfers van de code in. De twee handmatige sloten in de stalen deuren moesten daarna binnen dertig seconden worden geopend. Dat liet hij de portier doen, hoewel hij natuurlijk zijn eigen sleutels had.

De invalkracht hield de deur open en Furuberget stapte de door camera's bewaakte sluis binnen. De achterste deur ging achter hen dicht. De portier opende de twee handmatige sloten. Twee meter verderop in de gang zat weer een stalen deur, die alleen te openen was als de andere dichtzat. Als je de gesloten afdeling wilde verlaten, was het principe hetzelfde. Uitsluitend met een schakelaar in de portiersloge konden beide deuren tegelijk worden geopend.

Uitsluitend, dacht Arne Furuberget. Af en toe vreesde hij dat het ondenkbare kon gebeuren. Dat iemand daarbinnen juist op die knop drukte. Alle werknemers op de gesloten afdeling waren van haver tot gort gecheckt, zo mogelijk nog grondiger dan de patiënten.

Dat zou nooit gebeuren.

De gang achter de laatste deur was leeg. De kamer links achteraan was van Anders Rask en lag aan de kant van het gebouw die niet op het Mjøsameer uitkeek. De afgelopen jaren had Rask elk kwartaal een keer gevraagd of hij naar een kamer met uitzicht op het meer mocht verhuizen. Dat had Furuberget telkens geweigerd. Gelukkig kon hij zich op de psychiatrie beroepen. Voor de vier patiënten die dat uitzicht wel hadden, zou de schok te groot zijn als ze van kamer moesten wisselen. Rask wist dat dit een leugen was.

Zo stak Rask in elkaar. Hij was nooit rechtstreeks bij Furuberget gekomen met zijn probleem, hij had het uitsluitend in briefvorm gedaan, via zijn advocaat. Maar de kamer had geen enkele betekenis voor Rask, het was alleen maar een smoes om hem te irriteren, dacht Furuberget. Het grote probleem was dat Rask de laatste jaren helemaal niet meer voldeed aan de voorwaarden om op de gesloten afdeling te zitten. Hij was tot de psychische gezondheidszorg veroordeeld omdat hij volgens de forensische experts psychotisch was toen hij de moorden pleegde. Maar nu, in 2004, wees weinig tot niets erop dat hij dat nog steeds was. In theorie had hij naar de open afdeling overgeplaatst kunnen zijn dankzij zijn voorbeeldige gedrag. Slechts zijn onderbuikgevoel belette Furuberget om aan Rasks wens om de gesloten afdeling voorgoed te mogen verlaten tegemoet te komen. Op sommige dagen verdacht Furuberget Rask ervan de meest berekenende psychopaat te zijn met wie hij ooit te maken had gehad. Die gecontroleerde façade zou op een gegeven moment barsten gaan vertonen, dat wist Furuberget zo goed als zeker, en als dat gebeurde op het moment dat Rask op de open afdeling zat, zouden de consequenties onoverkomelijk zijn. In het ergste geval had Rask een plan om van de moord op Kristiane vrijgesproken te worden, waardoor overplaatsing naar de open afdeling nog lastiger tegen te houden zou zijn, en als hij daar eenmaal zat, zou hij op verlof mogen. En dan, zo dacht Furuberget, zou hij nooit meer naar Ringvoll terugkeren.

De gang was net gezwabberd en rook sterk naar boenmiddel. De geur maakte Furuberget een moment misselijk. Hij schoof het luikje in de deur opzij. Boven in de linkerhoek zat een spiegeltje van hoogglans kunststof, zodat het bed en het stalen toilet te zien waren. Arne Furuberget checkte zijn horloge. Drie uur moest meer dan genoeg zijn.

'Ik bel als ik klaar ben,' zei hij tegen de invalkracht. De deur achter hem bracht een zoemend geluid voort. Het elektronische sluitmechanisme viel op zijn plek, dat kleine stukje metaal dat de wereld tegen Rask beschermde. Of misschien was het omgekeerd.

Hij liep regelrecht naar de vastgemonteerde boekenkast met afgeronde hoeken. Op de twee bovenste planken stonden rijen boeken. In feite was dat nogal paradoxaal. De hele kamer was zo ingericht dat zich er geen breekbare of scherpe voorwerpen bevonden. Maar het papier in de oude Cappelen-encyclopedie was scherp, zo scherp dat Rask zich ermee kon snijden. Toch had Furuberget hem de encyclopedie en de andere boeken laten houden. Anders Rask was dusdanig narcistisch dat hij zichzelf nooit van het leven zou beroven of zichzelf schade zou toebrengen.

En nu zal ik die verdomde brief van je vinden, dacht Furuberget.

Hij begon onder in de stapel papieren. Geen brief.

Omstandig bladerde hij door de archiefmap waarin Rask zijn correspondentie bewaarde. Netjes geordend, op chronologische volgorde.

Buiten deze muren bestaat net zoveel waanzin als hierbinnen, dacht Furuberget. Rask was veroordeeld voor beestachtige moorden op weerloze meisjes, en vrouwen stonden in de rij om met hem te trouwen.

Hij pakte het afschrift uit het afdelingsdossier en vergeleek de brieven en de data.

'Nee,' fluisterde hij. De brief was er niet, lag niet bij de andere die hij wel allemaal bewaard leek te hebben.

Er kon maar één reden zijn dat de brief er niet bij zat.

Rask heeft dit voorzien, dacht Arne Furuberget. Hij heeft voorzien dat er een nieuwe moord zou plaatsvinden. Misschien had hij alles zelfs in werking gesteld door zijn nieuwe advocaat te laten weten dat hij een herziening van het Kristiane-vonnis wilde. Dan wist hij dat Arne Furuberget zou doen wat hij nu deed, op zijn kamer zitten, met alle brieven op schoot.

'Die duivelse kerel.' Arne Furuberget fluisterde zachtjes.

Hij pakte het kleine notitieboekje uit zijn zak. Aarzelend maakte hij een schets van de boekenkast, de plaats van de boeken, van de ringbanden. Daar besteedde hij bijna een halfuur aan, waarna hij alle boeken uit de kast begon te grissen.

Nu was het te laat om ermee op te houden. Als een bezetene bladerde hij door de bladzijden van de ongeveer veertig boeken, twee keer door elk exemplaar.

Niets.

Hij pakte de eerste band van *Kaplan and Sadock's Comprehensive Textbook of Psychiatry* en begon opnieuw. Rask had een redelijke hoeveelheid psychiatrische literatuur, allemaal gekocht van geld van de belastingbetaler. Arne Furuberget had het vermoeden dat alleen zijn fysieke, gelegitimeerde macht en de medicijnen waarmee hij mensen als Anders Rask volstopte, hem overwicht gaven. Rask zou binnenkort weleens beter in staat kunnen zijn om over psychiatrie te praten dan hijzelf.

Hij liet zijn blik door de kamer gaan. Er waren maar weinig andere plekken waar hij de brief had kunnen verstoppen. Hij vergewiste zich ervan dat het controlelampje in de camera aan de wand niet rood oplichtte. Daarna trok hij het beddengoed weg; dat zat vol met Anders Rasks sperma. Hij gruwde, maar ging door.

De brief was nergens, niet in de kussensloop, niet onder het hoeslaken.

Hij rekende uit hoe lang het nog zou duren voor de lunch begon. Er was nog voldoende tijd om het binnenste van de matras te controleren.

Terwijl hij bezig was de hoes van de matras te trekken, overwoog hij het meteen maar op te geven, want die zat bijna helemaal vast. Toen hij de lichtblauwe stof dan toch helemaal verwijderd had en de teleurstelling tot zich had laten doordringen dat de brief zich daar ook niet bevond, besefte hij dat hij de hoes nooit weer op zijn plaats zou krijgen.

De tijd, dacht hij en hij keek naar de rommel op de vloer. Rask mag me zo niet zien. Hoe lang zou het duren om de hoes weer om de matras te trekken?

Hij liet het erbij en besloot het bed op zijn zij te draaien. Het was wel van metaal, maar de poten waren hol.

Na enkele minuten lukte het hem de rubberen prop onder in een van de bedpoten te verwijderen.

Hij liep naar de oproepknop bij de deur, was van plan de portier te roepen, maar bedacht zich op het laatste moment. In plaats daarvan liep hij naar de ladekast en haalde er een stapel kleren uit, door de wasserij keurig gestreken. Geruite overhemden, vrijwel allemaal identiek. Onderbroeken, sokken.

'Niets,' zei hij. 'Niets!' Vervolgens pakte hij dat idiote knipselboekwerk van Rask met alle krantenartikelen over de zes moorden waarvoor hij was veroordeeld en waarvan hij kopieën bij de Nationale Bibliotheek had opgevraagd. Een paar had hij weggegooid, de rest was keurig in een grote ringband geplakt, zo eentje als Furubergets dochters hadden toen ze klein waren.

En toen opeens schrok hij zo dat het voelde alsof zijn hart er eens en voor altijd mee zou stoppen.

Er bonkte iemand op de deur. Arne Furuberget zat als versteend met het dikke rode boek, *The Book of the Law*, in zijn handen. Rask verwees daar de laatste jaren steeds naar als zijnde de Bijbel, en het was geschreven door een man die zo mogelijk nog gestoorder was dan Rask zelf, de Brit Aleister Crowley. De eerste zin luidde 'This book explains the universe', wat Rask continu tegenover Furuberget noemde. Die weigerde het werk te lezen, want hij was geen occultist en leidde ook geen seksueel losbandig leven.

Pas nu merkte hij hoe hij transpireerde, hoe het zweet op zijn voorhoofd stond. Een druppel viel op de bloedrode voorzijde van het boek en liet een donkere plek achter.

Medusa.

Had er niet zoiets in de brief gestaan?

Medusa's tranen?

Hij pakte de encyclopedie en probeerde te bladeren, maar zijn vingers wilden niet gehoorzamen.

'Gaat het?' De stem van de invalkracht klonk kil en onrealistisch door de luidspreker.

'Ja,' antwoordde Arne Furuberget.

'Ik wilde alleen maar zeggen dat de lunch over tien minuten begint.'

'Je moet me helpen,' zei Furuberget zacht. Hij liet zijn hoofd zakken, alsof hij tegenover een beul stond die wachtte tot hij zijn nek ontblootte.

De deur gleed open en de invalkracht stond met opengesperde ogen te kijken.

Tien voor twaalf, dacht Furuberget.

Misschien had Rask juist deze dag geen trek. De dag waarop hij geen zin had om de drie anderen met wie hij samen mocht eten de les te lezen.

'Geen vragen. Dit heb je nooit gezien, goed?'

'Goed.'

'Hoe heet je ook alweer?'

'Fredriksen.'

Weinig fantasierijk, dacht Furuberget. Hij besloot onmiddellijk om diens tijdelijke contract niet te verlengen.

'We moeten snel zijn. Ik ben op zoek naar een brief, maar die kan ik verdomme niet vinden.' Hij probeerde naar de invalkracht te glimlachen, maar voelde zich alleen nog wanhopiger, weer een stap dichter bij een hulpeloze oude dwaas.

Met zijn tweeën trokken ze de hoes om de matras en brachten ze alles weer op orde.

Hij keek nog eenmaal in het rond. De kamer leek eruit te zien zoals toen hij binnenkwam.

Ergens in zijn achterhoofd herinnerde hij zich die verrekte brief, maar hij was nu gewoon niet in staat iets van de inhoud boven water te halen.

'Geen woord, Fredriksen,' zei hij toen ze het vertrek verlieten.

Fredriksen keek hem extra lang aan.

'Wat is er met die brief?'

'Niets.'

De jonge invalkracht lachte even, wat Arne Furuberget er alleen maar meer van overtuigde dat het tijdelijke contract van de man niet zou worden verlengd.

's Avonds thuis viel er geen fatsoenlijk woord met hem te wisselen.

'Ik wil weg met de kerstdagen,' zei zijn vrouw. Ze prikte in het eten.

Arne Furuberget at met mechanische bewegingen, alsof hij het eten in zich dwong.

'Heb je gehoord wat ik zei, Arne?'

Hij bleef proberen zich de tekst van de brief te herinneren, maar begreep dat hij het moest opgeven. Op een bepaald moment moet je het gewoon loslaten, was dat niet wat hij altijd tegen zijn patiënten zei? Niet tegen de allerziekten, uiteraard, maar tegen degenen die nog een sprankje hoop konden koesteren om op een dag naar het leven te kunnen terugkeren.

'Kerst,' zei hij. 'Jij wilt weg.'

'Verras me.' Ze glimlachte op een manier die hem er heel even aan herinnerde waarom hij ooit voor haar was gevallen.

Zijn vrouw ging vroeg naar bed, al om negen uur. Furuberget bleef naar Tsjaikovski zitten luisteren. Na twee glazen whisky was hij zo sentimenteel dat hij begon te huilen. Hij dacht aan zijn dochters. Nu volwassen vrouwen, zelf met kinderen, maar voor hem zouden ze altijd klein blijven. Daarna dacht hij aan het meisje aan de Frognerveien, en aan Kristiane Thorstensen. Aan de vijf anderen.

'Ik mag geen fouten maken.' Hij klemde zijn hand om het kristallen glas, zo hard dat het bijna brak.

Tegen de ochtend viel hij in slaap. Nadat hij een vakantie van twee weken naar Langkawi in Maleisië had geboekt. Het kostte hem een fortuin, maar het zou haar gegarandeerd verrassen. Hij mocht Rask niet laten winnen en moest de zaak gewoon laten rusten.

Laten rusten, zelfs als het nog meer mensen het leven zou kosten. Hoewel Pontius Pilatus toch werkelijk geen goed leven leidde, overleefde hij in elk geval.

Toen hij 's ochtends in de auto stapte om naar Ringvoll te gaan, zat er opnieuw sneeuw in de lucht.

'Ik verbeeld het me maar,' zei hij bij zichzelf.

Weinig zaken waren zo pathetisch als zelfbedrog.

Anders Rask was een pietepeuterig mannetje. Hij zou de brief nooit hebben verstopt en al helemaal niet aan repen hebben gescheurd en 's nachts door het toilet hebben gespoeld als daar geen reden voor was. Een heel goede reden.

11

Tommy Bergmann wendde zijn ogen af. Hij wist niet hoe vaak ze de film van de bewakingscamera al hadden bekeken. Ze konden wel tot kerstavond doorgaan zonder ook maar een steek verder te komen. Alles wat ze hadden waren de beelden van een man die om 1.59 uur van Porte des Senses vertrok en via de Cort Adelers gate in de richting van de Drammensveien liep in de nacht waarin was geprobeerd het meisje om het leven te brengen.

Of waarin het meisje daadwerkelijk om het leven was gebracht, dacht Tommy.

Ze was dood. Vlak voor zijn ogen was ze gestorven. En ze hadden niets anders dan twintig seconden film van een man die zijn gezicht niet liet zien, het bleef verborgen onder zijn cap. En misschien was hij gewoon een man op weg naar huis; ook al zou hij wellicht het een en ander op zijn geweten hebben, dan hoefde hij in elk geval nog geen moordenaar te zijn.

Milovic was de eigenaar van Porte des Senses, dat was duidelijk. Maar met het vermoorde meisje wilde hij niet in verband worden gebracht. Zelfs een mondelinge afspraak met hoofdofficier van justitie Finneland kon daar niets aan veranderen. Milovic had al meer dan genoeg medewerking verleend.

Over de man hadden ze geen enkele geloofwaardige tip binnengekregen. Alleen de gebruikelijke malloten die de dag des oordeels aankondigden hadden gebeld en onzin uitgekraamd.

Dit was voldoende om Tommy ervan te overtuigen dat de enigen die hem misschien konden herkennen, zelf in Porte des Senses moesten zijn geweest. En de mensen hielden liever hun kaken op elkaar dan toe te geven dat ze in een illegale club waren geweest en die nacht hoogstwaarschijnlijk dingen hadden gedaan die ze beter niet hadden kunnen doen.

Met een zalvende stem, alsof hij het al had opgegeven, liep Reuter de zaak nog een keer door. Tijdstippen, plaats delict, buurtonderzoek. Herhalingen, alleen omwille van de herhaling. Zolang ze de identiteit van het meisje niet achterhaalden, kwamen ze niet veel verder.

Tommy ontmoette de blik van Susanne Bech aan de andere kant van de tafel. Ze had vrijwel de hele tijd naar Svein Finneland zitten kijken, met een vreemde uitdrukking op haar gezicht, alsof ze probeerde onverschillig over te komen, terwijl ze intussen met haar gevoelens streed. Ze sloeg haar wat verdrietige blik neer en krabbelde iets in haar notitieboekje, daarna pakte ze haar mobiel en keek daar een tijdje op, alsof ze een sms had ontvangen waarvan ze niet wist wat ze ermee aan moest. Hij dacht dat ze met haar ex had geruzied en dat die een teer punt bij haar had geraakt.

'Wat zei dat meisje ook alweer, Tommy?'

'Wat?' vroeg Tommy. Fredrik Reuter wees naar hem.

'Maria?'

'Ja, Maria.'

'Meer niet?'

'Jawel, maar dat was onmogelijk te verstaan. In een andere taal, misschien Litouws, ik weet het niet.'

'Maria,' zei Reuter bij zichzelf. 'De taal zoeken we later vandaag wel uit.' Tommy drukte op de afspeeltoets op de dictafoon die voor hem stond.

Gedurende de paar tellen die het apparaat nodig had om op gang te komen was het volkomen stil in de kamer. Op de achtergrond waren zachtjes wat stemmen te horen, daarna mompelde het meisje iets waarna ze 'Maria' fluisterde.

Vervolgens zei ze iets onduidelijks, gevolgd door weer een 'Maria'.

En ten slotte die plotselinge gil.

Tommy sloot zijn ogen, het was alsof hij opnieuw tegen een muur werd gesmeten.

'Maria!'

De stem van het meisje leek alle aanwezigen te doen schrikken. Ze schreeuwde alsof ze de duivel in hoogsteigen persoon had gezien.

Fredrik Reuter liet zijn kin op zijn handen rusten terwijl hij zijn blik neersloeg. Hij schudde licht zijn hoofd.

De commissaris frunnikte wat met haar leesbril. Tommy zag hoe ze 'Maria' bij zichzelf mimede. Halgeir Sørvaag leek wakker te worden. Dat moest ook wel, hij was ten slotte verantwoordelijk voor het onderzoek. Hij fluisterde iets in het oor van de commissaris, die haar wenkbrauwen optrok.

'Wat hebben jullie daar te fluisteren?' vroeg Svein Finneland. Zijn humeur was zo mogelijk nog slechter dan eerder die ochtend. Hij had een risico genomen door een afspraak met Milovic te maken, en nu leek het allemaal nergens toe te leiden. Het was Anders Rask gelukt de zaak heropend te krijgen en zij zaten met een nieuwe moord. Het kon bijna niet erger worden voor Finneland, een man met de ambitie de wereld over te nemen als hij daartoe de gelegenheid kreeg.

'Spoel terug,' zei Sørvaag. Zijn blik was diep geconcentreerd.

'Waarom?' vroeg Reuter.

Tommy pakte de dictafoon en stopte het afspelen. De korte bevelen van de artsen stierven weg.

'Spoel terug. Naar het moment voordat ze "Maria" zegt,' zei Sørvaag.

Tommy spoelde terug.

Het meisje mompelde een woord, maar het was onmogelijk te horen wat het was, althans voor Tommy.

'Wat zegt ze daar?' zei Finneland.

'Sst,' zei Sørvaag en hij stak zijn hand op. Hij greep de dictafoon en spoelde nog een keer terug.

De stilte in het vertrek werd zo mogelijk nog intenser.

De opname werd opnieuw afgespeeld. Twee woorden, misschien één dat werd herhaald. Daarna Maria, en uiteindelijk de kreet: Maria!

Sørvaag zette het apparaat stil.

'Edle,' zei hij. 'Ik geloof dat ze dat zegt. Of ben ik de enige die dat hoort?'

'Volgens mij wel,' zei Fredrik Reuter. 'Ik hoor het niet. Volgens mij krijgt zelfs de Landelijke Recherche niets uit die opname, maar je weet het nooit.'

'Het komt doordat ik die naam, Edle Maria, eerder heb gehoord, die komt me bekend voor,' zei Halgeir Sørvaag.

'Ze zegt alleen "Maria",' zei Finneland. Hij ademde demonstratief uit door zijn neus. 'In elk geval verder niets waar ik iets van kan maken.'

'Ik denk ook dat ze alleen "Maria" zegt, maar dan bedoelt ze misschien "edele Maria", begrijp je?' zei Fredrik Reuter. 'Jezus werd geboren uit het lijf van een tenger jodinnetje met die naam, Halgeir. Het kan haar moeder of zus wel zijn, wat weten wij ervan.'

Svein Finneland opende zijn mond om iets te zeggen, maar bedacht zich kennelijk.

'Ja,' zei Sørvaag. 'Maar het is verdomde vreemd.' Hij ging op het puntje van zijn stoel zitten en had veel weg van een overijverige schooljongen die de meester een mooi verhaal wilde vertellen dat hij helaas was vergeten.

'Het is verrekte cryptisch,' zei Svein Finneland. Tommy kon de zweetkringen op zijn overhemd duidelijk zien. De donkere vlekken onder zijn oksels werden bij elke armbeweging groter. Finneland was zo'n man die zes dagen per week sportte, hij was mager en pezig, droeg een hartslagmeter en zag er jongensachtig uit. Een man van wie er dertien in een dozijn gaan, dacht Tommy. Van wie er steeds meer komen, van die mensen die niet bestonden toen hij aan deze baan begon.

'Mijn eerste chef hier op het bureau, weet je nog, Hanne.' Halgeir Sørvaag wendde zich tot de commissaris, Hanne Rodahl. 'De oude Lorentzen, hij stond destijds aan het hoofd van de afdeling Geweldszaken. Ik weet heel zeker dat hij het een keer, of meerdere keren, over ene Edle had. Of was het Edel? Ellen? Het was in de jaren zeventig. Voor zover ik me herinner was haar tweede naam Maria.'

'En?' Svein Finneland leek zijn geduld te gaan verliezen. Rune Flatanger had zijn mouwen opgestroopt en schreef een paar trefwoorden in zijn notitieboekje.

Tommy liep terug naar zijn stoel en deed hetzelfde. Je kon veel over Halgeir Sørvaag zeggen, maar hij kende hem goed genoeg om te weten dat hij het nu serieus meende.

'Oké, oké,' zei Finneland met tegenzin. 'Dat klinkt volkomen absurd, Sørvaag, maar laat het personeelsdossier van die Lorentzen controleren, dan zullen we er wel achter kunnen komen waar hij heeft gewerkt, of leeft hij nog?'

'Hij is tien jaar geleden overleden,' zei de commissaris. Ze knikte naar Sørvaag, ten teken dat hij verder moest gaan.

'Lorentzen, of Lorenz zoals wij hem noemden, vertelde over een zaak, tegen een paar uitverkorenen, over een jong meisje ergens in het noorden van het land, en ik weet zeker dat ze Edle Maria heette, dat op een bijzonder akelige manier werd vermoord. De moordenaar is nooit gevonden, en ik weet nog dat hij zei dat hij die zaak nooit zou vergeten.'

'Volgens mij is dat verdomd vergezocht, Sørvaag. Maar ik zal een poging wagen. Het moet verdomme toch mogelijk zijn uit te zoeken of de een of andere Maria ten noorden van de poolcirkel is vermoord. Wanneer heeft de moord op die Edle Maria plaatsgevonden? Of op die Ellen?'

'Ik denk niet dat het Ellen was. De naam was uitzonderlijker. Het moet ergens in de jaren zestig zijn geweest. In Noord-Noorwegen. Geloof ik.'

'Herinnert iemand zich hier iets van? Het moet toch voor nogal wat opschudding hebben gezorgd?'

'Noorwegen bestond destijds eigenlijk uit twee landen,' zei Rune Flatanger. 'Wat er ten noorden van Trondheim gebeurde, was hier weinig tot helemaal niet interessant.'

'Klopt,' zei Sørvaag. 'Toen hadden ze zelfs geen belangstelling voor ons en wij woonden maar één provincie zuidelijker.'

'Dus geen van jullie tweeën kan zich de zaak herinneren?'

'Ik ook niet,' zei Hanne Rodahl.

'Niemand anders?' vroeg Svein Finneland. 'Belletjes?'

Rune Flatanger maakte een machteloos gebaar.

'*Beats me*,' zei hij.

Finneland ademde moeizaam.

'We kunnen ons niet door gevoelens laten leiden, Sørvaag.'

Svein Finneland zuchtte gelaten, alsof Halgeir Sørvaag een kind was dat nooit tot de kern van de zaak kwam.

'Zoek het personeelsdossier van Lorentzen, Sørvaag. Dan horen we wel weer van je.'

'Succes, Halgeir,' zei Hanne Rodahl. 'We zitten hier toch niet helemaal op een dwaalspoor, hè?'

'Misschien was haar tweede naam Marie, als ik erover nadenk,' zei Sørvaag. 'En niet Maria.'

Svein Finneland kon nog net een 'goeie genade' onderdrukken. Hij hief zijn arm en bestudeerde zijn hartslagmeter.

'Hier hebben we geen tijd voor. Waarom zou een veertienjarig meisje uit Oost-Europa schreeuwend verwijzen naar een oude moordzaak uit Jokkmokk?'

'Misschien was ze gewoon katholiek,' zei Sørvaag enigszins onzeker, grijnzend om zichzelf. Op zijn voorhoofd parelden zweetdruppels. Tommy zag hoe een ervan op zijn ooglid terechtkwam. Sørvaag kon nog net een zakdoek uit de zak van zijn oude trui pakken voordat Finneland zijn mond opende en van leer trok.

Tommy schreef met koeienletters in zijn notitieboekje: MARIA. EDLE MARIA?

12

Arne Furuberget dacht dat zijn patiënten misschien therapie nodig zouden hebben nadat ze in de therapieruimte waren geweest. Het felle licht maakte de perzikkleurige wanden ziekelijk, als braaksel, vond hij. Hij had een paar jaar geleden onverantwoord veel geld aan de inrichting besteed en nu kon hij er zelf niet meer tegen. Het enige positieve was dat de kamer uitzicht bood op het Mjøsameer, dat op dit moment baadde in het zonlicht, omgeven door glooiende, besneeuwde akkers. Het winterlicht was zo scherp als je alleen in Scandinavië zag en op zulke dagen dacht Arne Furuberget dat er geen mooier land op de wereld bestond. Waarom besteedde hij dan zestigduizend kronen aan een kerstvakantie in Maleisië?

Hij richtte zijn gedachten op de man die voor hem zat. Anders Rask keek naar zijn Crocs. Vandaag wilde hij het alleen over de heropening van de Kristiane-zaak hebben. Hij leek zich nergens anders mee bezig te houden. Furuberget legde zijn pen en papier op het tafeltje tussen hen in en wisselde een blik met de twee verplegers. Een van hen was de invalkracht, Fredriksen. Furuberget voelde zich een beetje beschaamd in diens aanwezigheid, want hij was de controle even kwijtgeraakt toen het om die verdomde brief ging.

Furuberget ging bij het raam staan en besefte dat Rask elk moment de pen van het tafeltje kon pakken, die in de nek van een verpleger kon steken en hemzelf tegen het traliewerk voor het raam kon gooien.

'Waarom wil je me niet naar de open afdeling overplaatsen?' vroeg Anders Rask achter zijn rug.

Furuberget gaf geen antwoord. Dit was de eerste keer dat Rask er met hem over sprak. Er is iets aan de hand, dacht hij. De afgelopen tijd was er iets met Rask gebeurd, hij had nieuwe moed gevat.

'Ik denk dat je daar spijt van gaat krijgen,' zei Rask.

'Waarom?'

'Ik wil gewoon als een mens worden behandeld.'

'Je wordt ook als een mens behandeld,' zei Arne Furuberget. 'Wat denk je als ik de naam Maria zeg?'

Hij draaide zich om naar Rask.
'Jezus.'
'Verder niets?'
Furuberget glimlachte voorzichtig. Anders Rask keek alleen ongeïnteresseerd voor zich uit.
'Waarom heb je trouwens mijn kamer doorzocht?' vroeg Anders Rask.
Arne Furuberget probeerde rustig te ademen. Hoe wist hij dat?
'Dat heb ik niet gedaan.'
'Crowley stond aan de verkeerde kant van de encyclopedie. Je hebt een fout gemaakt.'
Arne Furuberget besloot geen antwoord te geven.
'Heb je de plaats van de boeken in de kast getekend?' Anders Rask glimlachte, maar zijn ogen waren mat en levenloos.
Furuberget hoopte dat hij zijn afschuw kon verbergen.
'Je had een foto van de boekenkast moeten maken met je mobiel.'
Rasks glimlach werd groter, als bij een kind.
'Eerst zet je *The Book of the Law* verkeerd neer en dan vraag je me naar Maria. Magdalena of de maagd?'
Hij heeft hem nog, dacht Arne Furuberget. De brief. Maar hij kon er verder niets mee. Misschien had hij alles al verpest.
'En Edle Maria?'
Rask vertrok geen spier. In één klap leek het hele gesprek hem niets meer te interesseren.
'Als ik zeg dat ik niet geloof dat je in je hele leven ook maar iemand hebt vermoord, wat zeg je dan?'
'Dat ze je zullen afmaken.' Anders Rask lachte zacht, meisjesachtig.
Arne Furuberget sloot zijn ogen. Hij moest zich concentreren om niet hardop te zuchten. In feite voelde hij opluchting dat Rask eindelijk liet zien dat hij nog steeds geweldsfantasieën had. Aan de andere kant gebeurde het voor het eerst dat die zich tegen hem richtten.
'Het is jaren geleden dat je zo reageerde, Anders. Ik kan geen overplaatsing aanbevelen als je zulke dingen zegt. Ook al krijg je alle zaken heropend en word je vrijgesproken. Begrijp je dat? Waarom zeg je zulke dingen?'
'Omdat je me hier wilt houden tot ik doodga. Daarom moet jij eerst sterven.'
'Zullen we het afronden, Anders?'
'Ik meende het niet.'
'We ronden het af.'
Rask antwoordde niet. Hij zat alleen met een verdrietige glimlach om

zijn mond, alsof hij tevreden was dat hij Furuberget had bedreigd, maar ontevreden omdat hij wist dat het nu lastiger voor hem zou worden om binnen afzienbare tijd op de open afdeling te komen.

Arne Furuberget liet de verantwoordelijkheid voor Rask aan de twee verplegers over.

In de sluis bleef hij zo lang staan dat de deur twee keer van het slot moest worden gehaald. Hij dacht aan het gesprek dat hij bij de Landelijke Recherche met Rune Flatanger had gehad.

Twee weken lang had hij amper een oog dichtgedaan.

Het vermoorde meisje had 'Maria' geschreeuwd. Flatanger had hem het geluidsbestand toegestuurd. Voordat ze 'Maria' zei, sprak ze nog een ander woord. Een van de politiemensen dacht dat het meisje 'Edle' of 'Edel' had gezegd. Misschien 'Ellen'. Hij meende te weten dat hij de naam in een eerdere zaak was tegengekomen, maar daarna had hij er min of meer afstand van genomen; hij dacht dat hij het zich verkeerd herinnerde.

Toch wist Arne Furuberget dat hij de naam eerder had gehoord. Hij wist alleen niet meer waar. En het was geen Edel of Ellen.

Het was Edle. Edle Maria. Zo'n bijzondere naam dat hij die wel onthield.

Flatanger had hem gevraagd de naam tijdens de therapie te berde te brengen. Furuberget had niet genoemd dat ergens in zijn achterhoofd een belletje rinkelde. Het was alsof de duivel ermee speelde. Net toen hij die brief van de anonieme afzender eindelijk achter zich had kunnen laten, dook die naam op.

Hij keek op de wandklok. Over een uur zou het meisje in Oslo worden begraven.

In zijn kantoor pakte hij de kalender en zette een kruis door deze dag voordat die voorbij was. Nog vijf maanden tot mijn pensioen, dacht hij.

Hij hoopte dat het hem voor die tijd niet te binnen zou schieten waar hij die naam Edle Maria eerder had gehoord. Die vormde de sleutel en hij wist niet of hij die wel wilde vinden.

13

Je kon nauwelijks een sigaret buiten roken. Tommy Bergmann trok de kraag van zijn jas omhoog, alsof dat zou helpen tegen de wind die dreigde hem te onthoofden. Maar misschien was kerkhof Alfaset ook geen plek om te roken. Hij ging weer in zijn auto zitten met het raampje naar beneden. Zijn ogen waren op de witte kapel gericht. Na een paar trekjes gooide hij de sigaret weg. Het zien van dat ogenschijnlijk eindeloos lange kerkhof stond hem tegen. Dit is het eindstation, dacht hij en hij keek uit over het grijze, industrieachtige landschap.

Op een dag zal ik hier zelf liggen. Maar nu nog niet.

Op het grote parkeerterrein stonden een paar auto's, maar hij merkte ze nauwelijks op. Toen hij bij de kapel aankwam, hadden alleen Frank Krokhol en een fotograaf van het *Dagbladet* op de eerste rij plaatsgenomen. Verder was er geen mens, met uitzondering van de dominee en de begrafenisondernemer.

Het was een triestere aanblik dan hij had verwacht te zien. Hij wist nu dat er een meisje van veertien in de kist lag dat uit een kindertehuis in de buurt van Vilnius was weggelopen en Daina heette. Het enige familielid dat de Landelijke Recherche had weten te traceren was een alcoholverslaafde tante. Ze had vast ontdekt dat het het goedkoopst was als de Noorse staat haar nichtje in de bevroren aarde van Oslo zou laten neerdalen.

De enige troost die er te vinden was, bestond uit de kleuren op het schilderij aan de achterwand. Weidemann, hij wist nog dat zijn moeder vond dat de man over het algemeen prutswerk schilderde. Hij was hier voor het laatst geweest toen zij werd begraven. Hij zei tegen zichzelf dat hij zich daarom zo bedrukt voelde, hoewel hij wist dat dat een leugen was.

De dominee knikte naar hen beiden. Tommy trok zijn jas uit en legde hem tussen zichzelf en Krokhol, alsof hij een zekere afstand tot de oude journalist wilde creëren. Die was er niet vanuit de goedheid van zijn hart, terwijl Tommy zich inbeeldde dat dit bij hemzelf wel het geval was. Het moordonderzoek was namelijk in een impasse beland, en wel zo erg dat hij op het punt stond het op te geven. Niemand had over de man in de Cort Adelers gate getipt, Milovic zei geen woord over het meisje, zijn advocaten hielden elke poging tegen om hem aan haar te koppelen, en hoofdofficier van justitie Finneland had zichzelf schaakmat gezet na de amnestieafspraak toen Milovic de bewakingsbeelden die in de club waren gemaakt, had afgegeven. En het personeelsdossier van het oude hoofd van de recherche, Lorentzen, was verdwenen. Sørvaags hopeloze Maria-spoor was wat het woord al zei: hopeloos.

Toen de dominee aan zijn preek begon, dacht Tommy dat hij er net zo goed meteen mee kon ophouden.

Zorg dat je dat arme kind onder de zoden krijgt, dacht hij.

Het voelde als een opluchting toen de kerkklokken luidden.

Naast hem kwam Frank Krokhol overeind en hij probeerde medelevend naar de dominee te kijken.

Tommy stond op en liep naar de uitgang.

Een in het zwart geklede vrouw zat helemaal achterin. Haar hoed verborg haar gezicht en maakte dat ze er misplaatst uitzag, alsof ze uit een andere tijd afkomstig was, of uit een film die hij ooit had gezien.

Ze stond langzaam op en opende de deur.

Tommy trok zijn jas aan en volgde haar. Hij keek om en vergewiste zich ervan dat Krokhol niet achter hem aan liep. Krokhol stond nog met gevouwen handen, ongetwijfeld om zo waardig mogelijk over te komen, zodat de dominee hem na afloop een paar goede citaten zou bezorgen, over de eenzame begrafenis.

De vrouw liep al vele meters voor hem, de helling naar het parkeerterrein op.

'Elisabeth Thorstensen,' zei Tommy bij zichzelf. Hij bleef staan en liet haar lopen.

Iemand anders kon het niet zijn. In een flits had hij haar blik opgevangen, ook al liep ze een flink stuk verderop.

Een paar tellen lang wist hij het heel zeker.

Ik heb je eerder gezien.

Vóór de Skøyenbrynet.

Hij belde de centrale en kreeg het nummer van haar mobiel. Die ging vier keer over voordat de verbinding werd verbroken. Daarna kwam hij direct bij de voicemail terecht. Hij liet een bericht achter over wie hij was en dat hij graag even met haar wilde praten.

Het is allemaal mijn schuld.

Waarom had ze dat gezegd?

Deel 2
December 2004

1

Tommy Bergmann liep als een slaapwandelaar en dat deed hij al bijna twee weken, sinds het meisje uit Litouwen, Daina, was begraven. Zelden hadden ze zo weinig aanknopingspunten gehad. Bovendien bestond er geen slechter tijdstip om vermoord te worden dan in de laatste maanden van het jaar. Het overwerkbudget was allang op en het regende ziekmeldingen. Daarnaast viel niet te ontkennen dat een anonieme prostituee uit Litouwen in het nog niet zo lang geleden rijk geworden, zelfingenomen Noorwegen snel werd vergeten. Niemand zette zich voor haar zaak in, het leek wel een stilzwijgende vanzelfsprekendheid dat Daina niet een van de Noren was. Dat ze hoogstwaarschijnlijk de laatste in een lange rij vermoorde meisjes was, wist buiten het hoofdbureau van politie nog niemand.

De vaginale monsters die in het Rijkshospitaal van Daina waren genomen en de microscopische huidresten onder haar nagels lieten een DNA-profiel zien dat weleens heel goed kon matchen met het profiel dat in 1988 op Kristiane Thorstensen werd aangetroffen, evenals op het volgende slachtoffer in februari 1989, ook een prostituee. Het probleem was dat het oude profiel zo grofmazig was dat het in principe op tien procent van alle mannen van toepassing was. Toch was het, als je het vergeleek met de letsels die Daina waren toegebracht, zo goed als zeker dat ze met een en dezelfde dader te maken hadden. Daarom werd het ook steeds waarschijnlijker dat Anders Rask onschuldig was.

Maar deze informatie moest binnenskamers blijven. Fredrik Reuter wilde de moordenaar niets voor niets geven, commissaris Hanne Rodahl wilde de inwoners van de stad zo vlak voor kerst niet de stuipen op het lijf jagen en al helemaal niet de hopeloos halfbakken resultaten van het onderzoek tonen. Rodahl had de ambitie om ergens in het nieuwe jaar hoofdcommissaris te worden en dan was het beter om zo weinig mogelijk te benoemen dat ze tegenover een, zoals ze dat intern noemde, zeer onaangenaam mysterie stonden. In de persberichten heette het dat 'de politie met het oog op het onderzoek geen nadere informatie kan verstrekken'. In werkelijkheid betekenden dat soort holle frasen 'we tasten in het duister'. Daina's enige hoop op een vorm van gerechtigheid was helaas dat ze waarschijnlijk door dezelfde man was vermoord als degene die sinds 1978 zes andere meisjes van het leven had beroofd. Dat was de enige reden dat Tommy, Halgeir Sørvaag en de rest van de mensen op het bureau zich nog met haar bezighielden.

Vermoedelijk was ze vermoord door de man die Anders Rask zou zijn. Maar die Anders Rask niet kon zijn. De man die Kristiane Thorstensen had omgebracht.

Tommy wist dat als hij ontdekte wie Daina had vermoord, hij er ook achter kwam wie voor de dood van Kristiane en de anderen verantwoordelijk was. Rask zat echter in de psychiatrische inrichting Ringvoll opgesloten. Iemand had nog maar een paar weken geleden op vrijwel dezelfde manier gemoord. Dat kon dan toch gewoon niet met Rask te maken hebben.

Of wel?

Op het moment dat Tommy de trappen naar het metrostation Grønland af liep, bedacht hij dat Anders Rask misschien bezig was het hele land een illusie over zijn eigen onschuld op de mouw te spelden. Enkele Somalische mannen vlogen aan de kant, alleen al het zien van hem was voldoende om bang te zijn voor arrestatie. Het kon hem geen barst schelen dat ze openlijk stonden te onderhandelen over de prijs van een paar gram qat; hij liep verder door de nauwe tunnel. De kou van de straat ging geleidelijk aan over in een bedwelmende warmte van de winkels die langs het traject naar het perron lagen. De warmte maakte hem suf, hij voelde hoe weinig hij de laatste weken had geslapen. Zelfs de ijskoude windvlaag op het station maakte hem niet echt wakker. De rand van zijn gezichtsveld leek zich op te lossen, er gleden schaduwen voor zijn ogen, onverwacht van de zijkant komend, waarna ze weer verdwenen, elk geluid klonk versterkt en hard, bijna metaalachtig onder de overkapping. Bij elk krakend geluidje uit de luidspreker, een nasale stem die nog meer vertragingen meldde, schrok hij op en scheelde het niet veel of hij greep naar een denkbeeldige pistoolholster onder zijn donsjack.

Het perron stond vol mensen uit alle windstreken, in de steeds erger wordende kou gekleed tot de rand van wat praktisch mogelijk was. Berusting stond op de gezichten te lezen, alsof ze dachten dat ze niet nog een winter zouden overleven. Tommy had Oslo nooit als een stad beschouwd die langs je wang streelde en je verleidelijke woorden in het oor fluisterde, maar de afgelopen weken was de winter zo streng geweest dat de stad aan een platgebombardeerd krijgstoneel deed denken, waarin de mensen van de ene ruïne naar de andere renden en in een metrostation als dit beschutting tegen de luchtaanvallen zochten.

Hij was voor zijn eerste afspraak bij Alternatief voor Geweld op het plein Lilletorget geweest en voelde zich helemaal leeg, als zo'n grijze betonnen buis die zich door de voorstad slingerde. Hij wist niet of hij de therapeut aardig vond, maar toch had hij zich meer opengesteld dan hij tegenover Viggo Osvold deed. Osvold was wat voornaam, hij draaide als een kat om de hete brij heen, verpakte zaken in katoen. Dat deden ze bij Alternatief voor Geweld niet. Toch wilde hij niet ophouden met Osvold. Alternatief voor Geweld kon hem ongetwijfeld leren zich als een vrijwel normale man te gedragen, maar volgens hem kon Osvold dieper graven, zo diep dat er uiteindelijk misschien geen bodem meer was. Tommy stond met beide benen in een kindertijd die niets anders was dan een zwart gat. Hij herinnerde zich vaag dat hij misschien wel urenlang schreeuwend ergens in zijn eentje had gelegen. Dat was zijn vroegste herinnering, hij had nog niet zo oud kunnen zijn. Die herinnering keerde steeds vaker terug. Uiteindelijk was hij gestopt met schreeuwen. Toen had hij andere stemmen gehoord, gehuil. Zijn moeder? Hij wist het niet, hoe kon hij dat weten?

Een zwart gat, dacht hij. En zonder hulp kwam hij verdomme geen steek verder. Dat had hij in elk geval wel begrepen.

Ten slotte verscheen eindelijk lijn 4 naar Bergkrystallen, als een draak uit het zwarte gat.

Hij keek naar de foto van een vrouw op de reclameborden tussen de perrons. Ze had nat, lang haar en droeg een bikini, achter haar zag je een hemelsblauwe zee, een palmboom, brandend heet zand onder haar voeten. Een zongebruinde man omhelsde haar. Verder kon je laat op een maandagmiddag in december niet van zestig graden noord verwijderd raken. Het gezicht van de vrouw leek door de ramen van de metro heen te glijden en in dat van Kristiane Thorstensen te veranderen. De deuren gingen open en Tommy baande zich een weg de coupé in, vond een staanplaats tegen de deur en ving een laatste glimp op van het glimlachende vrouwelijke model op het reclamebord. DE DAGEN DIE JE NOOIT VERGEET, stond eronder. Kristiane kreeg geen extra dagen, geen kans om midden in de winter met de man van haar leven naar het zuiden te gaan. Hoe oud zou ze nu zijn geweest? Hij rekende terug. Tweeëndertig. Nee, eenendertig. En zou ze er zo hebben uitgezien? 'Ja,' zei hij bij zichzelf. Ja, zij had die vrouw op die reclameposter kunnen zijn.

Kristiane Thorstensen was al zestien jaar dood en nu was ze overal. Waar Tommy ook keek, keek hij recht in haar gezicht. Ook al wilde hij het niet, toch werd zijn blik naar een man getrokken die met zijn rug naar hem toe zat, op de stoel tegen de wand van plexiglas, en met een van de advertentiebijlagen van de *Aftenposten* worstelde. Toen de man een pagina omsloeg, wist Tommy wat er zou komen, eerder op de dag had hij de krant zelf al gelezen.

De heropeningscommissie had vlak voor het weekend een besluit genomen: de eis van Anders Rask werd gehonoreerd en de Kristiane-zaak zou opnieuw in behandeling worden genomen. De kranten konden er geen genoeg van krijgen. De nieuwsuitzendingen op tv liepen over van de speculaties. Op de radio was nauwelijks nog iets anders te horen.

WIE HEEFT KRISTIANE VERMOORD? kopte de *Aftenposten*. Haar onvermijdelijke schoolfoto uit 1988, aan het begin van de herfst, vulde de halve pagina. Tommy voelde even een steek in zijn middenrif en vervloekte zichzelf. Telkens als hij haar gezicht zag, was het alsof hij weer de jongen werd die hij ooit was geweest, ongelukkig en hopeloos verliefd op meisjes zoals zij. Ze had een rond gezicht, dat was bijna mollig te noemen, haar haar krulde zoals dat destijds in de mode was, en volgens hem noemden de jongens haar *het leukste meisje van de school*, niet het *knapste*, en verder had ze misschien dat ondefinieerbare *iets* waardoor de jongens als een blok voor haar vielen en wat haar meer vriendinnen opleverde dan ze strikt genomen nodig had.

Ja, dacht Tommy, juist dat beeld had hij zich van Kristiane Thorstensen gevormd. Als hij alleen al keek naar haar glimlach en ogen die in de richting van de fotograaf leken te schitteren, naar de natuurlijke krullen en het kuiltje in haar kin, wist Tommy dat Kristiane Thorstensen zo'n meisje was dat haar klasgenoten voor de rest van hun leven bijbleef, net als iedereen die haar kende, die met haar had gehandbald, haar in de sneeuw had geduwd hoewel ze daar veel te oud voor waren, de talloze jongens die haar hadden horen zeggen: *Ik vind jou ook leuk, maar als een vriend, beloof me dat je het je niet aantrekt, goed?*

Hij had nooit iets met het onderzoek naar de moord te maken gehad, was destijds net afgestudeerd aan de Politieacademie, maar Onze-Lieve-Heer wist hoe vaak hij in de jaren die volgden aan haar had gedacht.

Ongetwijfeld had hij een slecht geweten moeten hebben omdat hij eigenlijk de moordenaar van Kristiane wilde vinden en niet die van het arme, Litouwse meisje. Soms was het alsof hij haar domweg was vergeten, een meisje was vergeten dat was begraven in een land waar haar tante vanwege geldgebrek niet naartoe kon reizen, en dat ze om financiële redenen ook niet in haar eigen land kon begraven.

Hij herinnerde zich echter alleen Kristiane. Niet dat arme meisje zonder gezicht. Nee, het bemiddelde, bevoorrechte meisje dat op slechts een steenworp afstand had gewoond van de plek waar hijzelf was opgegroeid.

Kristiane, mimede hij, alsof hij een oude zonderling was die in zichzelf praatte. Hij had geprobeerd haar te vergeten, haar te verdringen, haar de laatste zestien jaar uit te wissen. Daar in het bos had hij haar een belofte gedaan. Een belofte aan een meisje dat nooit ouder zou worden dan vijftien jaar, dat hij nooit verkeerde dingen zou doen.

Hij verplaatste zijn blik naar de krant die de man op de stoel naast hem las. Haar grote ogen keken dwars door hem heen. Het was alsof ze tegen hem zei: hoe kon je?

2

De vloer lag bezaaid met kranten. Allemaal lagen ze opengeslagen bij de reportage over Anders Rask. De VG had een facsimile van een oud artikel over een dubbele pagina. HET MONSTER stond er in oorlogsletters boven een bijna tien jaar oude foto van Rask. De man die was veroordeeld voor de moord op Kristiane Thorstensen was erin geslaagd de zaak heropend te krijgen en nu waren de moorden op de vijf andere meisjes aan de beurt. De verdediger van Rask, een jonge advocaat uit Gjøvik, was geïnterviewd en het artikel besloeg drie pagina's, met als kop: ER ZIJN GÉÉN DOORSLAGGEVENDE BEWIJZEN. Alle journalisten leken zich met de zaak bezig te houden, maar dat kon Tommy hen niet kwalijk nemen. Ze hadden een cadeautje in handen. Hij had de argumentatie van de heropeningscommissie voor hun beslissing gelezen en dat was funeste leesstof, bijna een karaktermoord op de politie, en vooral op de Landelijke Recherche. Het was alsof de grond onder de machtsdriehoek pers, Openbaar Ministerie en rechtbank werd weggeslagen. Hadden ze het allemaal bij het verkeerde eind gehad? Was Anders Rask niet die onmens die iedereen in hem had gezien, een monster dat een langzame, pijnlijke dood verdiende? Was hij slechts een misbruiker – wat al erg genoeg was – maar geen moordenaar?

Tommy schoof een VHS-cassette in de oude recorder onder de tv. Er stond RASK SEPTEMBER 1994 NRK op. Hij had de documentaire over Rask al jarenlang niet meer bekeken, had de kop van die man niet willen zien. Nu kon hij het niet meer uitstellen. Op de salontafel stonden nog resten van zijn maaltijd en die moest hij eerst opruimen. De slager Anders Rask en eten waren onverenigbare grootheden.

Hij stak een sigaret op en hield hem tegen het tv-scherm, zodat het gloeiende puntje het gezicht van de jonge Rask vlak onder zijn rechteroog raakte. Er werd een clip van de viering van de nationale feestdag aan het begin van de jaren zestig getoond. De kwaliteit van de kleurenfilm en het feit dat het gezin in die tijd een filmcamera had kunnen kopen, wees erop dat Rask uit een gegoede familie kwam. Maar volgens de documentaire was Rask opgegroeid in Slemdal als kind van gescheiden ouders, zijn moeder huurde een klein appartement in een souterrain, ze hadden weinig geld en Rask was naar verluidt behoorlijk gepest op school, maar daar was hij langzaam maar zeker kennelijk overheen gegroeid. Hij deed het goed op school en studeerde in 1979 af aan de lerarenopleiding Eik in Tønsberg. Daar had hij ook zijn eerste slachtoffer gevonden. Tijdens zijn stage op de Presterød-school had hij Anne-Lee Fransen gedood, een tenger, geadopteerd meisje uit Zuid-Korea. Ze was maar dertien jaar geworden.

Tommy spoelde langs de interviews met psychiaters en psychologen. Hij wist wel waar hun verklaringen op neerkwamen. Anders Rask was het klassieke geval van een teruggetrokken, gevoelig kind, met een oedipale en bijgevolg pathologische haat-liefdeverhouding met zijn moeder, die van haar kant met nogal omvangrijke psychische problemen te kampen had gehad en talloze malen opgenomen was geweest. Ook was duidelijk geworden dat zijn vader zich aan de twee dochters had vergrepen die hij met zijn nieuwe vrouw had gekregen, en er werd ook over gespeculeerd in hoeverre hij zich aan Anders had vergrepen toen die nog een kind was, iets waar Anders Rask zich altijd dubbelzinnig over had uitgelaten. Hij beweerde dat hij het grootste deel van zijn kinder- en tienerjaren had verdrongen, maar dat hij zich af en toe gebeurtenissen herinnerde toen hij op de lerarenopleiding begon, flitsen van een nachtmerrieachtig verleden die hem ziek maakten. Wat hij echter niet had verdrongen waren verschillende gevallen van misbruik van kinderen die hij les had gegeven, en kleine kinderen toen hijzelf een tiener was. De politie van Oslo had Rask voor het eerst in verzekerde bewaring gesteld in de winter van 1992, wegens seksueel misbruik van een meisje op de Bryn-school. Tijdens de verhoren had Rask tot ieders verrassing de moord op Kristiane Thorstensen bekend, die sinds 1986 zijn leerling op de Vetlandsåsen-school voor voortgezet onderwijs was geweest. Vervolgens had hij in rap tempo de moorden op vijf andere meisjes toegegeven, de eerste dus in Tønsberg in 1978. Tijdens de politieverhoren veranderde hij zijn verklaring meermalen, waarna hij ten slotte bleef volhouden dat hij stemmen in zijn hoofd hoorde die hem opdracht gaven deze meisjes te vermoorden, en tijdens de rechtszaak week hij daar niet van af.

Tommy spoelde de cassette verder naar de reconstructie van de eerste moord, in Tønsberg. De documentaire bevatte geen beelden van de reconstructie van de moord op Kristiane en daar was hij blij om. Nooit van zijn leven wilde hij terug naar de bossen aan de zuidkant van de stad, ook niet op film.

Hij zette het beeld van Anders Rask stil; die stond gebogen over struikgewas bij een bospad in Indre Vestfold. Daar had hij in het laatste weekend van augustus 1978 Anne-Lee Fransen verkracht en vermoord, nadat ze bij hem thuis was gekomen in het souterrain dat hij van een oude, half demente vrouw in de wijk Tolvsrød in Tønsberg huurde. Zijn werkwijze bij de latere zaken was gelijk aan dit eerste geval. Bij alle slachtoffers werden sporen van lijm aangetroffen rond mond en neus, polsen en enkels, en die waren vermoedelijk van hetzelfde type ducttape afkomstig als in 1992 bij Rask thuis werd gevonden. Hij had kennelijk sinds 1978 altijd dezelfde soort tape gebruikt. Ook waren er bij hem thuis een paar eigendommen van Kristiane aangetroffen, boeken, pennen en een schoolfoto van haar, dus er waren aanwijzingen dat hij de man was die ze zochten. Toen ze bovendien spullen en haren van Anne-Lee Fransen in zijn appartement in Haugerud in Oslo hadden ontdekt, was de zaak zo goed als rond. Aan het feit dat er geen eigendommen van de andere vermoorde meisjes werden gevonden, werd niet veel waarde gehecht. Twee maanden na de bekentenis kwam het Openbaar Ministerie met wat de pers 'doorslaggevend bewijs' noemde, een uitspraak die eigenlijk een tegenstrijdigheid op zich vormde, en iedereen was het erover eens dat Anders Rask het grootste monster was dat het land sinds mensenheugenis had voortgebracht, dat misschien ooit had bestaan. Bij alle meisjes kon door de sectie niet worden vastgesteld of ze al gestorven waren toen hij ze met messen en slagvoorwerpen bewerkte. Daarvoor hadden ze al te lang in de buitenlucht gelegen. Waarschijnlijk waren vier van hen als gevolg van bloedverlies tijdens de mishandeling overleden.

Het zogeheten doorslaggevend bewijs van het OM was gebaseerd op laboratoriumproeven uit Groot-Brittannië. De onlangs ontwikkelde DNA-technologie van Imperial Chemicals had al in januari 1989 onc1ubbelzinnig duidelijk gemaakt dat het sperma dat in en op Kristiane Thorstensen was aangetroffen liet zien dat de dader bloedgroep A had en een enzymprofiel dat negentig procent van alle mannen uitsloot. Tot hetzelfde resultaat kwamen de monsters van de jonge prostituee die na Kristiane, op nieuwjaarsdag 1989, werd vermoord. Toen Rask zijn bloedmonster had afgegeven, werd duidelijk dat hij tot de tien procent met hetzelfde enzymprofiel behoorde. Daarnaast had hij bloedgroep A. Dat was voor de rechtbank voldoende om zonder enige twijfel tot de conclusie te komen dat Rask geen valse bekentenis had afgelegd, hoewel hij onzeker overkwam toen hij de letsels moest beschrijven die hij de meisjes had toegebracht en de onmenselijke waarheid vertelde over zijn drang om meisjes en jonge vrouwen te mishandelen en te vermoorden.

Tommy speelde de film in traag tempo af. Het gezicht van Anders Rask vertoonde ten slotte een onbegrijpelijke glimlach, alsof er op de plaats delict iets was wat hij vermakelijk vond. Hij drukte opnieuw op *play*, de film ging op normale snelheid verder. De camera zoomde in op de vrouwelijke gelaatstrekken van Rask. Het viel niet te ontkennen dat Rask er knap uitzag en dat dat uiterlijk iedereen kon misleiden, als je niet beter wist.

De voice-over haalde een deel van Rasks eigen verklaring voor de rechtbank aan. Hij had afgesproken om Anne-Lee Fransen bij hem thuis, in zijn souterrain, te ontmoeten. Daarna had hij haar in de badkamer bewusteloos geslagen, het kleine lichaam in een afvalzak gestopt en naar zijn auto gedragen nadat de duisternis was ingevallen. De mishandeling en de moord hadden in het bos plaatsgevonden.

Opeens besloot Tommy de recorder uit te zetten. Het was onmogelijk om er niet over te fantaseren welke pijn en angst hij Rask zou hebben toegebracht als hij daarvoor de kans had gekregen. Een moment lang bedacht hij dat hij Anders Rask domweg dood zou hebben geschopt, zijn tronie met zijn rechtervoet, met de laars met de ijzeren noppen, had vermorzeld tot er geen gezicht meer over was. Nee. Het was wellicht het beste geweest hem op de luchtplaats van de gevangenis los te laten, zodat de andere gedetineerden hem als hyena's aan stukken konden scheuren. Of zijn lichaam aan gort konden slaan met een honkbalknuppel of een grote bahcosleutel. Eerst zijn benen, daarna zijn armen, dan zijn bovenlijf, kruis, gezicht. Ten slotte zijn hoofd.

Hij sloot zijn ogen. Als je zulke gedachten had, was het afgelopen. Rask was erin geslaagd de Kristiane-zaak heropend te krijgen. Tommy besefte dat de kans bestond dat Rask werd vrijgesproken. De drempel om een zaak bij de commissie aanhangig te maken was huizenhoog, zo hoog dat het zeer waarschijnlijk was dat men op foutieve en wankele grondslag was veroordeeld. En als hij van de moord op Kristiane werd vrijgesproken, kon hij volgens Tommy ook best worden vrijgesproken voor de moord op Anne-Lee Fransen en de vier andere meisjes. Tommy had maar een week tot zijn beschikking, hij kon zijn tijd niet met krankzinnige wraakgedachten verdoen.

Bovendien zou Rask een nieuwe troefkaart in handen hebben op de dag dat de politie de waarheid moest onthullen: Daina, het Litouwse meisje, was op nagenoeg exact dezelfde manier als Kristiane vermoord. De vraag die in feite niemand wilde stellen was of Rask contact met iemand van buiten had, of hij eigenlijk bezig was iedereen voor de gek te houden. Misschien hadden ze de moorden met zijn tweeën gepleegd? Of misschien was hij domweg onschuldig.

Tommy zei tegen zichzelf dat het geen enkele zin had om de documentaire nog een keer te bekijken. Hij had het gevoel in een kring te draaien. De documentaire was gebaseerd op secundaire bronnen en Rask zelf had nooit interviews gegeven, behalve aan Tommy's contact bij het *Dagbladet*, Frank Krokhol. Hij pakte zijn mobiel, zocht het nummer van Krokhol en zat naar de cijfers te turen. Het was te laat en bovendien moest hij wachten tot na de vergadering van de volgende ochtend.

In de slaapkamer liet hij het lampje op zijn nachtkastje aan. Hij kroop naar de kant van het bed waar Hege altijd had gelegen en hoopte hartgrondig dat hij die nacht niet zou dromen. Niet de droom die hij al talloze malen had gehad sinds Anders Rask om heropening van de Kristiane-zaak had verzocht, bijna driekwart jaar geleden, de droom over hemzelf, terwijl hij in een hevige regenbui door het donkere bos liep, alsof een hand hem van achteren voortduwde, en hij in de verte een donkere gestalte zag die telkens weer op een vormeloze gestalte op de grond sloeg, bleef slaan op iets wat Kristiane Thorstensen moest zijn, ze was nog in leven, Tommy rende de laatste meters, stak zijn arm naar voren, de persoon draaide zich om en zwaaide met het mes naar hem, hij viel achterover en ontdekte dat hijzelf de moordenaar was, ouder dan hij was toen Kristiane werd vermoord, maar evengoed en onmiskenbaar hijzelf.

Na een uur te hebben geprobeerd in slaap te vallen stond hij op.

In de woonkamer ging hij bij het raam staan en keek naar de woonblokken aan de overkant van het plein. Hij kon net de witte letters WONINGBOUWVERENIGING BLÅFJELLET op de voorgevel van het dichtstbijzijnde gebouw ontwaren. Hij sloeg zijn kamerjas dichter om zich heen en stak een sigaret op. Een dichte sneeuwjacht lichtte geel op onder de straatlantaarns. Toen hij dat zag, voelde hij hoe hij de zomer miste, hoe hij Hadja miste. Hoe lang was het geleden dat hij haar voor het laatst had gezien? Te lang om het zich te kunnen herinneren. Hij sloot zijn ogen even en probeerde haar voor zich te zien, probeerde zich haar geur te herinneren. Het was zinloos. Het enige wat hij zag waren de laatste stappen die hij in de richting van het lijk had gezet, Kåre Gjervan die zich naar voren boog en het kettinkje vastpakte dat Kristiane Thorstensen om haar hals droeg, haar witte poppengezicht.

In de badkamer bestudeerde hij zichzelf in het scherpe licht van de tl-buis boven de spiegel. De wallen onder zijn ogen leken groter en zwaarder dan ze volgens hem tot nu toe waren geweest, met zwarte en grijze nuances, zijn haar was te lang, een bezoek aan de kapper stelde hij voortdurend uit, misschien probeerde hij te verdringen dat het bij zijn slapen grijs begon te worden. Rond zijn ogen liepen fijne rimpels alle kanten op als hij ze tot spleetjes kneep. Zijn ogen waren eerder grijs dan blauw, alsof er aan de andere kant nooit leven in had gezeten. Wat was er nog over van de man die zoveel jaren geleden Kristiane Thorstensen had gevonden? Hij zocht steun bij de wastafel en zag zichzelf over Hege heen gebogen staan, die op deze badkamervloer had gelegen en zo zacht mogelijk, zodat de buren het niet konden horen, had gefluisterd: 'Alsjeblieft, Tommy, vermoord me niet.'

Hij had het dode meisje beloofd dat hij een goed mens zou zijn, en dit was het resultaat, zestien jaar later. Hij verplaatste zijn blik naar de vloer, waar Hege had gelegen. Wat had hij haar eigenlijk aangedaan? Hij kon het zich niet meer duidelijk herinneren, slechts bij flarden was hij in staat kleine stukjes te reconstrueren van... van wat? Mishandeling, dacht hij. Er bestond geen ander woord voor.

En er bestond ook geen vergeving voor zoiets. Een verklaring, misschien, desnoods, anders niets. Als er werkelijk een leven na de dood bestond, zou hij dezelfde kant op gaan als de man die Kristiane had vermoord.

Als om zichzelf te straffen, ging hij op de bank zitten; hij pakte de afstandsbediening en startte de documentaire over Anders Rask opnieuw. De beelden flitsten door de donkere kamer, vulden die met een blauwachtig kunstlicht. Hij spoelde terug naar de reconstructie van de eerste moord in Tønsberg, toen Rask ergens in het bos in Indre Vestfold met een schaapachtige glimlach om zijn mond bleef staan. Tommy bevroor het beeld en zoomde weer in op het vrouwelijke gezicht. Hij sloot zijn ogen en zag zichzelf.

'Jij en ik, Anders,' fluisterde hij tegen het tv-scherm. 'Wij zijn niets anders dan beesten.'

3

Even voor drieën was hij op de logeerkamer naar bed gegaan. Zijn vrouw snurkte een beetje en dat maakte slapen voor hem onmogelijk. Nu lag Arne Furuberget te wachten tot de wekker ging. Zijn naaste buurman had al geprobeerd de auto te starten. Het had de hele nacht flink gesneeuwd en die idioot van een buurman leek de enige mens te zijn die in staat was de bijna goddelijke stilte die zo'n tien, vijftien centimeter sneeuw de mensheid kon schenken, te doorbreken. Hij vertrok altijd om kwart over zes naar zijn werk en maakte Arne Furuberget al bijna twintig jaar lang elke werkdag wakker. Furuberget streek met zijn hand over zijn baard en glimlachte in zichzelf van leedvermaak dat het de buurman niet lukte de auto aan de praat te krijgen.

Hij besloot nog een paar minuten te blijven liggen. Uiteindelijk dommelde hij in en hij viel met een klap in een donkere bron van slaap.

Hij had een knallende hoofdpijn toen de wekker op zijn telefoon ging.

Vijf minuten, dacht hij. Ik heb in elk geval vijf minuten geslapen.

Net toen hij zijn voeten op de koude parketvloer zette, schoot er een gedachte door zijn hoofd. Hij wist precies waar hij die naam vandaan had.

'Maria,' zei hij bij zichzelf. 'Edle Maria.' Hij merkte hoe hij kippenvel kreeg onder zijn verwassen pyjama. Opeens voelde hij zich veel ouder dan hij was, alsof hij al met één been in zijn graf stond.

Edle Maria. Hij trok een mouw van zijn pyjama omhoog. Het haar op zijn arm stond recht omhoog als bij een varken. Heel duidelijk, dacht hij. Ik kan de stem heel duidelijk horen.

Hij liep naar het raam en keek naar de garage van de buurman. Die ellendige kerel had een startapparaat met de accu van zijn auto verbonden. Hij staarde met een holle blik naar die boom van een man tien meter verderop, maar bestudeerde ten slotte zijn eigen spiegelbeeld in de donkere ruit.

Het kon gewoon niet waar zijn.

Maar toch.

Hij wist het zeker, was ervan overtuigd dat hij het zich goed herinnerde.

Hij kleedde zich aan alsof de duivel hem op de hielen zat; het ontbijt, zelfs de koffie sloeg hij over. Hij wekte zijn vrouw met een lichte kus op haar voorhoofd en dat was iets wat hij al jarenlang niet meer had gedaan. Ze was gelukkig te moe om hem het bed in te kunnen trekken, hoewel hij dacht dat ze dat probeerde. Voor dat soort dingen zijn we binnenkort te oud, dacht Furuberget en hij verkneuterde zich even later dat zijn auto probleemloos startte, snorde als een kat, ook al was hij vergeten de motorverwarmer in te schakelen.

Toen hij de auto bij Ringvoll parkeerde, had de zwaarmoedigheid hem weer overvallen. Hij begreep niet waar de minuten met een soort onverwachte blijdschap vandaan waren gekomen.

Dit is serieus, dacht hij en hij ging het archief in de kelder binnen.

Hij doolde rond in de raamloze kelderruimte, lang genoeg om te voelen dat zijn lichaam zuurstofgebrek begon te krijgen. Hij begreep weinig tot niets van die rolkasten. O, wat was hij toch al oud. Dit gedoe met Rask was te veel voor hem, hij was verdorie psychiater, hij voelde hoe zijn eigen zwakte van achteren naderde, als een sluipmoordenaar. Te veel van alles, te veel beige archiefletters, getallen, archiefcodes. Hij wist zelfs niet meer naar welk jaartal hij op zoek was.

Toen het na achten was, hoorde hij iemand de code aan de buitenkant van de deur intoetsen.

Het hoofd van de administratie keek hem aan alsof hij een inbreker was die ze op heterdaad betrapte.

'Wat doe jij hier?' vroeg ze verbaasd.

'Ik ben ergens naar op zoek. Naar een dossier.'

'Welke patiënt?'

'Het is lang geleden. Niet iemand die jij kent. Een patiënt die hier niet meer is.'

Ze kwam het vertrek binnen. Haar hakken veroorzaakten een echo in zijn hoofd.

Hij was er nu honderd procent van overtuigd.

Maar hoe, dacht hij. Hoe?

'Hoe lang geleden dan?'

'Een aantal jaar.'

'Je moet naar Brumunddal als het dossier meer dan tien jaar oud is.'

Arne Furuberget ontweek haar blik. Hij moest orde op zaken stellen, zorgen dat hij dit nog voor de kerstdagen de wereld uit had geholpen. Deze fout kon hij niet mee het graf in nemen, en al helemaal niet aan iemand opbiechten voordat hij het absoluut zeker wist.

Pas 's middags om twee uur kon hij vertrekken. Door het steeds slechter wordende weer had hij bijna twee uur voor de rit rond het meer nodig, bijna twee keer zo lang als hij er normaal over deed. De stilstaande file op de Moelvbrug deed hem denken aan de Boulevard Périphérique, de rondweg om Parijs, en niet aan het Noorse platteland. Hij zag niets anders dan de rode achterlichten van de auto voor hem, de ruitenwissers dreigden te bezwijken onder alle sneeuw die op dit moment de mensheid overviel.

Het administratiegebouw van het ziekenhuis zag er normaal gesproken uit als een stalinistisch kantorenblok, maar in dit weer, in dit witte inferno dat uit de hemel viel, leek het meer op een coulisse uit een kerstsprookje.

Achter de meeste kantoorramen brandde nog licht.

Arne Furuberget dacht dat ze aan die eeuwige papiermolen moesten zien te ontkomen en naar huis moesten gaan, naar hun vrouwen en mannen, naar de kinderen, snel, voordat het leven voorbij was. Want het was werkelijk voorbij voordat je het in de gaten had.

De enigen die een paar weken voor kerst nog na vier uur aan het werk horen te zijn, zijn degenen op wie bij thuiskomst slechts eenzaamheid wacht, dacht Furuberget. Hij voelde zich warm, bijna koortsachtig, toen hij uit de auto stapte. Hij liet zijn jas over zijn onderarm hangen en opende de manchetten onder zijn colbert. Hij had iets onder de leden, of hij werd vanbinnen verteerd door de zekerheid dat hij op het punt stond een onherstelbare vergissing te begaan.

Hij was vaker met de dood bedreigd dan hij zich wilde herinneren, maar deze woorden van Rask waren blijven kleven. Die ondoorgrondelijke grijns van hem.

'Je bent dood,' zei hij bij zichzelf, hij spuugde het bijna uit, als een van zijn eigen patiënten die in een psychose geraakte. Nee, *geslacht*, had Rask zich niet op die manier uitgedrukt?

Terwijl hij de trap op liep stampte hij de sneeuw van zijn schoenen.

De verlichting in het archief voor afgehandelde zaken flikkerde een paar keer, alsof die aan Furuberget wilde laten weten dat dit geen goed idee was. Dat hij dit alles beter kon laten rusten, dat hij het zich verkeerd herinnerde.

'Doe het licht uit als je weggaat,' zei het meisje dat hem binnenliet.

'En het duurt een tijdje voordat het kopieerapparaat is opgestart.' Ze glimlachte en zette een muts op, sloeg de kraag van een ouderwetse mantel, die vast weer modern was, tot bijna aan haar oren op.

Ze had hem snel het systeem laten zien. Hij had niet verteld waar hij naar op zoek was, niet concreet, haar slechts een tijdspanne gegeven voor een zaak die 'hem interesseerde'.

'Tot ziens,' zei ze bij de deur.

Het kostte hem maar een halfuur om de juiste archiefdoos te vinden. Zijn handpalmen zweetten toen hij de papieren eruit haalde en hij schrok toen het oude elastiek dat alles bij elkaar hield, doormidden knapte.

Hij vond wat hij zocht in week 3 van de behandeling.

Ik had geen andere keus.

Daarna las hij het oordeel van de behandelaar. Beschreven als een van de situatie afhankelijke psychose. Langzaam bladerde hij verder. Sterke medicatie, dacht hij. Te sterk. Een pure narcose. En te vroeg ontslagen. Dat kon hij nu gemakkelijk zien.

De diagnose, dacht hij. Op zijn voorhoofd streek hij het halflange haar opzij. Een psychose, ja. Het was te lang geleden.

Maar de naam. Die stond daar. Die was op een dinsdagochtend uitgesproken.

Vroeg naar de naam. Patiënte zei Edle Maria. Toen ik het nogmaals vroeg, pas na enkele minuten een bevestiging. Ze wordt vaak alleen Maria genoemd. Maar ze heet Edle Maria. Haar vader wilde dat ze Edle Maria zou heten.

Dit kon geen toeval zijn.

Hij maakte kopieën van de dossierpagina's die hij nodig had en zette de doos weer in de kast, op de juiste plek. Rask had hem op een fout betrapt. Nu mocht hij er niet nog meer maken.

Eenmaal buiten stond hij een hele tijd op het stoepje. De sneeuw waaide bijna tegen zijn benen omhoog. Ten slotte zag hij blauw van de kou.

De map met de pagina's uit het dossier was nat geworden door die helse sneeuwbui. Hij stopte hem onder zijn jas en liep met tegenzin naar zijn auto, die nu op een iglo leek.

Met een oude sneeuwborstel veegde hij de auto schoon. Zijn bewegingen waren traag, alsof hij te oud was voor al deze waanzin.

In de auto deed hij het leeslampje aan.

Hij wilde zich er gewoon een laatste keer van vergewissen dat het echt klopte.

'Edle Maria', las hij.

De patiënt zegt 'Edle Maria leeft'.

Hij pakte zijn mobiel en toetste het nummer van de informatiedienst in.
Toen er werd opgenomen, verbrak hij de verbinding.
Had dat echt in de brief aan Rask gestaan?
Ja, dacht hij. Nu wist hij het weer, een fractie ervan. Iets over Medusa.
De tranen van Medusa.
Edle Maria.
Was zij een Medusa geweest?

4

Er werd gezegd dat dromen puur natuur waren, waarin niets achter werd gehouden, een onverhulde waarheid die aan de dromer werd geopenbaard. Tommy hoorde de wekker die in de slaapkamer afging en hoopte dat het niet waar was. Wat had hij gedroomd? Hij probeerde het los te laten. Was het de waarheid over hemzelf?

De wollen deken die hij over zich heen had getrokken voor hij in slaap viel, was op de grond gevallen. De kamer was echter warm genoeg om nog een paar uur zo te kunnen blijven liggen. Door de ramen zag hij dat het nog steeds sneeuwde, nog harder dan het de afgelopen nacht had gedaan. Dat betekende misschien dat de ergste kou haar grip op de stad had laten varen.

Hij draaide op zijn zij en zag dezelfde beelden van Anders Rask over het tv-scherm gaan, de beelden van de bossen in Vestfold. Die half infame, half kinderlijke grijns om zijn mond. Er ging een rilling door hem heen, niet vanwege het gezicht van Rask, maar omdat de tv nog aanstond, de vhs-cassette maar bleef lopen.

Hij had hem toch uitgezet voordat hij ging slapen?

Of misschien niet. Een moment lang kon hij zich niet herinneren wat er was gebeurd. Als hij met de tv aan in slaap was gevallen, was de videocassette wellicht teruggespoeld en opnieuw gaan lopen.

Hij kwam overeind en pakte de afstandsbediening, spoelde vooruit, maar stopte na een paar tellen. Wat was hij aan het doen? Zou er iemand bij hem thuis zijn geweest terwijl hij sliep? Hij grijnsde om zichzelf. Toch liep hij de hal in en voelde aan de voordeur. Even dacht hij dat die open was, maar nee. De oude deur kraakte toen hij er nog een keer aan trok. De deur was oud, origineel uit de tijd dat het woonblok nieuw was, ergens aan het eind van de jaren vijftig. Het slot was maar een simpel knipslot en aan de buitenkant zat zelfs geen beslag. Iedereen die er ook maar een beetje verstand van heeft kan deze deur van buitenaf openen, dacht hij. Hege wilde het slot altijd vervangen, maar hij vond dat niet nodig, voor wie moest hij nou bang zijn? Misschien had ze het daarom willen vervangen, dacht hij terwijl hij zich op een keukenstoel liet vallen en de laatste sigaret uit een pakje viste dat op tafel lag. Omdat het deurpaneel dun was en de buren hen gemakkelijk konden horen als ze knallende ruzie hadden.

Een herinnering aan Hege vloog over zijn netvlies, hoe ze die laatste dag bij precies die deur had gestaan, terwijl hij gewoon zat zoals hij dat nu deed, na opnieuw een helse nacht. Het was alsof hij het die ochtend begreep, dat ze niet meer terug zou keren, nooit meer. Misschien kwam het door haar blik, meer vervuld van medelijden dan van haat. En hij, juist hij had als aan zijn stoel gekluisterd gezeten. Nadat ze naar haar werk was vertrokken, was hij in tranen uitgebarsten. Als een kind, dacht hij nu.

'Verdomme,' zei hij voor zich uit. Het klokje op de oven gaf aan dat hij al te lang had zitten doezelen. Hij moest een taxi naar de wijk Grønland nemen, hij mocht gewoon niet te laat komen, niet vandaag, niet in deze zaak.

Voordat hij onder de douche stapte, liet hij zijn ogen door het appartement dwalen.

De slaapkamer was onaangeroerd. De woonkamer en de logeerkamer ook, hij zag tenminste niets wat niet klopte. Hij opende een paar laden van de oude ladekast die Hege ooit op een vlooienmarkt had gekocht. De paar briefjes van duizend kronen die daar lagen, Joost mocht weten om welke reden, waren er nog. Langzaam draaide hij zich om, liet een blik door de woonkamer gaan, zocht naar de kleinste verandering. Hij bekeek de boekenplanken en de paar foto's die daar stonden, de salontafel, de stoelen bij de eettafel. Ten slotte keek hij naar de uitgeschakelde tv. Even dacht hij dat Anders Rask verlof had gekregen. Dat was waanzin, maar waanzin kwam daadwerkelijk in dit land voor.

Hij schudde het van zich af. Rask had alleen een van de zaken heropend gekregen, hij zat nog steeds een straf voor alle zes moorden uit.

Toch, dacht hij. De tv en de videorecorder hadden zichzelf niet weer kunnen inschakelen.

Die had hij toch echt allebei uitgezet voordat hij op de bank in slaap viel?

5

Elisabeth Thorstensen had niet gedacht dat ze urenlang zo kon zitten, volkomen stil met haar hoofd schuin en slechts naar de vogels voor het raam kijkend. Naar het voederplankje dat Asgeir had neergezet. Dat Kristiane bij handenarbeid had gemaakt.

Dat Peter bij handenarbeid had gemaakt, dacht ze; ze corrigeerde de stand van haar hoofd terwijl ze op hetzelfde moment zichzelf corrigeerde. Ze stak een sigaret op terwijl ze probeerde zich de naam van de vogels te herinneren. Ze gaf het onmiddellijk op.

Je kunt vogels niet verdragen, ben je dat vergeten? Ze had op een vogel getrapt, zo'n groot, zwart rotbeest dat ze op het terras had gevonden. Het dier was licht als een veertje onder haar schoen. Ze wist nog hoe het voelde toen ze de ogen eruit peuterde. Ze zou ze het liefst op haar jas naaien, ze zagen eruit als knopen aan weerszijden van de langwerpige kop. Dat zou fraai zijn geweest: zwarte vogelogen op die lelijke, beige jas die ze voor haar hadden gekocht.

'Is alles in orde, madam?'

Traag wendde ze haar blik de andere kant op en ze voelde dat ze door de beweging haar dieptezicht bijna kwijtraakte. Valium deed dat met haar. Ze had een halve tablet ingenomen, alleen maar om te slapen, maar toch was ze na twee uur wakker geworden. Dat hoorde niet mogelijk te zijn, maar de werkzame stoffen hadden geen invloed meer op haar.

'Noem me geen madam. Je weet dat ik daar een hekel aan heb.'

'Sorry, madam.'

Elisabeth Thorstensen kneep haar ogen samen.

Rose sloeg een hand voor haar mond en liep naar de vaatwasser. Elisabeth Thorstensen meende angst in haar ogen te hebben gezien. Was ze nu lelijk? Ze drukte haar sigaret uit en liep de hal in, wachtte een tijdje naast de spiegel tot ze naar zichzelf durfde te kijken.

Ze sloot haar ogen uit pure blijdschap over wat ze zag.

Mooi, dacht ze. Had Asgeir dat die ochtend niet tegen haar gezegd? Ze was naar hem toe gegaan om afscheid van hem te nemen. Een paar tellen had ze een geluksgevoel gehad, zo'n gevoel dat ze niet meer had gehad sinds ze met Kristiane aan haar borst in het oude Rijkshospitaal lag.

'Beloof me één ding, Rose.' Ze ging in de deuropening staan. Rose bleef de vaatwasser uitruimen. 'Wees nooit bang voor me. Nooit.'

Rose zette een glas op het aanrecht.

Ze toverde een glimlach op haar gezicht en die zag er best oprecht uit.

'Natuurlijk niet.'

'Als ik jou verlies, verlies ik alles.'

Rose streek een paar haren van haar voorhoofd. Elisabeth Thorstensen liep op haar toe en pakte haar hand.

'Nooit.'

Ze boog zich naar Rose toe en sloeg haar armen om haar heen. Ook al deed ze haar best, toch kon ze haar tranen niet inhouden.

'Wees niet verdrietig,' zei Rose.

Jij had er horen te zijn, dacht Elisabeth Thorstensen. Jij had er horen te zijn en voor me moeten zorgen. Hoe oud was je toen? Je was nog niet geboren. Zelfs je ouders waren nog kinderen.

Uiteindelijk liet ze de jonge Filipijnse vrouw los en zette een stap naar achteren.

'Ik weet niet wat ik zonder jou had gemoeten.'

Nu huilde Rose ook.

Elisabeth Thorstensen bedacht dat ze haar naar de Filipijnen terug moest sturen. Rose had daar een kind, een jongetje van vijf jaar dat bij zijn grootouders woonde.

Maar nee, ze zou Rose nooit weg kunnen sturen.

Ze liet Rose haar huishoudelijke taken voortzetten, liep de hal in en verder naar het kantoor.

De vreselijke brief lag nog op het bureau. Ze had Asgeir gevraagd die aan haar voor te lezen, hoewel ze al wist wat erin stond.

We willen u hierbij laten weten dat de heropeningscommissie in haar besluit van 10 december 2004 Anders Rask ontvankelijk heeft verklaard in zijn verzoek om een herbeoordeling te krijgen van het vonnis van 22 februari 1994 van de rechtbank Eidsivating.

Ze zei 'pro-Deoadvocaat' hardop. Voor het eerst sinds ze de brief had ontvangen kon ze hem lezen zonder iets te voelen. Het waren slechts letters op papier, niets anders, niet iets waar zij iets mee te maken had.

Ze keek uit op de fjord terwijl ze haar vingers over het vel papier liet glijden, alsof dat Kristiane weer tot leven zou wekken. De enige kleuren die de wereld nog leek te hebben, waren grijs en zwart. Zelfs de vorstnevel boven de donkere waterspiegel zag er grijs uit en niet wit. Hoe lang was het geleden sinds ze voor het laatst de zon had gezien?

Ze deed de deur naar de hal dicht en nam de hoorn van de oude vaste telefoon. Ze luisterde een tijdje, zodat ze zeker wist dat Rose de telefoon beneden niet al had opgenomen.

Ze toetste het nummer van zijn mobiel in. Na een paar keer overgaan nam hij op. Zijn stem klonk een beetje gemaakt, zodanig dat ze wist dat hij in een vergadering zat. Hij had de telefoon kunnen negeren, maar had besloten op te nemen.

Meer was er niet nodig om haar gelukkig te maken.

'Ik moet je zien.'

Hij legde neer zonder een woord te zeggen.

Een paar tellen daarna begon ze te huilen.

Ze legde haar hoofd op het bureau en sloot haar ogen. Het gezicht van Kristiane verscheen achter haar oogleden. 'Wees niet verdrietig, mama. Er is niets wat je had kunnen doen.' De stem was van een kind, van een klein kind, maar Elisabeth Thorstensen was er niet bang voor. Het was nu overdag, er was niets om bang voor te zijn.

Ze schrok op door een geluid vlak bij haar oor. De stem van Kristiane verdween, haar beeltenis ook.

Het duurde even voor ze begreep dat het de vaste telefoon naast haar was.

Ze hield het apparaat in haar hand en keek naar de acht cijfers. Hij was het niet, het was geen mobiel nummer.

Verderop in de hal meende ze de voetstappen van Rose te horen, de trap op, door de hal en door de gesloten deur heen. Voorzichtig legde ze de telefoon neer en ze voelde plotseling een allesverslindende kou. Ze stond op en opende de deur, liep snel en beheerst in de richting van de trap, bij elke stap een beetje sneller.

En inderdaad, hoewel ze de voetstappen van Rose onmogelijk van die afstand had kunnen horen, stond ze over de telefoon in de hal gebogen. Elisabeth bleef op de bovenste trede staan.

'Niet opnemen,' zei ze zacht.

Rose hoorde haar niet. Haar arm bewoog in de richting van het apparaat.

'Niet opnemen!'

Rose maakte een verschrikte beweging en viel bijna over de secretaire waarop de telefoon stond.

Ze keken elkaar aan tot de persoon aan de andere kant van de lijn had opgehangen.

Elisabeth Thorstensen kon haar tranen niet bedwingen toen ze het gezicht van Rose zag.

Je hebt het me beloofd, dacht ze. Dat je niet bang voor me zou zijn.

6

Tommy Bergmann keek strak naar de kerstster voor hem. Hij deed zijn ogen dicht, maar had spijt zodra de beelden van zijn nachtelijke droom terugkeerden, telkens weer stak hij het mes in haar, zo diep en zo hard hij kon. De zachte stem van de commissaris vulde het kantoor. Ze las een artikel in het *Dagbladet* van die ochtend, dat over de incompetentie en de tunnelvisie van de politie ging, voor zover hij begreep. Hij was nog bekaf en bezweet na de afgelopen nacht, of was hij weer in de taxi gaan zweten, op weg naar het politiebureau? Hij wist het niet meer, kon zich alleen herinneren dat hij naar het kruis had gekeken dat aan het achteruitkijkspiegeltje hing, of was het ergens anders, in Toscane, die zomer, die zomer waarin Hege dacht dat ze zwanger was, en hij was zo blij, in elk geval een paar dagen, een paar goede dagen, het was hem gelukt te vergeten, te vergeten hoe ziek hij nu was, maar toen ze thuiskwamen, had hij zijn belofte weer verbroken.

Waarom?

Tommy wist het niet, hij wist niets over zichzelf, hij was negenendertig jaar en wist goddomme geen zier over zichzelf, het lukte hem zelfs niet zijn gevoelens van elkaar te onderscheiden, het lukte hem zelfs niet onderscheid aan te brengen tussen het gevoel van in 1988 in een donker bos te staan en naar een vijftienjarig meisje te kijken dat nooit ouder zou worden en dat alle menselijke waardigheid was ontnomen, en het gevoel van zestien jaar later hier op het kantoor van de commissaris te zitten en bijna te rillen door een soort misselijkheid vanwege het feit dat juist hij de kans zou krijgen alles weer te herstellen.

Hij wreef hard over zijn gezicht, met een welhaast dwangmatige, krampachtige beweging. Daarna keek hij nog een keer naar de aanwezigen rond de tafel, ze waren serieus, gekunsteld, pathetisch, gewoon verliefd op hun eigen carrière. Soms dacht hij dat ze geen barst gaven om iedereen die was vermoord, verkracht, mishandeld, ze vertrapten ze terwijl ze de trap omhoog in het systeem beklommen. Omhoog, omhoog, dat was de enige weg die ze kenden, zonder ook maar één gedachte voor degenen die de tegenovergestelde kant opgingen.

Fredrik Reuter zat naast Tommy en had een lichte blos op zijn wangen. Tommy keek Reuter een tijdje onverholen aan, voelde een lichte minachting omdat die deed alsof hij luisterde als de commissaris iets voorlas. Vervolgens keek Tommy naar de commissaris, ze tikte even tegen de paarse leesbril die op het puntje van haar neus rustte, en las het hoofdartikel vol inlevingsvermogen. Ze gaf Tommy het gevoel weer in de klas op het kinderdagverblijf of de basisschool te zitten, en als ze het portret van de koning en koningin van de wand achter haar hadden verwijderd, had haar kantoor best voor een doorsnee lerarenkamer kunnen doorgaan, met de lichte berkenhouten meubelen, de rode wollen stoelkussens, de vlakke kunst aan de oude, sleetse gipswanden uit de jaren zeventig.

Maar misschien moest hij zichzelf corrigeren. De commissaris, Hanne Rodahl, leek een moment oprecht van slag door het bericht in het *Dagbladet*, kennelijk vooral doordat ze oprecht wenste dat de moordenaar van Kristiane Thorstensen werd gevonden.

Vanwege de harde kritiek van de pers was de commissaris blijkbaar peper in haar kont gestopt door mensen die hoger op de ladder stonden dan zij. Pas nu zouden de zaken op het hoofdbureau van politie gaan rollen.

Zo zat de wereld dus in elkaar, zo was het in elk geval geworden; als de pers besloot een artikel te schrijven, volgde het hoofdbureau van politie als een stuurloze slee achter een koppel poolhonden. Het *Dagbladet* had zijn blad voor de mond weggehaald, reeds volledig eerherstel en vrijspraak voor Rask geïncasseerd en een ongeëvenaard schotensalvo in het hoofdartikel van die dag afgevuurd.

'Niet alleen slaagden ze erin Anders Rask op volkomen ontoereikende grondslag veroordeeld te krijgen, maar de politie zou zich ook de vraag moeten stellen: als Rask Kristiane of de andere meisjes niet heeft vermoord, loopt er dan niet een gestoorde kindermoordenaar vrij rond in Noorwegen? En nu wordt de politie opnieuw geconfronteerd met de moord op een jong meisje, meer dan tien jaar na zijn veroordeling. De vraag van de krant over deze zaak wordt in nevelige bewoordingen beantwoord door de communicatieafdeling op het politiebureau. Dan wordt het lastig om de vraag niet nogmaals te stellen: loopt er een gestoorde kindermoordenaar hier in het land vrij rond?'

De commissaris had het artikel hardop voorgelezen, zoals hoofdofficier van justitie Svein Finneland haar had gevraagd. Ze haalde diep adem, pakte haar leesbril voorzichtig van haar neus en klapte hem in.

Vervolgens zweeg iedereen. Daar zaten ze allemaal, zeven mannen en een vrouw, naar een verwelkte kerstster te kijken, terwijl de wandklok steeds dichter naar al weer een nederlaag toe leek te tikken.

'Ze houden evenveel rekening met de nabestaanden als ze altijd hebben gedaan,' zei Hanne Rodahl en ze hield haar leesbril vast. Tommy wendde zijn ogen van haar af en staarde met een holle blik voor zich uit, er viel niet veel te zeggen en hij kon het niet opbrengen om haar half moedeloze glimlach te beantwoorden. Bovendien stond hij van alle aanwezigen onder aan de ladder, niet dat hem dat normaal gesproken iets kon schelen, maar hij voelde zich een beetje als het uitverkoren jongetje als hij bedacht waarom hij hier nu ook bij mocht zijn. Fredrik Reuter was gisteren zijn kantoor binnengekomen en had gezegd wat hij te zeggen had. De staatsadvocaat vond dat ze klaar moesten staan om de hele Rask-zaak met een heel korte aanzegtermijn weer in behandeling te nemen, maar hij wilde natuurlijk wachten met het nemen van de officiële beslissing tot duidelijk was of ze meer troeven in handen hadden dan elf, twaalf jaar geleden, toen Rask tijdens het verhoor door de politie van Oslo doorsloeg, er door de Landelijke Recherche een onderzoek naar hem werd ingesteld en hij werd veroordeeld. Deze keer, zei Reuter, wilde de staatsadvocaat dat politiedistrict Oslo het onderzoek zou coördineren, als het tot een nieuw onderzoek zou komen, maar eerst wilden ze alles op een zo discreet mogelijk manier opnieuw nalopen. De keus was op Oslo gevallen omdat vijf van de meisjes in dat parket waren vermoord. Ze waren althans vanuit Oslo verdwenen en in de buurt daarvan vermoord aangetroffen: twee op Nesodden, één in Oppegård en twee aan de rand van Oslo. De beslissing was eerder bureaucratisch dan rationeel, dacht Tommy, tot Reuter zei: '*Papa* Rodahl wijst naar jou, Tommy. Ze wil jou.' Reuter deed vaak alsof hij lollig was, achter de rug van de commissaris, door haar codenaam voor haar achternaam te zetten, alleen maar om haar ietwat mannelijke voorkomen te benadrukken. Het was hoe dan ook beter dan Madame Saddam, zoals ze in de patrouillewagens bekendstond.

'Deze Rask...' zei commissaris Hanne Rodahl, al was het maar om de stilte te doorbreken. Tommy meende dat ze deze zaak eigenlijk niet op haar bordje wilde hebben. Hij begreep haar best. Het was alsof je een stoker in de hel was. 'Deze Rask bezorgt me rillingen. Weten we heel zeker dat hij het echt niet is?'

'Hij zal worden vrijgesproken van de moord op Kristiane Thorstensen,' zei hoofdofficier van justitie Svein Finneland, die tegenover haar aan de andere kant van de tafel zat. 'Nu die zaak heropend is, is het een gedane zaak. Laat daar geen enkele twijfel over bestaan. Als ik het niet heel erg mis heb, zal hij ook in de volgende heropeningszaak worden vrijgesproken. Dat betekent dat Rask binnen een paar jaar op vrije voeten komt voor moorden die hij daadwerkelijk heeft gepleegd, maar waarvan we niet kunnen bewijzen dat hij erachter zit, of de werkelijke moordenaar of moordenaars bevinden zich nog steeds onder ons. Wat ik wil weten is of Rask heeft gedaan waarvoor hij is veroordeeld, bewijs of geen bewijs, of dat we eigenlijk jacht maken op een andere man. Dezelfde man die Daina in Frogner heeft vermoord. We delen ons op, Hanne. We worden van twee kanten aangevallen en moeten ons aan twee kanten verdedigen. Als we het antwoord in een van de zaken vinden, dan denk ik dat we beide oplossen. Sørvaag gaat door met de Daina-zaak, ook al staat die op nog zo'n laag pitje, en Bergmann doet een gouden ontdekking in de oude Kristiane-zaak.'

'Maar waarom Kristiane?' vroeg Hanne Rodahl aan niemand in het bijzonder.

'Precies,' zei Finneland. 'Waarom Kristiane?'

'Jij denkt dat Kristiane de sleutel is,' zei Tommy en hij keek Finneland aan.

De ogen van de hoofdofficier van justitie versmalden, maar lichtten tegelijkertijd op.

'Jij denkt snel, Bergmann. Ik hou van mensen die snel denken. Ja, ik heb me afgevraagd waarom Rask juist Kristiane heeft uitgekozen. Waarom is hij er juist van overtuigd dat hij háár niet heeft vermoord? Probeert hij de buitenwereld iets te vertellen?'

'Denk je dat hij over informatie beschikt?' vroeg Tommy.

Svein Finneland glimlachte, maar Tommy wist niet of de gezichtsuitdrukking hem aanstond.

'Je kunt je troosten met de gedachte dat je dat nou net moet uitzoeken, Bergmann.'

Svein Finneland presenteerde de onmogelijke opdracht alsof het de vanzelfsprekendste zaak van de wereld was. Hoewel hij formeel verantwoordelijk was voor het parket-Oslo, was Svein Finneland ook procureur-generaal en volgens de geruchten degene die in feite de beslissingen nam bij het Openbaar Ministerie. Dat hij in sommige patrouillewagens de bijnaam Zwijn had gekregen, kon nauwelijks iemand verbazen. Hij was niet alleen een arrogante kwast, maar kon ook, als hij vond dat dat moest, vrouwelijke juristen onder het tapijt vegen. Hij zag er goed uit, dat viel niet te ontkennen. Bovendien was hij gespierd en had hij veel macht, te veel macht. Zoiets werkte altijd goed bij mannen tot wie vrouwen zich aangetrokken voelden, dacht Tommy. Dat verklaarde wellicht een heleboel als het om hemzelf ging.

'Je begrijpt wat ik bedoel, Svein,' zei Hanne Rodahl. 'Hij is een smeerlap, een vrouwen hatende smeerlap, een kindermisbruiker en daarnaast is hij knettergek. Ik kan het gevoel niet van me afzetten dat hij de draak heeft gestoken met...'

'De Landelijke Recherche?' zei Svein Finneland.

'Ons...' zei de commissaris. 'Ons allemaal. Ik denk dat hij alle meisjes heeft vermoord, Svein.'

'Daina niet,' zei Finneland.

'De dader heeft haar vinger niet afgehakt. En ze had hoe dan ook niet zoveel letsel als...'

'In vredesnaam, daar had hij geen tijd voor, Hanne. Hij werd gestoord door een man die we niet kunnen vinden. We zullen de beller nooit opsporen, zelfs niet met een beloning van een miljoen voor de gouden tip. Wanneer ga je dat inzien?'

Hoofdofficier van justitie Svein Finneland zuchtte moedeloos en plaatste zijn lange vingers tegen elkaar. Een brede trouwring leek in de ringvinger van zijn rechterhand te zijn gegroeid. In een flits was Tommy terug in de patrouillewagen bij Lille Stensrud, hij herinnerde zich nog steeds de eenzame kerstster voor het raam, de donkere gestalte aan de kant van de weg, het geluid van Kåre Gjervans trouwring tegen de versnellingspook. Ik had het portier moeten openen, dacht Tommy, en moeten rennen, rennen, verdwijnen, nooit meer terug moeten komen.

Een geluid links van hem deed hem uit zijn gedachten opschrikken, geklop op het tafelblad. Fredrik Reuter maakte dat geluid, hij frunnikte met een potlood en leek vooral te wensen dat deze bijeenkomst nooit had plaatsgevonden.

'Je mag geloven wat je wilt, Hanne,' zei Svein Finneland. 'Ik wil dat we over een week weer bij elkaar komen.'

Hij smeet zijn attachékoffertje op de tafel, daarna bestudeerde hij zijn horloge, alsof hij al was begonnen de tijd op te nemen. Tommy wist dat wanneer Svein Finneland erin zou slagen de werkelijke moordenaar van Kristiane te vinden, door nieuwe bewijzen tegen Rask boven water te krijgen of een ander als schuldige veroordeeld te krijgen, de weg naar het parket van het OM openlag. Finneland had nauwelijks oog voor Kristiane of de andere meisjes, voor hem was zijn carrière het enig zaligmakende in het leven.

'Ik reken erop dat jij de man bent die binnen een week iets op tafel weet te leggen, Bergmann,' zei hij en hij stond op. 'Want meer dan een week krijg je niet.'

Tommy hoorde het potlood van Reuter krasgeluiden maken. Het

hoofd van de recherche tegenover hen schraapte zijn keel, alsof hij plotseling allergisch was geworden voor die eeuwige kerstster die tussen hen in stond. Over hoe dit discrete, zogeheten voorbereidende onderzoek moest worden uitgevoerd, was tijdens de korte bijeenkomst met geen woord gerept, maar nu was het voor iedereen duidelijk dat de commissaris zowel de naam als het persoonsnummer van de man had gegeven die de speld in de hooiberg moest vinden.

'Over een week wil ik een antwoord van je, moeten we hiermee verdergaan of niet, begrepen? Normaal gesproken zou ik hebben gezegd dat we het oude vonnis tegen Rask met hand en tand zouden moeten verdedigen. Maar deze keer moet je daadwerkelijk alle zeilen bijzetten. Eén week, that's it. En hou hier in vredesnaam je mond over zolang je dat kunt.' Door Svein Finnelands manier van praten moest Tommy aan zijn tijd in militaire dienst denken, een leven dat uit korte commando's en geen enkele ruimte voor twijfel bestond.

'Persoonlijk zou ik graag zien dat Rask hier de rest van zijn leven voor achter de tralies zit. Je kunt je wel voorstellen welke nederlaag een opnieuw mislukt onderzoek gaat betekenen. Vroeg of laat zal de Dainazaak openbarsten. Uiteindelijk zullen we ongetwijfeld onder druk komen te staan om die hele verdomde Rask-zaak te heropenen, maar ik wil dat we de politieafdeling bij Justitie voor zijn, en we zitten ze al op de hielen.'

Stilte. Niemand scheen ook maar een woord te willen zeggen. De zeven andere aanwezigen maakten een opgeluchte indruk dat de heropening van de oude Rask-zaak een kwestie tussen hoofdofficier van justitie Svein Finneland en inspecteur Tommy Bergmann was.

'Tommy was er immers bij toen Kristiane werd gevonden...' zei het hoofd van de recherche.

Idioot, dacht Tommy.

Svein Finneland fronste zijn wenkbrauwen en hield zijn magere hoofd schuin. Tommy stak afwerend zijn hand op.

'Beschikbare middelen?' vroeg Tommy. Hij heeft haar buik opengereten, dacht hij. En haar kapotgemaakt. Het geluid van de trouwring tegen de versnellingspook, het geluid van de plastic zakken die uit elkaar werden getrokken, de geur van Kristiane Thorstensen, hoe de vogels in haar hadden gepikt, maar haar gezicht niet hadden aangeraakt. Hoe was zoiets mogelijk? Had iemand zijn hand boven haar gehouden nadat ze werd vermoord?

'Je neemt Susanne mee,' zei Reuter, kuchend. 'Jullie twee kunnen je mond houden. En ze is wat georganiseerder dan jij.' Voorzichtig gelach volgde. Er werden een paar blikken uitgewisseld, zonder dat Tommy helemaal begreep wat er gebeurde. Hanne Rodahl glimlachte schaapachtig naar Svein Finneland.

'Beschikbare middelen krijgen jullie hier op het bureau,' zei Finneland. 'Maar blijf low profile, de mensen pochen over je, Bergmann, wees je daarvan bewust. Als je vragen hebt, bel mij, *anytime*, dag of nacht, anders zien we elkaar over een week. Dan moet er iets op tafel liggen, iets wat de Landelijke Recherche over het hoofd heeft gezien.'

Svein Finneland legde stevig een hand op Tommy's schouder en drukte die.

'Geef me iets waarmee we die duivel kunnen vinden.'

7

Elisabeth Thorstensen had sinds het gedoe met de telefoon geen woord meer met Rose gewisseld. Ze had op het terras gezeten in haar jas van wolfspels en naar de fjord gekeken, naar de eilanden Ulvøya, Malmøya en Nesodden. Ze hield een onaangestoken sigaret in haar hand toen ze het geluid van de trein wat lager op de heuvel, vlak onder het huis hoorde. Door de bladerloze haag kon ze heel duidelijk zien hoe Kristiane haar gezicht tegen het treinraampje drukte en op het glas beukte. Elisabeth Thorstensen stond op, nog steeds haar sigaret vasthoudend, en liep zo snel ze kon door de haag. Ze probeerde de dikke takken van de lindehaag uit elkaar te trekken, maar ze haalde alleen maar haar handen open. Haar gezicht hield ze tegen de kale zwarte takken en ze luisterde naar de wegstervende geluiden van de trein, de auto's op de Mosseveien, dat eeuwige lawaai waardoor ze dit leven kon volhouden, het geluid van verkeer, het geluid van leven, van mensen die nog iets hadden om elke dag naartoe te gaan, een leven, een mens, een kind.

Ze zoog het bloed van haar hand op. Het zien van het bloed en de zoete smaak, die zwakke geur van metaal, maakten haar duizelig, het werd haar zwart voor de ogen. Het lukte haar niet om op haar benen te blijven staan, eerst viel ze in de haag, daarna werd alles zwart.

Het volgende dat ze zich herinnerde, was dat ze op haar rug in de sneeuw lag. Een warme hand hield de hare vast. Ze sperde haar ogen open, het was alsof de vallende sneeuw haar oogappels in fijne reepjes sneed.

'O, Elisabeth,' zei Rose naast haar. Elisabeth meende dat het absurd was wat ze zag. De kleine, knappe vrouw met zoveel zon in haar bruine ogen, slechts gekleed in een schort, blouse, rok en slippers, haar zwarte haar bedekt met sneeuw. Zo ver naar het noorden.

Ga naar huis, dacht ze en ze sloot haar ogen weer. Ze voelde zich nog steeds warm, dankzij haar jas kon ze zo wel uren blijven liggen, als de koude, besneeuwde grond haar hoofd niet had verdoofd.

'Heb je geen telefoontjes aangenomen?' vroeg ze zacht.
'Nee.'
'Help je me overeind?'

In de badkamer op de eerste verdieping hielp Rose Elisabeth met uitkleden.

'Sla je armen om me heen,' zei Elisabeth Thorstensen toen ze helemaal naakt was. Ze keek naar het water in de badkuip, hoe dat onder de kraan in het rond draaide, omhoogspoot alsof het bloed was, uit haar buik, uit haar onderlijf. Een paar tellen stond ze te wankelen. Bijna viel ze over Rose heen.

'Laat me hier niet alleen, je moet hier blijven terwijl ik in bad ga.'

Rose streek over haar voorhoofd, ze stapte in het water; als Rose er niet was geweest, had ze zich gewoon laten zakken en haar mond geopend.

Als in een droom hoorde ze weer het geluid van de telefoon op de begane grond. Het was een déjà vu van die ochtend. Elisabeth kwam overeind in de badkuip en bekeek zichzelf in de spiegel.

'Ik ben nog steeds een mooie vrouw, Rose, vind je niet?' Ze glimlachte voorzichtig naar haar hulp.

Het geluid van de telefoon verdween.

Misschien had híj wel gebeld.

Een uur later reed ze de nieuwe Mercedes die Asgeir voor haar had gekocht de garage uit. Een kwartier daarna reed ze de Skøyenbrynet op, langzaam, alsof ze een prooi was die maar nauwelijks naar de waadplaats durfde.

Ze parkeerde een paar meter bij het oude huis vandaan; dat was nog steeds roodgeverfd. Smalle, grijze rookwolken kringelden uit de schoorsteenpijp omhoog. Langzaam raakte ze vervuld van teleurstelling. Ze wilde alleen maar om het huis heen lopen en naar Kristianes kamer kijken. En naar die van Alex. Ze sloot haar ogen en zag zichzelf door het huis lopen, de trap op, door de gang op de bovenverdieping, over de gelakte grenen vloeren, de witgeverfde wanden met de kunst waaraan ze volgens Per-Erik veel te veel geld besteedde. Aan weerszijden van de gang, helemaal aan het eind, hun kamers.

Het waren haar haren. Zo erg kon ze zich niet vergissen.

Ze opende het portier en stapte voorzichtig in de sneeuw. Die viel nu in zulke dichte vlokken dat ze niet verder kon kijken dan tot het naastgelegen huis.

Het maakte niet uit dat er iemand thuis was.

Elisabeth Thorstensen opende het smeedijzeren hek en liep het pad op.

Na een paar passen zag ze bewegingen achter het keukenraam. Een paar tellen lang stond ze zelf daarbinnen. Het waren toch zeker gelukkige tijden geweest?

Een stem in haar zei dat ze best de tuin in kon lopen, niemand zou haar zien. Ze bleef als verlamd staan. Ten slotte won haar verstand. Niemand had haar gezien. Snel liep ze terug naar het hek en sloot dat achter zich.

Ze reed zo'n twintig, dertig meter bij het huis vandaan, maar hield toen weer halt, voor het huis van hun vroegere buren, de mensen die wel begrepen wat er aan de hand was, wat Per-Erik met haar deed.

Ze keek op in de richting van het complex waar hij nu woonde. Niet dat ze dat vanaf deze plek kon zien, maar alleen al de zekerheid dat hij in de buurt van het vroegere huis woonde, was als een verkrachting van de herinnering aan Kristiane, van de tijd dat ze zwanger was geweest.

Haar portefeuille lag naast haar op de passagiersstoel. Ze haalde de pasfoto van Kristiane eruit. De enige foto die ze van haar had, die Alex haar afgelopen zomer had toegestuurd, zonder voorafgaande waarschuwing. *Ik heb deze foto bewaard*, schreef hij.

Had ze die aan hem gegeven?

Die gedachte kwam nu pas bij haar op, nu ze hier in de Skøyenbrynet geparkeerd stond. Het kon niet waar zijn. Waarom had hij hem bewaard, waarom had híj spullen van Kristiane bewaard en zij niet?

Ze pakte haar mobiel en zocht het nummer van Alex op. Snel, voordat ze te veel kon nadenken, had ze op het belsymbool gedrukt.

Zijn stem klonk afwezig, alsof hij een andere persoon was. 'Hallo.' Het klonk meer als een vraag dan als een begroeting.

'Heb je het gezien?' zei ze zo zacht dat ze haar eigen stem bijna niet hoorde. Ze voelde dat iemand van achteren naar haar keek, vanuit het huis achter haar. Kristiane stond aan het eind van de gang, bij het raam. Ze zag alles, hoorde dit gesprek.

Alex gaf geen antwoord. Ze zag hem voor zich, zoals hij daar in het noorden, in Tromsø zat, hoe hij daar rondliep terwijl het er vierentwintig uur per dag donker was, zijn fijne gelaatstrekken, zijn zwarte haar. Ze had hem één keer bezocht toen hij medicijnen studeerde. Hij woonde in een verschrikkelijke kamer ergens op het vasteland. Daar in het noorden was alles donker, koud, een nachtmerrie.

'Hoe kon je dat doen?' vroeg ze.

Slechts geruis op de lijn.

'Elisabeth,' zei hij. Beheerst, alsof hij haar vader was. Die gedachte maakte haar eerst woedend, wat wist hij daarvan, wat had hijzelf gedaan? Daarna stortte alles ineen.

Ze begon te huilen, eerst stilletjes, daarna ongecontroleerd.

'Waarom kun je niet gewoon weer mama tegen mij zeggen?'
'Kun je me één ding beloven?' zei hij.
Ze kreeg haar tranen onder controle.
'Ja.'
'Bel me nooit weer.'

8

Na de vergadering bleef Tommy Bergmann doelloos in zijn kantoor zitten. Voor het raam was slechts een witte muur van sneeuw, alsof er niets anders dan het hoofdbureau van politie bestond.

Iets vinden wat de Landelijke Recherche destijds over het hoofd heeft gezien. In een week. Veertig procent van alle mannen had bloedgroep A. Tommy had zelf bloedgroep A. Slechts tien procent had hetzelfde enzymprofiel als de dader, als Anders Rask. Maar alleen Anders Rask had bezittingen van twee meisjes bij hem thuis. Haren. Aantekenboekjes. Anderzijds: onder de nagels van geen van de slachtoffers hadden ze huidschilfers aangetroffen, dat gebeurde pas bij Daina aan de Frognerveien. Misschien had hij hun handen zo snel mogelijk op hun rug gebonden. Ze eerst bewusteloos geslagen, ze helemaal tot moes geslagen. Behalve Kristiane.

Tommy vreesde dat hij wel twee teams nodig had om binnen een week überhaupt iets te vinden. Hij mocht alleen Susanne inschakelen. En dan was zij nog niet eens zijn eigen keus. Ze wist best van wanten, maar er zaten grenzen aan wat ze met zijn tweeën in een week konden doen. Als Susanne deze week de zorg voor Mathea had, kon hij de hele boel wel op zijn buik schrijven; dit zou heel wat meer tijd vergen. Als ze maar hadden geweten waar ze moesten beginnen. Het profiel van het DNA dat in en op Daina was gevonden, leverde geen match in het DNA-register op, en alle bewijsmateriaal van de moorden tussen 1978 en 1991 was vernietigd. Het oude profiel uit de Kristiane-zaak was niet nauwkeurig genoeg om iets anders te kunnen vaststellen dan dat het in alle zaken om dezelfde man kón gaan. Met de moderne technologie zouden ze misschien wat meer informatie uit het DNA-materiaal in de Kristiane-zaak kunnen halen. Het probleem was echter dat het voortreffelijke en zelfingenomen democratische Noorwegen de gewoonte had bewijsmateriaal te vernietigen nadat een vonnis onherroepelijk was geworden. In sommige gevallen werd het materiaal aan de familie van het slachtoffer teruggegeven, als het om diens bezittingen ging. Maar welke familieleden bewaarden kledingstukken waarop bewijsmateriaal zat? In het geval van

Kristiane hadden ze bovendien uitsluitend DNA in en op haar lichaam aangetroffen. Haar kleren waren nooit gevonden.

De woorden 'het is allemaal mijn schuld' klonken opeens in zijn oren, alsof hij ze zojuist had gehoord.

Dat waren de woorden die de moeder van Kristiane had geschreeuwd.

Hij bewoog de computermuis. Het scherm ging van zwart over naar de website van het *Dagbladet*. De portretfoto van Kristiane Thorstensen scheen hem tegemoet. Hij sloeg zijn blik even neer, alsof hij niet in haar blauwe irissen wilde kijken.

Hij sloot de site af en ging naar het bevolkingsregister van het ministerie van Justitie.

De vader van Kristiane, Per-Erik Thorstensen, stond geregistreerd in Tveita, slechts een paar steenworpen verwijderd van waar hijzelf was opgegroeid. Op dat adres woonde niemand anders. Een snelle zoekactie op Google liet zien dat Per-Erik Thorstensen parttime als IT'er op de Furuset-school werkte.

Hij vond zijn telefoonnummer in het telefoonboek.

Daarna toetste hij langzaam de naam van de moeder in het zoekveld van het bevolkingsregister in. Haar huidige en haar vroegere naam.

Elisabeth Thorstensen.

Hij had haar nummer in zijn mobiel gehad, maar dat na een week gewist.

Hij kon gewoon niet begrijpen waarom ze op de begrafenis was geweest. Puur uit medelijden? Hoe kon ze een dergelijke pijn opnieuw opzoeken? Hij had het opgegeven om het te begrijpen en zich erbij neergelegd dat ze ongetwijfeld haar redenen had.

Nu kon hij er niet meer aan ontkomen contact met haar op te nemen. Hoeveel pijn dat ook zou veroorzaken.

Voorzichtig drukte hij op enter en hij keek in de witte muur van sneeuw. De gedachte dat iedereen in dit gebouw alleen op de wereld was, deed hem denken aan een sciencefictionfilm die hij ooit als kind had gezien, of misschien in zijn tienerjaren. Een atoomramp, slechts een paar honderd mensen hadden het overleefd. Een eeuwige winter volgde, zo'n winter als deze.

Hij keek weer naar het scherm.

Ze heette dus nog steeds Elisabeth Thorstensen en woonde aan de Bekkelagsterrassen in Bekkelaget.

In het telefoonboek stond ze niet meer. Geen enkele vermelding. Ze moest een geheim nummer hebben genomen nadat ze op het kerkhof was geweest.

Het bevolkingsregister maakte het gemakkelijk. Hij kwam te weten dat ze getrouwd was met Asgeir Nordli, geboren in 1945. Twee zonen. Alexander, de broer van Kristiane, en Peter, twaalf jaar, die ze in 1992 met Asgeir Nordli had gekregen.

In het telefoonboek vond hij twee mobiele nummers en een vast nummer van de man.

Asgeir Nordli, dacht hij. Klonk dat bekend?

Hij zocht op Google. Asgeir Nordli runde een vastgoedbedrijf, maar er ging bij Tommy geen belletje rinkelen. Hij doorzocht vervolgens de site van Vastgoedservice. Vastgoedontwikkeling en managementsupport. Dat klonk buitengewoon saai, maar gezien de jaarrapporten in het handelsregister leken de zaken voorspoedig te gaan, en de belastingdienst kon bevestigen dat Elisabeth Thorstensen in haar nieuwe huwelijk geen gebrek aan geld had.

Hij toetste het nummer van de woning in Bekkelaget in voordat hij zich wist te bedenken.

De telefoon ging lang over. Hij verwachtte elk moment bij een antwoordapparaat terecht te komen, maar de telefoon bleef maar overgaan. Hij keek op zijn horloge. Tien uur. Ze waren vast aan het werk. Hoewel hij het vermoeden had dat Elisabeth Thorstensen niet meer werkte.

Net toen hij wilde neerleggen en besloot het later nog eens te proberen, werd er opgenomen. Maar het enige wat er volgde, was stilte.

'U spreekt met Tommy Bergmann van de politie in Oslo,' zei hij, iets luider dan zijn bedoeling was.

Hij hoorde hoe degene aan de andere kant van de lijn diep ademhaalde, alsof hij iets wilde zeggen, maar aarzelde.

'Ik zou Elisabeth Thorstensen graag even willen spreken.'

Er werd opgehangen.

Daarna belde Tommy een van de mobiele nummers die op naam van Asgeir Nordli stonden. Hij nam meteen op, brommend, alsof de persoon aan de andere kant van de lijn uiterst onwelkom was.

Tommy stelde zich voor; hij kon bijna horen hoe Asgeir Nordli vrijwel meteen van houding veranderde.

'Ik zou Elisabeth graag even spreken,' zei hij.

'Ze is met ziekteverlof.'

Het kostte hem een paar minuten om Nordli over te halen hem het mobiele nummer te geven waarnaar hij op zoek was.

Pas toen hij het voor de derde keer probeerde, nam ze eindelijk op.

'Elisabeth Thorstensen?'

'Dat klopt,' zei een vrouwenstem, zo zacht dat hij de woorden bijna niet kon verstaan.

Tommy zette zich schrap, hij had maar één kans. 'Het gaat over...' Toen stopte hij, alsof hij haar naam niet meer kon uitspreken. 'Anders Rask, de heropening.' Een fractie van een seconde bedacht hij dat hij beter had kunnen zeggen dat het om Kristiane ging, maar nu was het te laat.

Het enige wat hij hoorde, was een half gesmoord 'tot ziens'.

Daarna klonk slechts de bezettoon.

Tommy sloot zijn ogen. Hij kon zich nog steeds voor ogen halen hoe Elisabeth Thorstensen op de keukenvloer aan de Skøyenbrynet zat, de diepe sneden in haar pols; haar gezicht, dat van beeldschoon in verwrongen veranderde; haar blik, alsof alle hoop voor de mensheid verdwenen was.

Opnieuw toetste hij het nummer in, maar besloot toen toch op te hangen.

Hij liep de gang in, naar het toilet. Minutenlang spoelde hij zijn gezicht met koud water. Ten slotte leken de wallen onder zijn ogen er genoeg van te hebben en ze verdwenen.

Terug op kantoor belde hij Per-Erik Thorstensen.

De persoon die u probeert te bereiken... Hij kreeg de voicemail.

Toen hij de vaste telefoon probeerde, vertelde een stem hem dat het nummer buiten gebruik was.

Hij beet op zijn onderlip en bestudeerde zijn handen, balde zijn vuisten en opende ze weer. Dit bleef hij herhalen, tot de zinloosheid van de bewegingen tot hem doordrong. Hij pakte zijn mobiel en scrolde naar het nummer van Frank Krokhol.

Ze spraken af elkaar op de vaste plek te ontmoeten; Tommy liet nog niet het achterste van zijn tong zien.

Hij keek lang naar de klok, alsof dat zijn beste optie was. Nog acht uur tot het etentje met Krokhol.

En waar moest hij Susanne voor inzetten? Ze is wat georganiseerder dan jij, waren dat niet de woorden van Reuter geweest? En dat was waarachtig nog waar ook.

Ze zat in haar kantoor te telefoneren. Haar bureau was helemaal leeg, met uitzondering van de computer en een perfect geordende bak voor documenten met een paar kopieën van de zaken waaraan ze werkte, een in- en een outbox. De prullenbak leegde ze minstens één keer per dag. Twee foto's van haar dochter Mathea stonden naast elkaar op haar bureau, allebei in een minimalistisch lijstje. Het leek wel alsof ze elk moment bezoek kon krijgen van een woontijdschrift. Hij begreep niet hoe iemand zo kon leven. En zij begreep ongetwijfeld niet hoe híj zijn dagen doorkwam. Dagen waarin je eigenlijk een leven hoorde te hebben.

Voorzichtig leunde hij tegen de deurpost en keek een tijdje naar haar. Ze moest sinds de vorige dag iets met haar haar hebben gedaan, het was lichter dan hij het zich herinnerde. De aanblik deed hem meer aan Hege denken dan hij aangenaam vond. Hij troostte zich met de gedachte dat Susanne eigenlijk donkerblond was, bijna een brunette, en ze had bruine ogen en geen blauwe. Bovendien wist hij niet of hij haar wel mocht. Of toch wel? Ze had bijna tien jaar bij de ordepolitie gewerkt en dat vond hij positief aan haar. Bovendien wist hij dat ze alleen nog haar masterscriptie hoefde te schrijven om haar rechtenstudie te voltooien. Dat had hijzelf ook moeten doen, maar hij had zich er nooit de tijd voor gegund. Wat was dat voor een excuus? Zij had een klein kind.

Al met al was ze zo beroerd nog niet.

Hij klopte hard op de deur. Ze schrok op en draaide haar stoel in het rond.

'Ik moet je terugbellen,' zei ze tegen de persoon aan de andere kant van de lijn.

'Je weet van de Kristiane-zaak?'

Ze tastte in haar haar naar haar leesbril, die bijna naar beneden viel, maar gaf geen antwoord; ze liet alleen haar fijngetekende, donkere wenkbrauwen zakken.

'Jij en ik moeten die oplossen.'

Ze lachte voorzichtig. Niet met de gebruikelijke lach, zo eentje die Tommy vertelde dat Susanne Bech niet zijn type was, dat ze te dominant en te zelfingenomen was, maar een voorzichtig, aftastend lachje.

'We hebben een week.'

'Meen je dat serieus?' vroeg ze ernstig, alsof zijn woorden nu pas tot haar doordrongen. Ze trok aan haar dikke, nauw om haar hals sluitende wollen trui, alsof ze het opeens te warm kreeg.

'Wie zegt dat?'

'Bevel van Finneland. Papa volgt hem, uiteraard. Reuter zei dat ik jou moet inzetten. Hij neemt deze week mijn werk over. We moeten dus kijken wat we kunnen vinden.'

Susanne fronste haar wenkbrauwen opnieuw en op haar winterbleke wangen verscheen een lichte blos.

'Wie, ik bedoel, was jij het die...' Ze viel stil.

'Wat?'

Ze schudde haar hoofd.

'Niets.'
'We moeten de taken verdelen. Ik moet jou helaas het monnikenwerk geven. Ik bel de Landelijke Recherche, jij gaat daar nu naartoe om op te halen wat we nodig hebben. Leg al het andere aan de kant.' Ze kreeg een wat merkwaardige uitdrukking op haar gezicht, nam het haarelastiekje van haar pols en maakte er een strakke paardenstaart mee. Vervolgens zette ze de bruine leesbril op haar neus.
'Oké. Bel de Landelijke Recherche maar,' zei ze.
'Hoeveel kun je werken?'
'Je bedoelt of Mathea bij mij is?'
Hij kon het nooit onthouden. Haar ex en zij wisselden zo vaak dat het hem duizelde. Hoewel zijn eigen leven een eeuwige chaos was, kon hij zich altijd aan één ding vastklampen: als er geen handbal was, kon hij altijd nog werken.
Hij had alle tijd van de wereld, maar die had hij niet nodig.
'Ja.'
'Is dat een probleem? Ik heb een ex, vriendinnen, buren, vrienden en ouders. Dat komt wel goed en dat weet je.'
Hij stak zijn handen op.
'Mooi. Ga er dan maar meteen heen,' zei hij. 'Ik ga een paar telefoontjes plegen.'
De hele ochtend zat hij te bellen. Eerst naar de psychiatrische kliniek Ringvoll in Toten, waar Anders Rask opgesloten zat. Chef-arts Furuberget praatte een uur lang onophoudelijk; hij was zo'n man die kennelijk vond dat hij Gods geschenk aan de mensheid was. Toen Tommy neerlegde, had hij het gevoel dat hij zijn tijd met holle frasen had verdaan. Alsof Furuberget niet tot de kern wilde komen van het gesprek dat Tommy had geprobeerd tot stand te brengen.
De volgende anderhalf uur zat hij aan de telefoon met de oude rechercheur die het onderzoek had geleid totdat Rask werd gearresteerd. Tommy begreep dat hij niet veel hulp van die kant zou krijgen. Eerder het tegenovergestelde. De man zou tot het uiterste gaan om de zwakheden in het oude onderzoek te camoufleren. Hoofdinspecteur Johan Holte was, toen hij met pensioen ging, een van de grootste helden in de Noorse politiegeschiedenis, hij stond bekend als de man die Anders Rask te pakken had gekregen. Nu was hij ruim zeventig en Tommy begreep wel dat Holte liever niet wilde dat zijn voortreffelijkheid door de nieuwe advocaat van Rask aan flarden werd gescheurd.
Als hoofdofficier van justitie Svein Finneland gelijk had, was dat nu juist wat er zou gebeuren.

'Dus je weet heel zeker dat Rask de dader is?' vroeg Tommy ter afronding van het gesprek.

'Zeker?' zei Holte. Hij spuugde het woord bijna uit. Hij was zo iemand die nog steeds meende dat zo'n arrogante houding effect sorteerde.

'Rask is een sluwe duivel, Bergmann. Ik ben ervan overtuigd dat hij iedereen daar in Ringvoll voor de gek heeft gehouden. Let op mijn woorden. En denk je dat hij met genegenheid naar mij kijkt?' Holte snoof. 'Als hij ooit hier mocht komen, zal ik hem persoonlijk om zeep helpen en een paal door zijn hart timmeren om er zeker van te zijn dat hij nooit meer overeind komt.'

9

De wijzers op de wandklok waren gevaarlijk snel rondgedraaid. Susanne Bech controleerde haar horloge om er zeker van te zijn. Daarna keek ze naar het hoofd van het archief; de man stond een paar meter verderop. Ze haalde haar blik al snel van zijn bilnaad, die steeds groter werd naarmate hij de laatste kartonnen dozen op het wagentje zette.

Twee uur al.

Al twee uur verstreken.

Ze zag een zandloper voor zich en kreeg het gevoel dat het zand al tussen haar vingers door glipte. Ze moest dit voor elkaar krijgen. Haar leven hing er bijna van af. Haal dat 'bijna' maar weg, dacht ze. En die *bloody* Tommy Bergmann zou de hele dag aan de telefoon hangen, dacht hij dat hij dit op die manier binnen een week kon fiksen? Terwijl zij het monnikenwerk moest verrichten, zoals hij dat zo subtiel had genoemd. Ze moest gewoon om die kolos van een man glimlachen. Dat zei haar moeder toch altijd? *If you want something said, ask a man, if you want something done, ask a woman.* Niet dat ze klaagde, maar om nou tot dienstmeisje, tot verhuishulpje gereduceerd te worden? Daarvoor had ze niet haar best gedaan om bij de recherche te komen. Hij had net zo goed een van de secretaresses kunnen vragen dit te doen, dan had zij de boel aan de gang gekregen voordat de dag voorbij was. Het enige positieve van de arrogantie van mannen was dat die zo verdomde eenvoudig te doorzien was.

En Finnelands bevel? Bevel, *my ass*.

Ze wist niet hoe ze dit moest interpreteren. Ze had die ochtend niet bij de vergadering mogen zijn, dat gunde hij haar niet. Maar Tommy in deze zaak helpen, tweedehandsinformatie in ontvangst nemen, daar was ze wel goed genoeg voor. Ze besloot te denken dat dit niets anders dan een uitnodiging van Svein kon zijn. Zodat hij nog een keer, alsof het de gewoonste zaak van de wereld was, haar slipje kon uittrekken, zoals hij dat die nacht na het zomerfeest bij Fredrik Reuter had gedaan. En daarna nog vijf keer. Terwijl zij zichzelf nog wel had beloofd: nooit meer zo'n kakker met een troebele blik.

Uitgekookte smeerlap.

Van haar tijdelijke aanstelling bij Tommy waren nog maar twee maanden over en dat betekende dat ze nu ook werkelijk moest laten zien wat ze waard was. Anders zat ze weer bij de ordepolitie voor ze er erg in had. Ze kon na haar echtscheiding simpelweg geen wisselende diensten meer draaien, dat was fysiek onmogelijk. De vaste baan als rechercheur bij Zeden- en Geweldsdelicten waar ze afgelopen herfst naar had gesolliciteerd, had ze niet gekregen en ze wist waarom. En nu had hij vast bedacht dat hij haar nog een kans wilde geven. Een laatste kans. Binnenkort was het kerst en in deze tijd van het jaar werd hij misschien wel sentimenteel. Een deel van haar zei *die verdomde ouwe verraderlijke kerels*, een ander deel van haar wilde niets liever dan naast hem wakker worden. Naast degene die nooit tot de volgende ochtend kon blijven. Hij was immers getrouwd met een vrouw van haar eigen leeftijd.

Niettemin bedroog ze een andere vrouw achter haar rug om, had ze die juninacht gedacht, en haar excuus was geweest dat ze te dronken was. Lieve hemel, waarom zou ze zichzelf door het slijk halen? Ze had geleefd als een non, was haar eigen klaagvrouw geweest, bijna een halfjaar lang nadat ze Nico had verteld dat hij moest vertrekken, dat ze wilde scheiden, dat hij kansen in overvloed had gehad.

Maar allemachtig, wat was ze die avond dronken geweest.

De volgende keren met Svein Finneland was ze zo nuchter als wat geweest. Gewoon om goed bij zichzelf te kunnen voelen of haar gevoelens misschien echt waren.

De man die oud genoeg was om haar vader te kunnen zijn, had meer grip op haar dan ze eigenlijk wilde. Dan ze aankon.

Het was haar gelukt de relatie een halt toe te roepen voordat de zomer in de herfst overging. Wat niet betekende dat ze niet meer aan hem dacht.

Hoewel hij voor de tweede keer getrouwd was, waarachtig notoir ontrouw en twintig jaar ouder dan zij, stonden de sms'jes van hoofdofficier van justitie Svein Finneland nog steeds op haar mobiel. Hij had haar minstens tien, vijftien berichten gestuurd nadat ze aan het begin van de herfst zei dat ze hem niet meer wilde zien, het ene bericht nog vleiender dan het andere. In zijn wereld was het vast en zeker onbegrijpelijk dat ze hem op die manier aan de kant kon zetten. Ze was net gescheiden, alleen met een kind van vijf, hij had alle macht van de wereld en kon haar net zo ver het systeem in brengen als hij wilde. Toen ze van Nicolay was gescheiden, had ze gemakkelijk opnieuw kunnen trouwen, maar iedereen die ze tegenkwam, was net als hij. Nauwelijks volwassen knapen, amper in staat om voor een kind te zorgen of zo te leven als zij wilde. Nico zei altijd dat hij een speelse vader was, maar er waren grenzen. Dat hij die nooit stelde, was nog maar het begin. Het ging nooit zoals zij het wilde.

Zoals ík het wilde? dacht ze en zonder het te willen raakte ze de hand van het hoofd van het archief aan.

Ze glimlachte het weg en stond op het punt te tekenen voor het lenen van de documenten, of de verhuisboel, zoals de man het gelaten noemde. Ze zocht naar de bril op haar haar.

Hij wees naar de tafel tussen hen en schoof de bril voorzichtig haar kant op. Ze glimlachte opnieuw, deze keer oprecht, liet zelfs een gemeend lachje horen. Hij raakte kennelijk van zijn stuk en wendde zijn blik af. Hij was een oude vrijgezel, dat was van verre te zien. Zijn kleren waren ouderwets, zijn bril zou in een oude aflevering van *Derrick* hebben gepast, en thuis was er duidelijk niemand om hem te vertellen dat hij onder de roos zat, zo erg dat het heel goed bij de tijd van het jaar paste.

Let it snow, let it snow, let it snow, dacht ze en even bestudeerde ze haar handtekening. *Susanne Bech*. De handtekening was telkens net een beetje anders. Het enige wat niet veranderde, was dat haar handschrift er kinderachtig en onzeker uitzag. Net als haar leven. Kronkelig, zonder richting, niet in staat met beide benen op één plek, en slechts op één plek, te staan.

Geen denken aan dat Svein Finneland haar leven weer zou binnenkomen.

Het hoofd van de archiefafdeling hielp haar de spullen weg te dragen en moest dat in drie rondes doen, met wagentjes die bomvol stonden met dozen die stuk voor stuk volgepropt waren met ringbanden en overvolle ordners.

De aanblik van die enorme hoeveelheid documenten gaf haar een terneergeslagen gevoel, alsof ze in een van de depressies belandde die ze als tiener had gehad, maar waar ze gelukkig overheen was gegroeid. Of die ze gewoon met werk had onderdrukt. Of met Mathea.

Misschien was het gewoon zo dat ze bang was om te zien wat er in deze dozen zat. Anne-Lee Fransen uit Tønsberg herinnerde ze zich vaag. Maar de Kristiane-zaak herinnerde ze zich veel beter dan ze wilde. Ergens diep vanbinnen kon ze alles wat er in de kranten had gestaan, zo opnoemen, maar ze had Kristiane simpelweg uit haar dagelijkse bewustzijn verdrongen, en volgens haar hadden de meeste vrouwen van haar leeftijd dat gedaan. Ze was een jaar ouder dan Kristiane, en de foto's van een meisje dat zijzelf had kunnen zijn, die die winter elke dag in de krant stonden, hadden haar zoveel angst aangejaagd dat ze geen seconde alleen buiten had gelopen, tot het voorjaar werd en het leven weer zijn normale loop leek te hebben genomen. Haar moeder had altijd gezegd dat ze overgevoelig was, al sinds ze heel jong was, en ze gebruikte dezelfde woorden toen Susanne had gezegd dat de Kristiane-zaak een heel jaar van haar tijd op de middelbare school had bedorven. De prostituee die in februari 1989 werd vermoord, was nooit hetzelfde. Kristiane had haar kunnen zijn. Een tijdlang was dat ook bijna zo.

Ze hielp de kartonnen dozen in de bestelbus te sjouwen. De laatste twee propte ze zelf op de passagiersstoel.

'Bedankt voor je komst,' zei het hoofd van de archiefafdeling en hij pakte haar hand, alsof er een verwachting in de lucht hing dat ze elkaar binnenkort weer zouden zien. Op zijn steeds meer glimmende kale kruin streden de zweetdruppels met de vallende sneeuwvlokken, die de roosschilfers op zijn versleten, ribfluwelen trui bedekten.

'Hoe ben je van plan dat te gaan doen?' vroeg de chauffeur van de bestelbus, een jonge vent van begin twintig.

Met een doos op schoot en de andere onder haar voeten bereikten ze het politiebureau. De chauffeur, die Leo heette en volgens haar een soort verwaterde Zuid-Amerikaan, een Chileen, was, bleek de hele weg een gezellige prater te zijn. Ze was gek op mannen als hij, luchtig, zweverig, volkomen zorgeloos. Elke keer als hij iets zei, begon ze te lachen. Alsof ze alle ernst die haar te wachten stond, wilde vergeten.

'Misschien kunnen we een keer gaan koffiedrinken?' zei Leo toen de auto voor de goederenafgifte bij het politiebureau was geparkeerd.

'Ik ben veel te oud voor je, jongen. Help je me even?' Ze zette een van de dozen bij hem op schoot. Hij gaf haar zijn kaartje, voor het geval ze zich bedacht.

'Daar hoef je je geen zorgen om te maken,' zei ze.

Toen alle dozen binnen waren, kon ze in haar eigen kantoor een moment op adem komen. Tommy wilde dat ze het belangrijkste zou kopiëren. Het belangrijkste? Ze wist niet eens of ze het belangrijkste mee had gekregen. Alleen al het feit dat ze het materiaal over de drie prostituees niet mee had kunnen nemen, bezorgde haar een slecht geweten. Driekwart jaar in deze baan als rechercheur, en ze had vrijwel alleen maar een slecht geweten vanwege alles wat ze niet voor elkaar had gebokst. Bij de ordepolitie konden ze het probleem gewoon naar de volgende dienstdoende agent doorschuiven. Nu moest ze het zelf oplossen. De afdeling Recherche was het eindstation voor alle ellende van de wereld.

De rest van de middag besteedde ze aan kopiëren en organiseren.

Toen ze halverwege was, gaf ze het bijna op en begon ze het samenvattende rapport van de Landelijke Recherche te lezen terwijl ze in de kopieerruimte stond, zonder de anderen op te merken die daar heen en weer liepen.

Nadat ze twee pagina's had gelezen, schoot haar een gedachte, een herinnering, te binnen, als een bliksemschicht uit de zomers van haar jeugd op Hvaler. Opeens, vanuit het niets, een zwoele namiddag eind juli.

Twee getuigen, dacht ze.

Ze was pas bij de ordepolitie begonnen en als ze in de auto zaten, hadden ze het nergens anders over dan over de rechtszaak. Net als in de winter van 1988 had ze gedurende de rechtszaak alles gelezen.

De twee getuigen hadden geen verklaring afgelegd, dat was niet nodig, Rask had al bekend. Maar ze hadden Kristiane die zaterdag gezien.

Ja, dacht ze. Mijn herinnering klopt. Een van hen had tegenover de krant iets gezegd, ze meende dat het de VG of het *Dagbladet* was. De kop had IK ZAG KRISTIANE IN SKØYEN geluid.

Twee mannen hadden Kristiane die zaterdagavond gezien. De een op het centraal station van Oslo. De ander in Skøyen. Onder de spoorbrug, was het niet?

Anders Rask had gezegd dat hij met Kristiane had afgesproken elkaar in de stad te ontmoeten, maar in plaats daarvan was ze bij hem thuis in Haugerud komen opdagen, waar hij een rijtjeshuis huurde. Hij had nooit een woord over Skøyen gezegd. Toen hij bekende, werd opeens alles wat hij zei voor waarheid aangenomen. Niemand wist hem op fouten of inconsequente verklaringen te betrappen, en daarmee hadden getuigenissen geen enkele betekenis meer.

Snel bladerde ze het samenvattingsrapport door.

Kristiane geobserveerd op Oslo Centraal rond 18.30 uur door getuige G. Gundersen, stond op pagina 12. Verder niets. Bedroog haar geheugen haar dan zo?

Zo snel ze kon liep ze naar haar kantoor, ze holde nog net niet, en op de gang botste ze tegen een man op, zonder te zien wie hij was.

'Kan er geen sorry meer af?' hoorde ze achter zich.

'De ringbanden,' prevelde ze en er belandden documenten op de grond. Als ze een voorsprong op Tommy kreeg, zou hij wel een goed woordje voor haar moeten doen. Zij zou deze zaak voor hem oplossen, alles voor hem op tafel leggen. Iets vinden wat de Landelijke Recherche over het hoofd had gezien, let maar eens op!

Ze bladerde de tweede van de vijf ringbanden met getuigenverhoren in de Kristiane-zaak door. De dozen met tips die ze in november en december 1988 hadden binnengekregen en, naar de hoeveelheid te oordelen, tot ver in 1989, had ze nog niet geopend. Het ging vast en zeker pagina na pagina om tips van gestoorde, zelfingenomen personen uit het hele land. Ze had zelf een paar keer aan de tiplijn gezeten en er waren nauwelijks grenzen aan wat de mensen hadden gezien. Kristiane was die zaterdag met zekerheid geobserveerd van de hoogvlakten in de noordelijke provincie Finnmark tot aan Lindesnes, het zuidelijkste punt van het land. In de zaken die het meest in de belangstelling stonden, wemelde het van zelfbenoemde mediums en handopleggers.

Na een paar minuten vond ze de verhoren van G. Gundersen, die voluit Georg Gundersen bleek te heten, een gepensioneerde accountant uit Moss van bijna tachtig.

Er waren twee verhoren van hem. Eén van het politiebureau in Moss van 30 november 1988 waarin Gundersen 'bijna zeker' wist dat hij Kristiane had gezien, en een verhoor dat twee dagen later was gedateerd, 2 december, afgenomen op het politiebureau Grønland door rechercheur Holte, werkzaam bij de Landelijke Recherche, en een man van wie ze de naam niet kende, van het toenmalige hoofdbureau Oslo.

In dat verhoor stond niet 'bijna zeker'. Nu was Gundersen 'eenduidig zeker'. Gundersen had ondertekend met hetzelfde vaste handschrift als bij het verhoor op het politiebureau in Moss. Bij het verhoor was een korte notitie van rechercheur Holte gevoegd, die tot de conclusie was gekomen dat Gundersen een geloofwaardige getuige was.

Een zoekopdracht in het bevolkingsregister bezorgde haar een kater die ze niet nodig had.

Gundersen was in 1998 overleden.

Dat hij nog leefde, was ook te mooi geweest om waar te zijn.

En die andere getuige, hoe zat het daarmee? De junk uit de krant van destijds.

Bijna helemaal achter in de ringband vond ze het document dat ze zocht.

Bjørn-Åge Flaten, geboren op 4 maart 1964, had volgens een van de observatierechercheurs van het politiebureau Oslo tijdens een arrestatie op zaterdag 19 november wegens het dealen van drugs gezegd dat hij Kristiane Thorstensen exact een week eerder in Skøyen had gezien. Het document was geen apart getuigenverhoor in de zaak, maar een kopie van het eerste verhoor in verband met de aanhouding wegens de verkoop van vijftig gram hasj en tien gram amfetamine in een flat aan de Jens Bjelkes gate in Tøyen.

Bjørn-Åge Flaten had eind 1988 in het bevolkingsregister geregistreerd gestaan op een adres in de wijk Rykkinn, even buiten Oslo, maar stond als huurder genoteerd in Amalienborg in Skøyen, in het voormalige arbeiderscomplex. In het verhoor zei hij dat hij strafvermindering wilde als hij met informatie zou komen die tot de vondst van Kristiane zou leiden. Subsidiair, zoals hij zich uitdrukte, wilde hij geld, aangezien hij aannam dat de familie van Kristiane binnenkort een beloning zou uitloven.

Hij scheen echter uitsluitend te hebben aangegeven dat hij Kristiane onder de spoorbrug in Skøyen had gezien, op de zaterdag waarop ze verdween. Op de vraag waarom hij hier niet eerder iets over had gezegd, antwoordde Flaten dat het niet zijn gewoonte was de krant te lezen, en op tv zag je over het algemeen alleen maar rotzooi, zoals hij het noemde.

Susanne Bech kauwde een tijdje op een pootje van haar bril.

Dit kan de simpele fout zijn die er is gemaakt, dacht ze. Zo eenvoudig en arrogant. En zo moeilijk. De rechercheurs waren er zeker van geweest dat Kristiane de trein naar Oslo Centraal had genomen, daarna had ze waarschijnlijk de metro naar Haugerud gepakt, waar Rask op haar wachtte, volgens de afspraak die hij naar verluidt met haar had. Het was alleen zo merkwaardig dat niemand haar die zaterdagavond de lijn Furusetbanen had zien nemen. Dat was een van de drukste trajecten van het openbaar vervoer in Oslo.

Ze keek naar de sneeuw voor het raam. Een paar tellen zag ze Mathea voor zich op het kinderdagverblijf, stampend in de hoge sneeuw, in het roze speelpakje dat haar moeder haar had opgedrongen, hoewel Susanne afgelopen herfst een vrijwel eender pakje voor Mathea had gekocht.

Mathea? had haar moeder gezegd toen ze de eerste keer in het ziekenhuis kwam. *Mathea? Nee, dat meen je niet, meisje. Dat is toch geen naam voor onze familie?*

'Mathea,' fluisterde Susanne. Een moment brandden de tranen achter haar oogleden. Dat gebeurde soms, als ze te veel aan haar dochter dacht.

In een flits zag ze zichzelf de poort openen, als de laatste die haar kind kwam halen, ze was bijna altijd de laatste. Het speelpakje was verdwenen. De deur naar de droogkast stond open, ook daar geen speelpakje. De la met schone kleren was leeg. Het kinderdagverblijf was leeg. Ze schoof het van zich af. Dat zou nooit gebeuren.

'Bjørn-Åge Flaten,' zei ze hardop en ze maakte zich van haar eigen zieke gedachten los. Ze hield het vel papier zo ver mogelijk bij zich vandaan, alsof ze zichzelf ervan wilde overtuigen dat ze niet verziend was, maar uitstekend zonder bril kon lezen.

Ze zette haar bril weer op en las het hele document nog een keer.

Dit bood toch niet veel houvast, Bjørn-Åge, of Bønna, zoals volgens haar waarschijnlijk al heel vroeg de roepnaam was geworden van een jongen uit Bærum die in de goot was beland.

Niet bepaald een keerpunt. Of toch?

Hebben wij je nooit serieus genomen?

Bij het verhoor was geen beoordeling van zijn geloofwaardigheid gevoegd. Misschien was dat ook niet nodig. Bjørn-Åge Flaten had net als iedere andere crimineel geprobeerd zelf een slaatje uit het ongeluk van een ander te slaan. Waarheid of geen waarheid. Hij dacht alleen aan zichzelf.

BJØRN-ÅGE FLATEN, schreef ze op een plakbriefje.

Voor ze er goed en wel over nadacht, had ze haar kantoor verlaten en haastte ze zich naar dat van Tommy Bergmann. De deur stond halfopen. Ze wilde net naar binnen gaan toen ze hoorde dat hij aan de telefoon was. De rooklucht zweefde haar tegemoet.

Dat niemand daar een eind aan kon maken. Ze moest het met Reuter bespreken. Met de ombudsman. Maar pas als ze een vaste aanstelling had.

These are my principles, and if you don't like them, I have others.

Mama, dacht ze, verdomde mama.

Hij leek een eeuwigheid aan de telefoon te blijven en ze was niet van plan hem te onderbreken. Zoals altijd wanneer mannen telefoneerden, klonk het alsof juist dit gesprek het serieuste en belangrijkste van de wereld was.

Terug in haar kantoor zocht ze de naam Bjørn-Åge Flaten in het strafzakenregister, het observatieregister en het informantenregister. In de jaren negentig had de man weinig anders gedaan dan in de cel zitten, wegens diefstal, een overval, korte drugsveroordelingen. Nu leek hij niet langer als informant actief te zijn. Susanne dacht wel te weten waarom. Laatst bekende adres: Sogneprest Munthe-Kaas vei in Gjettum. Susanne wist waar dat was, de terrasblokken. De enige geregistreerde bewoner: Bjørg Flaten. Zijn moeder.

Ze belde Bjørg Flaten, maar niemand nam op.

Bij de tweede poging gebeurde dat wel. Susanne begreep al snel dat Bjørg Flaten haar zoon had opgegeven. 'Ik heb geen idee waar hij is,' zei ze onverschillig, alsof haar zoon een toevallige huurder was die jaren geleden bij haar had gewoond. 'In elk geval niet hier.'

'Weet u waar hij verblijft?'

Bjørg Flaten ademde moeizaam. Er kwam geen antwoord. Susanne begreep dat ze huilde.

'Het is die verdomde heroïne. Zolang hij... we zijn nette mensen. Ik heb zelfs mijn huis verkocht om hem te redden.' Meer had ze niet te zeggen.

'Ik begrijp dat het moeilijk is,' zei Susanne.

'Jij? Jij begrijpt er niets van.'

Susanne zei niets meer.

'Wat heb ik verkeerd gedaan? Ik heb alles geprobeerd. Zijn vader, ik weet het niet.' Bjørg Flaten begon weer te huilen. Twee keer achter elkaar snoot ze luid haar neus.

Susanne sloot haar ogen.

Ik begrijp alles, dacht ze. Absoluut alles. Maar ze zei niets.

'Als hij contact met u opneemt, moet u me meteen bellen.'

'Wat heeft hij nu dan weer gedaan?'

'Niets. U moet tegen hem zeggen dat hij nergens van wordt verdacht.'

'Die plek in Brobekk,' zei Bjørg Flaten. 'Daarvandaan hebben ze me een paar keer gebeld.'

'De Brobekkveien? Het opvanghuis?'

'Daar laten ze hem binnen, ook al is hij high.'

Susanne vergewiste zich ervan dat Bjørg Flaten de juiste naam en alle telefoonnummers had opgeschreven, van de meldkamer, van het kantoor, haar mobiele telefoon.

Ze pakte het overzicht met nummers van de opvanghuizen.

Een vermoeide stem reageerde op het nummer van het Brobekkveienopvanghuis.

'Nee,' zei hij onmiddellijk. 'Hij is hier niet.'

Ze keek op haar horloge, pakte het zakspiegeltje uit haar nieuwe tas, die ze dan wel had gekocht maar waarvoor ze eigenlijk geen geld had gehad, werkte haar wimpers bij en pakte haar Canada Goose-jas van de kapstok.

Iemand daarginds moest iets over hem weten. Ze durfde Tommy niet eens te vragen hoe hij erover dacht.

10

Toen een van de verplegers de deur naar de therapieruimte opendeed, werd Arne Furuberget herinnerd aan de woorden die hij die ochtend had gelezen. Hij had tot diep in de nacht het dossier chronologisch doorgenomen. Hoewel zijn lichaam protesteerde toen de wekker die ochtend even voor zessen afging, was hij regelrecht naar kantoor vertrokken om daar verder te lezen.

Wat was er met deze kamer, dat die herinneringen bij hem opriep?

De kamer zelf? Of misschien de zonnestralen die tussen een paar kieren in het vrijwel massieve wolkendek door schenen? Of misschien was het de aanblik van Anders Rask die met zijn rug naar hem toe stond en het uitzicht op het meer in zich opnam. Zijn kleine, ranke handen die van een kind leken te zijn, misschien van een van de meisjes die hij had vermoord.

De meisjes die waren vermoord en waarvoor hij was veroordeeld, corrigeerde Furuberget zichzelf.

'Laat ons alleen.' Een van de verplegers, een forse man uit Raufoss, keek hem wantrouwend aan. De instructie was helder, geen enkele medewerker op de gesloten afdeling mocht alleen zijn met de patiënten, tenzij de chef-arts daarvoor toestemming gaf.

Als chef-arts kon Furuberget dus zelf bepalen of hij alleen wilde zijn met de patiënten. Dat was tot nu toe altijd goed gegaan. Hij had wel een paar keer op het randje van de dood gebalanceerd, maar dat was niet iets waarbij hij stil bleef staan.

Toen de deur achter hem dichtging, wist hij niet zeker of dit vandaag wel een goede beslissing was. Rask had, in al die jaren dat hij op deze 1.500 vierkante meter van de inrichting opgesloten had gezeten, nog nooit een vlieg kwaad gedaan. Toch was Furuberget de afgelopen tijd onrustiger geworden als het om Rask ging. Hij verbeeldde zich dat zich achter diens ogenschijnlijk betrouwbare façade een duistere razernij aan het ophopen was. Zo'n razernij waarvan jonge meisjes het slachtoffer werden.

Maar wie had het meisje aan de Frognerveien dan om het leven gebracht?

De woorden uit het dossier verschenen op zijn netvlies.

Edle Maria leeft.

Het was alsof het gesprek op dat moment werd gevoerd.

Edle Maria?
Ja, Edle Maria.
Ze leeft.

Anders Rask had zich nog steeds niet bewogen. Hij stond roerloos bij het raam, als een autist die geen rust vond voordat hij elke beweging achter de ramen had geregistreerd, de zwarte vogels die opvlogen van de besneeuwde akkers, een ree op het ijs, de tocht van elke afzonderlijke wolk langs de hemel.

Furuberget nam behoedzaam plaats in de stoel waarin hij altijd zat, kijkend naar de bank waar Rask moest zitten. Als hij dat wilde. Furuberget vergewiste zich ervan dat het alarm aan zijn riem zat. Hij liet zijn wijsvinger over de knop gaan waarop hij moest drukken als Rask het dreigement dat hij onlangs had geuit, in daden zou omzetten.

Na vijf minuten had Rask zich nog steeds niet bewogen.

'Waarom heb je laatst dreigementen tegen me geuit?' Arne Furuberget tekende een gezicht op zijn notitieblok. Hij kraste het weer door.

'Ik heb je nooit bedreigd.'

'Weet je dat niet meer?'

Anders Rask schudde zijn hoofd. Langzaam bewoog hij naar rechts. Furuberget vond opeens dat hij er grotesker uitzag dan hij de man ooit meende te hebben gezien. De medicijnen hadden hem ooit veel overgewicht bezorgd, nu was hij weer mager, met het gezicht van een kind op het lijf van een man van middelbare leeftijd.

'Je zei toen dat ik moest sterven als ik er niet voor zorgde dat je naar de open afdeling kon verhuizen.'

Rasks blik werd afwezig.

'We moeten allemaal sterven.'

'Maar we hoeven niet allemaal vermoord te worden, Anders. Dit is ernstig. Ik denk dat je dat wel begrijpt.'

Anders Rask zweeg.

'Je bederft het voor jezelf.'

Weer geen reactie.

'Denk je veel aan de dood, Anders?'

Anders Rask ging op de bank tegenover Furuberget zitten. Hij liet zijn blik door de kamer gaan. Naar zijn gelaatsuitdrukking te oordelen leek hij die net zo afstotelijk te vinden als Furuberget dat deed.

Plotseling stond Rask op en zette een stap in de richting van Furuberget. Die besloot te blijven zitten, maar hij drukte zich instinctief tegen de achterkant van zijn stoel, zodat hij het houten frame in de groene stofhoes duidelijk kon voelen.

Hij merkte dat hij opgelucht uitademde toen Rask naar links liep, terug naar het raam.

Furuberget liet zijn hand naar het alarm gaan. Heel even overwoog hij de rode knop in te drukken.

'Maria,' zei Rask.

Furuberget voelde hoe hij begon te beven. Zijn hoofdhuid begon te tintelen, rond zijn slapen, langs zijn oren. Zijn mond voelde droog aan, zijn lippen weken nauwelijks uiteen toen hij naar de kartonnen beker met water reikte.

'Maria?'

'Waarom vroeg je me naar die naam? Maria? En Edle Maria?' Rask had zich omgedraaid. Zijn ogen stonden ernstig, maar om zijn mond lag een lichte grijns, alsof hij dacht dat Furuberget loog. Furuberget was er niet in geslaagd te verhullen dat hij op heterdaad werd betrapt en dat besefte hij maar al te goed.

'Is Edle Maria nog in leven, Anders?'

Er ging een rilling door Furuberget heen, als koorts die op kwam zetten. Hij kon het net zo goed proberen.

'Edle Maria...' zei Rask bij zichzelf, dromerig, zacht, alsof de herinnering wegvloeide. Hij wendde zich weer tot het raam.

'Misschien kunnen we een afspraak maken,' zei Furuberget.

'Een afspraak? Wat voor afspraak?'

'Je hebt een brief ontvangen. Herinner je je die brief?'

Rask lachte, een jongensachtige lach, alsof hij de onschuld zelve was, een rustige jongen op een vakantiekolonie eind jaren veertig. Als Furuberget zelf.

'Ik krijg veel brieven, veel meer dan jij.'

'Natuurlijk, Anders. Natuurlijk. Als je mij die brief geeft, zal ik mijn uiterste best doen om je overgeplaatst te krijgen. Maar dan mag je me niet blijven bedreigen. Als je dat nog een keer doet, zal het nog heel lang duren voordat ik opnieuw kan overwegen je over te plaatsen.'

'Welke brief?' vroeg Rask zacht.

'Je weet welke brief ik bedoel.'

Anders Rask was bij Furuberget voor hij het goed en wel doorhad. De plastic sandalen maakten diens voetstappen geruisloos. Hij hield een hand op zijn rug, alsof hij iets verborg. Furuberget wist dat er drie weken geleden twee houten lepels uit de keuken en een tapijtmes uit de werkplaats waren verdwenen. Het hele gebouw was op zijn kop gezet, maar de spullen waren en bleven weg.

Alle patiënten op de gesloten afdeling hadden zich volledig moeten ontkleden, maar dat had niets opgeleverd.

Rask boog zich naar hem toe, opnieuw met die ondoorgrondelijke grijns om zijn mond.

'Jij gaat sterven, weet je dat?'

Langzaam bracht hij zijn arm naar Furubergets keel.

Geen mes.

'Omdat je van plan bent me hierbinnen te laten verrotten. Je wilt me hier opgesloten houden, ook al zou ik worden vrijgesproken.'

Furuberget hield zijn rechterhand op het alarm.

'Doe je arm weg. Laat me zien wat je in je andere hand hebt.'

'Waar ben je bang voor, Furuberget? Om te sterven?'

Rask rook naar goedkope zeep, dat maakte Furuberget misselijk. Hij voelde hoe Rask zijn pols vasthield, hard, alsof hij niet zou loslaten voordat daarbinnen iets gebroken was.

Furuberget drukte de knop in.

Rask zette een stap naar achteren.

'Jouw probleem is dat je zo pathetisch, zo zielig bent.'

Toen de verplegers binnenstormden, zat Rask weer op de bank.

Furuberget staarde voor zich uit.

'Ik heb de knop per ongeluk aangeraakt.'

Hij kon niet voorkomen dat hij diep adem moest halen.

'We zijn klaar. Breng hem naar zijn kamer.'

Terug in zijn kantoor trok hij zijn colbert uit en knoopte de manchet van zijn linkermouw open. Hij probeerde de bloeduitstorting te masseren die door de druk van Rasks hand was ontstaan.

Hij voelde zich koortsig.

Toen hij de archiefkast opende, ging dat met een luide klap gepaard. Hij gooide de oude map met het dossier op zijn bureau en schrok van het geluid. Alles maakte hem nu bang, de schilderijen aan de wand, de gedachte dat het in dit land nooit meer licht zou worden, dat Rask een manier zou vinden hem van het leven te beroven. En de persoon daarbuiten zou opzoeken.

'*Edle Maria leeft*', zei hij hardop tegen zichzelf. 'Je moet begrijpen dat ze leeft.'

Patiënte met eeg gecontroleerd op somatische aandoeningen. Paranoïde schizofrenie kan niet worden uitgesloten, maar een voorbijgaande niet-schizofrene paranoïde psychose is waarschijnlijker.

Arne Furuberget las zijn eigen aantekeningen van het ontslag. Ze was aan de beterende hand, en hij wilde dat ze naar huis kon als dat beter voor haar was. Hij had gedacht dat het ernstige trauma waarvan ze het slachtoffer was geworden, in het ergste geval een latente persoonlijkheidsstoornis bij haar teweeg had gebracht, dezelfde stoornis als waarvan ze eerder tekenen had vertoond, maar dat ze verder kon worden begeleid door de psychische gezondheidszorg ter plaatse.

Hij bladerde terug in de kopieën van haar vroegste dossiers, uit Frensby en Sandberg in de jaren zeventig. Furuberget had zelf in Sandberg gewerkt, maar haar daar nooit behandeld.

Hij vloog met zijn ogen over de pagina's.

1975. Juni. Patiënte keert terug naar een vrouwelijke persoon, Edle Maria, wat voor patiënte traumatisch lijkt. Mogelijke achtervolgingsparanoia. Schizofrenie minder waarschijnlijk. Patiënte onwillig om te praten over symptomen of eigen ziekte, de reden van de opname, poging tot zelfdoding, zelfmutilatie, ontbrekend vermogen om voor de kinderen te zorgen, panische angst, continue depressie.
September 1975. Patiënte nog steeds geen contact met de familie. Bij de behandeling niet verder op de persoon Edle Maria ingegaan. Patiënte is ook gestopt naar de persoon te verwijzen. Patiënte heeft in de loop van de zomer een ogenschijnlijk sterke vertrouwensband opgebouwd met een van de invalkrachten en maakt een veel functionelere indruk dan bij opname. Patiënte heeft haar belangstelling voor literatuur en film weer opgepakt en is een paar keer onder begeleiding naar de bioscoop geweest.

Furuberget meende zich vaag te herinneren dat hij het dossier uit Sandberg destijds, zo'n vijftien jaar geleden, had gelezen. Hij had schizofrenie overwogen en vooral wat vroeger een meervoudige persoonlijkheidsstoornis werd genoemd, maar dat van de hand gewezen. Misschien omdat het allemaal te complex werd, en het belangrijkste was haar te behandelen voor het enorme trauma waaraan ze was blootgesteld. Maar ze had symptomen van een dissociatieve identiteitsstoornis laten zien, dat moest hij toegeven. Haar geheugenverlies was opvallend en de manier waarop ze zich van het trauma distantieerde, alsof ze zich in een soort hypnose bevond, was nauwelijks functioneel.

Maar of ze verschillende identiteiten had die om haar persoonlijkheid streden? Kon hij werkelijk iets zo fundamenteels over het hoofd hebben gezien?

Misschien, dacht hij. Misschien had hij nooit aan die extreme mogelijkheid durven toegeven. Hij wist best dat recent onderzoek liet zien dat de dominante persoonlijkheid een stap opzij kon zetten, zelfs bewust, dat beide persoonlijkheden zich van het bestaan van de ander bewust waren.

Schizofrenie was een spiegelzaal, zowel voor de patiënt als voor de behandelaar.

Furuberget had het gevoel dat hij zich nu in zo'n spiegelzaal bevond; waar hij ook keek, alles zag er hetzelfde uit.

Hij hield het oude dossier tussen zijn vingers, behoedzaam, alsof het om een pasgeboren kind ging.

Patiënte keert terug naar één persoon, Edle Maria.

Maar wat betekende dat veertien jaar later?

Edle Maria leeft.

Hoezo?

En waarom had dat arme meisje in Frogner die naam uitgesproken?

Hij moest haar vinden. Ook al was dat het laatste wat hij in dit leven deed.

11

Tommy Bergmann voelde al dat dit hem door de vingers ging glippen. Wie dachten ze dat hij was? Jezus? Wonderen binnen een week, vergeet het maar. Susanne was nog niet klaar met de kopieën die hij moest hebben. De moeder van Kristiane, Elisabeth Thorstensen, wilde niet met hem praten en haar vader Per-Erik kon hij niet te pakken krijgen.

Hij kon het beste afwachten. Hij had Susanne vast ergens anders voor moeten inzetten, maar op dit moment kon hij niets beters verzinnen. Hij had orde nodig.

Hij opende het raam en stak een sigaret op. Het was begin van de middag, maar het was alsof het al donker begon te worden. Hij had zelfs niet gemerkt dat het opnieuw was gaan sneeuwen. De temperatuur ging op en neer, sneeuw verving kou, alsof iemand een vloek over de stad had uitgesproken. De sneeuw kwam door het openstaande raam naar binnen. De krant, die vlak onder het kozijn lag, werd steeds natter. Het gezicht van Kristiane, dat op de voorpagina de rechterkolom vulde, leek met tranen bedekt. Hij pakte de krant en las langzaam de twee pagina's lange reportage, alsof hij daardoor vanzelf bij een doorbraak zou komen, het antwoord zou vinden op de vraag of Rask al dan niet schuldig was.

Rechts onderaan zag hij een facsimile van de krant van maandag 28 november 1988. Daarop stond een zwart-witfoto van een nogal gedrongen, stevige man die zijn armen om twee meisjes van Kristianes leeftijd had geslagen. Tommy herinnerde zich de foto. Het was de eerste keer dat hij had gezien hoe jongeren bijeenkwamen op de school van een vriendin die was vermoord. De Vetlandsåsen-school was op de zondag waarop Kristiane werd gevonden 's avonds en 's nachts open geweest. Nu wist hij alles weer en herinnerde hij zich zelfs de man op de foto. Dat was toch een handbaltrainer? Ja.

Hoe heette hij ook alweer?

Tommy probeerde de tekst bij de foto op het facsimile te lezen, maar die was zo klein dat hij het wel kon vergeten; hij kon de letters niet van elkaar onderscheiden. Snel liep hij naar het kantoor van Halgeir Sørvaag met de natte krant in zijn hand. Hij hield hem behoedzaam vast, zodat de natte pagina's niet uiteen zouden vallen. Sørvaag zat aan de telefoon en leek het weinig te waarderen dat Tommy na een korte klop op de deur gewoon binnen kwam zetten.

'Je vergrootglas.'

Kleine en grote vergrootglazen hoorden tot de standaarduitrusting van Sørvaag, wat hem in vroeger tijden de onvermijdelijke bijnaam Sherlock had opgeleverd. Nu wisten de pasafgestudeerden aan de Politieacademie nauwelijks meer wie Sherlock was, dus dat verhaal was op sterven na dood.

Tommy beende naar het bureau waar een groot vergrootglas met ingebouwd lampje aan was bevestigd. Dat had Sørvaag zelf bekostigd. Het deed allemaal aan autisme denken, alsof het niet tot hem was doorgedrongen dat het politiedistrict nu een eigen forensische unit had, maar op dit moment had Tommy exact zo'n apparaat nodig.

'Voorzichtig,' zei Sørvaag en hij hield de telefoon weer tegen zijn oor.

'Hoe zit het met Frontrunner in de derde?' vroeg Sørvaag aan de persoon aan de andere kant van de lijn.

Verdomde gokkers, dacht Tommy. Alle vrije tijd op de drafbaan doorbrengen. Politiemensen mochten strikt genomen hun salaris niet langer vergokken. Sørvaag en zijn maten trokken zich daar niets van aan. Aan de andere kant was dat wellicht niet het ergste wat een mens kon uitspoken: zich aan gokken overgeven. Ze verdienden er immers ook mee.

Hij legde de krant op het bureau en liet de verende arm van het vergrootglas zakken. De cirkelvormige lichtbuis onder aan het glas knipperde een paar keer. De gezichten op de facsimilefoto uit de krant van de laatste maandag in november 1988 werden in dubbele grootte in het diopter zichtbaar.

'Shit,' zei Tommy. Het schrift was nog steeds te klein om de namen van de man en de twee huilende meisjes op de foto te kunnen lezen.

'Kijk eens,' hoorde hij achter zich. Sørvaag ademde uit als een walrus, legde de telefoon op het bureau en schoot naar voren met zijn bureaustoel. Hij hield een klein vergrootglas vast met daaraan een pincet en een lampje. Zo eentje als hij in het veld gebruikte.

'Vijf keer zo groot,' zei Sørvaag en hij keerde terug naar zijn telefoon.

'Frontrunner,' zei hij opnieuw in de telefoon. 'Puur goud. De naam zegt het al.'

Eindelijk, dacht Tommy. Hij liet de sterke lens over de drie gezichten glijden, die nu uit zwarte, grijze en witte pixels bestonden. Hij bracht het glas naar de bijbehorende tekst.

Docent aan de Vetlandsåsen-school, Jon-Olav Farberg, opende zondag de school. Hier troost hij Kristianes vriendinnen, Marianne en Eva.

'Jon-Olav Farberg,' zei hij zacht. De man had zijn gezicht half afgewend en was nog net in profiel, dus het was moeilijk te bepalen hoe hij eruitzag. Maar Tommy herinnerde zich hem nu, van het handballen. Hij had Tommy's team nooit getraind, maar misschien wel dat van Kristiane. En hij was docent en moest Anders Rask hebben gekend. Hij kon net zo goed hier als ergens anders beginnen.

Jon-Olav Farberg was op internet gemakkelijk te vinden. Hij was duidelijk geen docent meer, maar mede-eigenaar en een van de bazen van een consultancybedrijf op het gebied van recruitment, managementontwikkeling en personeel. De portretfoto op de site van het bedrijf toonde een man die er jonger uitzag dan zijn bijna zestig jaar.

Farberg nam zijn mobiele telefoon vrijwel meteen op. Tommy bestudeerde zijn gelaatstrekken op de pc. De stem klonk helder, bijna jongensachtig.

'Veel mensen hebben nu een naar gevoel,' zei Farberg. 'Met al die verhalen over Kristiane. Het is alsof je alles opnieuw beleeft.'

'Ik begrijp het.'

'Ik weet niet helemaal wat voor zin het kan hebben om me te spreken, maar ik vind het best. Ik wil alles doen om te helpen.'

Er viel een pauze.

Tommy bedacht dat hij Farberg misschien te overhaast had gebeld. Toch kon de tocht naar diens kantoor in Lilleaker de moeite waard zijn.

'U hebt Anders Rask zeker wel gekend?' vroeg hij.

Jon-Olav Farberg gaf niet meteen antwoord.

'Gaat dit om Anders?'

'Ik kan het uitleggen als ik bij u kom. Maar ja, Rask heeft de zaak heropend gekregen, en...'

Jon-Olav Farberg liet een diepe zucht horen.

'Sorry, het is niet de bedoeling negatief over te komen. Maar om weer met Anders geassocieerd te worden, zoals ik, zoals wij dat destijds allemaal werden... Dat is, ja, erg onaangenaam.'

12

Hij durfde zijn kantoor haast niet te verlaten. Had het dreigement van Anders Rask hem zo aangegrepen dat hij zich simpelweg niet meer kon herpakken? Arne Furuberget sloot zijn ogen en liet zijn hoofd tegen de neksteun van zijn bureaustoel rusten. Had hij zich misschien te lang aan dit werk vastgeklampt? De klassieke fout begaan dat je weigerde in te zien dat je te oud werd om met uitdagingen om te gaan? Morgen zou een politieman uit Oslo met Anders Rask praten. Hij wist niet meer hoe die man heette, hij herinnerde zich alleen nog de blik van Rask toen hij door de therapieruimte liep en hem bij zijn pols greep. Voor het eerst had hij gezien hoe gevaarlijk Rask werkelijk was. Hij zat al bijna elf jaar in Ringvoll, en nog nooit, geen enkele keer, had hij hem gezien als vandaag. Uitsluitend de misdrijven waarvoor hij was veroordeeld waren de reden dat hij patiënt op de gesloten afdeling was. Niets in zijn gedragspatroon wees erop dat hij daar hoorde. Tot vandaag. Eerst de moorddreiging van gisteren. Vandaag fysiek contact. Verder durfde Furuberget niet te denken. Hij zei tegen zichzelf dat hij veel ernstiger patiënten had gehad dan Rask.
 Een mens kan een heel leven leiden waarin hij alles verdringt, dacht hij en hij besefte dat hij nog nooit een ernstiger patiënt had gehad. Hij kon geen hoogte van Rask krijgen, dat had hij nooit gekund.
 Snel, alsof het gevaarlijk was om nog een seconde langer in het kantoor te blijven, kwam Furuberget overeind.
 Hij passeerde de portier op de begane grond zonder te groeten. Toen hij de zware stalen deur opende, waaide de sneeuw hem in zijn gezicht. Hij haastte zich, al was het met tegenzin, naar de poort en bedacht voor het eerst dat de hekken op de open afdeling te laag waren. In het achterste deel van het gebouw, dat de gesloten afdeling vormde, waren ze wellicht goed genoeg, maar hier? Ze leken gewoon op een willekeurige haag.
 Hij hield zijn pasje tegen de lezer en voelde dat zijn vingers al gevoelloos werden van de kou. Eenmaal bij zijn auto legde hij het oude dossier op de passagiersstoel. Hij startte de motor, daarna veegde hij de sneeuw

van de voorruit terwijl hij naar de verlichte ramen op de gesloten afdeling keek. Achter het raam van Rask brandde licht. Net toen Furuberget de voorruit schoon had, dook diens silhouet op.

Furuberget bedacht dat het nog weer eens aantoonde dat Rask over bovennatuurlijke gaven beschikte; dat hij op bed had gelegen en het juiste moment had afgewacht dat de twee donkere gestalten vanaf een afstand naar elkaar keken.

'Met wie communiceer jij?' zei Furuberget bij zichzelf. Hij had de hele postlijst van Rask doorgenomen, maar niets bijzonders ontdekt.

Maar hoe kon ik zo dom zijn om te proberen een afspraak met hem te maken? Nu zou Rask de brief vernietigen. Furuberget moest weer van voren af aan beginnen. Hij wist dat hij door moest gaan om tijdens de therapiesessies alleen te zijn met Rask. Als er anderen bij waren, zou Rask nooit zijn mond opendoen. Hij kon alleen God op zijn blote knieën danken dat Rask hier nooit meer uit zou komen, ook al zou hij van de moord op Kristiane worden vrijgesproken. De vijf andere moorden zouden tijd kosten. Hadden die idioten bij de politie het DNA-materiaal maar bewaard, het sperma van die duivel ingevroren.

'Verdomde idioten,' zei hij bij zichzelf.

Hij stond naar het regelmatige gebrom van de dieselmotor te luisteren, terwijl hij zijn blik op het silhouet van Rask achter het raam gericht hield. Rask tilde zijn arm op en zwaaide langzaam.

Furuberget merkte dat de aanblik hem rillingen bezorgde. Hij stapte in zijn auto, maar kon slechts met grote moeite zijn bewegingen onder controle houden.

Toen hij voor zijn garage parkeerde, herinnerde hij zich nauwelijks iets van de ruim tien minuten durende rit huiswaarts. Hij wist niet of hij andere auto's was tegengekomen toen hij door het centrum van Skreia reed, of hij ergens iemand had gezien. Nu was alles donker, dat was de enige herinnering die hij aan de korte rit had. Toen hij vertrok, was er nog een klein restje daglicht geweest. En nu was het volkomen donker om hem heen.

Hij draaide het contactsleuteltje om en de motor viel stil.

Ja, dacht hij, het is volkomen donker. Hij keek naar rechts; bij de buren brandde alleen de buitenlamp. Ze waren die dag op vakantie gegaan en zouden pas na de kerstdagen terugkomen. Goddank, dacht hij. Nu zou het zijn alsof hij hier, aan het eind van de straat, de wereld voor zichzelf had. Alleen bos en akkers, dat bezorgde hem een bijzonder gevoel van rust. Hij had geen zin om met kerst naar Maleisië te gaan, maar wat kon hij doen?

Hij opende het portier en zette zijn voet in de sneeuw. Eén blik op het huis was voldoende.

Het was daadwerkelijk donker. De buitenlamp bij het stoepje brandde niet. Achter de ramen was ook geen verlichting, zelfs niet achter het smalle raampje van het gastentoilet.

Nadat zijn vrouw met pensioen was gegaan, deed ze de buitenlamp altijd om drie uur 's middags aan. Het was nergens voor nodig dat ze een lamp met bewegingssensor namen, had ze gezegd.

Hij keek op zijn horloge. Het was al vier uur.

Misschien was ze ergens naartoe.

Maar nee, ze was er altijd als hij thuiskwam. Om halfvijf eten. Altijd hetzelfde, zo ging het al sinds de kinderen het huis uit waren.

Hij liet het portier openstaan en drukte het oude dossier tegen zich aan.

Even overwoog hij om het huis heen te lopen, maar hij bedacht zich. Hij liep zo stil hij kon het gladde ijzeren stoepje op.

Hij frummelde een hele tijd met de sleutels in zijn zak. Daarna draaide hij zich om en keek naar de bandensporen van zijn auto. Over een halfuur zouden die verdwenen zijn. Vanochtend vroeg had hij sneeuw geruimd, maar dat kon je nu nog onmogelijk zien.

Hij liep terug, langs de auto, ging op zijn knieën zitten en probeerde bandensporen van een andere auto van en naar de garage te ontdekken.

Het was zinloos, alles was met sneeuw bedekt. Na twaalven was het pas echt flink gaan sneeuwen.

Hij liep terug naar het huis. Voorzichtig draaide hij de sleutel om in het cilinderslot.

Het rook niet naar eten. Een vreemde geur? Misschien.

Er is hier iemand geweest, dacht hij. Het dossier hield hij stevig vast, alsof dat het enige was waarmee hij zich kon verdedigen.

In het tochthalletje bleef hij staan, bracht zijn hand naar de lichtschakelaar, maar bedacht zich.

'Gunn,' zei hij zacht. Ze hadden hem toch wel gehoord.

'Gunn!'

Zonder het licht aan te doen, liep hij door de hal, daarna langs de keuken, hij hoorde zijn eigen voetstappen over de loper op de vloer niet.

In de woonkamer vond hij haar.

Toen hij haar zag, liet hij het dossier vallen, een paar tellen lang passeerde zijn leven de revue, hij was weer drieëntwintig, het was zomer, zij was drie maanden zwanger en had nog nooit zo mooi geglimlacht als op de trap van de kerk.

Ze lag op hun nieuwe bank, op haar rug.

Hij kon zich niet bewegen, het was alsof van achteren iets naderde.

Plotseling, zonder enige waarschuwing, richtte ze zich op.

Furuberget deinsde achteruit en klapte met zijn hoofd tegen de wand.

'Ben je er al?' zei ze met een droge stem.

Ze zuchtte en ging weer liggen.

'Volgens mij word ik ziek. Hoe lang heb ik geslapen?'

Hij schudde zijn hoofd, niet in staat te antwoorden.

Morgen moest hij die politieman alles vertellen.

Hij haalde twee paracetamols voor haar uit de badkamer en hoopte dat hij kon verbergen hoezeer hij van slag was. Het gezicht in de spiegel was niet het zijne geweest.

'Ik maak wel wat te eten,' zei hij. 'Wil jij ook?'

Ze schudde haar hoofd en viel vrijwel meteen weer in slaap.

Hij hield nog een tijdje haar hand vast, waarna hij naar de keuken ging.

Toen ze eenmaal sliep, pakte hij de documenten bij elkaar die over de vloer verspreid lagen nadat hij het dossier had laten vallen.

Hij liep naar zijn kantoor, voelde zich duizelig, zijn oren suisden alsof hij een gezwel in zijn hersenen had dat hij al te lang had verdrongen.

Met zijn wijsvinger volgde hij de regels, maar hij begreep er niets van. Alleen dat Edle Maria iets met de moord in Frogner te maken had. En dat dat Anders Rask niet had verbaasd.

Hij las het dossier uit Sandberg, maar dat was niet veel meer dan een korte passage. Daarna zette hij zijn pc aan en vergewiste zich ervan dat het nummer klopte.

Zijn vinger bleef bij de drie woorden hangen:

Edle Maria leeft.

Even overwoog hij Rune Flatanger van de Landelijke Recherche te bellen, het was strikt genomen immers een zaak voor de politie. Maar nee, dan zou al snel aan het licht komen dat hijzelf een blunder met haar had begaan. Zij was zijn patiënt geweest in die moeilijke tijd. Zo'n slechte reputatie kon hij zich niet veroorloven, ook al naderde zijn beroepscarrière zijn einde.

Bovendien, als hij de politie erbij betrok, zou ze volledig dichtslaan. En Anders Rask... hij durfde bijna te zweren dat Rask hier iets van wist. Rask moest uit zijn schuilplaats worden gelokt, niet worden opgejaagd.

Hij pakte zijn mobiel en toetste de cijfers in.

13

Sommige middagen voelde de trap naar het appartement op de bovenste verdieping onoverkomelijk. Mathea was twee keer gaan liggen, eerst vlak voor de buitendeur. Daarna op de overloop van de tweede verdieping. Susanne Bech vond dat haar leven op dit moment uit weinig anders bestond dan hobbels die ze moest overwinnen. De bus vanaf Vålerenga had tjokvol gezeten en hoe vaak ze zichzelf niet had vervloekt omdat ze geen aanvraag voor een plaats op het kinderdagverblijf op haar werk had ingediend, kon ze niet meer bijhouden. Maar Mathea nu ergens anders onderbrengen? Ze had het zo naar de zin dat dat niet ging gebeuren. Dan moest het meisje te zijner tijd maar een moslim aan de haak slaan, wat niet onwaarschijnlijk was als ze in Grønland opgroeide. Het zou voor haar moeder een zekere dood betekenen, en Susanne zou er niets op tegen hebben als die binnenkort haar laatste adem zou uitblazen.

Aan de andere kant, dacht ze toen ze bovenkwam en wachtte tot de voetjes in de paarse cherroxlaarzen de tien laatste treden zouden nemen: ze hoefde geen spullen van Nico meer op te ruimen, werd niet meer met zijn zwijgen geconfronteerd, met zijn blik die ergens anders was dan bij hen, de beschuldigingen dat het aan haar lag, dat hij niet meer zoveel zin in seks had, dat ze te hoge eisen stelde, met het feit dat hij nooit voor negen uur 's ochtends thuiskwam als hij de stad in was geweest. Dat ze niet hoefde te eindigen als haar moeder, als levenslange gevangene in een huwelijk dat al twintig jaar eerder zijn houdbaarheid was kwijtgeraakt, dat deed denken aan zure melk die je niet in de gootsteen durfde te gieten omdat je bang was voor wat zich in het pak bevond.

Toen ze de deur van het slot deed, wist ze weer heel zeker dat ze het juiste had gedaan. Ze was gereduceerd tot een stomme ezel, maar wel een ezel die het juiste had gedaan.

In haar linkerhand hield ze haar tas, bomvol met alle documenten die ze erin had weten te proppen. Over haar andere arm hield ze een dunne afvalzak met alle natte kleding van Mathea. In haar rechterhand droeg ze de tas met hun eten. Ze zette alles op de hellende grenen vloer. Een paar documenten gleden weg, ze ontwaarde een paar foto's van plaatsen delict, boog zich voorover en stopte ze weer in haar tas, ze moest oppassen dat Mathea ze niet zag.

Ze wist niet wat op dat moment het meest zinvol was: de kleren van een vijfjarige wassen en drogen of de avond besteden aan het zoeken naar een speld in een hooiberg. Ze was nog niet eens klaar met al het werk dat Tommy haar had opgedragen.

In plaats van de rest van het materiaal voor hem te kopiëren, was ze naar het Brobekkveien-opvanghuis gegaan. Gewoon een pure ingeving. Ze had kunnen bellen, maar wilde er zelf naartoe. Om de een of andere reden dacht ze dat Bjørn-Åge Flaten paranoïde zou worden en de benen zou nemen als hij erachter zou komen dat ze naar hem op zoek was. Misschien had ze ook niet naar zijn moeder moeten bellen. Ze moest echter iets hebben wat ze Tommy kon leveren. Ze had een vaste baan als rechercheur nodig, anders zou ze op zoek moeten naar nieuw werk.

'Ik ben zo moe,' zei Mathea en ze viel bijna over de drempel. Haar rode muts leek wel vastgeplakt aan haar hoofd, waardoor ze regelrecht uit de werkplaats van de kerstman leek te komen.

'Kinderen worden niet moe,' zei Susanne. 'Alleen volwassenen die klagen, praten zo.'

'Dan ben ik gewoon volwassen,' zei Mathea. Ze zat op haar knieën en was niet van plan voorlopig iets anders te gaan doen. 'Want ik ben echt moe.'

Ze liet Mathea vlak achter de voordeur zitten en gooide de twee piepschuimbakjes met lam in curry van restaurant Punjab Tandoori op het aanrecht. Uit de doos wijn op het aanrecht schonk ze zich een glas in en ze had net de helft op toen ze het geluid van de tv in de woonkamer hoorde.

De intro van *My Little Pony* klonk steeds luider.

Die verdomde kleine pony's, dacht Susanne. Waarom maken ze er niet gewoon worst van? Heerlijke bloedworst voor op de boterham? Even overwoog ze naar de supermarkt te lopen en worstbeleg met een zo hoog mogelijk gehalte aan paardenvlees te kopen en dit morgen voor de lunch aan Mathea mee te geven.

'Mama!' riep ze vanuit de woonkamer, als een prinses uit een sprookje.

Zo'n prinses die niemand de mond kon snoeren. Susanne betrapte zich erop dat ze de jaren telde tot haar dochter op zichzelf ging wonen. Veertien, vijftien. Negentien, dan moest ze toch echt vertrekken. Als ze er niet om smeekte aan een uitwisselingsprogramma te mogen deelnemen.

Nooit, dacht ze. Over mijn lijk.

'In bad,' zei Mathea zonder haar blik van de tv af te wenden. 'Als je moe bent, moet je in bad.' Susanne liep langs de bank naar de terrasdeur, deed die open en keek naar het uitzicht. Vanuit het appartement aan de Mandalls gate had ze nu nog uitzicht op de fjord, maar over niet al te lange tijd zou alles dicht zijn getimmerd door een ondoordringbare hoeveelheid futuristische wooncomplexen en kantoorruimten. Die brand in de wijk Hollenderkvartalet was voor mensen als haar vader toch maar mooi gelegen gekomen, had ze vaak gedacht, evenals voor investeerders in vastgoed, speculanten en kapitalisten van de zuiverste soort. De brand had in elk geval de basis gelegd voor het bouwproject waar elke dag vlak voor haar ogen aan werd gewerkt, dat Oslo voorgoed de eenentwintigste eeuw binnen moest loodsen, de stad moest veranderen in iets wat meer op Dubai en Abu Dhabi leek dan op een hoofdstad in bezadigd Scandinavië. Uiteindelijk zou het vast mooi worden, ze klampte zich niet aan het verleden vast. Het meeste was toen trouwens niet veel beter. Niets, als ze erover nadacht. Maar het uitzicht, dat kreeg ze nooit terug. De enige troost was dat de hijskranen met verlichte slingers waren versierd en er in de top een kerstboom stond. Ergens boven haar scheen het licht van de kerstboom op het hoofdpostkantoor en dit deed haar aan Parijs denken. Daar was ze jarenlang niet geweest en nu had ze ook geen man om er met hem naartoe te gaan. Je ging niet zonder man naar Parijs.

Svein, dacht ze glimlachend.

In elk geval niet met de jongen met wie ze afgelopen weekend naar huis was gegaan.

Ze wilde er niet aan denken. Het was zo lang geleden dat ze uit de band was gesprongen. Maanden, een halfjaar. Vlak voordat ze Svein ontmoette.

Het had haar beangstigd, om met hem het bed te gaan delen. Ze dacht echt dat ze dat achter zich had gelaten. Maar zo gemakkelijk kon je jezelf niet voor de gek houden. Een deel van haar wilde dat gewoon terug, helemaal tot aan de grens gaan, zo diep mogelijk, of omhoog tot in de hemel, afhankelijk van de situatie.

Ze sloot de terrasdeur.

'Wat hebben papa en jij dit weekend gedaan?'

Geen antwoord. Mathea wond haar dikke, zwarte haar dat ze van Nico had geërfd om haar vinger en tuurde naar de tv als een poltergeist.

Waarom vroeg ze dat eigenlijk? Ze had toch allang antwoord.

Wat had ze zelf gedaan?

Niet aan denken.

Het positieve: voor deze ene keer had ze geen nachtdienst op de rechercheafdeling gedraaid, zoals ze was gaan doen na het vertrek van Nico. Ze kon die smerige praat van Monsen simpelweg niet meer verdragen. Misschien na de kerst. Vrouwen horen achter het aanrecht, zei hij soms met een knipoog, alsof het een grap was. Met hem bekvechten had ze al tijden geleden opgegeven. En ze ergerde zich er niet meer aan dat hij haar overduidelijk met zijn ogen uitkleedde.

Ze draaide de kraan in de badkamer open en bekeek zichzelf in de spiegel. Ze was het gewend een van de mooisten te zijn, op een andere manier kon ze er niet aan denken, maar nu ging het snel bergafwaarts. Het afgelopen jaar had zijn sporen in haar gezicht nagelaten. Ze was tweeëndertig, maar nu leek het wel alsof haar moeder in haar trekken naar voren kwam, heel duidelijk meende ze de contouren van de rimpels van dat verfijnde loeder te zien. Botox, dacht ze. Een shot in haar voorhoofd in het nieuwe jaar zou haar ervoor behoeden dat ze geleidelijk aan steeds meer op haar moeder ging lijken. Ze wilde alles doen wat nodig was om te voorkomen dat ze net zo werd als zij, zowel vanbinnen als vanbuiten.

Haar moeder had alle banden met haar verbroken nadat Nico was vertrokken. Sinds februari hadden ze elkaar niet meer gesproken. Soms kon ze het amper geloven. Maar Susanne Bech was toch echt niet degene die de eerste stap zette, dat had ze nog nooit gedaan en dat zou ze ook nooit doen. Stel je voor, scheiden van een man als Nicolay, was het laatste wat ze door de telefoon had gezegd, ze had gesist als een reptiel. Susanne was de eerste om toe te geven dat ze zelf uitdrukkingen had gebezigd die niet voor herhaling vatbaar waren, maar je eigen dochter buitensluiten? Als Mathea bij haar grootouders wilde logeren, werd ze nu door haar opa of soms door Nicolay opgehaald. Het enige contact dat Susanne nu met haar verleden, met haar jeugd, met het begin van haar leven had, was haar vader. Een vage vastgoedinvesteerder, zwak, maar niettemin sterk genoeg om haar moeder te overrulen. Hij was er de man niet naar om mensen buiten te sluiten, in elk geval niet zijn eigen dochter.

De telefoon, dacht Susanne. Ze was werkelijk een zelfingenomen meid, bezeten van de gedachte dat ze zo verdomde aantrekkelijk voor mannen was. Hoe lang stond ze nu al naar zichzelf te kijken? Het stromende water dempte alle geluiden, zelfs die idiote ringtone op haar mobiel.

'Mijn mobiel, Mathea, heb je mama's mobiel gezien?' Ze keek om zich heen in de hal, kon het geluid niet lokaliseren, misschien was ze werkelijk zo dom als haar moeder dacht.

'Momentje,' zei Mathea naast haar. Met een vroegwijze uitdrukking op haar gezichtje stond ze daar in haar hemdje en groene maillot en hield de Nokia-telefoon omhoog naar Susanne.

'Fijn dat er kleine helpers bestaan,' zei de man aan de andere kant van de lijn.

'Met wie spreek ik?' vroeg Susanne, scherper dan haar bedoeling was. Ze had het nummer zo gauw niet kunnen zien.

'Herinner je je mij niet meer?'

Het Brobekkveien-opvanghuis. De man bij de receptie. Een niet meer piepjonge hippie, type eeuwige student, of sociotherapeut, zoals dat tegenwoordig heette.

'Is hij er? Flaten?'

'Bingo.'

'Ik kom eraan,' zei ze, nog voordat ze erover had nagedacht hoe ze dat moest aanpakken. Ze kon Mathea er niet mee naartoe nemen.

'Nee, dat doe je niet.'

Susanne zweeg.

'Hij is daarvoor niet in vorm.'

'Niet in vórm?'

'Als je nu hierheen komt, zal hij nergens antwoord op geven, hij zal zijn kaken stijf op elkaar houden, begrijp je? Hij is ziek, hij zou hier eigenlijk niet moeten zijn.'

'Zorg dan dat hij naar het ziekenhuis gaat.'

'Dat beoordeel ík, niet jij. Kom morgen om acht uur. Dan heb je de meeste kans.' Hij gooide gewoon de hoorn erop, alsof ze een willekeurig iemand was. Susanne haalde een paar keer diep adem, waarna ze bedacht dat die man, die halve hippie, vast wel wist wat hij deed. Zijn vragen van eerder die dag vormden geen slechte indicatie. Wordt hij verdacht, is hij in staat van beschuldiging gesteld? Ze kon zelfs niet zeggen dat Flaten de status van getuige had. In de zestien jaar oude Kristianezaak vond geen onderzoek plaats. Nog niet.

Ze aten zwijgend. Mathea keek in een tijdschrift dat Susanne een paar dagen geleden in haar tas had gestopt. *Architectural Digest*. Ze wist niet eens waarom ze het had gekocht. Misschien wilde ze alleen maar naar enorme bungalows in Californië midden in de winter kijken. Ook al deed haar dat aan haar moeder denken. Het meeste deed haar aan haar moeder denken. De winter, kerst, haar spiegelbeeld, haar borsten, haar stem.

In de badkamer kon ze zich niet meer inhouden. Ze kon haar dochter daar nu alleen laten en zijzelf kon de documenten gaan lezen, maar ze verbeeldde zich dat er iets verschrikkelijks zou gebeuren als ze te lang wegbleef. Dat Mathea zou uitglijden in de badkuip, niet meer zou kunnen schreeuwen, haar hoofd zou verwonden en geluidloos zou verdrinken. Dan zou haar moeder gelijk krijgen, dan was ze echt een slechte moeder, iemand die niet het beste voor haar kind wilde.

Ze haalde haar tas uit de hal, ging op de warme badkamervloer zitten en begon te lezen. Mathea zou hier hoe dan ook niets van meekrijgen. Ze keek bij voorkeur de hele tijd in de spiegel als ze in bad zat, en de badeendjes die ze had bewaard van toen ze nog klein was, moesten zichzelf maar redden.

Ze wordt net zo'n aanstelster als ik.

Susanne begon met het getuigenverhoor van Bjørn-Åge Flaten. Ze wist niet hoe vaak ze dat al had gelezen, maar ging verder alsof ze elke keer weer iets nieuws verwachtte te vinden. Ze noteerde dat ze de volgende dag de oude krantenreportage over Bjørn-Åge Flaten te pakken moest zien te krijgen.

'Mama, kijk eens,' zei Mathea. Susanne sloeg haar blik op en keek naar haar. In het kleine lichaampje kon ze nog steeds een glimp zien van de baby die haar dochter ooit was geweest. Haar buik, de handjes, de bovenarmen waren nog steeds wat mollig. Ze keek naar Mathea's borst, waar het meisje tepels van zeepschuim had gemaakt. Het kind zonk weer naar beneden, deze keer helemaal onder water. Vaak bleef ze zo liggen tot Susanne het niet meer kon aanzien en haar, half blauw, omhoogtrok. Dat was een spelletje tussen hen geworden, een spel dat Mathea altijd won.

Susanne pakte een nieuw dossier uit haar tas.

O nee, dacht ze. Waarom heb ik dat meegenomen?

Het was een plastic map met foto's van Kristiane Thorstensen in 10 x 15-formaat.

Het vijftienjarige meisje lag met haar armen zijwaarts op de sectietafel, alsof ze een verlosser was, iemand die in vrede kwam. Haar dikke krullenbos lag als een waaier om haar gezicht vol blauwe plekken.

Susanne hield haar hand over haar mond.

Ze fluisterde bij zichzelf: 'Lief meisje toch. Er is niets meer van je over. Ik hoop niet dat je moeder je zo heeft gezien.'

De andere foto's voor in de map verdwenen gewoon in een sluier van grijze tinten, haar ogen stonden al vol tranen.

Ze kroop over de badkamertegels met de map in haar hand. In de slaapkamer zakte ze op het onopgemaakte tweepersoonsbed neer.

Ze zat op de rand met haar handen voor haar gezicht. Een geluid. Er kwam iets op de vloer terecht.

'Je moet niet huilen,' zei Mathea.

Susanne zat nog steeds roerloos met haar handen voor haar gezicht.

Ze vervloekte zichzelf dat ze überhaupt een nieuw leven op de wereld had gezet. Hoe kon iemand denken dat er een zin van dit leven bestond? En Nico, die ellendige smeerlap. Waarom had het niet gewoon kunnen slagen? Ze wilde immers alleen maar dat het zou slagen. Dat zij tweeën dit leven samen voor elkaar hadden gekregen.

'Mama?' Mathea begon te huilen. 'Ik ben bang.'

Susanne zakte op haar knieën en spreidde haar armen.

Het kleine hart klopte op dubbele snelheid. Ze was warm en koud tegelijk.

'Mama zal altijd op je passen. Altijd.'

Het lukte haar het beeld van Kristiane Thorstensen op een stalen tafel in de kelder van het Rijkshospitaal aan de kant te schuiven door in zichzelf telkens de naam Bjørn-Åge Flaten te prevelen.

Ze drukte het kind tegen zich aan, alsof ze haar nooit meer los wilde laten, haar kletsnatte haren hadden haar trui doorweekt.

14

Hij doolde een tijdje door Lilleaker en was kwaad dat hij überhaupt op het idee was gekomen hierheen te gaan. Tommy was niet graag in dit deel van de stad, het was er onpersoonlijk en kil, er was veel verkeer en lawaai en er stonden allemaal van die gelikte kantoorgebouwen. De patrouillewagen die hem een lift naar de westgrens van Oslo had gegeven, was allang verdwenen. Hij keek naar het punt waar hij voor het laatst de achterlichten had gezien en voelde zich een vreemdeling, een indringer in dit chaotische landschap van oude en nieuwe gebouwen, dicht bij de rivier de Lysakerelva.

De decemberduisternis was onderweg hiernaartoe plotseling ingevallen en op de borden die de weg naar de verschillende gebouwen op het oude fabrieksterrein moesten wijzen, was nauwelijks iets te zien. Het sneeuwde nu opeens niet meer, alsof daarboven iemand het leuk vond de aan- en uitknop voor sneeuw te bedienen.

Hij richtte zich op de verlichte bedrijfslogo's op de voorgevels van de gebouwen. De ene naam nog luchtiger en zinlozer dan de andere. Ooit had dit terrein bestaan uit echte fabrieken en werkplaatsen waar de mensen daadwerkelijk iets produceerden, in een tijd dat men in dit land nog iets nodig had. Nu leken de gerenoveerde gebouwen en de nieuwgebouwde glazen paleizen ernaast weinig anders te bevatten dan kantoorlandschappen waar de werknemers de hele dag als slaven achter hun pc's zaten, als ze tenminste niet eindeloos vergaderden waarbij ze elkaar overstemden met zo veel mogelijk vreemde woorden om de imbeciel eenvoudige boodschappen mee te omgeven die ze moesten proberen aan de man te brengen.

Is dit waarvan we in dit land leven? dacht hij.

Geklets en lege woorden?

Hoe zal dat gaan als er een crisis ontstaat, een echte crisis, zoals die atoomwinter, wie gaat ons dan redden?

Uiteindelijk vond hij het gebouw waarin de firma van Farberg, Mind-Work, gevestigd was. De receptie leek op een overstromingsgebied, tot aan de lift was de vloer kledderig van de sneeuw.

De ruimte op de eerste verdieping maakte een lege, verlaten indruk, nog niet de helft van de vijftien werknemers leek aanwezig te zijn. De secretaresse had het kennelijk drukker met het ophangen van een rode kerstbal in een plastic kerstboom dan met Tommy's verzoek, en Farberg had meer dan vijf minuten nodig om naar beneden te komen om hem op te halen.

Pas toen hij op de bezoekersstoel in Jon-Olav Farbergs kantoor plaatsnam, begreep Tommy dat de man aan de andere kant van het bureau had gehuild vlak voordat hij verscheen. Zijn ogen zagen er rood en pijnlijk uit, zijn blik was opvallend ontwijkend. Hij leek al zijn concentratie nodig te hebben om koffie in te schenken.

Farberg was een kop kleiner dan Tommy, maar straalde, ondanks het enigszins onzekere begin, een natuurlijke autoriteit uit, waardoor Tommy zich weer een schooljongen voelde.

Jon-Olav Farberg keek naar zijn handen en liet zijn koffiekopje onaangeroerd.

'Kunt u zien dat ik heb gehuild?' vroeg hij zonder Tommy aan te kijken.

Hij gaf geen antwoord.

'Het werd me te zwaar,' zei Farberg zacht. 'Eerst die foto van mezelf in het *Dagbladet* vandaag. En nu zit u hier in mijn kantoor.'

'Ik begrijp het.'

'Alles passeerde de revue toen ik de foto van Marianne, Eva en mij zag,' zei hij. 'Begrijpt u? Even denk je dat het niet waar is, dan komt alles weer terug. Ik kon het niet geloven toen ze haar vonden.'

Tommy bracht zijn koffiekopje naar zijn mond. Farberg hield zijn blik vast en liet een soort verdrietige glimlach zien. Tommy bedacht dat de tijd Farberg gunstig gezind was geweest. Hij zag er minstens tien jaar jonger uit dan hij was. Zijn fraaie, dikke haar was door de kapper geblondeerd, zijn huid droeg een lichte gloed van de zon, misschien was hij de afgelopen herfst een weekje in het zuiden geweest, en onder zijn cokesgrijze pak zag hij er gespierd uit. Alleen de blauwe ogen leken aan een man van rond de zestig toe te behoren.

'U bent met uw werk op school gestopt?'

'De zomer na de moord op Kristiane. Ik kon het domweg niet meer aan. Bovendien had ik genoeg van het onderwijs. Ik kreeg een baan op de personeelsafdeling van het vroegere Noorse telecombedrijf. Dat kwam precies op het juiste moment. Sindsdien zit ik in het zakenleven. Ik heb dit bedrijf nu bijna tien jaar en kan niet zeggen dat ik er spijt van heb. Ik heb ook opdrachten voor jullie en was een paar dagen geleden nog bij jullie, managementcoaching, u weet wel... van het managementteam, ja, u weet wel over wie ik het heb...' Farberg liet de zin wegsterven. Hij leek Tommy's gezicht te bestuderen, naar iets bekends te zoeken. Tommy wist wat hij ging zeggen.

'Ik ken u toch? Ik weet zeker dat ik u eerder ergens heb gezien. Zullen we trouwens je en jij zeggen?'

'Prima, hoor. We kennen elkaar van handbal, Oppsal. Jaren geleden. Volgens mij trainde je een paar jongere teams toen ik in het juniorenteam speelde.'

Farberg schudde zijn hoofd.

'Dat klopt, verdikkeme. Ik wist dat ik je eerder had gezien. Maar je naam, nee, die herinner ik me niet. Je bent goed in vorm gebleven, moet ik zeggen.'

En jij kunt goed liegen, dacht Tommy.

'Insgelijks.'

Farberg lachte zacht.

'Zat je op de Vetlandsåsen?'

Tommy schudde zijn hoofd.

'Ik kom uit Tveita. De woonblokken.'

'Juist,' zei Farberg. 'Het geteisem, dus. *The original gangsters*. Iedereen was bang voor jullie.' Hij lachte bij zichzelf, niet neerbuigend, maar redelijk vriendelijk. En het was waar, dacht Tommy. Hij had het niet kunnen bijhouden hoeveel van zijn vroegere vrienden op een hellend vlak terecht waren gekomen, of waren overleden aan een overdosis. Sommigen waren ook vermoord. Hij had zelf net zo goed aan die kant van het hek kunnen belanden. In de Tveita-bende worden meegesleurd in plaats van zich op handballen te richten. Toeval of voorbestemd? Ook al zou het kunnen, toch wilde hij het antwoord niet weten.

'Was jij de docent van Kristiane?'

'Alleen bij Noors en een aantal invaluren. Anders was immers, tja, nogal eens met ziekteverlof.'

'En haar handbaltrainer?' vroeg Tommy.

'Ik nam het team over aan het eind van het voorjaar van 1988. Ik was degene die haar overhaalde te blijven spelen. Ze had heel, heel goed... ja, ze had zo ver kunnen komen als ze maar wilde.'

Er viel een stilzwijgen. Farberg schudde opnieuw zijn hoofd.

'Nu weet ik het weer. Jij was goed, toch?'

'Redelijk,' zei Tommy. 'Goed, maar niet goed genoeg.'

'Maar je bent natuurlijk hierheen gekomen om over Anders te praten en niet over handbal.' Farberg veranderde van toon, hij liet zijn stem wat lager klinken, wat donkerder, en sprak niet meer met de jongensachtige stem die hij eerder in het gesprek had gebruikt. Het irriteerde hem, dat gedoe met Rask, dat kon zelfs een kind zien.

'Hoe goed kende je hem?'

'Heel goed. Of heel goed, hij was niet iemand met wie je zo gemakkelijk contact kreeg. Soms stelde hij zich open. Maar in de lerarenkamer was hij een curiositeit, het ontbrak hem een beetje aan sociale antennes. Maar hij was een goede docent, eigenlijk heel goed, en de kinderen, of de tieners, waren gek op hem.' Hij sloeg snel zijn blik neer, alsof hij nu pas begreep dat de woorden 'waren gek op hem' ongepast waren.

'Had je vermoedens?'

De telefoon ging bijna geluidloos op het bureau. Farberg verontschuldigde zich. Hij sloot zijn ogen terwijl hij naar de persoon aan de andere kant van de lijn, een vrouw, luisterde. Vrouw of partner, dacht Tommy. Hij liet zijn ogen door het vertrek gaan. Het kantoor was nogal rommelig voor het particuliere bedrijfsleven, verbeeldde hij zich. In tegenstelling tot hoe keurig verzorgd Farberg er als persoon uitzag, leek zijn kantoor eerder toe te behoren aan iemand met een creatief beroep, of misschien aan een overwerkte advocaat. Of een docent, een van de populaire leraren, zo iemand die goed met de leerlingen kon opschieten en graag op slotbals verscheen, het woord in zijn macht had en moeders liet lachen en hen wellicht deed denken dat ze zo'n man wilden in plaats van de saaie vent met wie ze waren getrouwd. Op het bureau lagen stapels papier, de kunst aan de wanden was kennelijk door Farberg zelf gekocht, de stijlsoorten waren te verschillend om deel uit te maken van een designplan.

'We moeten het hier later over hebben,' zei Farberg tegen de vrouw aan de andere kant van de lijn. Hij verbrak de verbinding zonder tot ziens te zeggen.

'Ben je ooit getrouwd geweest?' Hij trok een grimas naar Tommy.

'Samengewoond.'

Farberg knikte.

'Dan weet je waar ik het over heb. Of misschien niet. We zijn jaren geleden uit elkaar gegaan, ze kreeg zelfs mijn appartement, vlak in de buurt, tegenwoordig een vermogen waard. En de helft van het geld. En toch, er is altijd wat. Altijd wel iets waarvan je de schuld kunt krijgen.'

'En jij hebt iets nieuws gevonden?'

Farberg knikte.

'Waarom nam jij de verantwoordelijkheid voor de rouwverwerking?'

'Je bedoelt op school?'

'Ja. Het is niet mijn bedoeling je te beledigen,' zei Tommy in een poging ontwapenend over te komen. 'Maar begrijp je waarom ik dat vraag? Meestal is de pyromaan degene die bij het bluswerk het actiefst is.'

Tommy bestudeerde Farbergs gelaatsuitdrukking. Uiterlijk leek hij rustig, zijn ogen hadden nog steeds een verdrietige trek. Hij kon goed spelen, of misschien was hij simpelweg niet het type dat zich door bewuste provocaties uit de tent liet lokken.

Farberg knikte.

'De misdadiger keert altijd naar de plaats delict terug, de man die aangifte doet van vermissing van zijn vrouw en bijna sterft van verdriet, is vrijwel altijd schuldig,' zei Tommy.

Nog altijd geen reactie bij Farberg te bespeuren. Hij knikte nog een keer, zijn blik stond afwezig, ergens op het bureaublad voor hem gericht.

'Jij doet je werk, dat begrijp ik, je conclusies, je werkelijkheid. In mijn werkelijkheid wil ik graag helpen wanneer mensen, eigenlijk kinderen nog, het moeilijk hebben.'

'Dus je opende de school en trooste je leerlingen vanuit de goedheid van je hart?'

Farberg sloeg met zijn hand op het bureau. Tommy schrok van het onverwachte geluid, alsof er net een hond bij hem op schoot was gesprongen.

'Maar godverdomme, Bergmann!'

Jon-Olav Farberg keek naar zijn hand, alsof de klap op het bureau veel pijnlijker was geweest dan hij had verwacht.

'Gaan jullie tegenwoordig op die manier te werk, zomaar ergens binnenkomen en je gedragen als een klootzak? Dit hoef ik niet te accepteren.' Zijn stem was nu kalmer, maar zijn boosheid leek nog als een smeulend vuurtje onder de oppervlakte te liggen.

Tommy ontspande weer en voelde zich rustiger door Farbergs reactie. Je had alle reden om mensen die zich als verlosser voordeden van de afschuwelijkste daden te verdenken. Een mens die gevoelens toonde, was veel meer te verkiezen.

'Vertel me dan nog eens waarom je de school openstelde voor een leerling die niet de jouwe was. Waarom dat initiatief?'

'Gewoon omdat niemand anders het deed. Die zondagavond waarop ze werd gevonden, belde ik de rector, ik moest met iemand praten, en zij was een goede vriendin van me, ook privé, maar op het werk kreeg ik haar niet te pakken, en ze was helemaal gebroken, kon bijna niet praten. Ik belde de directeur, die een weekendtripje naar Kopenhagen maakte, en het eind van het liedje was dat ik de verantwoordelijkheid op me nam.'

'Hoe zat het dan met haar mentor?'

'Dat was een rare snuiter, altijd al laf, maar nog nooit zo erg als toen. Ik probeerde hem over te halen de leiding te nemen, maar dat wilde hij niet, volgens hem was het geen schoolaangelegenheid. Hij liet zich die avond en nacht helemaal niet zien. Dat deden een paar andere docenten en ik wel. De jongeren. Jonge mensen zijn altijd wel te vinden.'

Tommy noteerde: *mentor?*

Hoe heet hij?'

'Gunnar Austbø. Een oude vrijgezel uit Grenland. Een conservatieve kerel, een christen, die ik ervan verdacht een paar racistische trekjes te hebben. Hij ging gekleed in pak, ietwat een zonderling, maar een goede docent, een beetje een wiskundeknobbel en een goede pedagoog. Maar geen gevoelsmens. En verrekte conflictschuw.'

'Weet je waar hij tegenwoordig woont? Hij is zeker al met pensioen?'

Jon-Olav Farberg dacht een hele tijd na.

'Volgens mij is hij, nadat hij stopte met werken, naar Spanje verhuisd, maar ik weet het niet zeker. Ik kan het bij een paar oud-collega's navragen, als je dat wilt.'

'Graag. Maar terug naar Rask. Waar waren we?'

'Vermoedens,' zei Farberg. 'Je vroeg of ik vermoedens had. Het antwoord is nee. Wie kan nou zoiets vermoeden? Hij was een rare snoeshaan, maar ik dacht niet dat hij tot zoiets in staat was.'

'Wat vind je ervan dat de zaak heropend wordt? Denk je dat hij zal worden vrijgesproken?'

'Wat zal ik zeggen? Ik heb er eigenlijk geen oordeel over.'

Nee, dacht Tommy. Wie kan je dat verwijten? Hij keek op zijn horloge. Hij had wat tijd nuttig besteed en een naam kunnen noteren: Gunnar Austbø. Uitermate vreemd gedrag wanneer een leerling van je wordt vermoord.

'Ik zou willen dat ik je wat meer kon helpen, maar er valt niet zoveel te zeggen.' Jon-Olav Farberg stopte het visitekaartje dat Tommy hem had gegeven in zijn jaszak en stond op om hem naar de deur te begeleiden.

Samen liepen ze naar de lift. Ze namen afscheid en de handdruk van Farberg was net zo stevig als aan het begin van hun ontmoeting.

Tommy probeerde zijn gedachten te verzetten en zich op het uitzicht vanuit de lift te concentreren. De Lysakerfjord was in het donker nog net zichtbaar, dankzij het licht uit de kantoren van het scheepsbedrijf.

Alweer donker. Zelden was de winter hem zwaarder gevallen dan dit jaar. Misschien was het de leeftijd. Hoogstwaarschijnlijk kwam het door Kristiane.

Op het parkeerterrein stak hij een sigaret op en pakte hij zijn mobiel. Hij probeerde zich te oriënteren, de E18 lag honderd meter verderop. De Lilleakerveien liep naar links.

Hoe kwam je in vredesnaam op het station van Lysaker zonder in deze eeuwige duisternis overreden te worden?

Hij had nog maar een klein stukje in de richting van de Lilleakerveien gelopen toen hij hoorde hoe achter hem zijn naam werd genoemd.

'Bergmann, Bergmann! Tommy!'

Hij bleef staan, maar draaide zich niet om. De jongensachtige stem was niet mis te verstaan.

Jon-Olav Farberg kwam naast hem staan. Het zweet leek hem elk moment te kunnen uitbreken. Misschien was hij de trappen af gehold. Zijn gelaatsuitdrukking was nu anders. Het was alsof hij op klaarlichte dag spoken had gezien.

'Is er iets?' vroeg Tommy.

Farberg veegde zijn voorhoofd af en knikte.

'Nee, toch niet.'

'Juist.'

'Er schoot me alleen iets te binnen, opeens, nadat je was vertrokken. Jullie hebben het onderzoek naar de moord op Kristiane toch nieuw leven ingeblazen? Voor als het zo mocht zijn dat Anders toch onschuldig is.'

Tommy zei niets.

'Anders was je hier niet naartoe gekomen.'

Tommy nam een trekje van zijn sigaret. Hij had Farberg niet zoveel te vertellen.

'Hoe dan ook. Het is niet zeker dat het van belang is, maar...'

'Maar wat?'

'Anders heeft me een keer verteld over een vriend met wie hij kennelijk veel praatte.'

Tommy trok zijn wenkbrauwen op.

'En?'

'Tja, het is misschien niets.'

'Hoe heet die vriend?'

'Yngvar.'

'Aha. Hoe kende Rask die Yngvar? En wat is zijn achternaam?'

'Ach, het is vast niets. Ik weet niet veel meer dan dat hij Yngvar heet.'

'Je weet meer, daar ben ik van overtuigd,' zei Tommy. 'Anders was je niet achter me aan gekomen.'

'Jaren geleden zei Anders een keer dat Yngvar niet helemaal spoorde. Hij kon zo kwaad worden, vond hij. Hij was bang voor wat de man kon uitspoken.'

Tommy moest nadenken. Weer iets wat ze moesten controleren als ze die enorme hoeveelheid documenten van de Landelijke Recherche ontvingen. Ongetwijfeld een wilde gok. Aan de andere kant, bij zo'n groot onderzoek was het in principe niet moeilijk om details van levensbelang over het hoofd te zien.

'Ik kreeg de indruk dat Anders en Yngvar ooit hadden samengewerkt.'

'Op een school?'

'Dat neem ik aan. Dat heeft hij me nooit verteld. Maar het is vast niet zo belangrijk. Ik kreeg alleen een onderbuikgevoel nadat je was vertrokken.'

'Goed, heb je dit ooit aan de politie verteld?'

'Nee. Niemand op school verdacht Anders ergens van. Ik ben trouwens nooit verhoord. En als ik mezelf nu hoor, lijkt het wellicht niet zo relevant.'

'Nee, misschien niet.'

Iets anders kon Tommy eigenlijk niet zeggen. Jon-Olav Farberg leek het koud te hebben, hij had geen jas aan. Met bevende handen knoopte hij zijn colbert dicht.

'Het is koud geworden,' zei hij.

Het is al wekenlang koud, dacht Tommy.

Hij keek Farberg na tot hij het gebouw weer was binnengegaan.

Tien minuten later reed de trein naar Ski het station binnen en die redde hem van de bevriezingsdood.

Hij vond een lege plaats bij het raam, besmeurd en doorgezakt. De bekleding van de stoel voor hem was kapotgesneden. Met een zwarte viltstift was er *Mijn poesje, schat. Mia* geschreven. Een mobiel nummer eronder.

Hij keek naar zichzelf in de reflectie van het raam.

Gunnar Austbø, dacht hij.

Kristianes mentor.

15

Welke god had zo'n wereld kunnen scheppen? Die vraag stelde Elisabeth Thorstensen zichzelf. De wereld was zo verdorven, zo gemeen en onbegrijpelijk dat het bestaan ervan op zich al bewees dat er geen god bestond. Dat wist ze al sinds ze negen was, maar elke keer voelde dat inzicht weer een beetje zwaarder.

Na het eten had ze zich in haar kantoor opgesloten en weigerde ze naar buiten te komen, hoewel Asgeir haar dat meerdere keren had gevraagd.

Met een groots gebaar schoof ze alle kranten van haar bureau op de grond. Het gezicht van Kristiane vermengde zich met dat van Anders Rask. Op een van de foto's stond hij doelloos met zijn armen langs zijn lichaam, als een jongetje dat achter was gelaten, ergens in de bossen van Vestfold.

Er ging een rilling door haar heen, er ontstond een gat binnen in haar, alsof ze ontwaakte uit een afgrijselijke droom en meteen daarna begreep dat het geen droom was, maar realiteit. De stemmen achter de deur klonken luid, als het krijsen van meeuwen op een zomerdag, ze schraapten met hun snavels in de kier tussen de deur en de vloer, alsof ze visafval was dat overboord was gegooid. De snavels bewogen over de vloer, er kwamen er steeds meer, ze pikten in de boekenkast, in al die boeken die ze had gekocht, alsof die haar konden redden, de vlucht, ooit hadden ze een vlucht betekend, was ze dat vergeten?

De snavels bereikten haar slapen, ze sloeg haar handen om haar hoofd om niet geraakt te worden. Ze zouden het daar heel fijn krijgen, niet zoals hier. Hij zou haar nooit meer slaan. Nooit meer naast haar in bed gaan liggen. Elke nacht drong hij bij haar binnen. Wanneer was ze ermee gestopt hem bij die naam te noemen? Papa? Het klonk als iets wat ver weg was, iets uit een ander land.

Alles zou goed komen, als meisjes maar niet werden zoals zijzelf was geweest.

Ze schrok op toen er werd aangeklopt.

'Ik heb thee voor je gezet.' Asgeirs stem klonk vriendelijk, zoals altijd. Hij was altijd aardig, veel te aardig. Wat had hij niet door de vingers gezien? Ze zou niet meer hebben geleefd als hij er niet was geweest.

'Zet maar in de keuken, ik kom zo.'

Ze zag hem voor zich, in de hal. Eerst had hij haar eten aangeboden, ze had gezegd dat ze geen trek had. Daarna, nadat Peter en hij hadden gegeten, koffie en dessert. Opnieuw nee. 'Een kopje thee,' had ze gezegd, automatisch en gedistantieerd, alsof ze een gevoelloze grootmoeder in een Britse film uit de landhuizen van de bovenklasse was.

Hij stond vast de voors en tegens af te wegen, alsof hij wilde zeggen 'maar de thee wordt koud'.

Hij besloot te zwijgen.

Ten slotte verdwenen zijn voetstappen in de richting van de keuken.

Elisabeth Thorstensen ging zitten in de chaos van kranten, ze doorwoelde ze, alsof ze dacht dat Kristiane daar ergens was, haar warme hand tegen de hare.

Ze had het gevoel dat er nauwelijks nog een vlies bestond tussen haar en de definitieve oplossing. Vannacht, vannacht zou ze het doen, moest ze het doen.

Ze pakte de brief van het Openbaar Ministerie en scheurde hem in kleine stukjes, waarna ze opstond, de gordijnen opzijtrok en door het donkere raam keek.

'Begrijp je het?' vroeg ze.

'Begrijp je?' schreeuwde ze het volgende moment.

Pas nu hoorde ze het geluid van de telefoon in de hal.

Vage voetstappen.

Een gedempte stem.

Ten slotte werd er opnieuw aangeklopt.

Ze stond met haar gezicht naar het raam, de trein vloog over haar netvlies, een reeks lichten door de haag. Wat weerhield haar ervan haar hoofd door de ruit te beuken en gewoon dood te bloeden?

'Het is die politieman,' zei Asgeir. 'Bergmann.'

Elisabeth Thorstensen glimlachte even naar haar eigen spiegelbeeld. Ze bracht haar hand naar haar gezicht en wreef over haar wang.

'Bergmann,' zei ze zacht. 'Jij zei dat je me zou redden.'

'Zei je iets?' vroeg Asgeir.

'Ga weg.'

Hij wachtte.

'Jij zei dat je me zou redden. Weet je dat niet meer?'

'Maar...'

'Ga weg!' schreeuwde ze zo hard dat ze het in de trein vast wel konden horen.

16

Tegenwoordig ging Tommy Bergmann zo zelden met de tram dat hij zich een toerist in zijn eigen stad voelde. Hij bestudeerde een jonge buitenlandse vrouw schuin links van hem. Ze droeg een witte hidjab met geborduurde zilveren strepen en was net zo opgemaakt als een westerse vrouw. Hij probeerde het gevoel te verdringen dat ze hem aan Hadja deed denken, precies zoals onlangs die hoer had gedaan. Een kinderlijke hoop overviel hem soms vlak voor de handbaltrainingen. Hij had haar al een jaar niet gezien, voor het laatst verleden jaar voor kerst toen ze bij een paar wedstrijden aanwezig was.

Op deze manier kun je niet doorgaan, dacht hij en hij drukte op de knop om de tram bij station Rosenhoff te laten stoppen. Morgen, bij de training, zou hij even met Hadja's dochter Sara praten om te horen hoe het met hen ging. Op dit moment leek hem dat zo gemakkelijk om te doen.

Vanaf Rosenhoff liep hij bijna blindelings naar het Indiase stamrestaurant van Frank Krokhol. Hij liep voorzichtig, moest nodig plassen. Nadat hij de trein vanuit Lysaker naar Oslo Centraal had genomen, had hij uit pure weerbarstigheid twee pilsjes gedronken bij café Expressen aan de Fred. Olsens gate. Niet om de avond te bederven voor de observatierechercheurs die zogenaamd toevallig om het uur binnen kwamen vallen, maar gewoon om te kijken naar de dronkenlappen, de hoeren, de loopjongens van de pooiers, oude junks en het hele assortiment kleine gangsters, iedereen die zich onder aan de criminele voedselketen bevond en daar zou blijven tot ze aan hun eind kwamen. Een Bulgaarse hoer die volgens hem eind twintig was en om de een of andere reden niet doorhad dat hij een juut was, of het misschien niets kon schelen, was naast hem gaan zitten, dicht tegen hem aan, hij kon haar dij nog tegen de zijne voelen, het zoete, zware parfum nog ruiken. Ze had gevraagd of hij eenzaam was en dat was hij ook. Haar donkere ogen en gitzwarte krullen hadden hem aan Hadja doen denken. Een moment lang had hij overwogen haar te vragen vannacht een taxi naar Lambertseter te nemen en daar tot de volgende ochtend te blijven. Er waren ergere manieren om je baan te verliezen.

Toen ze naar het toilet ging, was hij vertrokken. Hij had drie briefjes van tweehonderd kronen in een servet gestopt waarop hij *You're too good for this* had neergekrabbeld en dat aan de barkeeper gegeven, die hij nog van vroeger kende. 'Zorg dat zij dit krijgt en niemand anders,' had hij gezegd.

Zodra hij het House of Punjab betrad, gaf hij de ober een teken. Een halve liter pils was overal ter wereld hetzelfde, ook in een Indiaas restaurant in Sinsen. Een groep Indiërs, of hoogstwaarschijnlijk Pakistani, draaide zich om naar de open deur, maar ze keken daarna snel weer naar de grote flatscreen aan de wand achter de bar. Ze hadden net zoveel belangstelling voor hem als hij voor de cricketwedstrijd op tv.

Hij liep in de richting van de wc op een manier die Frank Krokhol in de lach deed schieten.

'Om eerlijk te zijn, Tommy... nu ben ik toch wel heel nieuwsgierig,' zei Krokhol toen hij terug was. De oude marxist en vrouwenmagneet trok een prop Borkum Riff uit het pakje en stopte zorgvuldig zijn pijp. Tommy bestudeerde de trage bewegingen van de man voor hem terwijl hij mechanisch zijn eigen sigaret aanstak. Het voordeel van een Indiase plek was dat de eigenaar zich wel aan het na de zomer ingestelde rookverbod wilde houden, maar alleen als het hem uitkwam. Nu, midden tijdens het kennelijk belangrijke crickettoernooi, was duidelijk geen goed moment. De aanwezige mannen uit het kroonjuweel van het Britse imperium joelden eenstemmig om iets wat ze op tv zagen en leken zich geenszins iets aan te trekken van de twee Noren die helemaal achterin zaten, met hun hoofden vlak bij elkaar. Frank Krokhol was dus wel zo slim dat hij politiemensen altijd ontmoette op plaatsen waar geen sterveling wist wie hij was.

'Nou, wat denk je dat er aan de hand is?' vroeg Tommy.

'Kristiane Thorstensen,' zei Krokhol terwijl hij het beknopte menu bekeek, dat hij ongetwijfeld al vanbuiten kende. Hij sabbelde een paar keer op zijn pijp, daarna keek hij Tommy recht aan.

Tommy schudde zijn hoofd en glimlachte even. Hij liet zijn blik door het vertrek gaan en keek ten slotte naar de tv, naar in het wit geklede mannen op groen gras.

'Vertel me over Anders Rask,' zei hij zonder zich naar Krokhol om te draaien. 'Het enige interview dat hij ooit heeft gegeven, was met jou.'

Krokhol leek vooral in beslag te worden genomen door zijn pijp. De geur van de cognactabak herinnerde Tommy aan de vader van Erlend Dybdahl, zijn beste vriend uit zijn jeugd.

'Dat klopt inderdaad,' zei Krokhol.

'Geen lekken,' zei Tommy. De regel was eenvoudig. Tijdens een open onderzoek was het zelden een probleem. In een situatie als deze was hij de *sitting duck*.

'Totale radiostilte?' zei Krokhol.

'Ik geef je wat ik kan, maar niet nu. Je bent ons al genoeg tot last.'

Frank Krokhol glimlachte bij zichzelf.

'Dus. Jij hebt de taak in de Kristiane-zaak te graven?'

Tommy knikte, waarna hij een flinke slok bier nam, perfect getapt met een schuimkraag, zodat het koolzuur mooi onder in het glas bleef zitten.

'Ik heb morgen een afspraak in Toten.'

'Het gaat allemaal vliegensvlug, begrijp ik. En Anders Rask... hij is gewoon een simpele pedofiel,' zei Krokhol. 'Een moederskindje met een voorliefde voor jonge meisjes en meisjes met groeiende borsten, daarnaast is hij knettergek en heeft hij de pathologische behoefte belangrijk te zijn... toen jouw mensen hem tijdens de verhoren begonnen te geloven, raakte hij steeds overtuigder en ging geloven dat hij groter was dan Satan zelf... en hij was een welkome prooi voor staatsadvocaat Schrøder. Het veroorzaakte destijds een geweldige opschudding en hij was de perfecte moordenaar. Hij paste iets te goed in het plaatje, hoewel in theorie tienduizenden mannen de moord op deze meisjes op hun geweten hadden kunnen hebben. Moeilijker is het niet. Nu zit hij in Ringvoll en krijgt hele ladingen fanmail van mesjogge vrouwen uit het hele land.'

'Hoe zit het met de spullen die bij hem thuis werden gevonden?'

'Hij was de leraar van die twee meisjes, Tommy. Hij heeft spulletjes van school meegenomen. Hij was immers helemaal in de ban van die meisjes. Van de hoeren bezat hij niets. Ook niet van Frida. Enkel en alleen omdat hij hen nooit is tegengekomen. Bovendien denk ik dat die hoeren te oud voor hem waren. Bijna twintig. Nou ja, de een was zestien, maar dan ben je bijna volwassen. Vroeger was dat in elk geval zo. En die ducttape, wie heeft er nou geen rol ducttape in huis?'

'Waarom voel je je zo bij hem betrokken?' vroeg Tommy.

'Ten eerste omdat ik denk dat hij onschuldig is, of hij nu zo'n smeerlap van een misbruiker is of niet, en ten tweede omdat de echte moordenaar nog steeds vrij rondloopt, als hij tenminste nog leeft.'

Tommy zei niets.

'En het ergste,' zei Krokhol, 'het ergste is dat de moordenaar van Kristiane waarschijnlijk ook alle andere meisjes om het leven heeft gebracht. Daina toch ook, Tommy? Waarom zouden jullie anders zo verdomde terughoudend zijn? Shit, ik heb de Rask-documenten wel honderd keer gezien, maar ik kan er niet over schrijven, dat weet je. Ik durf te wedden dat Daina hetzelfde lot heeft ondergaan. Heeft hij bij haar ook een vinger afgehakt? Welke dan? De wijsvinger van de rechterhand, die was dan zeker deze keer aan de beurt.'

Tommy's zwijgen zei genoeg.

'Vertel me over de Daina-zaak.' Krokhol fluisterde nu, terwijl hij probeerde Tommy's blik te vangen.

Tommy schudde slechts zijn hoofd.

'Jullie zijn het spoor volkomen bijster, Tommy. Iets anders hoef je me niet te vertellen.'

'Als je dat schrijft, dan zijn we klaar met elkaar,' zei Tommy.

'Hoe dom denk je dat ik ben? Je wordt bedankt. Ik heb dit altijd gezegd. Rask kon toch maar amper uit zijn woorden komen. Je hebt de opnamen uit Vestfold gezien. Hij staat daar maar in het wilde weg te wijzen, als een willekeurige halvegare. En dat met die vingers, dat heeft hij maar gegokt. Een pure gok.'

'Denk je dat?' vroeg Tommy en hij werd overmand door het gevoel dat hij zijn tv afgelopen nacht beslist had uitgezet. Hij schudde machteloos zijn hoofd.

'Of ik dat denk?' zei Krokhol. 'Absoluut. Er is maar één man naar wie jullie op zoek zijn en dat is uiteraard niet Rask. Er zijn te veel overeenkomsten, dus je hoeft niet van meerdere moordenaars uit te gaan, bovendien is dit een klein land, zoveel idioten zijn er hier echt niet. Als hij nog leeft, is hij hier ergens, Tommy. En als je hem niet gauw vindt, zal hij zich opnieuw aan een meisje vergrijpen. Op dit moment leest hij absoluut alles wat met Kristiane en Daina te maken heeft, en uiteindelijk zal de druk voor hem zo groot worden dat hij een nieuwe moord simpelweg niet kan onderdrukken.'

Het paradoxale is dus, dacht Tommy terwijl hij naar Krokhol keek die moeizaam overeind kwam om naar het toilet te gaan, dat als jij niet zo verrekte veel over Daina en Kristiane had geschreven en hun foto's niet levensgroot in de krant had gezet, hij misschien niet opnieuw zou moorden.

En ik zal nooit de kans krijgen mijn schuld te vereffenen.

'Denk je dat Rask contact met iemand van buiten heeft?' vroeg Tommy toen Krokhol terug was.

Krokhol leunde achterover. Hij pakte zijn pijp en begon de tabak er met een lucifer uit te peuteren.

'Wat bedoel je?'

'Vergeet het maar.'

'Denk je dat ze de moorden met zijn tweeën hebben gepleegd, bedoel je dat?'
'Ik zei toch "Vergeet het maar".'

Tommy keerde terug naar zijn kantoor. Op zijn bureau lagen een heleboel documenten, geordend met een systeem van gele plakbriefjes.

Een halfuur lang nam hij de inhoud van de mappen summier door. Met een half oog zag hij dat Susanne nog niet klaar was. Maar dat was niet zo erg. Misschien was het beter dat ze morgen meeging naar Anders Rask.

17

'Mama!' hoorde ze naast zich. Ze knipperde een paar keer met haar ogen. Mathea lag naast haar te woelen. Maar de kreet had ze zich maar ingebeeld. Een nachtmerrie, maar niet zo vroeg op de avond. Mathea werd tegenwoordig elke nacht wakker, zonder uitzondering.

Susanne keek op haar horloge, de vanzelf oplichtende wijzers van haar Tag Heuer-horloge dat ze bij hun huwelijk van Nico cadeau had gekregen, gaven aan dat het al halfnegen was. Het dakraam boven Mathea was helemaal wit. Was het weer gaan sneeuwen? Of hadden ze de klok rond geslapen?

Ze deed het nachtlampje aan zonder zich erom te bekommeren of Mathea wakker zou worden. De datum op de wijzerplaat liet zien dat het nog dezelfde dag was als waarop ze in slaap was gevallen. Het is bijna kerst, dacht ze. Even had ze geen benul van tijd en ruimte.

Ze deed de lamp weer uit en bleef aan Nico liggen denken. Aan zijn gezicht toen ze hem voor het eerst zag. Het was niet erg om aan hem te denken, niemand kon weten wat ze dacht.

Ze mocht best spijt hebben, en zelden had ze meer spijt gehad dan op dit moment.

Toen ze zich omdraaide naar Mathea om zo dicht mogelijk tegen haar aan te gaan liggen, verschenen de beelden van Kristiane Thorstensen weer op haar netvlies. Ze keek naar de dikke, zwarte wimpers van Mathea. Als ze een tiener werd, zou ze nauwelijks mascara nodig hebben, maar dat maakte alles alleen maar erger: mannen zouden naar haar kijken, haar begeren, misbruik van haar maken, tot ze ten slotte haar eigen kind moest identificeren, liggend in een metalen kist in het mortuarium, in een witte jurk van crêpepapier, met haar armen over haar borst gevouwen.

Ze sloeg haar handen voor haar gezicht.

Het geluid van haar mobiel redde haar.

Voor het eerst was het geruststellend om de stem van Tommy Bergmann te horen. Er was beslist iets mis met hem, maar dat hij een man was die mensen kon en zou verdedigen als er iets zou gebeuren, daaraan had ze nooit getwijfeld. Als ze ooit echt ergens bang voor was, kon ze hem bellen.

'We moeten elkaar even bijpraten,' zei hij. 'Ik ga trouwens morgen naar Toten.'

Toten? Ze moest lachen, toen werd ze serieus.

'Anders Rask?' vroeg ze.

'Ik ga hem morgen ontmoeten.'

Ze overwoog hem te vragen waarom ze niet mee mocht, maar zag ervan af. Ze kon niet aan de indruk ontkomen dat ze werd gezien als de vrouw die thuis achterbleef om het huishouden te doen terwijl haar man lekker zijn gang ging. Maar ze had geen andere keus dan te doen wat hij haar opdroeg.

Ze zag zichzelf in de spiegel, liep naar de woonkamer en ging op de bank liggen. Die was zo duur dat ze hem eigenlijk zou moeten verkopen.

'Ik heb vandaag niet alles afgekregen,' zei ze.

'Dat heb ik gezien.'

'Ik doe het morgen.'

Tommy zei niets. Weer die eeuwige arrogantie, dacht Susanne. Maar die werkte verdorie wel.

'Ik heb vanmiddag iets anders gedaan en denk dat ik iets op het spoor ben.' Ze vertelde dat ze in Brobekk was geweest, op jacht naar een oude getuige.

'O?' Hij klonk verbaasd en ze kon horen hoe zijn verbazing steeds groter werd.

'Het is vast niets,' zei ze.

'Wat ben je dan op het spoor?'

'Alleen... weet je nog dat twee mensen beweerden dat ze Kristiane op de zaterdag van haar verdwijning hadden gezien?'

Opnieuw antwoordde Tommy niet meteen.

Verdomme, dacht ze.

'Ja,' zei hij ten slotte. 'Dat weet ik nog. De een was Bjørn-Åge Flaten. Bønna Flaten. Ik heb die man vaker naar de cel gebracht dan ik me wens te herinneren.'

Ze draaide haar haar om haar vingers en liet het weer los.

'Wat is er met hem?' vroeg Tommy. Ze wist het al. Het had in de notitie gestaan, tussen de regels door. Hij was een onbetrouwbare getuige die uit was op geld. Om die reden hadden ze hem uit het onderzoek geschrapt.

Susanne zei niets. Ze had niets te zeggen.

'Hij is nooit te vertrouwen geweest, Susanne. Ik weet wat voor man hij vroeger was.'

Toen Bent en jij nog surveilleerden, dacht ze. O, wat was ze die oude verhalen beu. *Die alten Kameraden.* Een pure nazibende, dat waren ze bij de ME, niets anders. Sloegen criminele immigranten en dealers zonder papieren in elkaar, schreven alleen 'verzette zich tegen arrestatie' in hun rapport, en nadien hielden ze elkaar allemaal de hand boven het hoofd.

'Ik wil alleen met hem praten. Hij beweerde Kristiane in Skøyen te hebben gezien. Waarom zou hij dat doen?'

'Junks zoals hij zijn pathologische leugenaars. Hij wilde zijn eigen straatje schoonvegen, begrijp je? Toen hij niet werd geloofd, stapte hij naar de krant en vroeg om geld. Hij kreeg vast een duizendje, maar geen cent meer. Vervolgens trok hij een week later alles weer in. In de krant buitelde iedereen over elkaar heen, Susanne. Dat was voor jouw tijd.'

'Mama!' hoorde ze door de openstaande deur naar Mathea's kamer.

'Nou ja, ik ga morgen dus naar Rask. Kan niet zeggen dat ik me erop verheug.'

Shit, dacht Susanne. Die rotkerels.

'Waarom zou Bjørn-Åge Flaten liegen dat hij Kristiane had gezien?'

'Mama, ik heb in mijn broek geplast.' Mathea stond vanuit de keuken de woonkamer in te kijken.

Ze was vergeten haar naar de wc te sturen, hoewel ze in de loop van de avond een aantal glazen melk had gedronken. Ze was toch niet weer begonnen in haar broek te plassen. Nee, toch niet echt.

'Zo meteen,' fluisterde ze tegen Mathea. 'Nu niet zeuren.' Het gevoel dat haar moeder haar altijd had geprobeerd aan te praten, overviel haar een moment. Ze was een slechte moeder, niets anders. Een echte klotemoeder. Niet zo'n liefhebbende moeder als haar zus Line ongetwijfeld zou zijn geworden, als ze haar autogordel maar had gedragen en niet bijna twintig jaar geleden door haar vriend was doodgereden.

'Lijn 9,' zei Tommy in haar oor. 'Zegt je dat iets?'

'Ik kom uit Asker,' zei Susanne.

'Lijn 9 liep van Ljabru naar Jar. Hij stopte in Sæter en ook in Skøyen. Vlak bij Amalienborg, waar onze vriend Bjørn-Åge, Bønna, in die tijd woonde. Als ze uit de Nordstrandhal kwam en naar Skøyen wilde, zou ze toch gewoon de tram hebben genomen? Ik denk dat geen van die twee wijsneuzen haar heeft gezien, Susanne.'

'Ze is gezien op station Nordstrand, ze heeft de trein genomen.'

'Tja, dan is ze misschien met de trein gegaan,' zei Tommy. 'Maar daar komen we niet verder mee. De grijsaard die haar op Oslo Centraal heeft gezien, is dood. Ik begrijp niet waarom ze niet de tram zou hebben genomen en diep vanbinnen denk ik nog steeds dat ze dat heeft gedaan. Misschien had ze haar capuchon over haar hoofd getrokken. Of een muts, weet ik veel.'

'Niemand droeg toen een muts. Dat was sociale zelfmoord,' zei ze.

'Susanne,' zei Tommy. 'Je...'

'Maar begrijp je dan niet dat dit een belangrijk punt is? Begrijp je dat dan niet?' Het was alsof ze haar eigen stem van buitenaf hoorde. Die was allang uitgeschoten, alsof Nicolay en zij die dag voor de derde keer ruziemaakten.

Het werd stil aan de andere kant van de lijn.

'Sorry. Het wordt een beetje veel.'

Waarom? Waarom zich verontschuldigen? Dat was zo typisch voor haar, opgevoed om zich voor het minste of geringste te verontschuldigen, vooral tegenover mannen. Alsof ze wilde zeggen: ik ben eigenlijk niets anders dan een dom meisje, sorry, sorry dat ik zo dom ben en zo snel mijn zelfbeheersing verlies.

'Misschien wílde ze niet gezien worden, Tommy, dat ze daarom dat hele stuk naar de trein liep, daar waren vast veel minder mensen. Misschien was Kristiane iets van plan wat de andere meisjes niet mochten weten, heb je daar weleens aan gedacht? Zij kwam als eerste uit de garderobe. Ze wilde niet meerijden in de richting van Godlia. Misschien wilde ze liever ook niet in Sæter op de tram staan wachten. Nee, ze verdween over de donkere Nordstrandveien en liep helemaal naar de trein. Omdat ze wist dat die daarvandaan naar Skøyen ging.'

Tommy zweeg.

'Goed, ik geef je een kans,' zei hij uiteindelijk.

'Dank je.'

Misschien had ik jouw baas moeten zijn, dacht Susanne. Als ik die masterscriptie maar eenmaal afkrijg.

Tommy verbrak de verbinding zonder verder nog iets te zeggen.

Susanne bleef voor de spiegel staan met haar mobiel tegen haar oor.

'Ik heb het koud,' zei Mathea achter haar. 'Mama.'

Haar kind, ze was haar kind helemaal vergeten.

Ik heb het ook koud, dacht Susanne.

Haar hand beefde een beetje toen ze haar mobiel liet zakken.

Misschien omdat ze wat bang voor Tommy was als het erop aankwam. Misschien omdat ze aan Line had gedacht, de laatste aan wie ze wilde denken.

Misschien omdat ik net zo'n ellendige moeder ben als mijn eigen moeder me vindt. Haar kind bibberde en rook al naar oude urine.

Ik had alles en heb het weggegooid.
Nadat ze Mathea had gedoucht, de matras had omgekeerd, het beddengoed had vervangen en haar weer naar bed had gebracht, zette ze het lied op van The Motels, dat lied waar ze bijna niet naar durfde te luisteren, dat Line altijd had gedraaid als ze liefdesverdriet had. Ze schroefde het volume op, zo ver dat Mathea wel wakker kon worden. Omdat niets in dit leven ooit terug zou keren.

It's like I told you
Only the lonely can play

Ze vouwde haar handen en smeekte dat Bjørn-Åge Flaten haar verlossing zou brengen.

18

Het klopgeluid was niet mis te verstaan. Hij had geprobeerd het te verdringen, maar nu lukte dat niet meer. Het geluid overstemde zijn vrouw die een oud liedje neuriede in de badkamer op de begane grond. Een zwak geluid vanuit de douche door de halfopen deur, een plons vanuit de badkuip. Geneurie.
En opnieuw geklop.
Van beneden.
Eén, twee, drie keer.
Daarna stilte.
Het was afkomstig van het buizenstelsel van de verwarmingsinstallatie, of er was iemand in het souterrain. Iemand die ritmisch op de buizen daar tikte. Om hem naar beneden te lokken.
Arne Furuberget liet zijn krant zakken en hield zijn blik op de deur naar de hal gericht. De woonkamer was in duisternis gehuld, behalve het licht van de leeslamp bij de oude Børge Mogensen-leunstoel waarin hij zat.
Hij greep de armleuning vast toen hij het zwakke klopgeluid vanuit het souterrain opnieuw hoorde.
Hij telde in zichzelf.
Eén, twee, drie.
Telkens exact hetzelfde ritme.
Hij wilde roepen: 'Gunn, wil je controleren of de kelderdeur op slot zit?' Maar hij wist dat ze dan bang zou worden. Dat zou hijzelf ook worden, als hij ging roepen. Bovendien lag ze in bad.
Hij zat als vastgevroren, niet in staat zich te bewegen, alsof hij gevangenzat tussen het grote, zwarte woonkamerraam naar de tuin en het onbekende dat zich in het souterrain bevond.
Met de krant op schoot keek hij een tijdje naar zijn eigen gezicht in het raam. Buiten was alles pikdonker. Misschien was dat ook wel te verwachten. Achter de tuin lag een akker en daarachter was slechts bos en nog eens bos.
Hij sloot zijn ogen toen hij het kloppen opnieuw hoorde, stond op en trok de gordijnen dicht. Voorzichtig bewoog hij zich voort. Hij bleef in

de gang staan en keek naar links, in de richting van de badkamer.

Zijn vrouw neuriede nog steeds dezelfde melancholische melodie, hij had haar al talloze malen gehoord, maar kon niet bedenken hoe het lied heette. Het stelde hem een beetje geruster. Tot hij het klopgeluid weer hoorde.

Zo snel hij kon liep hij naar het tochthalletje en voelde aan de voordeur.

Gesloten.

Hij ademde uit.

Wie probeerde hij voor de gek te houden?

Hij was bang voor de kelderdeur, die aan de voorkant van het huis naar de tuin leidde.

Hij draaide zich om en liep met tegenzin weer terug de hal in.

De trap naar het souterrain lag voor hem. Alles was donker daarbeneden. Arne Furuberget voelde een paar tellen de angst van een kind, dezelfde angst die hij had gevoeld toen hij opgroeide en zijn broer hem opsloot in de hooischuur en alles om hem heen donker was.

Hij snoof om zichzelf en liep zo vastberaden mogelijk de betonnen treden af.

Halverwege moest hij zich aan de leuning vasthouden.

De geluiden klonken nu vlak bij hem. De buizen van de verwarmingsinstallatie waren aan het plafond van het souterrain bevestigd.

Opnieuw geklop.

Het was alsof de buizen boven hem een bocht maakten, tot het metaalachtige geluid verdween.

Hij zag gewoon niets meer. Zes treden naar beneden lag het souterrain als een zwarte zee voor hem. Recht naar voren lag de oude badkamer die de kinderen hadden gebruikt toen ze nog thuis woonden. Het licht brandde daar gewoonlijk, maar nu was dat uit.

De laatste treden nam hij met twee tegelijk, hij viel bijna. Het ademen ging nu moeilijk, alsof hij urenlang in de hobbykamer, die rechts van hem lag, had staan zagen. Hij wilde het niet toegeven, maar dit souterrain had hem angst aangejaagd sinds ze hier bijna dertig jaar geleden een rondleiding hadden gehad. Het was er nauw en als een doolhof. En helemaal achterin, achter de tv-kamer die ze nog maar zelden gebruikten, lag de stookruimte met de olieketel waarvan hij de werking nooit had begrepen. Daarvandaan kon je maar één kant op, door de tv-kamer en de doolhofachtige gang, langs de wasruimte met de deur naar de tuin, en dan de trap op naar de begane grond.

Hij vond de lichtschakelaar aan de wand.

De tl-buis aan het plafond knipperde een paar keer.

Hij meende iets in de wasruimte te zien. Een gezicht?

Nee.

'Ik ben niet bang voor je,' zei hij en hij liep naar de wasruimte.

Die lag leeg en grauw voor hem. Het onbewerkte beton aan de wand en de vochtige lucht deden hem aan een kerker denken. Of aan een isoleercel. Hij zou zich veiliger voelen als hij Rask weer in de isoleer kreeg. Maar dat zou niet gaan. Hij wilde zijn baan niet kwijt, ook al ging hij binnenkort met pensioen.

Aan het eind van het vertrek zat de deur naar de tuin. Een oud deurpaneel zonder veiligheidsslot. Wie had zoiets hier op het platteland nu nodig?

Hij legde zijn hand op de deurklink.

Toen hij wilde voelen of de deur op slot zat, hoorde hij het klopgeluid weer. Ergens achter hem, in de gang.

Eén, twee, drie.

Nu verder weg.

Hij wist waar het vandaan kwam. Uit die donkere, ellendige stookruimte.

Op zijn armen zat kippenvel en hij zag eruit als een pasgeplukte kip.

Er was daar iemand.

'Shit,' zei hij.

Hij rukte aan de deur. Op slot.

Echt? De oude deur werkte traag, dat wist hij. Hij pakte de klink stevig vast en duwde uit alle macht.

Nog steeds op slot.

Maar degene die op de buizen tikte, was hier binnengekomen. De deur moest eerder die dag open hebben gestaan, toen hij aan het werk was. Daarna had deze persoon hem achter zich gesloten.

Hij pakte zijn mobiel uit zijn broekzak en toetste het nummer van Ringvoll in.

'Ja?' zei de dienstdoende verpleegkundige.

'Verkeerd verbonden,' zei hij slechts.

Het klonk alsof ze hem niet geloofde, terwijl hij dacht dat zijn stem normaal had geklonken.

Nu, dacht hij toen de geluiden in de buizen opnieuw begonnen. Nu pak ik je verdomme. Snel doorkruiste hij de wasruimte zonder de deur achter zich te sluiten. Het licht in de tv-kamer verblindde hem bijna toen hij het aandeed. Hij greep de pook naast de haard en holde naar de stalen deur aan het eind van het vertrek.

Voetstappen, dacht hij. Voetstappen.

Langzaam draaide hij zich om en hij verwachtte een bekend gezicht te zien.

'Wat ben je aan het doen?' vroeg zijn vrouw. Ze liep op slippers en had de oude kamerjas om haar middel vastgeknoopt.

Opnieuw geklop in de buizen.

Arne Furuberget maakte een hoofdbeweging.

'Morgen bel ik de servicedienst. Het is de stookketel maar, Arne.'

Hij knikte.

Ze zette een paar passen in zijn richting. Instinctief ging hij achteruit, alsof hij er niet op vertrouwde dat zij degene was die ze deed voorkomen.

'Wat is er gebeurd?'

'Niets.'

Hij wilde iets zeggen, iets geruststellends, maar door het gerinkel van de telefoon op de begane grond liet hij de pook op de grond vallen.

Het was alsof hij wist wie het was.

'Edle Maria leeft,' zei hij. 'Ze leeft.'

Zijn vrouw schudde haar hoofd.

De telefoon stopte met rinkelen.

Hij trok een grimas. Dit wilde hij tegen haar zeggen: *Open tot kerst voor niemand de deur, voor niemand*, maar er kwam geen woord uit zijn mond.

19

Tommy Bergmann legde zich erbij neer dat hij Susanne Bech waarschijnlijk nooit echt zou begrijpen. Hij wist werkelijk niet of hij haar wilde houden of niet, als hij de kans kreeg die keus te maken.

'Die rotkerel,' zei hij toen zijn zoekopdracht bij het bevolkingsregister naar 'Gunnar Austbø' geen resultaat opleverde. Hij stond geregistreerd als in 1998 naar Spanje geëmigreerd. En verder dan dat kom ik niet, dacht Tommy. Want Austbø had natuurlijk ook geen gezin. Een merkwaardige oude vrijgezel die de vrienden van Kristiane die zondagavond, de eerste zondag van de advent in 1988, geen troost wilde bieden.

Hij overwoog Jon-Olav Farberg te bellen om hem te vragen iemand van zijn vroegere collega's te benaderen die misschien wist waar in Spanje Austbø zich bevond, maar schoof dat plan gauw aan de kant. In plaats daarvan maakte hij vliegensvlug een samenvatting van zijn gesprek met Farberg en stuurde die naar Susanne met de opdracht het verslag bij de zaak te voegen, als er althans een zaak zou komen.

Overzicht, dacht hij, ik heb overzicht nodig. Er was maar één plek om te beginnen en dat was vooraan in de laatste dossiermap van de berg paperassen die Susanne hem alvast had bezorgd, ook al was ze nog niet helemaal klaar.

Nadat hij nog een paar uur had gelezen, maakte hij een kopie van het rapport van de forensisch psychiater uit de rechtszaak tegen Anders Rask. Hij stopte deze in een envelop die hij in het bakje voor uitgaande post legde, samen met een briefje waarop hij schreef dat het per koerier naar Rune Flatanger van de dadergroep bij de Landelijke Recherche moest worden gestuurd. In de envelop had hij een plakbriefje gestopt met een mededeling aan Flatanger het rapport zo spoedig mogelijk te lezen en dat hij in de loop van de volgende dag contact met hem zou opnemen. Tommy stond ambivalent tegenover Flatanger, vooral omdat hij het gevoel had dat Flatanger hem als een open boek kon lezen. Om eerlijk te zijn, had hij de man nooit gemogen. In feite mocht hij geen enkele psycholoog. Rune Flatanger was echter de bekwaamste man met wie hij daar had gewerkt en hij had alle hulp nodig die hij kon krijgen.

Hij liep naar de metro van Tøyen, enkel en alleen om de vrouw op de billboard met reclame voor Star Tour op station Grønland niet te hoeven zien.

Toen hij thuiskwam, bleef hij midden op de trap naar de eerste verdieping staan.

Geluiden, dacht hij. Van beneden. Soms hoorde hij beter dan hem lief was. Gekras, was dat het? Hij keerde terug naar de brievenbussen bij de voordeur en liep daarna langzaam de keldertrap af. Voor de deur naar de kelderboxen bleef hij geruime tijd staan. Opeens ging boven de voordeur open, hij verstopte zich onder de traptreden. Voorzichtige voetstappen boven hem, hij kon eerst niet horen of ze op weg waren naar de kelder of omhoog naar de eerste verdieping.

Omhoog, dacht hij.

Toen het geluid van de laarzen op de trap was weggestorven, haalde hij zijn sleutels tevoorschijn en opende de kelderdeur. Hij stond een tijdje op de drempel en daarna stapte hij voorzichtig de grote, donkere ruimte binnen waar het muf en vochtig rook. De deur viel met een klap in het slot. De vochtige, gure lucht omringde hem. Hij liet zijn arm omhooggaan langs de grof gemetselde wand tot hij de lichtschakelaar vond en wachtte.

Iemand of iets haalde daar adem.

Een paar ogen, vlak bij de vloer, glinsterde in het zwakke schijnsel van de straatlantaarns door de smalle kelderramen.

Hij drukte op de schakelaar en deinsde een moment achteruit toen een zwart-witte kat miauwend in een hoek bij de achterste box kroop. Een gevoel van opluchting overviel hem, onbewust had hij aan heel iets anders dan een kat gedacht. Het volgende moment: had hij zichzelf nog wel in de hand?

Hij zette een paar passen in de richting van het dier, dat de andere kant op schoot.

'Kom hier,' zei hij zacht, op wat volgens hem een uitnodigende toon was.

Langzaam zakte hij op zijn hurken en stak zijn arm naar de kat uit.

'Kom,' zei hij. 'Je kunt hier niet de hele nacht blijven.'

Even moest zijn aandacht zijn verslapt, want ogenschijnlijk zonder waarschuwing, bijna met geweld, werd de deur achter hem opengerukt.

Hij verloor zijn evenwicht toen hij probeerde te gaan staan, zijn knie klapte tegen de betonnen vloer, in één beweging stond hij rechtop en draaide in het rond.

Degene die de deur had geopend, was nog steeds de kelderruimte niet binnengekomen.

Een paar tellen lang leidde zijn ademhaling een eigen leven, alsof het in- en uitademen door zijn neus aan iemand anders toebehoorde. Er schoot één gedachte door zijn hoofd: hij had afgelopen nacht voordat hij in slaap viel de tv daadwerkelijk uitgezet. Snel keek hij in het rond, vlak onder het ene kelderraam stond een sneeuwschuiver. En ook een puntige schep. Met een paar passen zou hij hem kunnen pakken.

De persoon greep de deurpost vast.

'O, bent u het?'

Even later kwam Tommy tot rust en hij ademde moeizaam uit.

Lieve hemel, dacht hij. Dit kan zo niet doorgaan.

De oude vrouw van de derde verdieping, hoe heette ze ook alweer, Ingebrigtsen, stapte naar binnen.

'Ik begin door te draaien,' zei ze en ze schudde haar hoofd. De kat vloog op haar af, wreef langs haar benen. Over haar gezicht lag een verdrietige trek, alsof die gedachte niet meer uit te houden was: gezond ter been, maar met een niet meer goed werkend hoofd. Zoiets werd met de tijd niet beter.

'Dus u hebt nu een kat? Dat is mooi.'

'O ja,' zei ze. 'Na de dood van Trygve zijn er niet veel mensen meer om mee te praten.'

Hij herinnerde zich de nacht dat ze hem kwamen halen. Hij was wakker geworden door dichtslaande autoportieren, en was de gang op gegaan. Het ambulancepersoneel had naar hem geknikt, hij herkende een van hen uit vroeger tijden. Gezien hun rustige tempo nam hij aan dat iemand in het portaal was overleden en de kans was het grootst dat het om een van de twee oude mensen op de derde verdieping ging, die er al woonden sinds de appartementen waren gebouwd.

Mevrouw Ingebrigtsen zuchtte.

'Het is toch wat, ben ik hem hier zomaar vergeten,' zei ze, meer tegen zichzelf dan tegen Tommy.

Moest hij zeggen dat iedereen weleens wat vergat? Hij besloot te zwijgen.

'Ik hoorde hem en...'

'Een politieman in de buurt geeft wel een veilig gevoel,' zei ze met een lichte glimlach. 'Dat vind ik.'

'Ja, fijn dat u dat vindt.'

'Het is alleen jammer dat het hier niet veel helpt.'

Hij keek haar strak aan.

'Wat bedoelt u?'
Ze knikte naar een punt achter hem.
Hij draaide zich om.
Ze liep langs hem heen met de kat in haar armen.
'Dit is toch uw box?'
Met de nodige tegenzin volgde hij haar.
Het hangslot was doorgeknipt.
Hij sloot zijn ogen.
'Het was gemakkelijker toen we hier beneden alleen cokes bewaarden,' zei ze zacht. 'En de mensen het verschil tussen mijn en dijn kenden.'

Toen hij in zijn appartement terug was, zei hij tegen zichzelf dat het gewoon toeval was. Iemand was daar aan het rommelen geweest, ook al was er nauwelijks iets om in te rommelen, er stonden vooral lege bananendozen en zakken met oude kleren, een paar schoolboeken waarvan hij niet wist waarom hij die had bewaard, en enkele studieboeken van de Politieacademie.

Het is gewoon toeval, verder niets. Een van de zonen van een alleenstaande moeder op de tweede verdieping was een junk, hij of een van zijn maten met een sleutel zou er wel hebben ingebroken. Ze waren dom genoeg om in hun eigen woonblok in te breken, zelfs dom genoeg om dat te doen in een kelderbox waarvan ze wisten dat die van een politieman was, omdat dat de enige ruimte was die ze tot nu toe ongemoeid hadden gelaten. De volgende keer dat hij de knaap daar zag rondhangen, moest hij hem maar even goed de waarheid vertellen.

Ook al probeerde hij zichzelf ervan te overtuigen dat het allemaal toeval was, toch liep hij zijn hele appartement door voordat hij naar bed ging. Hij opende alle kasten en laden, bekeek de boekenkast, de foto's, zelfs in de koelkast nam hij een kijkje.

Hij opende de koelkastdeur voorzichtig, alsof hij verwachtte daar iets wanstaltigs te vinden.

Dwaas, dacht hij bij het zien van oud broodbeleg en pakken melk die hij allang had moeten legen en weggooien.

Het gevoel verdween echter niet.

Er was iets mis.

Iets in het appartement was anders dan anders.

Na een spanningsvol uur stond hij op en rommelde wat in het badkamerkastje. Ten slotte vond hij een doosje valium dat Hege moest hebben achtergelaten. Hij nam een pil zonder de houdbaarheidsdatum te controleren en spoelde hem met kraanwater weg. De alcohol was nu wel uit zijn lichaam. Benzodiazepinen en alcohol was wel de laatste combinatie waar hij zin in had.

Misschien werd hij morgen vroeg genoeg wakker om naar Toten te kunnen rijden, en misschien niet.

Hij wist niet of hij wel op een ontmoeting met Anders Rask zat te wachten.

20

Psychiatrisch ziekenhuis Ringvoll lag een eindje buiten Skreia. Je zou het idyllisch kunnen noemen, als je even vergat dat het pand als een concentratiekamp was omheind. De geploegde, zwarte akkers rond de afrasteringen waren met sneeuw bedekt en helden licht in de richting van het meer. De hemel weerspiegelde in het ijs. De toegangspoort naar de instelling kon daarentegen best uit Treblinka afkomstig zijn. Tommy belde aan en zette zijn kraag helemaal omhoog. Hij voelde dat de pil van de vorige avond bezig was zijn aderen te verlaten. Nog maar een paar uur. Even voelde hij zich wat opgewekter, hoewel hij zo meteen tegenover Anders Rask zou staan. De slome, verwrongen opvatting van de werkelijkheid die het gevolg van de benzodiazepine was, maakte hem altijd gedeprimeerd.

Op het grindpad naar het hoofdgebouw bleef hij staan. De lijn zwiepte tegen de vlaggenmast naast hem, alsof dit een plek was om de vlag uit te hangen. Naast het lange, gele hoofdgebouw lagen twee lage gebouwen van recentere datum, met glazen tunnels die ze met het hoofdgebouw verbonden.

Het zou niet onmogelijk zijn hieruit te ontsnappen, dacht hij en hij belde nogmaals aan, nu via een andere bel. Op de brede granieten trap draaide hij zich om. Het hekwerk zat stevig in elkaar, maar was niet afschrikwekkend. Als je over een goede draadtang en een buiten de poort wachtende auto beschikte, was het in theorie mogelijk. Er zou wel geen stroom op het hek staan. Maar misschien was er een reden dat de mensen die hier opgesloten zaten, geen strengere beveiliging nodig hadden. Ze moesten misschien alle zeilen bijzetten om hun eigen hoofd op orde te houden en hadden geen ruimte om dan ook nog een ontsnappingsplan uit te broeden. En waar moesten ze een draadtang vandaan halen?

Bij de portiersloge liet hij zijn legitimatie zien. De man van Securitas zat veilig beschermd achter dik plexiglas en gaf Tommy door het schuifluik een sticker met daarop een B. Terwijl hij wachtte tot hij zou worden opgehaald, dacht hij na over de vragen die hij van plan was Rask te stellen, maar hij wist nog steeds niet zeker hoe hij het ging aanpakken. Misschien betwijfelde hij ook waarom hij überhaupt hier was. Maar wat moest hij anders? Over zes dagen moest hij met iets concreets bij hoofdofficier van justitie Finneland op de proppen komen.

Een verpleger haalde hem op. Een sterke jongeman met een zachte, maar vaste blik en een vastberaden handdruk. Betrouwbaar, dacht Tommy. Maar de vraag die de man stelde, deed die indruk teniet: 'U bent hier om met Anders te praten?'

Anders, dacht hij. Dat klonk te vriendschappelijk, alsof Anders Rask net zo iemand was als alle anderen. Tommy probeerde er niet aan te denken dat Rask de zes meisjes had vermoord. Hij moest proberen het allemaal vanuit een andere hoek te bekijken, zoals Frank Krokhol dat deed. Slechts een misbruiker, geen moordenaar.

Hij werd naar een groot kantoor naast de portiersloge gebracht en had een fenomenaal uitzicht op het grootste binnenmeer van het land. Tommy kon de naam op het deurbordje net lezen: Chef-arts Arne Furuberget.

De man die hem ontving, wuifde even naar de verpleger, alsof hij hem zo snel mogelijk weg wilde hebben. Tommy was verbaasd toen hij begreep dat de man voor hem Furuberget zelf was. Gisteren aan de telefoon had hij de indruk gekregen dat Furuberget jonger was, misschien van zijn eigen leeftijd, maar nu bleek hij een stuk ouder. Het interieur van zijn kantoor liet ook zien dat Furuberget een man was die je in een andere tijd moest plaatsen. Het oude bureau van hardhout en de grote naturalistische schilderijen hadden beter bij het eind van de negentiende eeuw gepast. Op zijn bureau stond zelfs een inktpot en op de bureaulegger van donker leer lagen twee kroontjespennen en vellen briefpapier van stevige kwaliteit. Slechts een slank pc-scherm brak met de indruk van het victoriaanse tijdperk.

Furuberget maakte een uitnodigende armbeweging naar de leren zitgroep. Zelf bleef hij staan. Tommy verbeeldde zich dat hij dat bewust deed. Furuberget liep naar het raam, door het zonlicht kon Tommy uitsluitend zijn silhouet zien.

'Ik denk dat hij van de moord op Kristiane Thorstensen zal worden vrijgesproken. Dat betekent dat de dader nog vrij rondloopt. Als Anders Rask tenminste niet per abuis wordt vrijgesproken. Wanneer hij eventueel van alle moorden wordt vrijgesproken, dan hebben jullie een beroerde zaak, ja, daar ben ik het wel mee eens. Een gewaarschuwd mens telt voor twee, zeiden de Romeinen dat vroeger niet?'

'Begrijp ik het goed dat u met Rune Flatanger over de moord op Daina hebt gesproken?'

Furuberget knikte en zette een serieus gezicht op.

'Dan begrijpt u ongetwijfeld ook waarom ik hier ben.'

'Ik heb geen mening over de schuldvraag tot er een nieuw vonnis op tafel ligt. Politiewerk is mijn terrein niet.' Furuberget keek weg en bestudeerde zijn handen.

'Hoe vaak krijgt hij bezoek?' vroeg Tommy.

'Nagenoeg nooit. Hij wil niets met zijn familie te maken hebben. Zij willen niets met hem te maken hebben.'

'Dus hij heeft wel bezoek gehad?'

'Het eerste jaar, ja.'

'Van wie?'

'Dat weet ik niet meer.'

'Als hij sindsdien geen bezoek meer heeft gehad, dan weet u toch nog wel wie hier was?'

'Bergmann, ik heb dertig patiënten op de gesloten afdeling en vijftig op de open. Het is een ware fabriek, het spijt me, maar dat soort dingen herinner ik me niet.'

'Bezoekerslijsten?'

Furuberget schudde zijn hoofd.

'Die bewaren we hier niet.'

'Maar er moet toch in zijn dossier staan wie hem heeft bezocht?'

Furuberget ademde moeizaam uit.

'Ik zal zien wat ik kan vinden.'

Er viel een stilte. Furuberget liep naar zijn bureau, pakte een poetsdoekje en begon zijn bril schoon te maken.

'Wat...' begon Tommy, maar hij werd onderbroken.

'Het is goed dat u alleen bent gekomen, zoals ik vroeg. Rask raakt snel van de kaart in situaties waarin hij zich onder druk voelt staan. Dat gebeurt bij de meeste mensen met psychoses.'

'Dus hij is nog steeds psychotisch?'

Arne Furuberget gaf geen antwoord op de vraag.

'Wat bedoelt u? Is hij nog net zo ziek als toen hij werd veroordeeld?'

Furuberget bestudeerde uitgebreid zijn brillenglazen. Kennelijk tevreden zette hij het ding weer op zijn neus.

'Min of meer net zo ziek of net zo gezond, het is maar hoe je het bekijkt. Af en toe komt hij glashelder en gezonder over dan u en ik. Tussen ons gezegd: het probleem kan zijn dat hij doet alsof. Het is in feite mogelijk dat hij wat we zijn innerlijke ik kunnen noemen gedurende lange tijd kan onderdrukken en goed kan functioneren, ook sociaal. Hij is ook buitengewoon intelligent. Maar vlak onder het oppervlak kan de duivel in hoogsteigen persoon zitten, dat moet ik helaas zeggen. Een wetenschap die tracht het menselijk gemoed te begrijpen, zal nooit exact zijn, Bergmann, daarvoor zijn er te veel dwalingen. Wat het hoofd van Rask betreft, moet ik u helaas zeggen dat dat veel weg heeft van het labyrint in Knossos. Hoe vind je de uitgang, begrijpt u?'

Tommy fronste zijn wenkbrauwen.

'Als je eenmaal in dat soort waanzin bent beland, is het onmogelijk daar weer uit te komen.'

'Dus hij zal hier nooit meer wegkomen, ook al wordt hij van alle moorden vrijgesproken?'

Arne Furuberget keek hem ernstig aan, daarna verscheen er een glimlach om zijn mond.

'Niet zolang ik hier de baas ben. Maar mijn macht is beperkt; als hij van alle moorden wordt vrijgesproken, wordt het moeilijk, misschien onmogelijk, hem hier op de afdeling te houden. Bovendien ga ik binnenkort met pensioen. Anderen zullen Anders misschien op een andere manier beoordelen.'

De kleine, maar forse verpleger kwam weer binnen.

'Jullie zijn zover?' vroeg Furuberget.

De verpleger knikte.

Tommy stond op.

'Gaat u niet mee?'

Arne Furuberget schudde glimlachend zijn hoofd.

'Ik ben bang dat dat alleen maar provocerend op hem overkomt. Ik ben niet zijn persoonlijke favoriet, om het maar zo te zeggen. Op u zal hij daarentegen veel prijs stellen.'

'O?'

'Ik heb hem zelden zo opgewonden en vrolijk gezien als gisteren. Misschien ziet hij dit als zijn grote kans, wie weet?'

Tommy bleef, op weg naar de gang, staan.

'En als hij het nu wel heeft gedaan? Zei u niet dat hij lange periodes normaal kan overkomen?'

'Als hij zich elke keer voor de rechtbank beheerst en de bewijslast nog net zo bedroevend is als voorheen, zal hij van alle moorden worden vrijgesproken. En zoals u zegt: stel dat hij het wel heeft gedaan? Tja, dan zal hij uiteraard opnieuw moorden als hij op vrije voeten is. Dat is slechts een kwestie van tijd.'

Tommy ademde moeizaam uit. Het klonk alsof hij zich moedelozer voelde dan het geval was.

'Maar maakt u zich daarover geen zorgen,' zei Furuberget. 'Anders Rask blijft tot zijn dood binnen deze muren.'

Laten we het hopen, dacht Tommy.

'Wat denkt u? Heeft hij het gedaan?'

'Het is gelukkig niet mijn werk om het antwoord op die vraag te vinden.'

Tommy schudde hem de hand.

'Nee, dan had u in mijn schoenen gestaan.'

Arne Furuberget liet een zachte, jongensachtige lach horen.

'Dank voor het gesprek en ik wil graag op de hoogte worden gehouden. De rest van de dag heb ik vergaderingen, maar bel me, Bergmann, morgen, misschien?'

Furuberget bleef in een merkwaardige houding staan, zijn rechterarm omhoog, zijn wijsvinger half in de lucht, als een oude onderwijzer die iets op het puntje van zijn tong had liggen.

'Is er verder nog iets wat ik moet weten?' vroeg Tommy.

Furuberget liet zijn arm zakken en schudde zijn hoofd.

21

Tommy liep achter de verpleger aan door een sluis met dubbele deuren, waardoor hij de gedachte aan voortvluchtigen van zich afzette. Op de gang op de begane grond moesten ze door nogmaals twee zones met afgesloten stalen deuren. Eerst een toegangspas met een code, daarna sleutels. Aan de riem van de bewaarder hingen een portofoon, een pieper en een leren tasje. Hij nam aan dat daarin een stel elastieken of strips zaten.

Aan het eind van de gang aangekomen, zagen ze een patiënt onder begeleiding van twee verplegers. Tommy ontmoette de blik van de patiënt.

Hij kreeg kippenvel, op zijn armen en op zijn voorhoofd.

De wild heen en weer schietende blik had iets vreemd bekends.

In het raam aan de achterste wand zat een modern uitziend traliewerk. Hij pakte de metalen stangen vast en probeerde zich op het uitzicht op het meer te concentreren.

Een reeks beelden trok over zijn netvlies.

Een man die op de vloer van een gang als deze lag, in foetushouding, schreeuwend, als een dier, een gewond dier, witte klompen die klepperden, een kopje dat op de grond viel. Hijzelf die helemaal alleen was, achtergelaten.

Hij draaide zich om en keek de patiënt en de twee verplegers na. Ze waren tien meter verderop blijven staan, er was iets wat de patiënt onrustig leek te maken. Hij zwalkte heen en weer over de flessengroene linoleumvloer.

Onmogelijk, dacht hij en hij keek naar de verwarde patiënt. Door een van de deuren naar de patiëntenkamers was een gedempte kreet te horen.

Hij deed zijn ogen dicht.

De beelden werden duidelijk.

Fragmenten van een ander dialect, een kopje dat op de vloer viel, nu wist hij het weer, het motief op het kopje, de koffie die op de vloer werd gemorst, op zijn dijbeen terechtkwam, het aftandse dialect van zijn moeder, de Noord-Noorse tongval die ze nooit helemaal had weten te verbergen, die naar voren kwam als ze echt kwaad werd. Een man op een vloer als deze, in een gang als deze.

Hij opende zijn ogen weer. De patiënt en de twee verplegers waren verdwenen, ze moesten door de deuren naar de volgende afdelingszone zijn gegaan.

'Komt u?' vroeg de verzorger die hem begeleidde. Hij stond op de overloop naar de eerste verdieping met een vragende uitdrukking op zijn gezicht.

Tommy knikte.

'Dus hij zit niet in de isoleer?' vroeg hij.

'Nee, Anders heeft een kamer op de eerste verdieping,' kon de verpleger nog net zeggen voordat ze daarvandaan een luide kreet hoorden.

Een deur was opengegaan.

De kreet klonk door het trappenhuis en leek door de gemetselde wanden te worden versterkt, de echo verspreidde zich naar het dak van de derde verdieping.

De luidspreker van de portofoon van de verpleger kraakte, de pieper ging af. De man onderbrak het intoetsen van de code bij de deur naar de eerste verdieping en verdween de trap af.

'Ik kom terug,' riep hij boven het geluid van de dierlijke kreten uit.

Tommy had het gevoel dat de kreten hem van zijn laatste restje krachten ontdeden. Een hand had over zijn wang gestreken. Zacht, warm, van een vrouw? Of van een man? Hij herinnerde het zich niet. Alleen de woorden. Alles komt goed. Lieve jongen, alles komt goed.

Met welhaast willoze passen liep hij de trap af, naar het raam op de begane grond. Opnieuw pakte hij het metalen traliewerk vast en hij volgde met zijn blik de besneeuwde akker in de richting van het meer.

De vraag was hem duidelijk: *Ben ik hier eerder geweest?*

22

Hij werd meegenomen naar de bezoekersruimte op de eerste verdieping, gelegen aan de westzijde van het gebouw en met uitzicht op een bos dat zich hoog uitstrekte tegen de heuvel. De herinneringen die hem zojuist hadden overvallen, lieten hem gelukkig weer met rust. Het liefst zei hij tegen zichzelf dat het slechts een droom was, een paar verspreide flarden fantasie waarvan hij niet wist hoe ze waren ontstaan.

Afgezien van de tralies voor de ramen, de camera aan het plafond en de alarmbel op het deurkozijn deed de ruimte hem het meest denken aan een oude lerarenkamer. Grenen meubelen bekleed met grof, oranje textiel, aan de lichtgroene wanden hingen houtsneden in zachte kleuren, in eenvoudige houten lijsten. Tommy kon zich voorstellen dat patiënten de prenten hadden gemaakt. Hij streek met zijn hand over het glas voor een van de afbeeldingen, alsof hij er zeker van wilde zijn dat het onbreekbaar plexiglas was. De houtsnede was knap gemaakt, met grazende paarden op een zomerweide en een man die met kromme rug over een draad boog die tussen palen was gespannen.

Met moeite ontcijferde hij de handtekening. A.R.

Naast hem ging een deur open.

Dezelfde ondoorgrondelijke grijns om zijn mond.

De man bleef in de deuropening staan, roerloos. Het leek alsof hij bij het zien van Tommy in gedachten verzonk. Zijn blik was leeg, alleen zijn ademhaling verried dat hij leefde.

Twee verplegers volgden hem op de voet, dezelfde man van zo-even en een lange, slungelige vent. Als je Rask zo zag, leek dat onnodig. Hij zag eruit alsof hij nauwelijks in staat was om zichzelf te verdedigen wanneer hij zou worden aangevallen. Bovendien had hij nooit geweld gebruikt, behalve tegen weerloze meisjes. Aan de andere kant was het geweld waarvoor hij was veroordeeld, zo onmenselijk bruut dat Tommy, als hij het in dit ziekenhuis voor het zeggen had, hem ook niet alleen zou laten met andere mensen.

Anders Rask zag er veel ouder uit dan Tommy zich hem herinnerde van de documentaire en de foto's in de krant. De jaren hier hadden duidelijk hun tol geëist. Zelfs de opvallend vrouwelijke gelaatstrekken leken na elf jaar in de inrichting te zijn weggevaagd. Hij was gekleed in een oude wollen trui met een ruitpatroon over de borst, een versleten corduroy broek, aan zijn voeten een paar vuurrode Crocs, geen sokken. Tommy probeerde zich Rask voor te stellen als de man die hij ooit was geweest, een man die door de meisjes op school gemakkelijk werd bewonderd, de meest beïnvloedbaren werden verliefd op hem, de brutaalsten stonden bij hem op de stoep, een man zo sluw dat hij zich alleen vergreep aan de meisjes die hij voor honderd procent in zijn macht had. Behalve een meisje op de school in Bryn dat naar haar moeder durfde te gaan en vertelde wat er zich precies bij Rask thuis afspeelde. Of in het huisje bij Magnor. Alleen al de gedachte dat hij haar daar mee naartoe had genomen, amper twaalf jaar oud, was genoeg voor Tommy Bergmann. Diep vanbinnen dacht hij dat Rask het op zijn minst verdiende om op een plek als deze weg te rotten. Hij wilde er niet eens over nadenken wat hij met Rask had kunnen doen als hij de kans had gekregen.

'Vind je de prent mooi?' vroeg Anders Rask. Hij keek aandachtig naar een punt buiten het raam. De met bos begroeide helling leek al zijn aandacht op te eisen.

'Je bent in elk geval veel beter dan ik,' zei Tommy en met zijn hand volgde hij de lijnen in de houtsnede. 'Hoewel ik nooit verder ben gekomen dan linoleumsneden en aardappelstempels.'

Anders Rask lachte een vreemd, schamper lachje.

Een man van middelbare leeftijd, in een pak, zonder stropdas, kwam hijgend binnen. Hij stelde zich voor als advocaat Gundersen, wat heel deugdelijk klonk, van een advocatenkantoor in Gjøvik: Gundersen, Harboe en co. Dat provinciale kantoor had het onmogelijke voor elkaar gekregen, wat de advocatenkantoren in Oslo niet was gelukt: de zaak van Anders Rask te laten heropenen. Of wellicht beter gezegd, het vertrouwen van Anders Rask te winnen, zodat ze de zaak konden heropenen.

Tommy maakte een gebaar naar de stoel die voor hem stond, alsof hij in deze bespreking de gastheer was. Rask ging zitten, zonder aanstalten te maken hem de hand te schudden. Tommy was er blij om. Iets in hem stribbelde tegen, hij wilde liever niet dat de lange, slanke vingers van Anders Rask hem zouden aanraken.

'Dit is toch geen verhoor?'

Anders Rask haalde een trillende hand door zijn vette, ongewassen grijze haar.

'Nee,' zei Tommy en hij nam tegenover hem plaats. Hij wisselde een snelle blik met de twee verplegers, die tegen de wand waren gaan staan.

Advocaat Gundersen schraapte zijn keel, maar bleef zwijgen.

'Ik zal eerlijk zijn, ik ben gevraagd om de Kristiane-zaak, die je laat heropenen, nog een keer door te nemen. Ik ga geen vragen stellen over de andere moorden waarvoor je bent veroordeeld, of over de aanrandingen. Alleen over Kristiane.'

De grijns om de mond van Anders Rask was terug. Zijn blik leek weer hol. Tommy vermoedde dat hij onder invloed was van medicijnen.

'Waarom heb je een moord bekend die je niet hebt begaan?'

Het leek alsof Rask de vraag niet begreep.

'De dag dat ze haar vonden heb ik gehuild,' zei hij.

Leugenaar, dacht Tommy. Verdomde leugenaar. Hij had kunnen zeggen dat hij erbij was toen ze haar vonden, maar hij wilde Rask niets cadeau geven.

'Weet je wie haar heeft vermoord? Heb je daarom bekend?' Tommy leunde naar voren.

Er veranderde iets in het gezicht van Rask. Hij knipperde een paar keer met zijn ogen, draaide zijn hoofd een stukje van de ene naar de andere kant, alsof de vragen hem tegenstonden.

'Luister eens,' zei de advocaat, 'dit is geen verhoor, Bergmann, dat zei u toch?'

'Of wilde je jezelf belangrijk maken, zodat je in de krant zou komen?'

'Nu moet ik toch...' zei advocaat Gundersen.

'Laat hem antwoorden,' zei Tommy.

De man voor hem, de meest verafschuwde man in heel Noorwegen, leek nog het meest op een hongerig en verkleumd kind, zoals hij daar op zijn stoel zat te draaien.

Het werd stil in de kamer. Wel een halve minuut keken de vijf mannen elkaar zwijgend aan.

'Heeft hij gelezen over de moord die een paar weken geleden is gepleegd?' vroeg Tommy aan advocaat Gundersen.

'Ja,' antwoordde Rask.

'Waar?'

'In de krant.'

'Wie heeft het volgens jou gedaan?'

Rask leek weer in zijn eigen gedachtewereld te verdwijnen, totaal niet in staat zich in de werkelijkheid daarbuiten te kunnen oriënteren.

'Was je Kristianes leraar?' vroeg Tommy.

Rask knikte. Even verscheen een glimlach om zijn mond. Het lachje kwam volslagen misplaatst op Tommy over, het was net alsof de verschillende delen van Rask in het grote geheel geen verband vormden.

Zijn blik, handen, mond en voeten leken allemaal hun eigen leven te leiden.

'In welke...'

'Frans en Engels, en nog wat lessen handvaardigheid. Waarschijnlijk ook gymnastiek. En handvaardigheid. Of heb ik dat al gezegd?' Hij knikte naar de wand, naar de houtsnede.

'Hoe was ze op school?'

Er viel weer een lange pauze.

'Je hoeft geen antwoord te geven,' zei advocaat Gundersen.

'Heb je zelf nooit iets fouts gedaan, Tommy? Ik kan het aan je zien. Je hebt iets fouts gedaan, iets heel erg fouts.' De stem van Anders Rask klonk zacht, nauwelijks hoorbaar. 'En Tommy. Wat voor een naam is dat? En waarom maak je geen aantekeningen? Ik praat niet zomaar met iedereen... Tommy.'

Deze keer was het Tommy's beurt om te zwijgen.

'Anders...' zei advocaat Gundersen. En toen tegen Tommy: 'Ik weet niet of dit zo verstandig is.'

'Nee,' zei Anders Rask, ogenschijnlijk meer tegen zichzelf dan tegen de anderen, 'dit is niet zo verstandig.'

Tommy knikte.

De gedachte van zo-even schoot weer door zijn hoofd. Wat had hij gezien? Zichzelf?

Hij voelde een koude hand op die van hem. Rask had zich over de tafel gebogen. Een van de verplegers, de krachtige, gedrongen man, zette snel een paar passen de kamer in.

'Het is in orde,' zei Tommy. Zijn ogen ontmoetten die van Anders Rask. Zoals hij hem nu aankeek, was duidelijk te zien dat Rask zwaar onder de medicijnen zat. Hoeveel diagnosen er bij hem waren gesteld, was niet te zeggen, maar het was op zijn minst een mooie cocktail van persoonlijkheidsstoornissen.

'Haal je hand weg,' zei Tommy rustig.

Anders Rask trok zijn hand terug, hij leek iets in elkaar te zakken.

'Hij is moe,' zei de verpleger.

'We kunnen het gesprek beëindigen.' Tommy keek op zijn horloge. Het was nog vroeg genoeg om op tijd bij de handbaltraining te zijn, hij kon zelfs nog een uur of twee naar kantoor gaan. Handbal, dacht hij. Misschien voelde hij zich daarom zo dubbel verbonden met Kristiane Thorstensen. Niet alleen was hij erbij geweest toen ze werd gevonden, ze was in haar leeftijdsklasse ook een van de grootste handbaltalenten van Oslo geweest. In de herfst van 1988 had ze de overstap gemaakt van

Oppsal naar Nordstrand, omdat het niveau van de trainingen daar een stuk hoger lag. Volgens Jon-Olav Farberg had hij haar aangemoedigd om van club te wisselen. De laatste avond dat ze levend was gezien, had ze in de Nordstrandhal een wedstrijd gespeeld.

'Ja, laten we afsluiten,' zei advocaat Gundersen en hij stond op.

'Nog een laatste vraag,' zei Tommy. Hij probeerde de blik van Rask te vangen.

'Wie is in het eerste jaar dat je hier zat bij je op bezoek geweest?'

Anders Rask staarde doelloos voor zich uit.

Na een halve minuut schraapte advocaat Gundersen zijn keel.

Hij drukte Tommy stevig de hand, alsof hij een soort dankbaarheid wilde betonen dat de politie in Oslo de heropening van de zaak-Anders Rask werkelijk serieus nam, dat men begreep dat Rask aan een bekentenissyndroom had kunnen lijden, dat hij de ziekelijke behoefte had om belangrijk te worden gevonden.

'Bedankt,' zei Tommy. 'Maar ik geloof dat je meer weet, Anders. Want je bent toch een belangrijk iemand?'

Hij draaide zich even naar Anders Rask, maar de man zat als vastgenageld, hield zich aan de armleuningen vast en leek hevig naar het donkere bos aan de andere kant van de prikkeldraadversperring te verlangen.

'Als we iets kunnen doen...' zei advocaat Gundersen.

Tommy liep de gang op. Weer werd hij een kort moment gegrepen door het gevoel dat hij hier eerder was geweest.

'Tommy!'

De stem van Anders Rask galmde uit de bezoekerskamer, door de gang, tot hij verstilde tegen de gesloten deur naar de volgende afdeling.

Er klonk iets wanhopigs in de stem door, alsof hij bijna brak van vertwijfeling.

Advocaat Gundersen schudde zachtjes zijn hoofd.

'Hij... is moe.' Het was net alsof hij niets anders kon bedenken om over zijn cliënt te zeggen.

De lange, slungelige verpleger verscheen in de deuropening. Naast hem stond Anders Rask.

'Je bent hierheen gekomen om hulp te krijgen,' zei Rask. Zijn stem had een hoogdravende ondertoon.

'Misschien wel.'

'Laten we daarheen gaan.' Anders Rask knikte naar het raam aan het eind van de gang. 'Het is daarbinnen zo donker. Ik hou niet van die kant, ik heb geprobeerd een kamer te krijgen met uitzicht op het Mjøsameer, maar die krijg ik niet. Snap jij waarom niet?'

'Nee.' Chef-arts Furuberget wilde Rask dus geen kamer geven met hetzelfde uitzicht als hij zelf had, maar dat hij in de werkplaats werkte met messen en ander snijgereedschap was waarschijnlijk oké. Tommy probeerde niet eens de logica te begrijpen.

Toen ze aan het eind van de gang waren gekomen, ging Anders Rask bij het raam staan en keek door de tralies naar het uitzicht.

'Er is zoveel schoonheid in de wereld, Tommy.'

Tommy begreep al snel dat Anders Rask geen eenvoudig raadsel was. Hij leek nu een volkomen andere persoon dan zojuist, alsof hij in de loop van een paar minuten van persoonlijkheid was gewisseld.

'Het is mooi hier. Ik snap dat je graag een kamer aan de andere kant wilt.'

'Ben jij handbaltrainer?' vroeg Rask. 'Van een meisjesteam? Van Kristianes leeftijd?'

Tommy gaf geen antwoord, hij keek alleen advocaat Gundersen aan. Iemand moest Rask informatie over Tommy hebben gegeven. Rask zou niets van hem moeten weten, het voelde gevaarlijk. Straks wist hij ook nog waar hij woonde. De tv, dacht hij. En het hangslot.

Hij schudde het van zich af.

Toevalligheden.

'Kristiane was een schoonheid. Kracht, waarheid en schoonheid. Ze kon kiezen tussen piano en handbal, dat weet je toch, Tommy?'

'Ja.'

'Ze was een fatsoenlijk meisje. Het zou niet in me opkomen om haar iets aan te doen.'

Tommy zei niets, maar kon het niet laten er het zijne van te denken.

'Je hebt natuurlijk foto's van haar gezien.'

'Ja.'

'Wat zie je in haar ogen, Tommy? Op de foto's van de middelbare school?'

'Wat ik zie?'

'Op de foto die jullie in de krant plaatsten toen ze verdween.'

'Ik zie een meisje. Een gewoon meisje.'

Anders Rask glimlachte weer.

'Een gewoon meisje,' herhaalde hij, maar zijn gezicht stond ernstig, zonder ook maar een zweem van zijn beroemde grijns.

'Wat zie jíj?'

'Ik zag haar in de winkel. Een paar weken voor haar verdwijning. Ik was die herfst vaak ziek, ik had haar na de zomer nauwelijks meer gezien.'

Of bedoel je een paar weken voordat je haar vermoordde, dacht Tommy. Het viel hem op dat ze inmiddels als het ware omsingeld waren door de beide verplegers en advocaat Gundersen.

'Ja?'

'En weet je wat ik zag?'

De beide mannen namen elkaar op, het leek alsof het Anders Rask gelukt was de sloomheid van de medicijnen te overwinnen.

'Ze had een glasplaat tussen haar verstand en iets anders wat in haar sluimerde. Waanzin, Tommy, er sluimerde waanzin in haar.'

Tommy schudde langzaam zijn hoofd.

'Wat bedoel je?'

'Iemand had het vuur in haar ontstoken, Tommy. Die zomer, tussen twee schooljaren in, had iemand de waanzin in haar laten ontbranden. Begrijp je wat ik bedoel?'

'Haar vriendje?'

Rask grijnsde weer.

'Hij was gewoon een puisterige jongen. En bovendien was het voor de zomervakantie al uit.'

Hij pakte de kraag van Tommy's jas beet, voorzichtig, niet hard.

'Anders.' De stem van de verpleger klonk rustig.

'Het vuur,' zei Anders Rask en hij liet Tommy weer los. 'Iemand deed het vuur ontbranden, Tommy.' Ineens waren zijn ogen weer leeg, hij leunde tegen de tralies voor het raam.

23

Ze had al twee uur gewacht en dacht niet dat ze het nog lang zou volhouden. Ze zat in de gemeenschapsruimte van het opvanghuis te wachten tussen junks en dronkenlappen die zich afvroegen wat een politievrouw hier deed en dachten dat ze hier niet waren om in de boeien te worden geslagen, maar daar had ook Susanne Bech geen zin in. Ze kreeg de indruk dat Bjørn-Åge Flaten de voorkeur gaf aan een paar uur slapen in plaats van naar de stad te gaan om meer geld bij elkaar te krijgen. Hij had vast genoeg dope voor vandaag, en die had hij voordat hij ging slapen waarschijnlijk in zijn onderbroek verborgen. Op een gegeven moment zou hij toch op jacht moeten om voldoende voorraad te verzamelen voor de rest van de week. Sowieso moest hij voor zijn volgende shot het opvanghuis verlaten, en dat kon nooit lang meer duren. Stuk voor stuk waren de junks hier gevangen in een soort Robinson Crusoe-economie, die niet verder reikte dan de volgende dosis en de twee dagen daarna. En allemaal droomden ze over die ene grote kraak die hen eens en voor altijd uit de shit zou redden.

Het opvanghuis stond vlak bij IKEA; ze reed erheen, dronk er een kop koffie en at een stuk appeltaart, als een gewone huisvrouw. Tussen de mensen die hier werkten zag ze niet één blanke. In haar werk had ze het meeste wel meegemaakt en ze woonde al tien jaar in Grønland met de moskee van World Islamic Mission als naaste buur, maar ze was niet vertrouwd met de aanblik van IKEA-personeel met een hidjab in de kleuren van het bedrijf. Ze vertelde zichzelf dat ze oud begon te worden. Ze was opgegroeid in een ander land dan het huidige Noorwegen. Toen ze vijftien was, was het niet meer dan vanzelfsprekend geweest dat ze samen met haar vriendinnen topless lag te zonnen op het strand. En nu dit?

 Ze had haar mond vol taart en dacht aan de man aan wie ze juist niet moest denken, toen haar telefoon ging.

 'Hij is wakker. Maar hij mag hier geen shot zetten, dus als hij van plan is om zijn leven nog verder in de vernieling te helpen, zal hij wel snel verdwijnen. Hij zou eigenlijk in het ziekenhuis moeten liggen.'

'Maar stuur hem dan verdorie naar het ziekenhuis,' mompelde ze door haar appeltaart heen. 'Maar nog even niet. Laat hem niet ontsnappen.'

Ze rende het grote meubelhuis uit, de trappen af en door de doolhof op de begane grond; ze realiseerde zich dat ze echt hartstikke dom was geweest om uit puur ongeduld naar IKEA te gaan. Een paar minuten later was ze terug in het opvanghuis.

Na een kwartier verscheen een man ten tonele die volledig voldeed aan het cliché van een levende dode. In zijn gezicht ontbrak alle kleur en leven, het was zo gerimpeld dat het haast uit elkaar leek te vallen. Hoe oud was hij? Acht jaar ouder dan zijzelf. De kleren die hij droeg had hij jaren geleden waarschijnlijk een keer bij Dressmann aan de Karl Johans gate gejat en ze leken nu om een vogelverschrikker te hangen. Zijn lange haar was pas gewassen, maar hing futloos langs de ingevallen wangen. Naar zijn ademhaling te oordelen kon hij elk moment voor haar ogen omvallen en sterven. Op zijn ene hand had hij een simpele gevangenistattoo. Verder zagen zijn handen eruit als een stel kraaienpoten.

Nadat ze zich had voorgesteld bleef hij roerloos en zwijgend zitten. Het leek alsof iets buiten het raam zijn aandacht trok. Ze keek ook die kant op, maar zag niets bijzonders, alleen maar grijs in grijs en een lange rij auto's die onophoudelijk uitlaatgassen produceerde.

'Ik ben hier gekomen om...'

'Is het die zaak?' onderbrak hij haar. Hij trok zijn mouwen een stukje omhoog en krabde aan zijn onderarmen. Eerst links, toen rechts.

Susanne had niet verwacht dat hij zo bij de tijd was.

'Dacht je dat ik het nieuws niet volg?' vroeg hij, voorzichtig glimlachend. Er ontbraken een paar tanden in zijn mond.

Bjørn-Åge Flaten kwam moeizaam overeind. Hij haalde een paar bankbiljetten en munten uit zijn achterzak en legde ze op de tafel. Daarna een pakje shag, Rød Mix. Met zijn kromme vingers pakte hij een vloeitje dat hij vulde met tabak. Alleen dat zorgde er al voor dat zijn ademhaling steeds zwaarder werd.

Susanne bedacht dat hij in een film uitstekend een figurantenrol zou kunnen spelen. Als stervende man.

'Je hebt toen gezegd dat je Kristiane in Skøyen had gezien.'

Bjørn-Åge Flaten stak het sjekkie aan.

Hij begon te hoesten, eerst voorzichtig, toen krachtiger. Ten slotte was ze ervan overtuigd dat hij voor haar ogen het loodje zou leggen. Toen hij eindelijk klaar was, concentreerde hij zich een hele tijd op zijn ademhaling.

'Ik had al dood moeten zijn. De heroïne maakt het mogelijk om met de pijn te leven. Tegenstrijdig, hè?'

Ze schudde zachtjes haar hoofd. De gedachte aan wat Bjørn-Åge Flaten nu kon zijn geweest, maakte haar bang. Of eigenlijk, dacht ze, was het niet de gedachte aan het lot van Bjørn-Åge Flaten, die vanuit een villawijk in Bærum in een opvanghuis in Brobekk terecht was gekomen, die haar bang maakte. Het was de gedachte dat ze hier ook zelf had kunnen eindigen. Het laagje weerstand dat haar had verhinderd om over de rand te vallen, was zo dun dat ze niet eens zeker wist of het werkelijk bestond.

De aanblik van Flaten was ondertussen genoeg om haar voor de eerstkomende maanden schrik aan te jagen. De weg naar heroïneverslaving was zo kort dat je het pas begreep als het al te laat was. Ze zou Flaten het verhaal van haar vriendin kunnen vertellen; een vrouw die alles had wat je maar kon wensen, maar die toch haar au pair helemaal naar de andere kant van de stad stuurde om wegwerpspuiten te kopen. Susanne was de enige die het wist. Haar man zou nooit iets te weten komen. Ze leefde haar leven met stijl, maar kon niet zonder drugs. Het was enkel en alleen een kwestie van geld, anders niet.

'Wat is er met je aan de hand?' vroeg ze.

'Dat is niet belangrijk,' zei Flaten. Zijn ogen leken zo mogelijk nog ouder dan zijn gezicht.

'Heb je haar gezien? Kristiane?'

'Waarom is dat nu ineens belangrijk? Ze is dood.'

'Ik denk dat het belangrijk is, Bjørn-Åge.'

Zijn ogen werden smaller en hij maakte een paar keer een smakkend geluidje, alsof hij haar verachtte omdat ze hem bij zijn voornaam had genoemd.

'Ik had geld nodig.' Zijn ogen staarden naar zijn sjekkie, dat was uitgegaan.

'Wat bedoel je?'

'Ik heb het verzonnen. Daar beschuldigden jullie me toch van?'

'Kun je me niet gewoon de waarheid vertellen?'

'Wat is de waarheid?' zei hij. 'Waarheid en leugen liggen dicht bij elkaar.' Zijn stem kreeg een rafelig randje, een kleine trilling in elk woord.

Ze wist niet wat ze moest zeggen. Ze voelde de teleurstelling langzaam door haar lichaam trekken, gevolgd door een gevoel van schaamte waarvan ze hoopte dat hij het niet zou merken, haar wangen kleurden rood. Ze keek naar de klok aan de wand. Het was al te laat om nog naar Ringvoll te rijden. Ze moest terug naar het hoofdbureau en proberen de oude leraar van Kristiane te pakken te krijgen, die in Spanje woonde. Alles was beter dan hier met een oude junk te zitten van wie ze naïef genoeg geloofde dat hij destijds in 1988 de waarheid vertelde, wat de waarheid dan ook was.

Bjørn-Åge Flaten snakte naar adem.

'Ik moet naar de stad,' zei hij.

De rest van de dag besteedde ze aan een speurtocht naar Gunnar Austbø, maar ze kwam niet verder dan een telefoongesprek met een man van de Landelijke Recherche, die zijn best zou doen om haar te helpen met het vinden van een contact in Spanje.

*

Het hoogtepunt van de middag was een telefoontje van Tommy. Zijn stem klonk vreemd, alsof hij op klaarlichte dag spoken had gezien, maar de woorden Anders Rask gaven haar de hoop dat er destijds in 1988 echt iets over het hoofd was gezien.

'Iemand had het vuur in haar ontstoken,' had Tommy gezegd.

'Wat zei je?'

'Iemand had het vuur in haar ontstoken. Die zomer. In 1988.'

Zijn stem had zwak geklonken, alsof de ontmoeting met Anders Rask alle kracht uit hem weggezogen had.

Wat mankeert je? had Susanne gedacht.

Ze zat in haar kantoor gedachteloos voor zich uit te staren.

Ze dacht niet aan Nico.

Niet aan Svein Finneland.

Maar aan Tommy.

'Iemand had het vuur in haar ontstoken,' zei ze zachtjes.

En dat kon gevaarlijk zijn.

Maar wat was waarheid, en wat was leugen?

Sprak Anders Rask de waarheid?

Toen het vier uur was, en Tommy nog steeds niet terug was uit Toten, meldde ze zich af, haalde ze thuis hun schaatsen op en daarna Mathea bij het kinderdagverblijf. Ze kon alle papieren van de wereld wel lezen, maar het zou ze geen steek verder helpen.

Een van die chaotische jonge meisjes, een invaller die af en toe een poosje werkte, had late dienst op het kinderdagverblijf.

Susanne probeerde te glimlachen.

Het meisje wist duidelijk niet van welk kind Susanne de moeder was.

'Mathea,' zei Susanne minzaam. Ze zette de tas met schaatsen voorzichtig op de vloer.

'Ja...' De ogen van het meisje schoten heen en weer. Susanne twijfelde of ze eigenlijk wel wist wie Mathea was. Wat was ze eigenlijk voor een moeder? Elke dag bracht ze het dierbaarste wat ze had naar mensen die ze niet kende, van wie ze niet eens de naam wist.

Ze voelde een trilling in haar slapen en even later was het net alsof ze volliep met koud water, vanaf haar voeten steeg het omhoog. Ze wist het!

Dat het meisje de volgende woorden zou uitspreken: *Mathea is dood. Hebben ze je niet gebeld?*

Het meisje zei iets maar Susanne begreep de woorden niet. Ze werd overmand door het gevoel dat ze snel door de deur aan de achterkant van het kinderdagverblijf naar buiten moest.

'Ze is buiten,' zei een jongetje van Mathea's leeftijd. Het duurde een paar tellen voordat Susanne hem herkende. Emil, een jongen met wie Mathea vaak speelde. Hij was zelfs al eens bij hen thuis geweest, samen met zijn moeder.

'Dus,' zei de invalkracht. 'Ik...'

'Tot morgen,' zei Susanne en ze pakte de draagtas met natte kleren van de haak met Mathea's naam. Ze deed alsof ze de tekeningen die op de plank lagen, niet zag, en had zelfs geen last van een slecht geweten. De rugzak zwaaide ze om haar schouder.

Mathea lag met haar hoofd naar beneden op de glijbaan achter het kinderdagverblijf.

Susanne stond al naast haar dochter voor die haar in de gaten had.

'Kijk mama. Ik ben dood.'

Susanne sloot haar ogen.

Ze wilde vertellen dat Mathea zoiets niet moest zeggen, maar besloot de opmerking van haar dochter te negeren.

Het was al bijna donker. Het licht dat door de ramen van het kinderdagverblijf viel, reikte niet tot hier, en het volgende flatgebouw stond minstens vijftien meter verderop. Geen enkele straatlantaarn langs het voetpad buiten het hek brandde.

'Laten ze je helemaal alleen buiten spelen?'

Mathea gaf geen antwoord.

'Mathea?'

'Ik mocht het.'

Susanne liep naar de poort in het hek en voelde eraan. Hij was met een stevig slot afgesloten, plus nog een hangslot met een karabijnhaak.

Links van haar hoorde ze trage voetstappen.

Een lange gedaante kwam tevoorschijn uit de duisternis aan de andere kant van de poort. De persoon leek het hele voetpad in beslag te nemen. Susanne probeerde een glimp van het gezicht op te vangen, maar dat was onmogelijk. De persoon had de capuchon van het donsjack over het hoofd getrokken, hield het gezicht half van het kinderdagverblijf afgewend en keek naar de flats.

Susanne bestudeerde de gedaante die nu maar twee meter van haar verwijderd was.

Het was een man.

Hij bleef onbeweeglijk staan, nog steeds half van haar afgewend.

Ze kon zijn ademhaling duidelijk horen, diep en zwaar, alsof hij aan een ziekte leed.

Ze wachtte tot hij zich op een gegeven moment zou omdraaien.

'Mama,' zei Mathea achter haar.

De man met het zwarte donsjack maakte een kleine beweging met zijn rechterarm.

Susanne dacht dat als hij zich zou omdraaien, hij het gezicht van Anders Rask zou hebben. Ze liep naar Mathea en pakte de rugzak, de tas met natte kleren en de schaatsen.

Ze sleurde het kind haast achter zich aan.

Hun schoenen maakten harde geluiden in de sneeuw. Nog een hele tijd had ze de neiging om zich om te draaien en te kijken of de man niet het kinderdagverblijf was binnengegaan.

Een kort moment had ze durven zweren dat ze het geluid van het slot in de poort hoorde. Dat de man op het punt stond het kinderdagverblijf binnen te lopen. Dat hij zich maar een paar stappen achter hen bevond.

Verman je, dacht ze.

De foto van Kristiane Thorstensen op de sectietafel flitste over haar netvlies. De organen, het haar, de snee van haar bekken tot over haar borstkas, het afgezaagde borstbeen, de ontbrekende linkerborst.

Welke gek wilde een kinderdagverblijf binnengaan dat nog open was?

Een man die jaren in Ringvoll had doorgebracht, dacht ze. Een man die al zes meisjes had vermoord.

Toen de bus eindelijk kwam, had ze het gevoel dat ze was gered. Binnen was het warm en licht, en de hand van Mathea was precies zo klein en warm dat Susanne de gezichtloze man op het voetpad achter het kinderdagverblijf vergat.

Ze aten chinees in het winkelcentrum Oslo City, keken naar kerstcadeaus in de grote speelgoedwinkel en liepen daarna het hele stuk door het centrum naar de schaatsbaan op de Spikersuppavijver. Telkens wanneer ze onder de kerstversiering in de Karl Johans gate een junk passeerden, hoopte Susanne dat het Bjørn-Åge Flaten was. En dat hij zou zeggen: Het is de waarheid dat ik zo-even tegen je heb gelogen. Ik heb haar ontmoet. Ik heb Kristiane in Skøyen ontmoet, en nu zal ik je iets vertellen wat niemand anders weet.

Ze schaatsten rondjes tot Mathea niet meer op haar benen kon staan. In de taxi naar huis in Grønland schoot een gedachte door haar hoofd die haar tot tranen toe roerde. Het kleine meisje naast haar, de straten in kerstsfeer, de vermoeidheid die haar overmande, alles leidde tot de gedachte dat als Mathea op een dag over de rand zou vallen, ze niets kon doen om haar te redden. Ooit had Bjørn-Åge Flaten zo met zijn moeder gezeten, hand in hand, na een middagje schaatsen. Kristiane ook. En op een dag was alles vergeten, de lijn gebroken, waren ze in de diepte verdwenen, en het lukte hun moeders nooit om ze weer omhoog te halen.

Ze pakte de want van Mathea, die met haar ogen knipperend haar hoofd liet hangen. Ik laat je nooit los, dacht ze. Ik zal je hand nooit loslaten.

Op het Jernbanetorget, voor het station, stopte de taxi voor een rood verkeerslicht.

Haar blik bleef hangen bij een groep junks voor de ingang van de metro. Een mooi, jong meisje boog naar een oudere man toe, een recidivist, ze herkende hem van vroeger. Wat had haar die eerste keer hierheen gebracht?

Die gedachte zorgde ervoor dat ze ineens de betekenis achter Rasks woorden begreep.

Iemand had het vuur in haar ontstoken.

Kristiane was verliefd.

'Natuurlijk,' mompelde Susanne voor zich uit.

Verliefd op iemand op wie ze nooit verliefd had moeten worden.

En dat was haar dood geworden.

24

De warming-up was zwaarder dan andere keren. Zo voelde het tenminste. Zijn longen schrijnden alsof hij de complete voorraad sigaretten van de naast de sporthal gelegen Narvesen-kiosk had opgerookt. Tommy Bergmann stond tegen de muur en deed alsof hij bezig was met rek- en strekoefeningen. In werkelijkheid had hij moeite om rechtop te blijven staan. Hij probeerde zijn ademhaling onder controle te krijgen en zijn hartslag te laten dalen tot een niveau waarmee hij kon leven. Of hij had de laatste tijd te veel van zichzelf gevraagd, of hij had te weinig geslapen. De hele zaak rond Anders Rask greep hem meer aan dan hij zich had gerealiseerd.

Of was er iets anders aan de hand? Misschien had zijn hart al voor zijn veertigste genoeg te verduren gehad.

Telkens wanneer de dokter vroeg of er in zijn familie ziektes voorkwamen, antwoordde hij simpelweg nee. De waarheid was dat hij het niet wist, noch van moederskant, noch van vaderskant. Hij wist niets over de geboorteplaats van zijn moeder in het noorden van Noorwegen, vanwaar ze was verhuisd. En wat betreft zijn vader was hij helemaal onwetend. In het bevolkingsregister stond alleen maar 'vader onbekend'. Hij probeerde er zo weinig mogelijk bij na te denken, omdat hij diep vanbinnen wist dat 'vader onbekend' in het beste geval een onenightstand betekende, in het slechtste geval verkrachting, incest of 'code 6' – een gewelddadige psychopaat met wie je nooit weer in contact moest komen.

Een man zoals ikzelf, dacht hij. Rottigheid was meestal erfelijk, vanuit zijn werk wist hij dat maar al te goed.

Maar hij had in elk geval Hege met rust gelaten nadat ze wegging. Hij had begrepen dat de strijd verloren was.

'Gaat het?' vroeg een stem achter hem.

Assistent-trainer Arne Drabløs keek hem met een bezorgde blik aan. Heel even vroeg Tommy zich af wat hij eigenlijk in deze hal te zoeken had. Hij was er jaren geleden als trainer begonnen omdat hij zijn beste vriend te hulp wilde schieten, en nu was hij verantwoordelijk voor het hele team, zonder dat hij een dochter had die meespeelde.

Hij schoof de gedachte aan de kant. Dit team en zijn taak als trainer waren voor hem de belangrijkste schakel naar het normale dagelijks leven. Soms had hij het gevoel dat dit de enige verbinding was tussen zijn leven en dat van anderen, een leven dat niet alleen uit dood en ellende bestond; ellende die hijzelf anderen toebracht.

'Ja, begin maar vast.' Hij liet zich op een bank zakken, maar zijn hartslag werd nauwelijks rustiger.

Het vuur, dacht hij en hij keek naar de meisjes.

Iemand had het vuur in haar ontstoken.

Misschien zoog alleen al de gedachte dat hij weer oog in oog zou komen te staan met Elisabeth Thorstensen alle levenskracht uit hem weg. Hoe had ze verder kunnen gaan met haar leven? Op de weg terug uit Toten had hij twee keer geprobeerd haar te bellen. De eerste keer werd de verbinding verbroken toen hij zijn naam zei, de tweede keer kreeg hij alleen het antwoordapparaat. Iets in haar stem joeg hem angst aan. Die klonk volkomen leeg, zonder ook maar een sprankje leven.

'Hallo, Tommy,' hoorde hij aan zijn linkerkant.

Het was Sara. Ze kwam uit de kleedkamer, te laat, zoals zo vaak sinds afgelopen zomer. Elke keer sloeg ze de warming-up over, alsof dat vanzelfsprekend was. Hij had er een paar keer met haar over gesproken, op een positieve manier; hij wist dat mopperen geen zin zou hebben. Ze was op het veld weer in oude fouten vervallen en zou elk moment kunnen besluiten te stoppen. En ze hadden iedereen nodig die ze konden krijgen.

Nu pas vielen hem twee jongens van Sara's leeftijd op, misschien iets ouder; ze zaten een paar banken verder. Sara liep naar hen toe en haalde bij een van de jongens een hand door het haar. Ze lachten ergens om. De jongen streelde met zijn hand over haar blote, bruine been. Zijn beweging straalde zelfverzekerdheid uit. Hij was het gewend om meisjes aan te raken. Tommy stond op, pakte zijn fluit en gebaarde dat ze allemaal naar de middencirkel moesten komen. Hij wenkte Sara.

'Kom op,' zei hij. De jongen die over haar been had gestreeld, glimlachte op een manier die alleen maar Tommy's eerste indruk bevestigde. Gangstermanieren. Hij was te jong voor een tatoeage in zijn nek, maar had die toch. De vierkante diamant in zijn oor was niet vreemd voor een mulat, maar overtuigde Tommy des te meer. Zijn smerisinstinct liet hem nooit in de steek. De jongen straalde al van verre rottigheid uit, en Sara was als was in zijn handen.

De training ging beter dan lange tijd het geval was geweest, maar Tommy was meer bezig met Sara's aandacht voor de gangsterjongen dan met het feit dat zijn team zich leek te verheffen tot een niveau dat in de hogere regionen van de competitie de strijd zou kunnen aangaan. Martine en Isabelle waren zo goed dat ze helaas zijn gedachten in de richting van Kristiane Thorstensen dwongen. Hij zou ze voor hun eigen bestwil naar een andere club moeten laten gaan, naar Nordstrand of Bekkelaget, misschien Oppsal, maar hij wilde ze graag tot de zomer behouden.

Na de training werd hij getroffen door de gedachte hoe anders alles nu was geworden vergeleken met een jaar of twee geleden. Geen Hadja die langskwam, zogenaamd toevallig, en deze meisjes waren niet langer alleen maar kinderen. Ze waren nu veertien of vijftien. Sara en een handvol andere meisjes leken het kind in zich te zijn kwijtgeraakt, maar de rest stond nog steeds met één been in een soort zorgeloze kindertijd.

Na afloop bleef hij nog een halfuurtje in de hal om te kijken naar de training van het damesteam. Hij wist dat ze na de zomer een nieuwe trainer nodig hadden, en hij had zichzelf verrast door te zeggen dat hij erover zou nadenken. Er waren van die dagen dat hij helemaal niets van zichzelf begreep. Hij had gespeeld met de gedachte om te stoppen als trainer van de meisjes, en binnenkort zou hij verantwoordelijk zijn voor twee teams. Maar hij kon er niet tegen om telkens wanneer een team een trainer kwijtraakte die half vertwijfelde advertenties in de plaatselijke kranten te lezen. Het was misschien absurd, maar de oproep WIL JIJ ONZE TRAINER WORDEN? maakte hem altijd zo verdomde week. Hij had zelfs een aantal oude vrienden gebeld die hij al jaren niet had gezien in een poging om hen te rekruteren.

Toen hij het parkeerterrein opliep, zag hij wat hij liever niet had willen zien. Hij bleef een tijdje stil in het donker staan, terwijl de vallende sneeuw zijn haar en de schouders van zijn trainingsjack doorweekte. Een meisje – duidelijk Sara – stond aan de achterkant van het gebouw; een brandende sigaret tussen haar vingers. De jongen die haar omhelsde kon niemand anders dan de mulatjongen met de tatoeage in zijn hals zijn.

Tommy beet op zijn lip.

Wie dacht hij dat hij was? Haar vader?

Aan de andere kant, dit zou voor hem een mooie aanleiding zijn om Hadja te bellen.

Hij draaide zich om en liep naar zijn auto.

De jongen met het gangstergezicht had het vuur in haar ontstoken. Ze was bijna vijftien. Ze zou wel weten wat ze wilde.

Het vuur, dacht hij toen zijn mobiel ging. Iemand had het vuur in Kristiane ontstoken.

Hij herkende het nummer meteen. Hij had het eerder vandaag opgeslagen.

Hij bleef bij zijn auto staan, het ging steeds harder sneeuwen, maar hij moest de kans om dit gesprek te voeren niet laten schieten.

'Tommy Bergmann,' zei hij met een stem die naar zijn gevoel het midden hield tussen autoriteit en welwillendheid.

Aan de andere kant bleef het stil.

Een bus reed langs het parkeerterrein en doorbrak de muur van stilte. Hij drukte zijn vinger tegen zijn vrije oor.

'Elisabeth Thorstensen?'

25

Tommy had geen keus. Hij had geen tijd om eerst thuis te douchen. Het enige waar hij tijdens de korte autorit tijd voor had, was het roken van twee sigaretten. Elisabeth Thorstensen woonde in een oud patriciërshuis op de kruising van de Kastellveien met de Solveien, niet meer dan een paar kilometer van Mortensrud. De woorden 'Ik ga vroeg naar bed' maakten hem duidelijk dat het nu of nooit was.

Toen hij op de stoep stond, hoopte hij dat hij niet te veel naar zweet rook. Net als zestien jaar geleden keek hij even naar het uitzicht over de stad. De lichten van het schiereiland Nesodden waren in de hevige sneeuwval niet meer dan een vage gele streep. Het uitzicht was hier anders dan vanaf Godlia, maar toch kreeg hij het gevoel dat hij zestien jaar terug in de tijd reisde.

Hij tilde langzaam zijn arm op en pakte de deurklopper.

Toen de deur werd geopend, realiseerde hij zich dat er geen naambordje hing.

Hij herinnerde zich het kinderlijke keramieken bordje nog maar al te goed. Het had bij het rode huis aan de Skøyenbrynet naast de deur gehangen. HIER WONEN ALEXANDER EN KRISTIANE, PER-ERIK EN ELISABETH THORSTENSEN.

De persoon in de deuropening moest haar nieuwe man zijn, Asgeir Nordli. Het halflange grijze, achterovergekamde haar wekte een kunstenaarsachtige indruk, die Tommy verraste. Het lange, ietwat slungelige lijf was zongebruind, de man droeg een dure, donkerblauwe ochtendjas en hield een broadsheet, buitenlandse krant in zijn hand.

Hij nam Tommy Bergmann kritisch op; bij het zien van de doorweekte, grote hoekige man op zijn stoep werd de rimpel tussen zijn ogen zo diep als maar kon. Tommy bedacht dat hij nog volledig in trainingsoutfit was. Klemetsrud Handbalteam, met overal sponsorlogo's van Senter Syd, loodgieter Karlsen en een paar bouwbedrijven.

Hij stelde zich voor.

De grijze man haalde diep adem door zijn neus voordat hij Tommy's hand aanpakte. Hij sloot de voordeur achter hen.

'Ik vind dit maar niets,' zei hij zacht.
'Ze belde me zelf,' zei Tommy.
'Nadat u haar de hele dag had gebeld.'
'Ik heb uw naam denk ik niet goed verstaan.'
'Ik heb die ook niet genoemd.'

Maar ik wist hem al, dacht Tommy toen de man hem vertelde dat hij Asgeir Nordli heette. Een simpele zoekopdracht in het bevolkingsregister had hem verteld dat Elisabeth Thorstensen getrouwd was met Asgeir Nordli, projectontwikkelaar. Samen hadden ze een zoon, Peter, die vier jaar na de moord op Kristiane was geboren.

'Kom verder,' zei Asgeir Nordli zacht en hij leidde Tommy dwars door de hal naar de eerste deur aan de rechterkant. Tommy wierp een snelle blik om zich heen, witte muren, een antieke zitgroep en abstracte kunst aan de muur, beslist nog duurder dan hij zich kon voorstellen.

Asgeir Nordli opende de deur die leidde naar een kamer die dienstdeed als kantoor of bibliotheek. Hij sloot de deur zachtjes achter Tommy. Uit het raam kon Tommy de lichten van het eiland Ulvøya zien, maar Malmøya was verdwenen in de sneeuwstorm. Nordli deed de plafondlamp aan en Tommy zag overvolle boekenkasten, een paar schilderijen aan de wanden, een bureau, een logeerbed. De kamer was groot, net zo groot als Tommy's hele huis. Hij richtte zijn blik op een van de schilderijen. Een onrustbarend beeld, een man die leek te worden geboren uit een zwart-wit vrouwelijk geslacht.

Het moest Nordli wel opvallen dat hij naar het schilderij staarde.

'Fantomen,' zei hij. 'Niet voor bangeriken.'

'Uw boeken?' vroeg Tommy aan Nordli en hij knikte naar de boekenkasten.

Nordli zuchtte, alsof de schijnbaar irrelevante vraag hem irriteerde.

'Ze heeft sinds uw eerste telefoontje niets anders gedaan dan huilen, Bergmann.'

'Het spijt me, maar...'

De deur achter hen werd met een ruk geopend. De twaalfjarige jongen staarde Tommy aan alsof hij gevaarlijk was.

'Peter, ga terug naar je kamer,' zei Asgeir Nordli.

'Peter,' zei ergens achter hem een vrouwenstem.

Tommy hoorde voetstappen naderen in de hal. Hij merkte dat hij niet goed genoeg was voorbereid op het weerzien met Elisabeth Thorstensen, zijn benen trilden verraderlijk, zijn hart ging sneller kloppen.

'Laten we hier weer weggaan,' zei Asgeir Nordli. Hij liep bijna met tegenzin de hal weer in en sloeg zijn armen om de vrouw die daar stond. Tommy herkende haar onmiddellijk.

Haar zoon stond naast haar. Het leek alsof hij elk moment in huilen kon uitbarsten.

Zijn moeder legde een hand op zijn schouder; roodgelakte nagels, een smalle trouwring.

Tommy ontmoette haar blik, haar ogen waren nog net zo donker als zestien jaar geleden, maar stonden uitdrukkingsloos, haar gezicht vertoonde geen enkele mimiek. Zelfs zijn opvallende outfit, of het feit dat hij door de sneeuw zo nat was als een verzopen kat, leek haar niet te raken.

'Ik kom er zo aan, ga maar vast naar binnen. Geef hem iets te drinken, Asgeir, en zet ook even koffie.'

Tommy wist niet of hij opgelucht of teleurgesteld was dat ze hem niet herkende. Maar hoe kon ze ook?

Asgeir Nordli leidde hem het huis door. Het was een goed huis, dacht hij, een huis dat hij zelf wel had willen hebben, als hij geld had gehad. Een huis dat Elisabeth Thorstensen wellicht de rust zou hebben gegeven die ze nodig had om verder te gaan met haar leven. Witte wanden en brede grenen planken op de vloer, abstracte en kleurrijke kunst, boeken genoeg voor een heel mensenleven, en nog langer. De geur van een exotisch diner hing tussen de wanden, specerijen die hem aan Hadja deden denken. Hij knikte naar een vrouw met een Filipijns uiterlijk die haar hoofd door de opening van de keukendeur stak. Hij volgde de slungelige Asgeir Nordli naar de serre, die aan de woonkamer grensde.

'Hier mag ze graag zitten,' zei Asgeir Nordli, 'we hebben er dubbelglas in geplaatst, en...' Hij ging bij het raam staan. Het sneeuwde zo mogelijk nog harder dan even geleden, het leek alsof de hele stad in een sneeuwlaag zou verdrinken. Het was nog amper mogelijk om de lichten van Nesodden en de wijken in het westelijk deel van de stad te zien.

Tommy nam plaats op een van de rieten stoelen. Op de lage tafel voor hem stonden een paar waxinelichtjes en een halfvol glas wijn en er lagen een paar boeken en een oude zwart-witpasfoto. Verder een asbak vol peuken en een leeg pakje sigaretten. Hij bestudeerde Kristiane Thorstensens gezicht, ondersteboven, op de kleine fotohokjespasfoto uit de jaren tachtig. Ze glimlachte naar de camera op een manier waarvan hij dacht dat de foto voor een speciaal iemand bestemd was, misschien wel iemand die buiten het hokje stond te wachten.

Asgeir Nordli was uit de serre verdwenen zonder dat hij het had gemerkt.

Hij pakte de foto voorzichtig op, bij de linkerbovenhoek, alsof die bewijsmateriaal was waarop hij geen vingerafdrukken mocht achterlaten.

Opnieuw dacht hij dat de foto niet voor iedereen was bedoeld. Haar ogen stonden op de een of andere manier diep ernstig, hoewel ze glimlachte.

Iemand had het vuur in haar ontstoken, dacht hij, en hij hoorde de stem van Anders Rask in zijn hoofd. Moest hij een dergelijke man geloven, een man wiens onschuld hij in twijfel trok?

Hij legde de foto weer neer, zoals die had gelegen. Op het nippertje. Hij hoorde Elisabeth en Asgeir Nordli in de woonkamer praten. Nordli probeerde haar over te halen om af te zien van een gesprek met Tommy. Het was zinloos.

Hij stond snel op toen ze de serre binnenkwam. Hij had zijn trainingsjack over een van de rieten stoelen gehangen. Hij dacht dat de witte letters KLEMETSRUD HANDBALTEAM op de rug van zijn jack misschien ongepast overkwamen, maar hij kon er nu niets aan doen. Hij stond daar als een idioot in een oude, moskleurige legertrui, een bezweet microfiberhemd en een natte trainingsbroek.

'Tommy Bergmann. Ik ben blij dat je bent gekomen.'

Haar slanke vingers verdwenen in zijn grote rechterhand.

De andere hand legde ze voorzichtig tegen zijn wang. Hij voelde de neiging om zijn blik af te wenden, maar kon het niet.

'Dat jij hier weer bent.'

Ze streelde hem zachtjes over zijn wang, net als zestien jaar geleden. Het was bijna alsof hij haar bloed weer over zijn huid voelde stromen.

'Ik had niet gedacht dat je me nog zou herkennen,' zei hij.

Ze trok haar hand terug en schoof haar mouw naar beneden. Hij zag in een flits de contouren van de oude littekens.

'Zelfs over honderd jaar zou ik je nog herkennen.'

Ze ging zitten in de stoel die achter haar stond, veegde met de achterkant van haar hand over haar wangen. Hij keek haar haast heimelijk aan. Haar bruine haar was bijna zoals hij het zich herinnerde, haar gezicht nog steeds getekend door fijne, symmetrische lijnen, maar rond haar ogen en mond straalden rimpeltjes. Als hij haar op straat was tegengekomen, zou hij hebben gedacht dat ze eind veertig was, in plaats van boven de vijftig. Ze zag er opvallend goed uit. Op basis van wat hij aan onderzoeksmateriaal had gelezen, had Tommy begrepen dat Elisabeth het erg moeilijk had gehad met de moord op Kristiane, dat ze lange tijd in het ziekenhuis opgenomen was geweest. Hij kon zich niet precies herinneren waar.

'Ze leek zo op hem.' Elisabeth Thorstensen pakte de pasfoto op.

'Op je man?'

'Per-Erik,' zei ze, starend naar de kleine foto. 'Ik heb hem al vijftien jaar niet gesproken, denk ik. Niet één keer.'

'H...' Verder kwam hij niet.

'Ik heb ook geen enkele foto van haar gezien. Ik heb haar gezicht sinds 1988 niet meer gezien, totdat de krant onlangs haar foto op de voorpagina plaatste. Ik moest in de winkel gaan liggen toen ik in het krantenrek keek. Jarenlang heeft Asgeir de krant voor me doorgekeken. Ik kijk nooit naar het nieuws. Vind je ook niet dat ze mij eerst hadden moeten bellen?'

Ze hief haar hoofd op. De uitdrukking op haar gezicht liet geen twijfel bestaan. Dit verdriet zou ze meenemen in haar graf.

'Het spijt me,' was alles wat hij wist te zeggen.

Elisabeth Thorstensen verborg haar gezicht in haar handen. Ze huilde stil, vrijwel geluidloos. Hij wist niet wat hij moest doen. Net toen hij op het punt stond om op te staan om haar te troosten, mompelde ze iets.

'Ik wilde dat hij het was.'

'Rask?'

'Het gaf me rust,' zei ze met haar gezicht in haar handen.

Hij kon niets zinnigs bedenken. Wilden ze niet allemaal dat Rask degene was die Kristiane en de andere meisjes had vermoord?

Hij wachtte tot ze zich enigszins had hersteld. Ze stak afwezig een sigaret op.

'Er is één ding dat ik je moet vragen. Waar ik de laatste tijd over heb nagedacht.'

'Ja?'

'Die avond, toen we bij jullie kwamen nadat we Kristiane hadden gevonden, zei je iets. Weet je dat nog?'

Ze schudde haar hoofd.

'Het is allemaal mijn schuld,' zei hij.

Er volgde een lange pauze.

'Waarom zei je dat?'

'Ik kan me niet herinneren dat ik dat heb gezegd. Waarom zou ik dat zeggen?' Er leek zich in haar gezicht iets te sluiten.

'Was jij de eerste die haar zag?' vroeg ze ineens.

Hij knikte, hoewel het niet helemaal waar was.

'Zeg me dat ze het goed had. Alsjeblieft.'

'Ze was op een goede plek,' zei hij.

Elisabeth Thorstensen doofde haar half opgerookte sigaret.

'Ben jij handbaltrainer?' Ze glimlachte zwakjes en knikte naar het trainingsjack dat over de rieten stoel hing.

Hij knikte.

Ze trok zich weer in zichzelf terug; alsof ze hetzelfde dacht als hij. Kristiane, die uit de Nordstrandhal vertrok, door de laan met de villa's liep, mogelijk links afsloeg door de Kittel-Nielsens vei tot aan de kruising Sæterkrysset, met haar tas over haar schouder, misschien slenterde ze, misschien holde ze om de trein te halen. Maar waarom de trein? Waarom niet de tram? Dat was een stuk korter voor haar. Hij begreep het nog steeds niet, maar het was tijdverspilling om daarbij stil te staan, zoals Susanne had aangedrongen.

Hij zei: 'We moeten beslissen of we de zaak moeten heropenen, maar dan moeten we meer weten, als dat mogelijk is, het liefst nu meteen. Je weet dat het bewijs tegen Rask zwak is. Als er iets is waar je in die jaren over hebt nagedacht, iets wat volgens jou niet klopt...'

'Ik heb toen gezegd wat ik te zeggen had.'

Dat was niet veel, dacht Tommy. Zelfs maanden na de vondst van Kristiane was ze amper in staat geweest zich te laten verhoren. Toen in februari 1989 een soortgelijke moord werd gepleegd op een prostituee, werd vrijwel alle beschikbare mankracht op die zaak gezet, iedereen was ervan overtuigd dat het dezelfde man was, en de meest recente moord kreeg altijd de hoogste prioriteit, koude sporen waren koude sporen. Van de bijna zevenduizend pagina's met onderzoeksmateriaal tegen Anders Rask maakten de verhoren van Elisabeth Thorstensen een zeer verwaarloosbaar deel uit.

'Ik wil je eerst naar een aantal namen vragen,' zei Tommy.

'Namen?'

'Maria,' zei hij snel.

'Maria?' Elisabeth Thorstensen schudde haar hoofd.

'Of Edle Maria. Klinkt dat bekend?' Sørvaag zat waarschijnlijk op een dood spoor, maar dat kon ook niet zo zijn.

'Nee,' zei ze. 'Het zegt me niets.'

Tommy wachtte, maar ze maakte geen aanstalten om nog meer te zeggen.

'En ik moet je vragen waarom je aanwezig was bij de begrafenis van het Litouwse meisje, Daina. Want dat was jij toch?'

Elisabeth Thorstensen vertrok haar mond, alsof ze haar best moest doen om niet te huilen.

'Ja,' zei ze zachtjes. 'Ik besloot om ernaartoe te gaan. Ik heb zelfs gebeld om het tijdstip te controleren. Misschien deed ik het om mezelf te verzoenen met mijn eigen lot. Ik was niet bij de begrafenis van mijn eigen dochter, dat weet je misschien wel. Welke moeder kan zoiets niet doen? Afscheid nemen van haar eigen kind.'

Tommy wist niet wat hij moest zeggen. Hij kon haar vragen wie volgens haar Daina had gedood, maar dat had geen zin. Bovendien kon hij haar geen details over de moord vertellen.

'Een vriend?' vroeg Tommy. 'Had Kristiane een vriend toen ze verdween?'

Elisabeth Thorstensen schudde haar hoofd.

'Niet dat ik weet. Ze leefde haar eigen leven. Volgens mij had ze het uitgemaakt met haar vriend. Hoe heette hij ook alweer? Ståle? Ergens die zomer. Ik besteedde er niet veel aandacht aan, om eerlijk te zijn.'

'Je hebt die herfst geen veranderingen bij haar gemerkt?'

'Nee.'

'En ze heeft niet gezegd waar ze die zaterdagavond heen ging?'

Elisabeth Thorstensen schudde haar hoofd.

'Nam ze gewoonlijk de tram vanuit Sæter of de trein vanaf het station lager op de helling?'

Ze sloot haar ogen.

'Kristiane,' begon ze, voordat ze zichzelf een halt toe leek te roepen. 'Nam altijd...' Het lukte haar niet om verder te gaan.

'De metro vanaf Munkelia,' zei hij in haar plaats. Dat betekende dat Kristiane normaal gesproken de Nordstrandhal verliet in de tegenovergestelde richting van zowel Sæter als de trein verderop in de richting van de Oslofjord.

Tommy was bijna in zichzelf teleurgesteld. Vanzelfsprekendheden, dacht hij. We komen om in vanzelfsprekendheden.

'Jij was die zaterdag niet thuis? En jullie zijn niet naar de wedstrijd gaan kijken?'

'Nee.'

'Jij niet en Per-Erik ook niet?'

'Hij was op zakenreis in Zweden.'

Tommy wist dat Per-Erik Thorstensen niet verder was geweest dan Göteborg. Onwillekeurig dacht hij dat Per-Erik Thorstensen niet meer dan drieënhalf uur rijden van Oslo was geweest toen Kristiane verdween. Hij kon heen en weer zijn gereden.

'Dus alleen Alexander was thuis?'

Elisabeth Thorstensen knikte, maar vermeed hem aan te kijken.

'We hebben onze kinderen altijd veel vrijheid gegeven, ik wist vaak niet waar ze waren of waar ze waren geweest voordat ze 's avonds thuiskwamen. Vrijheid met verantwoordelijkheid, het heeft altijd goed gewerkt.'

Tommy wist dat in deze zaak uitstekend politiewerk was verricht. Van iedereen was het alibi gecontroleerd en in kaart gebracht waar ze waren geweest, met uitzondering van Elisabeth Thorstensen. De twee cirkels rond de familie waren ondervraagd. De eerste cirkel betrof de naaste familie, de tweede cirkel bestond uit vrienden, kennissen, de uitgebreide sociale kring. Kristianes ex-vriend Ståle had een alibi; hij was verhoord en alles was gecheckt. Niemand die voor verhoor was opgeroepen had iets gezegd of gedaan wat erop kon duiden dat hij een mogelijke dader was van de moord op Kristiane en de vijf andere meisjes. Ook de gebruikelijke gekken, creaturen die op de lijst van mogelijke kandidaten stonden, hadden allemaal een sluitend alibi: half psychotische verkrachters, twee van hen al eerder veroordeeld voor moord, een barman in Galgeberg Corner, een kaartjesverkoper bij bioscoop Saga. Aan de andere kant, het hoefde niet per se een dergelijke voor de hand liggende kandidaat te zijn, uitschot van het zuiverste water. De moordenaar kon iemand zijn die in staat was om zijn waanzin te verbergen. Had chef-arts Arne Furuberget zoiets niet gezegd? Dat Rask twee gezichten had, dat hij lange periodes volkomen normaal kon lijken? Dat gold vast voor meer mensen op deze wereld.

Zoals ik, dacht Tommy.

'Mijn leven was zo goed als het maar kon zijn,' zei Elisabeth Thorstensen.

Hij deed alsof hij niet had gehoord wat ze zei, en vroeg in plaats daarvan: 'Waar was je die avond?' Dit was haar zwakke punt, niemand was er dieper op ingegaan, en niemand hoefde er dieper op in te gaan na de arrestatie van Rask. Misschien was het niets, maar hij moest het proberen.

'Ik was in de stad. Meer hoef je niet te weten, Tommy.'

Haar stem klonk beslist, maar niet onaardig. Ze ontmoette zijn blik. Er was niets meer te halen. Niet nu. Een paar seconden keken ze elkaar aan. Hij kon er niet omheen dat hij haar aantrekkelijk vond. Meer dan aantrekkelijk. Ze kon hem om haar pink winden als ze wilde.

'O?'

'Maar één ding moet je weten, Tommy. Tot 1987 heb ik in een hel geleefd. Toen werd mijn leven plotseling beter dan het ooit was geweest. En een jaar later verdween Kristiane.'

'Ik begrijp het niet.'

'Soms sloeg hij me met een natte handdoek met sinaasappelen erin.'

Eerst begreep hij niet wat ze had gezegd. Toen begon de betekenis langzaam tot hem door te dringen. Tommy voelde de serre om zich heen draaien, alsof de rieten stoel onder hem verdween.

'Per-Erik,' zei hij zacht.

Ze staarden elkaar aan. Een tijdje was het alsof ze dwars door hem heen keek. Ze kende zulke mannen als hij. Daarna ontstond er weer een soort evenwicht. Elisabeth Thorstensen frunnikte aan het pakje sigaretten op de tafel. Vanuit de woonkamer klonk zacht jazzmuziek. Tommy sloot zijn ogen en dacht dat hij niet zo slecht was als Per-Erik Thorstensen. Leugenaar, dacht hij direct daarna.

'Daarover staat niets in het oude onderzoek.'

Ze blies de rook recht naar hem toe.

'Het was altijd ons geheimpje. Sinds het jaar dat ik hem ontmoette. Dat met sinaasappelen was zijn specialiteit. Je krijgt er geen blauwe plekken van, maar kleine inwendige bloedingen. Het doet zo ontzettend zeer, het is gewoon niet te geloven.'

Hij wist niet wat hij moest zeggen. Het liefst wilde hij weg, maar hij had geen andere keus dan te blijven.

'Bijna alle jaren, Tommy. Ook toen ik zwanger was van Kristiane, hij dacht dat ik met andere mannen flirtte. Ik was zwanger, zwánger, Tommy, ik had haar kunnen verliezen.'

Hij voelde een enorme misselijkheid opkomen.

'Moet je me niet vragen waarom ik hem niet heb verlaten?'

Tommy kon niet meer. Hij sloot zijn ogen, maar alles wat hij zag, was Hege. Hij haalde diep adem door zijn neus.

Nee, dacht hij, ik zal je niet vragen waarom je bent gebleven.

Met grote moeite lukte het hem een sigaret uit zijn pakje Prince te halen. Daarna zocht hij in de zakken van zijn trainingsjack. Hij probeerde te doen alsof hij op zoek was naar zijn mobiel, alleen maar om iets te doen te hebben en niet op haar vraag te hoeven antwoorden. Zijn mobiel was trouwens niet te vinden, hij moest hem in de auto hebben laten liggen.

'Is er iets?' vroeg ze.

'Nee,' zei hij.

Ze glimlachte naar hem en zag eruit alsof ze het meende.

'Maar het jaar voordat Kristiane werd vermoord, werd alles beter. Het was een wonder. Hij begon in zo'n mannengroep, je weet wel, een soort woedemanagementcursus, geheel op eigen initiatief. Ik begrijp niet hoe hij het voor elkaar kreeg, maar plotseling leek het alsof hij zichzelf onder controle had.'

Tommy zei niets.

'Kun je je voorstellen hoe het is om je kind te verliezen, net als alles goed lijkt te komen, na zo'n huwelijk?'

Hij knikte voorzichtig.

'Kun je je dat voorstellen?' herhaalde ze. 'Net als je denkt dat je leven weer helemaal op orde is, verlies je je kind.' Elisabeth Thorstensen trok de mouw van haar blouse omhoog en ontblootte haar linkeronderarm. De littekens waren nog steeds dikker en witter dan de dunne huid eromheen.

'Toen ik uit het ziekenhuis kwam, of het gekkenhuis, want ik begreep dat dat het was, was Per-Erik al verhuisd. Het was alsof Kristiane moest sterven om dat te laten gebeuren. Ik gooide alles van haar weg, alles! Deze foto kreeg ik vorig jaar van Alex.' Elisabeth Thorstensen hield de kleine pasfoto tussen haar vingers, streelde er voorzichtig met haar wijsvinger overheen. Ze zweeg, verdween weer in zichzelf.

'Wie gaf leiding aan die groep?' vroeg hij ineens.

Elisabeth Thorstensen keek hem lang aandachtig aan.

'Wat bedoel je?'

'De mannengroep waarin Per-Erik begon. De woedemanagementcursus.'

Ze nam een laatste trek van haar sigaret. Tommy keek naar de stad onder hen, er viel nu minder sneeuw, het was weer mogelijk om verder te kijken dan het dichtstbijzijnde huis.

'Dat weet ik niet.'

'Probeer terug te denken.'

'Is het zo belangrijk?'

'Heeft hij in de groep vrienden gevonden?'

Wat had Farberg ook alweer gezegd? Dat Rask een vriend had? Iemand die zo boos werd dat hij bang was voor wat er kon gebeuren.

'Dat weet ik niet. Echt niet.'

'Weet je waar de cursus werd gehouden?'

'Hoe belangrijk is dat?'

'Probeer het je te herinneren.'

'Ik dacht dat het aan de westkant van Oslo was.'

'De westkant?'

'Ja. Ik meende dat Per-Erik dat zei, maar ik herinner me niet precies waar.'

Westkant, schreef hij in zijn notitieboekje en hij keek op. Hij kon zich niet meer concentreren. Ze keken naar elkaar. Hij zou zijn blik van haar af moeten wenden, maar dat wilde hij niet. Ze glimlachte eventjes, alsof

ze een meisje van Kristianes leeftijd was en geen vrouw van bijna zestig.
'En je weet nog steeds niet waarom je zei dat het allemaal jouw schuld was?'

Elisabeth Thorstensen deed haar mond open om iets te zeggen, maar het leek alsof ze zich op het laatste moment bedacht.

'Waarom kun je me niet vertellen waar je was op de avond dat ze verdween?'

Dat was de opvallendste onvolkomenheid die Tommy in het eerdere onderzoek had gevonden. Misschien was het niet zo vreemd dat de vraag niet opnieuw werd gesteld toen ze in de winter van 1989 uit het ziekenhuis thuiskwam. Misschien was het als puntje bij paaltje kwam niet meer dan een futiliteit, maar hij hield ervan om alles onder controle te hebben. Hij moest iets voor Svein Finneland hebben, hoe onbeduidend het ook leek.

'Waarom is dat zo belangrijk?'

Ze stond op het punt om weer in tranen uit te barsten.

Asgeir Nordli verscheen in de deuropening.

Elisabeth Thorstensen verborg haar gezicht weer in haar handen.

'Ik denk dat u beter kunt gaan,' zei Asgeir Nordli.

'Nee,' zei ze, zonder haar handen weg te halen. 'Ga, Asgeir. Alsjeblieft.'

Ze bleef met haar handen voor haar gezicht zitten totdat Asgeir Nordli de deur achter zich had gesloten. Hij bleef midden in de woonkamer staan, alsof hij overwoog of hij terug zou gaan of niet. Ten slotte verdween hij uit het zicht.

Tommy knikte even naar Elisabeth Thorstensen.

'Ik was met een andere man,' zei ze.

Opluchting leek over haar gezicht te komen. Ze haalde een hand door haar haar, fatsoeneerde het een beetje, alsof het uit vorm was geraakt. Tommy vervloekte zichzelf dat hij genoot van haar aanblik. Haar slanke handen, donkere trekken, schitterende ogen.

'De zaterdag dat ze verdween?'

Ze knikte.

'We waren tot zondagochtend in het SAS-hotel. Hij was destijds getrouwd.'

Tommy voelde een lichte trilling door zijn lichaam gaan. Terwijl hij notities maakte, probeerde hij zo nonchalant mogelijk over te komen.

'Wat is zijn naam?'

Ze zoog aan de binnenkant van haar wang en staarde naar een punt naast hem.

'Morten Høgda.'

De pen bleef boven het papier hangen.

'Je had dus een verhouding waarvan Per-Erik niets afwist?'

'God bewaar me, ja. Hij mag zichzelf de schuld geven. Hij dreef me zelf in de armen van Morten. Sloeg me letterlijk in zijn armen. Wanneer jij mij was geweest, zou je precies hetzelfde hebben gedaan.'

Hun ogen ontmoetten elkaar nog een keer, maar geen van beiden zei iets.

Morten Høgda was een soort investeerder, voor zover Tommy wist. Een van die min of meer bekende mensen met geld die van tijd tot tijd in de krant opdoken.

Maar was er niet iets met die naam?

'Was dat de reden waarom je dat zei?'

'Wat?'

'Het is allemaal mijn schuld.'

'Ik begrijp niet...'

'Je was de avond dat ze verdween met een andere man...'

Elisabeth Thorstensen beet haar tanden even op elkaar, toen haalde ze diep adem en liet het een hele tijd duren voordat ze die weer uitblies.

'Weet je wat,' zei ze zacht. 'Ik denk dat we nu klaar zijn.'

26

Hij vond geen veger in zijn auto, alleen een oude ijskrabber. Maar het ijs was niet het probleem, de waanzinnige sneeuwlaag wel. Hij zuchtte lijdzaam toen hij de vuistdikke laag sneeuw, te zwaar voor de aftandse ruitenwissers, van de voorruit veegde.

Achter het keukenraam kon hij duidelijk de contouren van Elisabeth Thorstensen onderscheiden. Toen hij het huis verliet was ze totaal afwezig geweest en had nauwelijks een 'tot ziens' over haar lippen gekregen.

Hoe heette die dominee?

Hij moest morgenochtend meteen de kerk in Oppsal bellen.

Ze had het toch echt gezegd? Uitgeschreeuwd.

Het is allemaal mijn schuld.

Oké, dacht hij. Hij was te ver gegaan. Maar hij had nog maar vijf dagen, en ten minste één nieuwe naam in zijn notitieboekje. Eigenlijk was hij blij dat hij uit het huis weg was. Heel even had het geleken of Elisabeth Thorstensen dwars door hem heen keek, daar was hij van overtuigd. Na haar huwelijk met Per-Erik Thorstensen was ze bedacht op elk signaal van mannen zoals hij.

Morten Høgda.

Hij sloeg de naam nog eens op in zijn hoofd, hoewel hij hem had opgeschreven.

Voordat hij in zijn auto stapte, veegde hij de ergste sneeuw van de zitting, het viel altijd van het dak in de auto, omdat hij ofwel te lui of te verstrooid was om het weg te halen voordat hij het portier opende.

Zijn mobiele telefoon lag op de passagiersstoel. Hij pakte hem om de centrale te bellen. Als ze een rustige avond hadden, konden ze voor hem Morten Høgda natrekken. De naam Høgda deed bij hem een belletje rinkelen.

Hij vloekte zachtjes.

De mobiel was leeg. Waarschijnlijk al vlak na het telefoontje van Elisabeth Thorstensen eerder op de avond. Hoe lang was dat geleden? Hij keek op zijn horloge. Twee uur? Drie?

De rit naar huis, het was maar een klein stukje rijden van Bekkelaget, leek wel een tocht door de bergen. Het lukte hem vanwege de sneeuw maar net om de helling in de Lambertseterveien op te komen. Misschien moest hij toch nieuwe winterbanden aanschaffen. Of niet, dacht hij toen hij zich realiseerde dat hij niet terug ging glijden in de richting van de Oberst Rodes vei. Op de top van de heuvel, vlak voor het winkelcentrum, stuitte hij op een monstergrote sneeuwschuiver, hij wist op het nippertje te voorkomen dat hij in de enorme sneeuwhoop terechtkwam. Het oranje licht flikkerde nog steeds op zijn netvlies toen hij eindelijk een parkeerplaats vond aan het eind van de straat.

Thuis greep hij snel de oude vaste telefoon in de gang. Hij toetste het nummer van de centrale in en vroeg hun twee opsporingen te doen. De eerste was Morten Høgda, de tweede de vicaris van de kerk in Oppsal. Onderweg van de auto naar zijn appartement was Tommy zijn naam weer te binnen geschoten. Hallvard Thorstad. Haast hetzelfde als de oude voetbalheld, waarschijnlijk de reden dat hij zich de naam zoveel jaar later nog kon herinneren.

Terwijl hij wachtte tot ze hem terug zouden bellen, zat hij op de bank in de woonkamer en stak een sigaret op. Hij deed de staande lamp in de hoek aan en kreeg meteen het gevoel dat er iets mis was. Echt mis. Hij stond op en keek rond in de witgeschilderde kamer. Daarna liep hij naar de slaapkamer, deed het licht aan en keek naar het bed dat ooit van hem en Hege was geweest. Even speelde door zijn hoofd dat iemand anders er kortgeleden in had gelegen, maar hij liet die gedachte weer los. Waanzin, dacht hij, en hij liep naar het bed. Hij hurkte neer, maar hield zijn hand met de sigaret omhoog zodat hij het beddengoed niet in brand stak.

De telefoon in de gang ging over. Hij sloeg met zijn hoofd tegen de rand van het bed en boog instinctief verder naar beneden. Niets dan stof onder het bed. Hij vloekte zachtjes.

'Morten Høgda,' zei Johnsen van de centrale, 'is drie keer aangeklaagd voor verkrachting, maar elke keer heeft degene die aangifte deed, het waren drie verschillende vrouwen, de aanklacht weer ingetrokken. Volgens de kuttenpolitie gaat hij ook regelmatig naar de hoeren. Inkomsten vorig jaar: veertig miljoen kronen, vermogen honderdtien miljoen. Geweldige kerel. Alleen een beetje last van gewelddadige seksuele driften.'

Hij lachte zachtjes en sloot zijn ogen. Het beeld van Elisabeth Thorstensen kwam naar voren. Haar donkere ogen, haar nieuwe echtgenoot. Vermoedelijk had ze eindelijk een goede man gevonden, iemand die ze kon vertrouwen. Asgeir Nordli maakte een goede indruk. Misschien te aardig, maar hoe schadelijk kon dat zijn voor een vrouw die had doorgemaakt wat Elisabeth Thorstensen had ondervonden?

'Oké, bedankt,' zei hij. Een gedachte kreeg vorm in zijn hoofd. Als je wist wat vrouwen bereid waren te doen voor mannen, wat had Elisabeth Thorstensen dan ooit voor Morten Høgda willen doen?

'En je hebt het nummer van Hallvard Thorstad?'

'Er is maar één Hallvard Thorstad, hij woont in een klein dorpje in West-Noorwegen.' Johnsen las het nummer voor, ergens in de provincie Sogn og Fjordane.

Tommy noteerde het op een oude krant.

'Hartelijk dank.'

'Trouwens, het is nu crisis op het bureau in Oppland.'

'O ja?' zei Tommy afwezig.

'Heb je het niet gehoord?'

'Wat gehoord?'

Tommy probeerde de bovenste lade van de kast te openen om de lader van de mobiele telefoon te pakken.

'Anders Rask is ontsnapt.'

Hij had zijn hand half in de lade.

'Wat zeg je?'

'Anders Rask is ontsnapt uit de inrichting in Toten, samen met een andere gek. Twee bewaarders zijn gedood. Ze hebben het al over inzet van het leger, om ze zo snel mogelijk te vinden. De helikopter is in de lucht. Ze zullen niet ver komen, de camera vindt ze snel genoeg.'

'Godverdomme,' zei Tommy. Hij draaide zich om. Bleef staan, keek de kamer in. Bank, tafel, tapijt, foto's, prullaria, boekenkast. Alles leek in orde te zijn. Toch liet het gevoel dat er iets in het appartement niet was zoals het moest zijn, hem niet los. En het nieuws dat Rask uit Ringvoll was ontsnapt, maakte het niet beter. De vraag was hoe. En waar was hij nu? Hier in de stad, dacht Tommy.

'Hoe lang geleden?'

'Een paar uur.'

Er viel een korte pauze.

Een paar uur. Het duurde nauwelijks meer dan anderhalf uur om Oslo te bereiken. Misschien onderweg van auto wisselen, gewoon een suffe woonwijk binnenrijden en een oude auto openbreken en meenemen. Twee uur, maximaal, dacht hij. Ze zijn al in de stad. De gemakkelijkste plaats in het land om je te verbergen.

'Nee, ze zullen niet ver komen,' zei hij tegen Johnsen. 'Bedankt voor de informatie.'

Hij legde de hoorn voorzichtig op de haak, plugde de lader in de mobiel en zette hem aan.

Acht gemiste oproepen. Allemaal van Reuter.

'Waar was je, verdomme?' zei Reuter, toen hij de telefoon opnam. Hij was buiten adem, alsof hij net van de hometrainer was gestapt. Tommy wist dat hij er een had gekocht.

'Vergeten om mijn telefoon op te laden.'

'Vergeten?'

'Ik was bij Elisabeth Thorstensen.'

Het leek alsof die informatie Reuter welwillender stemde. Zijn toon veranderde tenminste.

'Heeft het iets opgeleverd?'

'Ja.'

'Dat doen we morgen. Finneland heeft een vergadering belegd, in zijn kantoor, om zeven uur precies, geen seconde later. Ik gok dat wij de ontsnapping van Rask gaan krijgen, hij wil hem zo snel mogelijk oppakken, en tegelijk wil hij dat jij verdergaat, maar je zit nu meer in tijdnood dan ooit tevoren. Denk jij dat het Rask is?'

'Klopt het dat hij iemand heeft vermoord om te kunnen ontsnappen?'

'Ik weet niet of hij dat heeft gedaan. Een psycho ontsnapte samen met hem, iemand die ook tot alles in staat lijkt te zijn. Een van hen, zo niet beiden, had waarschijnlijk een relatie met een vrouwelijke bewaarder in Ringvoll. Ze heeft hun haar pasje, sleutels en God weet wat nog meer gegeven. De domme koe zit nu in Gjøvik op het bureau en het is alleen maar een kwestie van de duimschroeven aandraaien en ze melken alles uit haar wat ze weet. En dan laten ze haar maar begraven. Wat jij, Tommy? Er zijn daar vanavond twee mensen gestorven. Verdomme.'

Wat moest hij zeggen? Hij draaide al te lang mee om zich nog ergens door te laten verrassen. In elk geval bijna.

Na het gesprek met Reuter liep hij naar de badkamer om te douchen. Hij liet het warme water minutenlang over zich heen stromen zodat zijn huid bijna verbrandde.

Hij schreef met grote letters *Morten Høgda* in de waterdamp op de douchewand. Toen trok hij een lijn en schreef *Rask.*'

Ergens ver weg dacht hij het geluid van zijn mobiele telefoon te horen, of misschien was het de deurbel of de intercom. Hij zette de douche uit en bleef roerloos staan, zijn lichaam helemaal ingezeept, zijn haar vol shampoo. In tegenstelling tot anders had hij de deur naar de badkamer op slot gedraaid. Hij wilde niet verrast worden door een bezoek van Rask. Allesbehalve.

Nee, dacht hij. Gewoon verbeelding.

Geen telefoons, geen geluid.

Hij draaide de kraan weer open. Nadat hij de shampoo uit zijn haar had gespoeld, realiseerde hij zich waarop hij had gereageerd.

Zelfs onder het warme water kreeg hij kippenvel op zijn armen.

De foto was weg.

Hij bleef onder de douche staan, alsof een soort stoïcijnse kalmte over hem was neergedaald. Of een verlamming. Hij was nauwelijks in staat om de kraan dicht te draaien.

Hij sloeg een handdoek om zijn middel en opende de deur van de badkamer.

Druipnat bleef hij in de woonkamer staan. Op het parket vormde zich een plas water.

Hij richtte zijn blik op de boekenkast van IKEA. Die stond halfvol boeken, een aantal tijdschriften, twee verdroogde cactussen, prullen die Hege had laten staan en een stuk of vijf ingelijste foto's van vroeger. Een foto van hemzelf en Hege, tien jaar oud, die hij enkel had laten staan als een vorm van zelfkastijding. Een oude klassenfoto, een portretfoto van hemzelf.

En half verborgen achter een ingelijste ansichtkaart van Alice Springs in Australië, gekregen van een oude klasgenoot die niet meer leefde, had een kleine foto van zijn moeder gestaan. In een zilveren lijstje. Van de verpleegstersopleiding bij het Rode Kruis in Tromsø, ergens halverwege de jaren zestig, vlak voordat hij werd geboren.

Maar nu was die weg.

Hij liep langzaam terug naar de hal.

'Hij heeft me gevonden,' fluisterde hij.

'Hij is hier geweest en heeft haar foto meegenomen.'

Zijn mobiel lag nog steeds op de kast in de hal. Bent nam vrijwel meteen de telefoon op.

'Ik dacht dat jij sliep op deze tijd van de dag,' zei hij.

'Een wapen,' zei Tommy. 'Ik heb een wapen nodig.'

Deel 3
December 2004

1

Het uitzicht was deze morgen totaal anders dan gisterochtend. Het was al bijna tien uur, maar er was niet veel daglicht. Het zicht was nauwelijks tien meter, dichte sneeuwval verborg bijna het hele oude hoofdgebouw van het psychiatrisch ziekenhuis Ringvoll. De sterke wind liet de lijn tegen de vlaggenstok klapperen, het klonk als het slaan op een blikken trommel. De halfstok gehesen vlag was al doorweekt. De wind tilde de vlag een ogenblik op, los van de witte vlaggenstok, vervolgens zakte hij weer naar beneden, zwaar, bijna verdrietig. Daarna herhaalde zich het proces, steeds opnieuw.

Hoeveel winters heeft een leven? dacht Tommy Bergmann. Het leven van Kristiane Thorstensen maar vijftien.

Hoe oud waren de twee bewaarders die vermoord waren? Hij wist het niet. Hij wist niets meer.

Hij verzekerde zichzelf ervan dat het kleine pistool dat Bent vannacht had gebracht, een Raven MP-25, goed verstopt was in het dashboardkastje. Hij had geen moment geslapen. Hij had de halve nacht in de kelder doorgebracht, met het Saturday Night Special-pistool in zijn achterzak gestoken. Toen zijn moeder overleden was, had hij een paar kratten bewaard die in haar kelderbox in Tveita stonden. Het vernielde hangslot van twee dagen geleden was geen toeval. Hij wist niet wat er in de kratten lag en kon daarom niet vaststellen of er iets ontbrak. Hij had enkele uren door de papieren gebladerd, op zoek naar sporen van wie ze eigenlijk was geweest, en wie ze had gekend. Maar uiteindelijk gaf hij het op. Geen enkele brief was interessant, het waren voornamelijk brieven en kaarten van vriendinnen en enkele, naar hij aannam, vluchtige liefdes. Voor de rest waren het vooral oude rekeningen, kostenramingen en notities waaruit bleek dat ze soms nauwelijks genoeg te eten hadden gehad om te overleven.

Tommy wist niet waar de inbreker in zijn kelderbox naar had gezocht. Maar hij wist één ding zeker, en dat was dat de man die ooit Kristiane Thorstensen en de andere meisjes had vermoord, als het werkelijk één man was, bij hem thuis in Lambertseter was geweest. Minstens twee keer.

Het portier van de auto waaide dicht. Hij trok de capuchon van zijn donsjack over zijn hoofd en holde naar de stalen poort. Die verdomde Svein Finneland, dacht hij. Het was zijn idee dat Tommy weer naar Ringvoll moest, in de eerste plaats om de kamers te doorzoeken van Anders Rask en de andere voortvluchtige, Øystein Jensrud, een psychotische kerel van vijfendertig jaar, die zeven jaar geleden zijn beide ouders had vermoord. Tommy dacht zelf dat het nuttiger was om een praatje te maken met Morten Høgda, de vroegere minnaar van Elisabeth Thorstensen, maar daarover had hij zijn mond gehouden.

De korte ochtendvergadering bij Finneland was heftig genoeg geweest. Toch had Tommy de verhitte discussie nauwelijks gevolgd. Ze waren met zijn vieren: Svein Finneland, Fredrik Reuter, psycholoog Rune Flatanger van de Landelijke Recherche en Tommy. Finneland en Flatanger hadden geruzied over Anders Rask. Rune Flatanger had de avond ervoor gebruikt om het materiaal dat Tommy hem had gestuurd door te nemen en was redelijk snel tot de conclusie gekomen dat Rask vermoedelijk nog nooit iemand had omgebracht. Rask was volgens Flatanger waarschijnlijk precies wat Frank Krokhol beweerde, een simpele pedofiel, maar geen seriemoordenaar. Finneland daarentegen vond dat de vlucht uit Ringvoll en de moorden daar op iets heel anders wezen, en zo begon het. Tommy had voornamelijk in de vensterbank gezeten en vanuit Finnelands kantoor de golvende ochtendspits door de besneeuwde Pilestredet bekeken. Eventjes was hij bang dat zijn eigen vader terug was. Zijn moeder was gevlucht van iets vreselijks, dat wist hij zeker, en het kon niemand anders zijn dan zijn eigen vader. Want waar kwam zijn eigen waanzin vandaan? En wie zou anders inbreken in zijn woning en een foto van zijn moeder meenemen?

Een wilde gedachte schoot door zijn hoofd: waren ze op zoek naar zijn eigen vader?

Een paar tellen keek hij van een afstand naar zichzelf, als een klein kind, ergens in Noord-Noorwegen. Zijn moeder en hij waren gevlucht, midden in de nacht. Ze had kleren in een oude plunjezak gepakt. Ze werden door een auto opgehaald. Ze huilde de hele weg, verborg haar gezicht, ook al was het nacht en donker in de auto. Had een man hen gereden? In een flits had het geschreeuw van een psychiatrische inrichting hem achtervolgd.

Was het een echte herinnering, of gewoon iets wat hij achteraf had geconstrueerd?

Tommy wuifde enkele journalisten weg die vlug uit hun auto's waren gestapt toen hij naar de poort liep. De sneeuw joeg nu horizontaal, het

Mjøsameer was niet te zien, het grote wateroppervlak was verdwenen in het wit.

'Geen commentaar,' blafte hij en hij toonde zijn legitimatie aan de twee geüniformeerden die op wacht stonden bij de poort.

Het was niet Arne Furuberget die hem opwachtte in de portiersloge, maar een man die zich voorstelde als de adjunct-directeur van het ziekenhuis, Thorleif Fiskum. Zijn gezicht leek wel een doodsmasker.

'Waar is Furuberget?' vroeg Tommy.

'Hij is een uur geleden vertrokken, hij zei dat zijn vrouw zich niet goed voelde, ze belde hem en vroeg of hij naar huis kwam. Daarbij was hij hier al de hele nacht, en was hij moe. Hij komt in de loop van de middag terug.'

'Dus hij is thuis?'

'Het is verschrikkelijk,' zei Fiskum zacht en hij schudde met zijn hoofd. 'Verraden door een van onze eigen bewaarders, Bergmann.'

Tommy knikte even. Er was niet veel wat hij kon zeggen.

'Ze heeft natuurlijk spijt. Rask had haar beloofd dat niemand gewond zou raken. Ze was dom genoeg om hem te geloven.'

Thorleif Fiskum zonk neer op een van de stoelen in het kantoor van Arne Furuberget. Daar zat ook al een andere man, hij stelde zich voor als de leider van het rechercheonderzoek uit Gjøvik. Tommy dacht dat het niet lang meer zou duren voor deze man helemaal geen onderzoek meer zou leiden in deze zaak.

Ze bespraken eerst enkele minuten hoe Rask en Jensrud hadden kunnen ontsnappen, iets waar Tommy alleen uit fatsoen tijd voor nam. Het belangrijkste was dát ze gevlucht waren. Hoe het Jensrud gelukt was een mes te maken van materialen in de werkplaats, en hoe een van de vrouwelijke medewerkers verliefd was geworden op Rask, liet Tommy onverschillig. Het enige waar hij zich voor interesseerde was het vinden van Anders Rask. Rask en Jensrud konden in principe overal zijn, misschien in Zweden, maar Tommy was er behoorlijk zeker van dat ze in Oslo waren. En óf Rask was bij hem thuis geweest, óf iemand anders. De moordenaar naar wie ze zochten. Zijn eigen vader? Tommy snoof schamper om zijn eigen gedachten. Hou jezelf onder controle, dacht hij. Maar het moest een ander zijn dan Rask. Er was iemand in de kelderbox geweest, ruim een dag voordat Rask was gevlucht. Dat kon toch geen toeval zijn?

'Ik wil graag de kamer van Anders Rask zien,' zei Tommy.

'We hebben zijn kamer al doorzocht,' zei de rechercheur uit Gjøvik.

'Ik wil graag de kamer van Anders Rask zien,' herhaalde Tommy, alsof hij een autist was.

Een paar minuten later werd hij door een bewaarder gehaald, een kleine, maar stevige vent. Aan zijn gezicht was duidelijk te zien dat hij had gehuild. Zijn ogen waren roodomrand, zijn blik was ontwijkend.

Tommy liep met rustige stappen achter de bewaarder aan, zijn blik gevestigd op het flesgroene linoleum en hij dacht precies hetzelfde als gisteren: ik ben hier eerder geweest, op een plek als deze.

Ze gingen door de sluis naar de gesloten afdeling. Hij bleef halverwege de gang staan toen hij de stalen deur achter zich hoorde dichtslaan. Hij draaide zich langzaam om.

Hij was op zo'n plek geweest met zijn moeder.

Misschien niet hier, maar een soortgelijke plek.

Maar waar? En wanneer?

De bewaarder hield Tommy tegen toen hij de deur naar Rasks kamer had geopend.

'Ik heb beloofd om niets te zeggen,' zei de bewaarder. Hij sloeg zijn blik neer.

'Wat zeggen?'

'Een paar dagen geleden was Furuberget hier binnen.'

Hij wachtte, alsof hij dacht dat Tommy het begreep.

'Ja?'

'Hij heeft ergens naar gezocht terwijl Rask in de werkplaats was. Een brief. Ik heb hem nog nooit zo wanhopig gezien. Hij was bijna twee uur bezig.'

'Een brief die Rask had gekregen?'

De bewaarder knikte.

'Heeft hij die gevonden?'

'Nee, hij heeft overal gezocht. Ik stond hier in de gang en heb de laatste tien minuten naar hem gekeken. Alles lag verspreid, hij had zelfs de hoes van de matras getrokken en het halve bed uit elkaar gehaald.' De bewaarder probeerde te laten zien hoe hij Furuberget had geobserveerd, door het doorkijkluikje in de deur opzij te schuiven.

'Oké. Hou nu het luikje dicht,' zei Tommy en hij sloot de deur achter zich. Hij voelde geen behoefte zijn gedachten te delen met de bewaarder.

Hij had een paar minuten nodig om zich in de spartaans ingerichte ruimte te oriënteren. Er waren maar weinig plekken om iets te verstoppen. Het bed had holle poten, maar daar had Furuberget al gezocht. Afgezien van het bed was de boekenkast de meest voor de hand liggende plek.

Tommy keek op zijn horloge en dacht dat het het beste zou zijn om Furuberget te bellen, in plaats van zelf te zoeken. Maar er moest een reden zijn waarom hij zijn zoektocht naar de brief geheim wilde houden. Als Tommy de brief niet zelf vond, zou Furuberget alles ontkennen.

Achteraan op de bovenste plank stond een soort fotoalbum. Tommy pakte het en legde het op het bureau, voor het raam. Het was een plakboek, een bizar scrapbook, Tommy begreep niet dat Furuberget Rask had toegestaan het te houden, hij mocht het zelfs van tijd tot tijd bijwerken. Op de eerste bladzijde had Rask een artikel geplakt uit het *Tønsberg Blad* uit augustus 1978, oud en vergeeld, over de moord op Anne-Lee Fransen. Op de volgende pagina's volgden meer knipsels over hetzelfde meisje, uit andere kranten. Tommy las hier en daar een paar regels. Anne-Lee was naar huis gefietst vanaf het huis van een vriendin, die ergens anders in Tønsberg woonde. Het was donker toen ze vertrok, maar ze had een dynamo en licht op haar fiets en had de route vaak gereden. De fiets werd een jaar later gevonden, op een bosweg, niet ver van de plek waar Anne-Lees lichaam was gevonden. In een krantenartikel later dat jaar werd gespeculeerd of de moordenaar naar Tønsberg was teruggekeerd, haar fiets had opgehaald en hem in de buurt van de vindplaats had achtergelaten. Tommy herinnerde zich dat Rask in de rechtbank had gezegd dat hij terug was gegaan en de fiets had opgehaald nadat hij haar in het bos had omgebracht. Daarna volgden een aantal knipsels met foto's van Anne-Lee. Op de bladzijden daarna waren knipsels geplakt van de drie prostituees die waren vermoord, maar omdat ze prostituees waren – hoe jong dan ook – was er niet zoveel over hen geschreven. Vroeger had de pers geen grote artikelen gepubliceerd over zestien-, zeventienjarige hoertjes die waren vermoord. Twee waren bovendien ook nog bekend uit het heroïnemilieu en daarom behoorlijk oninteressant in de ogen van de pers. Was het vandaag de dag gebeurd, dan had men waarschijnlijk een of ander wrak van een familielid opgespoord en wat oude klassenfoto's van een jong schoolmeisje uit West-Noorwegen. Destijds werden ze alleen maar gezien als heroïnemisbruikers die op zomeravonden op de tippelzone naar een auto wankelden, in een veel te korte minirok van spijkerstof, op hoge hakken en met littekens op hun armen. Het waren de drie schoolmeisjes, Anne-Lee, Kristiane en Frida, het meisje dat drie jaar later werd vermoord, om wie het volk had getreurd.

Het grootste deel van het plakboek, zo'n vijftien tot twintig pagina's, bestond uit krantenknipsels over de moord op Kristiane Thorstensen. De kranten hadden het psychiatrisch ziekenhuis Ringvoll en de kamer van Anders Rask bereikt, de man die was veroordeeld voor de moord. Tommy dacht dat Rask dit alles kort na de moord had verzameld, misschien was het ook materiaal dat eerder in beslag was genomen maar dat hij na zijn veroordeling had teruggekregen. De laatste knipsels, Frank Krokhols reportages over Kristiane en het heropenen van de zaak, waren nog maar een paar dagen oud.

Tommy probeerde zich over zijn irritatie dat Rask hier met dit boek vol herinneringen had mogen zitten, heen te zetten en concentreerde zich in plaats daarvan op de regels die Rask had onderstreept. Hij vond geen bijzondere verbanden, geen systeem in waar Rask mee bezig was geweest. Hij sloeg het boek dicht en gebruikte het volgende kwartier om meer verstopplekken te vinden waar Rask brieven of kleine notities met zijn waanzin had kunnen verstoppen. Hij controleerde of de kast holle ruimtes had, of de vloerbedekking ergens loszat, of er plek was voor papier tussen de kledingkast en de muur.

'Niets,' mompelde hij. Tot slot haalde hij zijn kleine Zwitserse zakmes uit zijn donsjack. Hij had het mes ooit gekregen op een reis naar Bern met de politiebond en soms kon hij het ook daadwerkelijk ergens voor gebruiken. Nu bijvoorbeeld. Voorzichtig stak hij het blad van het mes in de matras van Rask en sneed de hele zijkant open. Hij sloeg het bovenste deel van de matras om en keek in elke springveer.

Hij keerde zich weer om naar de boekenkast.

Een laatste poging, dacht hij. Een voor een trok hij de boeken uit de kast, hield ze bij de rug vast zodat hij ze kon schudden. 'Niets,' zei hij. 'Helemaal niets, verdomme.' Hij nam het dikke, rode boek waar *The Book of the Law* op stond, als een absoluut laatste hoop. De naam van de schrijver kwam hem bekend voor.

Toen hij de dunne bladzijden begon om te slaan, merkte hij de dikte van de kaft op tussen zijn linkerduim en -wijsvinger.

Hij ging aan het bureau zitten en legde het boek neer, voorzichtig, alsof het het meest precaire voorwerp ter wereld was. Hij bewoog zijn vinger over het vergeelde, oude papier aan de binnenkant van de kaft. De brief lag tussen het papier en het karton in de kaft.

Anders Rask moest op een of andere manier de lijm van het dunne papier hebben losgemaakt, en vervolgens de brief eronder hebben geplakt.

Tommy staarde naar het briefpapier, onbeweeglijk, een paar seconden. Met voorzichtige bewegingen vouwde hij het papier behoedzaam open, hij hield alleen de uiterste bovenrand vast, om mogelijke vingerafdrukken niet te verpesten.

Hij liet zijn ogen snel over de tekst gaan. Een ouderwetse brief. Sierlijk schrift, misschien vulpen. Maar wie had de brief geschreven? Was het Rask zelf? Tommy hield het briefpapier tegen het licht, voorzichtig tussen duim en wijsvinger. Het zag er behoorlijk nieuw uit. Het papier was totaal niet vergeeld. Hij liep achteruit naar het bed en las de brief langzaam, woord voor woord.

Als je dit leest, ben ik misschien al dood.
Ik heb altijd geweten dat jij het zou zijn, zoals Jezus zelf de man uitkoos die hem verraden zou, zo heb ik destijds misschien jou gekozen.
Deze duivelse gave die ik heb gekregen zal mijn ondergang worden, daar kun jij niets aan doen, niemand kan er iets aan doen, misschien ik ook wel niet.
Een geschenk is een geschenk, het is niet iets waar we ooit om hebben gevraagd. Alleen de gever kan een geschenk sturen, en als de gever God zelf is, wat kunnen wij anderen dan doen?
Jij hebt zelf een gave, mijn jongen, wist je dat?
En nee, jij hebt net als ik er nooit om gevraagd.
Zoals geen enkel kind erom heeft gevraagd geboren te worden.
O, kinderen... waarom schreef ik dat?
Toen ik klein was, het lijkt zo kort geleden, zeurde ik net zo lang tot ik bij een zigeunervrouw op een rondtrekkende kermis mijn toekomst mocht laten voorspellen. Ik hield mijn handpalmen open, ze staarde ernaar, daarna sloot ze mijn handen. Jij hoeft niet te betalen, zei ze en ze stuurde me weg. Tegen mijn moeder zei ze dat ik te jong was voor zoiets, te jong om mijn toekomst voorspeld te krijgen. Ze had een fout begaan toen ze mij binnen had gelaten. Ongelukkig, lieve jongen, stel je voor hoe ongelukkig dat me maakte dat zij mijn toekomst niet wilde voorspellen.
Waar ik woon, lijkt de zee alleen maar zwart, geen schuimende golven...
Ik scheurde de krant in stukken toen ik haar gezicht weer zag.
Wat heeft de waarzegster in mijn handen gezien? Wat denk jij?
Dat alles een reden heeft?
Dat haar tranen Medusa's tranen waren?

Wie had dit geschreven?

Rask, het moest Rask geweest zijn.

Of had iemand de brief aan Rask geschreven?

Tommy kreeg het koud bij de gedachte. Had Rask de brief daar verstopt zodat hij hem zou vinden? Kende hij Rask van vroeger?

Hij las de tekst nog eens. *Wat heeft de waarzegster in mijn handen gezien? Wat denk jij?*

Een vrouw, dacht hij. Is dit het handschrift van een vrouw?
Hij vouwde de brief weer dubbel en verliet zo snel hij kon de kamer van Rask, alsof hij bang was er opgesloten te worden.
De bewaarder stond nog steeds voor de deur.
'Waar woont Arne Furuberget?'
'Weet ik niet.'
'Haal me hieruit.'
In de sluis las hij de brief nog een keer.

Waar ik woon, lijkt de zee alleen maar zwart.

Nu wist hij het zeker. Het moest het handschrift van een vrouw zijn.
En Medusa? Dat was toch ook een vrouw?
Hij liet de brief niet aan de adjunct-directeur of de rechercheur uit Gjøvik zien, die nog steeds niet terug was naar het politiebureau in Gjøvik. Zij moesten zich maar concentreren op de vlucht, het leek erop dat ze daar hun handen al vol aan hadden.
'Waar woont Furuberget?'
Hij kreeg het adres en een routebeschrijving, het huis lag aan de rand van Skreia, daar waar het akkerland begon. De adjunct tekende een soort kaart op de achterkant van een envelop.
'Trouwens, bel jij hem maar. Ik moet terug naar Oslo. Geef me eens een envelop.' Hij stopte de brief er voorzichtig in.
Buiten leek het alsof het al avond was. In de richting van het Mjøsameer zag je enkel schaduwen van het landschap, een lichte sneeuwval.
'Hij neemt niet op.'
'Probeer zijn mobiel.'
De adjunct toetste het nummer in op zijn eigen mobiele telefoon.
Tommy bleef hem aankijken.
De adjunct schudde zijn hoofd.
'Hij ligt vast te slapen,' zei Tommy. Hij nam de tekening die de adjunct gemaakt had mee en liep naar de deur.
In de auto legde hij de envelop met de brief erin in het dashboardkastje, boven op het niet-geregistreerde Raven-pistool.
De brief moest geschreven zijn door iemand die Anders Rask van vroeger kende.
Er dook een naam op in zijn gedachten.
Jon-Olav Farberg. Rasks collega bij Vetlandsåsen. De man die zich als een echte Christusfiguur had gedragen toen Kristiane was vermoord. Wat had hij verteld? Een cryptisch verhaal over een vriend van Rask. Yngvar.

Maar nee, Yngvar was geen vrouw. En dit moest het handschrift van een vrouw zijn.

Tommy Bergmann snoof en sloeg in het centrum van Skreia rechts af. Hij besteedde geen aandacht aan de in kerstsfeer versierde hoofdstraat met lichtjes en prachtige etalages.

Na een minuut of zeven sloeg hij af naar links, een bospad met daaraan twee huizen. Er brandde geen licht achter de ramen. In het linkerhuis, waar Furuberget zou wonen, was het volledig donker. Zelfs de buitenlamp was niet aan.

Hij zette de autoradio uit en draaide de contactsleutel om. Alles werd stil en donker, de auto gleed geluidloos over de vers gevallen sneeuw, een paar meter, een klein heuveltje af. Hij trapte op de rem toen hij nog ongeveer tien meter van het huis was. Verderop bij de buurman was de buitenlamp aan en er stond een ondergesneeuwde auto voor de garage.

Hij bleef een paar minuten in de auto zitten terwijl hij keek of er achter de ramen iets bewoog. Eerst in het huis van Furuberget. Daarna bij de buurman. Hij opende het dashboardkastje en tastte naar het Raven-pistool terwijl hij zijn blik op de ramen van Furubergets huis gericht hield. Daarna deed hij zijn koplampen weer aan.

Redelijk verse bandensporen aan weerszijden van de weg leidden naar het huis van Furuberget. Hij deed de lichten weer uit, opende het portier en stapte uit, met zijn ogen continu op de donkere ramen gericht. Hij haalde de veiligheidspal van het pistool en liep een paar passen tussen de vier bandensporen. De sporen aan de rechterkant waren meer ondergesneeuwd dan die aan de linkerkant.

Verdomd, dacht hij. Er was hem een auto voorbijgereden toen hij de heuvel opreed. Maar hij kon zich niet herinneren wat voor auto het was geweest. Hij liep snel naar het huis van Furuberget, de laatste meters rende hij. De stoep was glad, hij greep de leuning vast om niet te vallen. Even was hij bang dat het pistool uit zijn rechterhand zou glippen.

Hij wachtte een paar tellen voordat hij de deurklink vastpakte met zijn jas, om geen vingerafdrukken te vernielen.

De deur was niet op slot en gleed zacht krakend open vanwege de slecht geoliede scharnieren.

Hij liep voorzichtig de hal in met zijn pistool omhooggericht en drukte op de lichtschakelaar.

Uit een deuropening verderop staken een paar sloffen naar buiten. Een poel van bloed vloeide langzaam naar de keuken over een vloer die niet helemaal waterpas kon zijn.

Tommy sloop langs de wand terwijl hij zijn pistool en zijn hoofd van links naar rechts bewoog.

Arne Furuberget lag op zijn buik met zijn benen over de drempel. Zijn hoofd was opzijgedraaid en rustte in zijn eigen bloed. Zijn hals was opengesneden tot aan zijn oor en zijn blazer was op de rug donker van het bloed. Voor hem op de grond lagen kapotte koffiekopjes, een zilveren kan, gemorste koffie, een dienblad en verkruimelde koekjes. Tommy bukte vlug en voelde aan Furubergets hand. Die was nog warm.

Verdomme, dacht hij weer. Het was de auto geweest die hij had gezien. Maar wat voor auto? Een personenwagen, dat was alles wat hij zich herinnerde. Normale grootte.

Hij liep terug door de gang. Als Furubergets vrouw echt ziek was...

Hij opende de eerste deur aan zijn linkerhand, duwde hem bijna helemaal open met zijn voet en hield zijn pistool met twee handen vast. Een logeerkamer, leeg.

De vrouw lag in de volgende kamer. Weer was de hals doorgesneden. Maar ze was er veel erger aan toe dan haar man. Haar gezicht was bijna verdwenen. Hij wilde het licht niet aandoen, maar liet zijn pistool zakken, pakte zijn mobiel en belde het alarmnummer. Na het korte gesprek belde hij Fredrik Reuter en vertelde hem over de brief die hij in de kamer van Rask had gevonden.

'Dit is strikt genomen niet onze zaak, Tommy. Ik moet met Svein praten. Hij probeert...'

Tommy brak het gesprek af.

Hij schrok van een klopgeluid uit het souterrain. Drie kloppen.

Hij liep naar de trap die naar het souterrain ging en zei tegen zichzelf dat het alleen de oliekachel was. Daarna ging hij midden op de trap zitten met zijn pistool op de duisternis daarbeneden gericht.

Toen hij het blauwe zwaailicht door de ramen op de begane grond zag schijnen, stak hij zijn Raven-pistool in zijn binnenzak en liep met een van de gewapende agenten het souterrain in.

Dat was leeg, alle deuren waren op slot.

Boven in de woonkamer kon de politieman hetzelfde constateren als Tommy.

'Zijn bezoek heeft hem vermoord. Hij zou voor Anders Rask vast geen koffie hebben gezet.'

Tommy schudde zijn hoofd.

De rechercheur uit Gjøvik kwam uiteindelijk ook, samen met de adjunct-directeur van Ringvoll.

'Het is Rask,' zei de rechercheur.

'Zou jij koffiezetten voor Rask?' vroeg de politieman. Tommy kon de man wel een schouderklopje geven.

'In wat voor auto zijn ze gevlucht?' vroeg hij de rechercheur.

'Een Nissan Micra.' De rechercheur glimlachte een beetje, een treurige glimlach. Twee gestoorde gekken in een sardineblikje van een auto.

'Ik kwam een auto tegen toen ik hierheen reed.'

'Ja?' De rechercheur sperde zijn ogen open.

'Het was geen Nissan Micra. Het was al donker en moeilijk te zien, maar ik weet zeker dat het geen Micra was.'

'Wat was het dan voor auto?'

'Dat weet ik niet.' Tommy grijnsde ongemakkelijk. 'Het was onmogelijk te zien. Misschien een Focus of een Astra, je weet wel, middenklasse. Geen stationwagen, geloof ik.'

De rechercheur opende zijn mond, maar zag er schijnbaar van af wat te zeggen.

'Heeft Furuberget ooit iets gezegd over brieven die Rask kreeg, een brief waarnaar hij zocht in Rasks kamer?'

De adjunct schudde zijn hoofd. Hij zat geknield in de hal.

2

Pas een uur later kon Tommy Bergmann ervandoor.

De avondspits was druk, vanaf het moment dat hij de E6 opreed bij Minnesund stond hij in de file. Hij werd omgeven door een inferno van witte sneeuw en rode achterlichten. Hij kon het landschap om hem heen amper zien. Ineens kwam hem iets bekend voor, een klein dal, een bos. Toen zag hij aan zijn rechterhand het bord naar het oude Frensby-ziekenhuis en hij reed de uitvoegstrook op.

Was het hier? dacht hij en hij deed het groot licht aan. De lichten van de E6 verdwenen snel in de achteruitkijkspiegel. Voor hem lag een kronkelende landweg met zwarte, kale bomen die naar de auto leken om te buigen.

Hij herinnerde zich dat de oude E6 een stuk verderop liep, en daarachter lag weer het Frensby-ziekenhuis. Daar werkte zijn moeder toch die eerste jaren dat ze in Tveita woonden? Ja, hij herinnerde het zich toen hij dichterbij kwam.

Hij reed een stukje over de oude E6 en sloeg daarna links af.

Na een paar minuten op een landweg zonder straatlantaarns te hebben gereden kwam hij bij het gesloten ziekenhuis. Het lag daar als een gotisch monument voor een tijd die hij niet miste. De donkere ramen gaapten hem aan toen hij over het plein naar de hoofdingang liep. Hij zette zijn voeten voorzichtig op de gladde granieten stoep, legde zijn handen als een scherm rond zijn gezicht en keek door het raam naar binnen. Achter in de gang brandde een lamp die een intens licht over de groene vloer en de rijen deuren aan beide kanten wierp.

Hij legde zijn hand voorzichtig op de deurklink. Die was ijzig koud. Hij wist dat hij hem los moest laten, maar kon het niet laten.

Gelukkig zat de deur op slot.

Hij ademde uit. Was de deur open geweest, dan was hij naar binnen gegaan. Er rustte een geheim op dit oude ziekenhuis. Een geheim waarvan hij niet wist of hij het te weten wilde komen. Zijn moeder had hier ooit gewerkt, aan het begin van de jaren zeventig, dat wist hij zeker.

Had hij hier Elisabeth Thorstensen ooit gezien?

Nee, nee. Hij schudde zijn hoofd.

Het was gewoon verbeelding.

Hij was juist weer terug op de E6 toen zijn mobiel ging.

Hij zag dat het niet Svein Finneland of Fredrik Reuter was en besloot niet op te nemen.

De mobiel ging weer toen hij in de buurt van het vliegveld Gardermoen kwam.

Hij pakte hem op en bestudeerde het nummer. Het kengetal was van Nordstrand of Lambertseter. Verdomme, dacht hij, het is Elisabeth Thorstensen.

'Gaan jullie hem vinden?' vroeg ze zonder haar naam te noemen.

Tommy reed weer naar de rechterrijbaan en voelde hoe moe hij was na zijn slapeloze nacht. Hij moest stoppen bij het Shell-station bij Kløfta, een kop koffie kopen, een sigaret roken, wat frisse lucht krijgen.

'Ja,' zei Tommy.

'Ik heb een verschrikkelijk voorgevoel,' zei ze. Haar stem leek vervormd, alsof er diep in haar een kind huisde.

'Hoe bedoel je?'

'Dat hij hierheen komt.'

Elisabeth Thorstensen zei verder niets meer.

'Wil je politiebewaking, probeer je dat te zeggen?'

Ze antwoordde niet.

'Heeft hij ooit contact met je gezocht?'

'Nee.'

'Dan komt hij niet.'

'Ik wil geen bewaking hebben. Nee, dat wil ik niet,' zei ze, meer tegen zichzelf, zo leek het, dan tegen Tommy.

'Is er nog iets anders wat je kwijt wilt?' vroeg hij na een lange pauze. Hij was bijna bij de afrit naar Kløfta. Hij stond op het punt om haar te zeggen dat het hem speet dat hij gisteren zo ver was gegaan, en dat hij blij was dat ze belde, maar deed het niet.

'Dat met die verhouding met Morten is...' Ze wachtte even. 'Ik begrijp niet goed waarom je dat zo belangrijk vindt.'

Je lijkt er vooral zelf nogal mee bezig, dacht Tommy.

Hij sloeg af naar het Shell-station.

'Ik probeer alleen maar de gaten in het onderzoek te vullen. Noem me maar een pietje-precies.'

Elisabeth Thorstensen haalde diep adem.

'Ja, ja,' zei ze bij het uitademen.

Tommy parkeerde en stapte uit.

Links van hem hoorde hij het gedreun van de E6. Hij liep door de natte sneeuw aan de achterkant van het benzinestation en stak een sigaret op. Ooit had hij hier samen met Hege gezeten, na een rit naar Rena, een paar vrienden hadden daar een huisje. Dat was een van de mooiste reizen geweest die ze samen hadden gehad. Het was zomer, en hij was gelukkig, zo gelukkig als hij maar kon zijn, en zij was gelukkig, voor één keer. Ze had gezegd dat ze kinderen met hem wilde. Toch? Jawel. Hij keek naar de lucht, grijze wolken dreven langs de zwarte hemel. Het zou straks nog meer gaan sneeuwen. Hij wendde zijn blik naar de cabine van een geparkeerde vrachtwagen. Achter de voorruit brandde een kleine kerstboom. Op kerstavond zal ik alleen zijn. Hij wilde niet in zelfmedelijden zwelgen.

'Ik zal je bellen als er iets gebeurt,' zei hij tegen Elisabeth Thorstensen.

'Alex is zijn zoon.'

Hij nam een diepe teug van zijn sigaret.

'Zijn zoon?'

'Per-Erik is niet Alex' vader. Morten is zijn vader. Morten Høgda.'

Het werd stil aan de andere kant van de lijn.

Hij wachtte.

'Ik weet niet waarom ik je dit vertel. Het heeft niets met Kristiane te maken. Het is alleen dat ik haar sinds 1988 heb verdrongen. Net als zoveel andere dingen. Ik kan er niet mee doorgaan. Ik kan geen leven leiden vol ontkenningen. Begrijp je wat ik wil zeggen, Tommy?'

Hij reageerde niet.

'Begrijp je het?'

'Ja, ik begrijp het,' zei hij zacht. Zijn woorden verdronken in het gedreun van de E6.

'Alleen jij en een vriendin weten dit. Ik wil dat dit voorlopig tussen ons blijft. Geen woord tegen Per-Erik.'

'Nee. Ik krijg hem trouwens niet te pakken. Hij is in Thailand, zeiden ze op school.'

'Geen verrassing,' zei ze, niet geheel zonder een bepaalde koelte in haar stem. 'Thaise dames stellen geen eisen.'

Hij negeerde haar. Er waren belangrijkere dingen.

'En niemand anders weet dat Høgda de vader van Alex is?'

Even zei ze niets.

'Nee.'

'Ook Morten Høgda zelf niet?'

Ze antwoordde niet.

'Dat vat ik op als een "ja",' zei Tommy. Ik hou er niet van als mensen

tegen me liegen, dacht hij, maar hij wilde haar niet provoceren.
'En Alex?'
'Nee, godzijdank niet.'
'Ik zou zelf nog wel met Høgda willen praten.'
'O.' Het antwoord kwam snel.
'Zijn jullie bevriend?'
'We spreken elkaar soms. Niet vaak. Hij zal waarschijnlijk niet begrijpen waarom, maar je moet maar zien. Ik snap niet wat hij hiermee te maken heeft.'
'Hij is de vader van Alex,' zei Tommy. 'En hij was samen met jou op de avond dat Kristiane verdween. Misschien de avond dat ze werd vermoord.'
Ze zweeg.
'Vertel me iets meer over hem.'
'Hij was een vriend van Per-Erik. Ze werkten samen, ze waren zakenpartners, ze deelden alles, eigenlijk. Voordat Morten de hele firma overnam.'
Daar stopte ze.
Ze deelden alles, dacht Tommy. Zelfs jou.
'Nog iets anders,' zei hij, 'over Alexander, Alex... ik vraag het op de man af: kan hij gelogen hebben tijdens het verhoor? Hij zei dat hij de hele middag en avond alleen was geweest, tot ongeveer tien uur, toen hij naar een feest ging. Maar niemand kan zich herinneren dat ze hem daar voor middernacht hebben gezien.'
'Daarvan herinner ik me niets,' zei Elisabeth Thorstensen. 'Waarom zou hij daarover liegen?'
Of je begrijpt me niet, of je wilt me niet begrijpen, dacht Tommy.
'Maar Alex en Kristiane waren op de zaterdag van haar verdwijning bijna de hele dag alleen geweest.'
'Ja, dat geloof ik wel.'
'Kan hij haar ergens hebben opgehaald, of haar ergens naartoe hebben gebracht? Na de handbaltraining?'
'Hoe bedoel je?'
'Alex beweert dat hij die zaterdag tot een uur of tien alleen is geweest, toen ging hij naar een feestje van vrienden, maar niemand herinnert zich dat hij daar voor twaalf uur was, als we überhaupt op de getuigenverklaringen van een paar halfdronken middelbare scholieren kunnen vertrouwen. Bracht hij haar weleens ergens heen? Hoe was hun relatie?'
'Ik begrijp niet helemaal waar je heen wilt.'

'Denk je dat hij iets achter kan houden, dat hij iets weet wat hij niet wil zeggen, uit angst hierbij betrokken te raken?'
Ze wachtte lang.
Te lang.
'Nee. Nee, dat kan ik me niet voorstellen.'
'Woont hij nog steeds in Tromsø?'
Ze zei niets.
'Ik...' begon ze.
'Ja?'
'Ik moet ervandoor.'
Toen hij weer in de auto zat, pakte hij de plastic map met de brief aan Rask. Hij voelde hoe zijn hoofd van beide kanten werd samengedrukt, alsof hij in een bankschroef zat. Hij had meer tijd nodig, veel meer tijd.
Alex was niet de zoon van Per-Erik Thorstensen.
En wie had verdomme die brief aan Rask geschreven?
Een vrouw.

3

De laatste op deze wereld met wie ze op dit moment wilde praten was Halgeir Sørvaag. Susanne Bech had het grootste deel van de tijd na de lunch gebruikt om weg te zakken in iets waarvan ze wist dat het een voorbijgaande depressie was, een van haar vele stemmingswisselingen waarvan Nicolay had gezegd dat hij er niet mee kon leven.

Waarom heeft hij mij dan niet verlaten? was eigenlijk het enige wat ze had gedacht sinds ze de kantine uit was gelopen. Waarom was ik degene die bij hem weg moest gaan? Vanaf acht uur had ze geprobeerd systematisch documenten te lezen, met maar één gedachte in haar hoofd: Kristiane was verliefd geworden op iemand op wie ze niet verliefd had moeten worden. Voor de lunch was ze er zelfs in geslaagd naar de kantoren van de *Aftenposten* te gaan en in het archief iets te zoeken over de poging van Bjørn-Åge Flaten zijn verhaal te verkopen. Maar nu was ze vanbinnen alleen maar zwart, en die verdomde Halgeir *ik-kleed-je-met-mijn-ogen-uit* Sørvaag stond trappelend in de deuropening.

Langzaam draaide ze haar stoel rond, ze hoopte dat Sørvaag niet kon zien dat ze had gehuild. Tien minuten geleden had ze op het punt gestaan om Nicolay te bellen om hem te vragen om met kerst thuis te komen en het meisje bij wie hij troost had gezocht te laten schieten. Maar in plaats daarvan was ze naar het toilet gerend en had zo stilletjes ze kon gehuild. Toen ze geen tranen meer overhad, had ze haar mascara weggewassen. Het leek alsof Halgeir Sørvaag haar op het eerste gezicht niet herkende.

'Wat is er?' vroeg ze en ze zette haar leesbril op haar neus, in de hoop dat ze er zo zou uitzien als een serieuze dertiger in plaats van een chagrijnig tienermeisje dat spijt had van haar keuzes. Anders Rask was ontsnapt, twee bewaarders waren gedood, de chef-arts van Ringvoll en zijn vrouw waren vermoord en zij zat op het toilet te janken omdat ze bij Nico was weggegaan en kerstavond alleen met Mathea zou zijn.

'Heb je Tommy gezien?' vroeg Sørvaag, misschien iets zuurder en norser dan hij van plan was.

Nee, ik heb die gek niet gezien, dacht Susanne.
Ze slaagde erin om haar mond te houden en schudde haar hoofd.
Halgeir Sørvaag gromde iets als 'nou ja' en zond haar een vreemde blik.
'Kan ik je ergens mee helpen?'
Hij haalde zijn schouders op, waardoor zijn overhemd uit zijn broeksband werd getrokken. Hij nam niet eens de moeite om het hemd weer terug in zijn broek te stoppen, maar trok alleen zijn vest wat naar beneden, alsof hij een onzekere schooljongen was en niet een man die de verplichte pensioenleeftijd met rasse schreden naderde.
'Het gaat over... je herinnert je misschien...'
Wat herinneren? dacht Susanne. Dat hij zijn hand op haar kont had gelegd toen ze samen dansten op het zomerfeest? Toen ze uiteindelijk met Svein Finneland meeging? Klotekerels, ze was ze allemaal zat.
'Dat met Maria. Edle Maria. Die hoe...' Sørvaag zweeg. Susanne merkte dat haar ogen spleetjes werden. Ze stond op het punt om overeind te komen en hem een klap te geven. Als hij het arme Litouwse meisje nog een keer 'hoer' zou noemen, had hij het aan zichzelf te wijten en kon zij zich melden voor een uitkering.
'Wat is er met haar?'
'Het meisje wist maar één keer duidelijk iets te zeggen. Weet je nog dat ik zei dat ik die naam ergens vandaan had? Eerst het woord, Edle, en dan Maria?'
Ik herinner me in elk geval dat Fredrik Reuter je terechtwees, dacht Susanne.
'Ja.'
'De oude Lorentzen, mijn eerste baas, heeft me jaren geleden eens over een zaak verteld. Iets over ene Maria, uit een plaats waar hij had gewerkt. Edle Maria. Ergens in het noorden.'
'En je bent er nog steeds van overtuigd?' Susanne nam haar bril van haar neus; elke gedachte aan kerstavond alleen met Mathea of Nicolay tussen de benen van een twintigjarige blondine was verdwenen. Sørvaag was eerlijk gezegd niet haar favoriet, maar dom was hij nooit geweest.
'Waar heeft die Lorentzen gewerkt?'
'Het kan toeval zijn.'
'Het is de moeite waard om na te gaan.'
'Het probleem is dat zijn personeelsdossier is vernietigd. Hij is dood, en zijn vrouw is dood.'
'Ja, maar zie dan dat je een aantal anderen die met hem hebben ge-

werkt te pakken krijgt, zijn kinderen, iedereen die kan vertellen waar hij werkte.'

Sørvaag knikte.

'Hij vertelde het alleen aan mij, tijdens een gezamenlijke nachtdienst. De eerste keer dat ik iemand zag die was vermoord. Hij vertelde me dat in het noorden, waar hij werkte, een jong meisje was gevonden, pas na enkele maanden. Gedood met een mes, afgeslacht, volgens het autopsierapport, en aangevreten door dieren. Ze heette Edle Maria. Ik ben er nu volkomen zeker van.'

Zijn mobiele telefoon ging. Hij stond er als een halvegare naar te kijken.

'Het is waarschijnlijk gewoon toeval,' zei hij weer en hij liep daarna de gang in.

Dit is echt geen toeval, dacht Susanne en ze zocht het nummer van de Landelijke Recherche op.

'Of wij een overzicht hebben van vermoorde personen uit de jaren zestig? In Noord-Noorwegen?' De man aan de andere kant lachte, met een sarcastische ondertoon. 'Nee, dat systeem is nog niet ontwikkeld. De zaak ligt misschien op het bureau waar het onderzoek heeft plaatsgevonden, of hoogstwaarschijnlijk in het Rijksarchief daar. Als het dossier er nog is. Wacht even, ik krijg een ander gesprek.'

Ze werd in de wacht gezet.

Het was bijna halfvijf.

Ze vloekte en bleef naar haar spiegelbeeld in het raam zitten kijken.

Ze zag Mathea voor zich, ondersteboven liggend op de glijbaan in de achtertuin van het kinderdagverblijf. Ze zag de donker geklede persoon die bewegingloos op het voetpad naar het kind stond te kijken. Ze legde de hoorn op het apparaat en dacht dat haar kind veel belangrijker was dan wachten op mannen die haar uitlachten.

Ze had juist haar winterjas van de kapstok gepakt toen de telefoon ging.

'Je moet naar Malmøya,' zei Tommy zonder enige inleiding.

'Jij ook goeiemiddag. Zware dag?'

'Vreselijk. Ik kwam de auto tegen van degene die Furuberget heeft vermoord. Maar denk je dat ik me herinner wat voor auto het was? Ik herinner me alleen wat voor auto het níét was.'

'Cryptisch,' zei Susanne. Ze was al onderweg naar de trap, ze had geen tijd om op de lift te wachten. Als ze geluk had, was ze nog net voor sluitingstijd bij het kinderdagverblijf. Als ze groot was, zou Mathea het tegen haar gebruiken: dat ze altijd als laatste werd opgehaald.

'Hoe dan ook. Furuberget was op zoek naar een brief die iemand aan Rask had geschreven. Daar zit een opening, begrijp je?'

Susanne schudde haar hoofd.

'Tommy...'

'Ik denk dat Furuberget gedood is door iemand die hij eerder heeft ontmoet. Hij stond op het punt om koffie te serveren toen hij werd vermoord, begrijp je? Misschien door degene die de brief heeft geschreven. En ik denk dat het een vrouw is. Het verwart me.'

'Ik snap er niets van,' zei Susanne.

Ze holde over de Grønlandsleiret, spiedend naar een taxi in de absurde chaos van kerstversieringen, tandoorirestaurants, kerstkabouters met pap en bolle wangen en vrouwen in hidjabs. Tommy vertelde over de brief waarnaar Furuberget had gezocht. Een brief die volgens hem door een vrouw was geschreven. Medusa's tranen.

'Jon-Olav Farberg is de enige van wie we weten dat hij Rask kent. Ik denk dat hij iets achterhoudt. Lees het rapport, ga naar hem toe en vorm je eigen mening.'

Susanne had het rapport van het eerste verhoor van Farberg al gelezen. Ze begreep goed wat Tommy bedoelde. Rasks vriend Yngvar, wie was dat? Als Farberg A had gezegd, dan moest hij ook B zeggen.

'Ik denk dat de brief aan Rask geschreven is door een vrouw. En ik denk dat hij haar gaat ontmoeten. Vraag Farberg ernaar. Ik moet vanavond met iemand anders praten. Het is dringend.'

'Oké. Ik regel een oppas,' zei ze.

Hij slaakte een zucht, alsof hij was vergeten dat ze een kind had. Alsof hij dacht: o jee, dat kind, steeds weer dat verdomde kind.

Nooit van zijn leven zal hij me voordragen voor een vaste aanstelling. Als ze dit niet regelde, kon ze het schudden.

'Kan wel zijn dat het vanavond wordt.'

'Het móét vanavond. Controleer of hij er iets mee te maken heeft. Je bent hier goed in. Lees het rapport dat ik na het verhoor in Lysaker heb geschreven. Zijn nummer staat erin. Hoor hem uit over Rask. Gebruik dat als ingang. Hij kent Rask. Rask is ontsnapt. Oké?'

'Maar waarom is hij zo interessant?'

'Hij is de enige die we hebben die Rask kent. Bovendien denk ik dat hij ergens over liegt. Heb je mijn rapport gelezen? Over Yngvar?'

Ze kreeg Torvald bij de eerste poging al te pakken. Hij had eerst nog een vergadering voordat hij kon vertrekken en vertelde dat hij Mathea niet op zo'n korte termijn kon ophalen, hoewel hij op loopafstand van het kinderdagverblijf werkte. Maar hij kon natuurlijk vanavond wel oppassen. Al weer. Als Mathea twee jaar jonger was geweest, zou ze hebben gedacht dat de homo van beneden haar vader was.

Susanne voelde ijskoude rillingen over haar rug. Ze moest eerst dat verdomde rapport printen. Als ze daarna bij het kinderdagverblijf aankwam, zou Mathea beslist al bij de poort staan te wachten, met naast haar een chagrijnige juf.

Ze bleef op de stoep staan en zocht Tommy in de lijst met contactpersonen op haar mobiel.

'Waarom...' begon ze, maar de bezettoon klonk al in haar oor.

Waarom kun jíj er niet heen gaan? dacht ze.

Ze liep dezelfde weg terug die ze gekomen was. Het politiebureau lag als een ijskasteel tussen de bomen in het park, alsof ze onderweg was naar de sneeuwkoningin uit het sprookje van H.C. Andersen.

De sneeuwkoningin.

De boze heks.

Een vrouw had een brief aan Rask geschreven, dat had Tommy toch gezegd? Medusa's tranen?

Susanne zette haar pc aan en keek op haar horloge. Ze belde de taxicentrale en bestelde een auto om tien voor vijf, dan moest ze nog op tijd zijn. Ze toetste *Medusa* in het zoekveld en las vlug de tekst door.

Een monster uit de Griekse mythologie. Levende, giftige slangen in haar haar. Iedereen die haar recht in het gelaat keek, versteende ter plekke. Medusa was oorspronkelijk een betoverend mooie jonge vrouw, 'het jaloerse verlangen van vele vrijers'. Maar toen Poseidon, de god van de zee, haar gevangennam en verkrachtte, in Athena's tempel, veranderde de woedende Athena het haar van Medusa in slangen. Haar gezicht werd zo vreselijk dat niemand naar haar kon kijken zonder in steen te veranderen.

'Hier begrijp ik niets van,' zei ze tegen zichzelf.

Edle Maria. Medusa.

Nee. Dan maar naar het rapport dat Tommy had geschreven na het verhoor van Jon-Olav Farberg.

Ze vond het bestand in de gemeenschappelijke cloud, maar de papierlade van de printer in de kopieerruimte was leeg. Op het prikbord hing een ansichtkaart uit Mombassa, een aankondiging voor de kerstviering en een bedankkaart met foto van een bruidspaar, een jongere vrouwelijke collega. Iemand had een e-mail geprint van zijn vrouw over de

kerstviering op de Stabekk-school. Ze las snel de tekst en ging zitten op
de vloer met het ongeopende pak papier op haar schoot.
Een fijne dag verder. Ik hou van je, stond onder aan de mail.
Ze ging met haar wijsvinger over de laatste vier woorden.
'Ik hou van je,' fluisterde ze. Ik hou nog steeds van je.

4

Zelfs op de meest nietszeggende radiozenders was nauwelijks iets anders te horen dan reportages over de ontsnapping van Rask en Jensrud, met tussendoor de gebruikelijke, fantasieloze reclame, zo ontzettend treurig dat je een moord wilde plegen om er niet naar te hoeven luisteren. Hij zocht de NRK-zender op de oude Blaupunkt-radio op. Het politiedistrict Vestoppland had nog altijd de leiding over het onderzoek, en dat kwam Tommy goed uit. De macht van hoofdofficier van justitie Svein Finneland had duidelijk zijn grenzen. De stem van de nieuwslezer deed dezelfde mededeling als die Fredrik Reuter had achtergelaten op de voicemail van Tommy's mobiel, tijdens Tommy's bezoek aan Flatanger bij de Landelijke Recherche: de donkerblauwe Opel Corsa die de twee hadden gebruikt bij hun vlucht uit Ringvoll was uitgebrand teruggevonden in de gemeente Sørum. Waarschijnlijk had de vrouw, die nu bekendstond als de vriendin van Anders Rask, een vrouwelijke bewaarder, een andere auto, van onbekend merk, achtergelaten in de buurt van een verlaten landweg in Sørum. En zolang zij hardnekkig ontkende dat ze de twee voortvluchtigen met nóg een auto had geholpen, waren Rask en Jensrud nu op de vlucht in een onbekend voertuig. De politie stond voor een dilemma. Men wilde natuurlijk geen paniek zaaien, maar tegelijk moest de communicatieafdeling van de politie het publiek ervan op de hoogte stellen dat Rask en Jensrud levensgevaarlijk waren en wellicht gewapend. De commissaris van de politie in Vestoppland had dus geen andere keus dan iedereen in Oost-Noorwegen te waarschuwen voorzichtig te zijn en geen deuren te openen voor onbekenden.

Geniaal, dacht Tommy. Anderhalf miljoen mensen zouden nu niet opendoen voor vreemden. Hij parkeerde de auto op een van de weinige lege plaatsen aan de Munkedamsveien en pakte het Raven-pistool uit het dashboardkastje. Wanneer Anders Rask en zijn metgezel op het idee kwamen om hem op te zoeken, konden ze beiden de volle laag krijgen.

Onderweg naar Aker Brygge werd hij geplaagd door de gedachte dat Anders Rask niet degene was die in zijn appartement was geweest, althans niet in de kelderbox. Hij zou de drugsverslaafde zoon van zijn buurvrouw onder handen nemen, maar hij wist al dat hij of een van zijn vrienden het niet was geweest, zij zouden het weinige dat daar beneden van waarde was hebben meegenomen, een paar flessen wijn en wat oud zilverwerk dat Hege had achtergelaten. Het waren net eksters. Diegene die in de kelderbox was geweest, was op zoek geweest naar iets anders. Misschien was hem bang maken het enige doel geweest. In dat geval was de opzet redelijk goed geslaagd. Beter dan Tommy aanstond. Onzichtbare vijanden kon hij niet uitstaan.

Hij ergerde zich aan zichzelf toen hij in de lift stond op weg naar de bovenste verdieping van het appartementencomplex aan de havenpromenade. Hij legde zijn hand op het pistool, controleerde dat hij de rits van de zak had dichtgetrokken. Het was wellicht overhaast. Maar hij vond het niet leuk dat mensen bij hem inbraken, tenminste niet dit soort mensen. Mensen die zeven meisjes hadden vermoord en afgeslacht en ze vervolgens hadden laten doodbloeden.

Morten Høgda zelf opende de deur. Tommy's schoenen lieten een natte plas achter op het Perzische tapijt in de gang. De blik van Høgda dwaalde af naar Tommy's benen, alsof hij een willekeurige loopjongen was. Het is maar goed dat er een scheepsdek onder zit, dacht Tommy. Hij had onmiddellijk een hekel aan de man. Hoe rijker, hoe gieriger.

Ze liepen door een gang met aan beide wanden een lange rij prenten. Het lukte Tommy niet de motieven uitgebreid te bestuderen, hij registreerde alleen dat ze vol stonden met willekeurige penseelstreken in pastelkleuren. Høgda liet hem in de woonkamer, als je de ruimte tenminste zo zou kunnen noemen. De kamer alleen was al groter dan zijn eigen appartement.

'U kunt hier uw jas hangen,' zei Høgda op een enigszins neerbuigende toon en hij wees naar een kapstok, beslist van een ontwerper van wie Tommy nog nooit had gehoord.

Hij moest onwillekeurig glimlachen. Het gemaakte Oost-Noorse dialect van Høgda was niet echt geslaagd. Maar hij bezat een van de mooiste huizen van de stad, dat moest hij toegeven. In het hele appartement hing een maritieme sfeer, Tommy had het gevoel alsof hij op een boot was. De woonkamer eindigde in een hoek met honderdtachtig graden uitzicht op het stadhuis, de vesting Akershus, de Bunnefjord en Nesodden. Het ansichtkaartuitzicht op de vesting en de fonkelende lichtjes van duizenden huizen en flats hadden even een hypnotiserend effect. Tommy bleef bewegingloos staan kijken door de grote ramen.

'Iets te drinken?'

Morten Høgda stond bij de open keuken. Het rook er niet naar eten en het zag er ook niet uit alsof de keuken ooit werd gebruikt, alles was gloednieuw en keurig aan kant. Hij had vast twee keer per dag een hulp in huis en ging elke avond uit eten.

'Whisky, cognac of alcoholvrij?'

'Cola zou lekker zijn.'

'Dan wordt het cola.' Morten Høgda had kennelijk zijn ongeremde chagrijn overwonnen en leek nu een charmeoffensief te voeren dat Tommy vaker had gezien bij inwoners van dit dure deel van Oslo, hoewel Høgda oorspronkelijk niet uit de villawijken van de stad kwam, maar uit een klein dorp in Noord-Noorwegen. Mij hou je niet voor de gek, dacht hij. Als je van kinds af aan financiële zekerheid hebt gekend en in de hogere kringen bent onderwezen en opgevoed, kreeg je een zekere ontspannen zelfverzekerdheid mee die voor zelfs geen honderd miljoen kronen te koop was. Dat was de zwakte van de nieuwe rijken, de gêne van een eenvoudige achtergrond. Tommy wist dat Morten Høgda niets anders was dan een eenvoudige visserszoon die zijn eerste geld had verdiend met kabeljauw schoonmaken op de kade, en als hij slim genoeg was, zou hij dat zelf ook inzien en zijn toneelstukje aan de wilgen hangen.

'Dus u komt uit Noord-Noorwegen? Waar precies?' vroeg Tommy toen Høgda de glazen op de salontafel zette.

'Kvænangen.' Hij antwoordde haast met tegenzin.

'Juist,' zei Tommy. 'Dus niet geboren en getogen in Oslo? Ik weet niet hoe ik daarbij kom.' Hij glimlachte als de schlemiel die hij probeerde te zijn.

Morten Høgda leek wat in elkaar te krimpen op de bank aan de andere kant van de tafel. Hij dronk uit zijn whiskyglas, beslist een van het fijnste kristal. Had hij zijn hele werkzame leven geprobeerd om zich zo verfijnd mogelijk voor te doen, met zijn handgemaakte schoenen en een messcherpe vouw in zijn broek, en dan plofte Tommy Bergmann op je bank neer en vraagt uit welk vissersdorp je komt. Tommy moest bijna lachen om zichzelf. Hij overwoog nog even om te vertellen dat zijn moeder ook uit het noorden van Noorwegen kwam, om een persoonlijke sfeer te creëren en Høgda te laten zien dat ze per slot van rekening niet zoveel van elkaar verschilden, maar besloot dat dat kon wachten tot een andere keer.

'Elisabeth vertelde me dat u weet...' Morten Høgda staarde afwezig in zijn glas. Het was al leeg.

'Ik moet gewoon een paar lege plekken in het onderzoek inkleuren.' Høgda nodigde hem uit om direct ter zake te komen. Dat stond Tommy aan.

'Ging u regelmatig om met Per-Erik en Elisabeth?'

'Om heel eerlijk te zijn, Bergmann...' Høgda stond op en liep langzaam naar de keuken, pakte de whiskyfles, Bushmills, en ging weer zitten. Hij schonk het glas weer halfvol. 'Ik begrijp niet goed waarom u met mij wilt praten. Elisabeth vroeg me om u te ontvangen, en ik doe het voor haar. Ja, we hadden jarenlang een relatie, achter de rug om van een van mijn beste vrienden, Per-Erik, en ja, ik ben de vader van Alex. Hij weet het zelf niet, ik heb het ook jaren niet geweten. Ik begrijp niet wat het met Kristiane te maken heeft. Zij was de dochter van Per-Erik en God weet hoeveel hij van het meisje hield. Ze was alles voor hem, Bergmann, absoluut alles.'

Tommy moest even nadenken. Høgda was geen lafhartige man, daar liet hij geen twijfel over bestaan. Hij keek Tommy recht aan met een ernstige uitdrukking op zijn gezicht. Zijn ogen waren groen, bijna turkoois, heel kort deden die ogen hem aan Hege denken. Hij had licht vrouwelijke trekken, die hem in zijn beste jaren een streepje voor hadden gegeven bij de dames. Nu zag hij er moe en afgetobd uit, ruim over de zestig, maar hij kon waarschijnlijk nog steeds de vrouwen krijgen die hij wilde. En zo niet, dan nam hij ze gewoon.

'Zoals ik al zei,' zei Tommy, 'dit gesprek hoeft niet lang te duren. Maar ik hou ervan om de lege plekken in het onderzoek in te vullen. Rask heeft de zaak laten heropenen, dat weet u, en nu is hij ontsnapt...'

'Ongelooflijke toestand,' zei Morten Høgda. 'Als jullie hem vinden, mogen jullie hem wat mij betreft gewoon doodschieten. Laten we zeggen dat ik hoop dat ze zich verzetten, dan hebben jullie een goede reden om die twee gekken te grazen te nemen.' Hij nam een grote slok uit zijn whiskyglas.

'Oké. Terug naar de vraag, was u een vriend van de familie?'

'Zeker. Mijn eerste vrouw en ik en mijn tweede vrouw en ik.'

'Ook na de geboorte van Kristiane?'

'Totdat ze werd vermoord, Bergmann, totdat Per-Erik me die zondagavond belde en vertelde dat ze was gevonden. Ik had nog nooit een volwassen man zo horen huilen. Ik zou alles doen om zijn verdriet te verlichten, maar er was niets wat ik kon doen. Het was een dubbele tragedie, hij had zich jarenlang tegenover Elisabeth als een varken gedragen, maar zichzelf onder handen genomen op een manier die ik niet voor mogelijk had gehouden. En toen werd zijn oogappel vermoord. Ik dacht dat hij er een eind aan zou maken. Dat was voordat ik wist dat Elisabeth het had geprobeerd.'

Hij zocht Tommy's blik, misschien wist hij dat Tommy het bloed dat uit haar pols vloeide had gestopt.

'Waren jullie op de avond van haar verdwijning samen?'
'Van twee uur 's middags tot elf uur de volgende dag, zondag.'
'Jullie zijn steeds samen geweest?'
Hij knikte.
'Wat deden jullie?'
Morten Høgda snoof.
'We hebben gedaan wat mensen doen wanneer ze ontrouw zijn, we hebben de sterren van de hemel geneukt.'
Tommy zei niets.
'Dat doen mensen toch wanneer ze hun wederzijdse echtgenoten bedriegen?'
'Ik denk het,' zei Tommy.
'Ik was slechts één in een eindeloze rij mannen.' Morten Høgda leek in gedachten te verzinken. 'Lange tijd kon Elisabeth krijgen wie ze wilde. Wellicht was het een soort troost voor haar. Per-Erik was geen engel.'
Høgda leek zich heel ergens anders te bevinden, ver terug in de tijd.
'Dus u kende Kristiane goed?'
Morten Høgda dronk zijn whisky op en staarde een tijdje in het glas, alsof het antwoord op de bodem zou liggen.
'Wat bedoelt u, Bergmann?' De bijna turkooizen ogen van Høgda, die Tommy weer aan Hege deden denken, werden smaller.
'Ik wil gewoon graag een oordeel van een derde partij horen, iemand die dingen van een afstand kon bekijken en tegelijk de familie goed kende.'
'Ik ben nauwelijks een derde partij. Vindt u ook niet?'
Morten Høgda schonk zich nog een glas Bushmills in en keek in gedachten voor zich uit.
'Ik probeer me een beeld te vormen van Kristiane.'
'En wat is daarvan verdomme de zin, zoveel jaar na dato? Denkt u dat het haar weer tot leven zal wekken, Bergmann? Denkt u dat het Elisabeth zal helpen om de tijd die ze nog op aarde heeft rust te geven?'
Morten Høgda nam zijn whiskyglas mee en verliet de zithoek zonder nog iets te zeggen. Tommy staarde naar zijn handen, het kleine notitieboekje, de blanco pagina, de pen op de glazen salontafel.
Het geluid van een schuifdeur die werd geopend, verbrak de stilte.
Daarna klonk zacht geluid uit onzichtbare luidsprekers. Waarschijnlijk ingebouwd. Een opera die hij eerder had gehoord, een tenor die hem bekend in de oren klonk.
Een koude tocht trok over de vloer van de woonkamer, gevolgd door een vage sigarettengeur. Tommy liep terug naar waar hij was binnenge-

komen om zijn eigen sigaretten te halen. Het voelde alsof hij minstens twee minuten moest lopen, door een andere zithoek, daarna een ronde hal met een marmeren vloer, voordat hij de gang bereikte waar de ingelijste schilderijen hingen, of waren het prenten, in overdadige pastelkleuren. Hij bleef staan en keek naar een ervan. Nu hij tijd had om ze te bekijken, zag hij wat ze voorstelden. Op een hing een jonge Aziatische vrouw, vermoedelijk Japans, aan het plafond in een bijna donkere kamer, vastgebonden met touwen om haar polsen. Haar gezicht verwrongen van pijn. Haar lichaam leek onder de blauwe plekken te zitten, maar het was moeilijk te zien vanwege de pastelrode kleur die in drie schijnbaar willekeurige penseelstreken over de tekening lag. Maar toch, dacht Tommy en hij voelde de misselijkheid naar zijn keel stijgen. Hij moest niet meer naar het tengere lichaam kijken. Op verschillende andere tekeningen stonden vastgebonden en vernederde vrouwen in zwart-wit, met vergelijkbare contrastkleuren: geel, roze, groen. De laatste prent die Tommy bekeek voordat hij terug naar de kamer ging was van een jonge vrouw, vermoedelijk ook Japans, die dood in een kist lag, of misschien deed ze alsof, bestrooid met orchideeënblaadjes, met uitzondering van haar gezicht, dat leek te zijn bedekt met lijkvlekken.

Hij probeerde de beelden te verdringen van zijn netvlies en liep naar Morten Høgda op het terras. Het was weer heviger gaan sneeuwen, je kon de vesting Akershus nog amper zien. Hij voelde zich nog steeds vreemd na het zien van de collectie van... van wat? dacht hij. Kunst was het nauwelijks te noemen. Het deed hem te veel aan iets anders denken. Aan hemzelf.

'Dat zijn nogal heftige prenten die u aan de wand hebt hangen.'

'Mooi, hè?' zei Morten Høgda, voor zich uit. Hij leek nauwelijks te registreren dat Tommy buiten op het terras was gekomen. 'Akira Nobioki. Ik heb er een klein fortuin voor betaald. Ik verzamel ze al jaren, over de hele wereld. Van Tokio tot New York en van Kaapstad tot Buenos Aires.'

'U krijgt niet vaak bezoek van de kleinkinderen?' vroeg Tommy.

'Ik krijg niet veel bezoek. Ik ben niet dol op mensen. En ik heb geen kinderen,' zei Morten Høgda.

'U hebt Alex.'

Hij lachte zacht.

'Die prenten zijn iets bijzonders. Nobioki heeft zijn eigen esthetiek. Hij geeft elk jaar een paar fotoboeken uit, voor schappelijke prijzen, als u geïnteresseerd bent. Tien- tot vijftienduizend kronen, denk ik.'

'Bent u in dat soort dingen geïnteresseerd?' vroeg Tommy. 'Mishandeling?'

Morten Høgda grijnsde.

'Noem het mishandeling als u wilt. U bent ruimdenkend, besef ik. *What happens in the bedroom, stays in the bedroom*, zeg ik altijd maar. Het is kunst, Bergmann. Kunst.'

Tommy stak een sigaret op, terwijl hij in zichzelf lachte. Hij bedacht dat hij had moeten gaan, maar nu was het te laat. Hij zou Høgda dat plezier niet gunnen. Ze stonden zwijgend te roken. De geluiden van de stad waren nauwelijks te horen, de sneeuw dempte bijna elke poging om de stilte te doorbreken, slechts een vaag gebrom van een van de veerboten naar Nesodden, een paar honderd meter van de kade, doorbrak de zachte muziek uit de woonkamer. Opnieuw kwam de opera hem bekend voor. Tommy wist dat hij de muziek eerder had gehoord. Morten Høgda leek te merken dat Tommy probeerde te bedenken welke muziek er speelde. Hij drukte zijn sigaret uit, een Camel zonder filter, en pakte een nieuwe uit het pakje dat op de terrastafel van verweerd teakhout lag.

'Waarom is Iago zo slecht?' vroeg Høgda en hij stak de sigaret aan. 'U bent politieman, dus u kent het antwoord?'

Othello, dacht Tommy. De muziek was Verdi's *Othello*. Waar had hij die opera eerder gehoord? Opnieuw zag hij zichzelf in de gang in Ringvoll staan, en keek hij in de ogen van de patiënt. Er was iemand op de vloer gevallen, herinnerde hij zich. Een doordringende schreeuw.

Een ervaring uit zijn jeugd. Dat was duidelijk. Maar waar?

Ineens herinnerde hij zich waar hij de muziek had gehoord.

Bij de oude buurman in Tveita. Hij was een van de weinige mannen die hij zich herinnerde in wie zijn moeder vertrouwen had gesteld, afgezien van de vader van zijn beste vriend, Erlend Dybdahl.

Morten Høgda schraapte zijn keel en zei zacht: 'Wat is zijn voldoening wanneer hij Othello's leven vernietigt? Othello, die zo'n blind vertrouwen in hem heeft? Waarom maken sommige mensen zo bewust misbruik van andermans blindheid, Bergmann?'

'Dat weet ik niet.' Tommy kon zich op het moment amper het verhaal herinneren, maar liet niets merken.

'Iago maakt Othello wijs dat zijn vrouw hem bedriegt met de man die hij promotie heeft gegeven. Iago voelt zich gepasseerd. Maar waarom doet hij het? Wilde hij dat Othello de vrouw zou doden die hij meer dan wie ook ter wereld liefhad? Was dat zijn doel? Gaf dat hem voldoening?'

Tommy gaf geen antwoord. Ze rookten in stilte weer een sigaret. Høgda dronk nog een paar slokken whisky. Tommy dacht dat hij een keer terug moest komen bij Høgda. Hij zou eerst de aanklachten van verkrachting tegen hem lezen, het zou idioot zijn om hem nu onder druk te zetten.

'Kristiane was een geweldig meisje,' zei Morten Høgda. 'Ik kan niet anders zeggen. Ze had alles kunnen worden en krijgen wat ze wilde. Net als haar moeder. Een goed leven leiden. Beter dan het mijne, daar kun je vergif op innemen.'

Tommy knikte.

'Hoe zit het met Alex?'

Hun blikken ontmoetten elkaar, maar Høgda keek weer weg.

'Wat is er met hem?'

'Hebt u nog contact met hem?'

Hij schudde zijn hoofd.

'Hij weet dat u zijn vader bent.' Tommy bracht het als een mededeling. 'Wat heeft dat met de zaak te maken?' vroeg Morten Høgda. Hij vertrok geen spier.

'Niets.' Niets anders dan dat Elisabeth Thorstensen tegen mij liegt, dacht hij.

'Oké. Hij weet het. We hebben elkaar een paar keer ontmoet.'

'Ik hou er niet van wanneer mensen tegen mij liegen.'

'Dat was dom...' Høgda maakte zijn zin niet verder af.

'Vroeg zij u te liegen? Elisabeth?'

'Nee.'

Tommy ging er niet verder op in. Hij geloofde Høgda niet, maar liet het zitten. Waar kon ze verder nog over liegen, of anderen vragen om over te zwijgen? Hij merkte dat hij een zwak voor haar had gekregen, en vond het moeilijk te geloven dat ze in staat was om hem recht in zijn gezicht voor te liegen.

Om een of andere reden begon Høgda te praten over een van de boten die onder hen aan de kade lag. Amerikanen die hier voor de winter voor anker waren gegaan.

'Vrije mensen. Ze doen gewoon wat ze willen. Zou dat niet iets zijn?'

'Ja.'

Høgda liep met hem mee naar de deur, ze stopten bij een groot, modernistisch schilderij dat in de ronde hal hing.

'Daar heb je mijn boot,' zei Høgda en hij wees. Op het schilderij stond een landhuis aan de kust. De boot lag een stuk van het land. Tommy kon ternauwernood de handtekening van de schilder in de linkerbenedenhoek lezen. Hvasser 1987.

Ze liepen weer langs de bizarre prenten. Vastgebonden, mishandelde vrouwen. Tommy dacht dat het de gedachte aan Elisabeth Thorstensen was die de aanblik van deze gefotografeerde vrouwen zo ondraaglijk maakte. Was zij iemand die hiervan hield? Het idee zat hem dwars. Dat hij het alleen al dacht, zat hem dwars.

Morten Høgda gaf hem een stevige handdruk. Hij legde zelfs zijn andere hand eroverheen, alsof ze elkaar goed kenden. Zijn handen waren groot, met goedverzorgde nagels, zijn huid was zacht en warm, als van een vrouw.

'Bel me als u denkt dat ik kan helpen. En vind die twee gekken.'

Tommy liep over de havenpromenade, hij trok de capuchon van zijn donsjack over zijn hoofd. Of hij zich wilde beschermen tegen de sneeuw of tegen een zo te zien smoorverliefd stel dat hem tegemoet kwam lopen, wist hij niet. Ze liepen dicht tegen elkaar aan, de man lachte om iets wat de vrouw had gezegd. Tommy wist het niet, maar beeldde zich in dat ze van zijn leeftijd waren, een jaar of veertig, volwassen mensen die elkaar pas hadden gevonden. Of twee mensen die erin waren geslaagd de vonk tussen hen gloeiend te houden, zonder dat de een de ander opbrandde.

Hij bleef een tijdje kijken naar de veerboot die vertrok naar Nesodden. De fonkelende lichtjes verdwenen in de steeds dichter vallende sneeuw.

Langzaam bekroop hem het gevoel dat hij in de val was gelokt. Was hij naar het doel geleid, om daarna op het laatste moment te worden bedrogen?

Toen hij het appartement betrad had Høgda hem geïrriteerd, maar toen hij weer naar buiten ging had hij hem gemogen. Hij was zelfs bijna vergeten dat de man was aangeklaagd voor verkrachting en naar verluidt een regelmatige gast was in de hoerenbuurt.

Er was iets wat Høgda had gezegd of gedaan, waarop hij instinctief had gereageerd.

Toen hij de contactsleutel omdraaide, had hij het gevoel dat hij in een droom verkeerde. Hij stak zijn hand uit naar Høgda, rende achter hem aan, maar wist dat hij hem niet kon bereiken.

Toen hij in de parkeergarage van het politiebureau parkeerde, kwam plotseling het besef.

Morten Høgda had sinds het eind van de jaren zeventig een vakantiehuis op Hvasser.

En welke stad moest je doorkruisen om op Hvasser te komen?

Tønsberg.

Het eerste meisje kwam uit Tønsberg.

5

Ze wist niet hoe vaak haar benedenbuurman Torvald haar al had gered. Meestal als ze uitging, maar af en toe ook in gevallen als deze. Susanne sloop voorzichtig Mathea's kamer uit, een laatste restje warmte van het kleine lichaam zat nog steeds in haar trui.

Torvald had leunend tegen de deurpost de laatste paar minuten naar hen gekeken. Susanne streelde zijn wang.

'Ik droom vaak dat je hetero bent,' fluisterde ze in de gang. 'Dat mag je best weten.'

Hij was bloedmooi en net zo oud als zij. Maar Onze-Lieve-Heer had besloten dat hij onbereikbaar was voor de vrouwen van deze wereld.

En die naam, dacht ze. Torvald klonk als een oude oom, en was bovendien de koosnaam voor de plaatselijke surveillancedienst. Ze moest glimlachen bij de gedachte aan Torvald in dezelfde politieauto als Tommy, Bent en mannen zoals zij.

'Ga jij naar een date in die outfit?' vroeg hij toen ze een oude wollen trui aantrok.

'Ik heb geen date,' zei ze en ze omhelsde hem.

'Allemachtig, jij hebt ook een spannend leven, zeg.'

'Ik zei toch dat ik moest werken, Torvald.'

Hij schudde zijn hoofd.

'*Life is no dress rehearsal*, meisje.'

Vertel mij wat, dacht Susanne.

Ze nam haar jas over haar arm en liep de trappen af. De messing stijlen op het uiteinde van elke trede deden haar denken aan het appartementencomplex aan de Frognerveien, ook al was ze er niet geweest en had ze alleen de foto's van de plaats delict gezien.

De dader was precies zo vertrokken. Kalm, geconcentreerd. Alsof de slachting niet was gebeurd. Wat dacht hij? Of was het een zij?

Verkracht door Poseidon. Legde de schuld bij zichzelf.

Tijdens de korte taxirit probeerde ze de brief te lezen die Tommy in de kamer van Rask had gevonden. Hij had de brief door de telefoon voorgelezen, zij had hem opgeschreven op de achterkant van een oude *Elle*, over het gezicht van een Lancôme-model heen.

Een rondtrekkende kermis. Een zigeunervrouw. Jij hebt zelf een gave. Waar ik woon, lijkt de zee alleen maar zwart.

Tommy wist zeker dat een vrouw de brief aan Anders Rask had geschreven.

Susanne schudde haar hoofd. Of ze verward was? Ze snoof. Een vrouw, waarom een vrouw?

Toen de auto met een scherpe bocht Ormøya op draaide, gaf ze het op en deed het leeslampje uit. Ze keek naar de in adventssfeer versierde, oude huizen en dacht eraan dat als haar beide ouders dood waren, ze misschien een oud huis zou kopen op Malmøya. Tenzij het haar moeder lukte om haar vader te overtuigen haar te onterven en af te schepen met een schamele miljoen kronen, zoals de wet voorschreef.

Was het mijn schuld dat Line stierf? mimede ze, alsof ze in gesprek was met de almachtige God zelf.

Misschien, dacht ze. En het volgende moment: lieve hemel nee, wat denk ik nu!

De taxi reed langzaam over de brug naar Ormøya en ze dacht dat het hier buiten een goed leven moest zijn, op een van Oslo's eigen Griekse eilanden.

'Hier zou ik wel kunnen wonen,' zei ze tegen zichzelf toen de taxi stopte voor het huis van Jon-Olav Farberg.

Ze hing de dure tas die Nico vorig jaar met kerst voor haar had gekocht over haar schouder en zag de taxi uit het zicht verdwijnen. Ze werd overvallen door een vreemd gevoel van verlatenheid. Ze was maar een paar kilometer van haar eigen appartement en Mathea verwijderd, maar een kort moment voelde het alsof ze beide nooit meer terug zou zien.

De maan was door het wolkendek gebroken en wierp een streep licht over het water vlak voor de oude Zwitserse villa.

Susanne bleef staan op de met grind bedekte binnenplaats.

Ze controleerde nog een keer of de plastic map met de kopie van de brief aan Rask goed in haar tas was gestopt.

Ze keek weer omhoog naar de hemel. Het wolkendek was nu bijna volledig opengebroken, voor het eerst sinds lange tijd zouden ze misschien een wolkeloze hemel krijgen. Ze keek een poosje naar de sterren. Het was hier donkerder dan in de stad, je zag de sterren duidelijker. Het enige sterrenbeeld dat ze kon herkennen was zoals gebruikelijk de Grote Beer. Ze was geen astronoom. En al helemaal geen astroloog. Zoals de zigeunervrouw.

De deurbel maakte aan de andere kant van de voordeur een zacht geluid.

Verder hoorde ze alleen rustig geklots van de golven.

Ze legde haar hoofd tegen de deur.

Had ze het verkeerd gehoord, deed de deurbel het toch niet?

Geen geluid.

De buitenlamp was niet aan, maar er brandde licht achter de ramen, zowel op de begane grond als boven.

Ze keek op haar horloge. Het was nog maar vijf voor negen.

Voorzichtige stappen naderden. Een vrouwenstem. Ze praatte met iemand. Misschien wel met zichzelf. Half boos mompelend, alsof ze het feit vervloekte dat iemand het lef had om juist op dit moment aan te bellen.

De vrouw die de deur opende, leek in eerste instantie geschokt over Susannes komst. Susanne hield haar legitimatie op en vroeg of Jon-Olav Farberg thuis was. Ze probeerde zo beschaafd mogelijk over te komen, maar dat had blijkbaar het tegenovergestelde effect.

'Heeft hij iets verkeerds gedaan?' vroeg de vrouw zachtjes. Dik, grijs haar, in een knot. Susanne probeerde haar te plaatsen. Leraar, misschien kunstenaar, met een atelier aan huis.

De deur naar het tochthalletje in de oude Zwitserse villa was gesloten. Door het glas in de deur keek ze in de hal.

Susanne schudde haar hoofd.

'Zeker niet. Hij kan ons misschien helpen in een zaak.' Ze probeerde zo vriendelijk mogelijk te glimlachen. De vrouw glimlachte terug.

'Sorry, ik was alleen heel erg verrast.'

Ze stelde zich voor als Birgit Farberg.

Susanne beeldde zich in dat het huis had toebehoord aan haar familie, ze had geen idee waarom.

'Jon-Olav staat onder de douche. Hij is wezen hardlopen.'

'Ik wacht wel.'

'Ik zal het hem zeggen.' Ze keek op haar exclusieve horloge.

'Ik volg het nieuws op de voet. Verschrikkelijk, echt verschrikkelijk met die ontsnapte misdadigers. Ik durf bijna niet naar buiten te gaan met zulke lui op vrije voeten. Stel je voor dat Rask hierheen komt? Jon-Olav heeft ooit met hem gewerkt.'

Ze leidde Susanne dwars door de hal naar een kamer die dienstdeed als bibliotheek. Vanuit de ramen keek je uit op zee. De maan verlichtte de omgeving nog steeds, de golven braken het licht en creëerden een droomachtige, dansende sfeer, alsof niets van wat ze ervoer echt was.

Ze hoorde vlugge stappen op de trap naar boven.

Door het geluid van de televisie kon ze verder niets meer horen. Een reclame voor kerstcadeaus. 'Voor kerst een nieuwe tv,' zei de stem. Daarna volgde er iets met de hele familie. Modeketen Lindex. Ze zag de commercials voor zich, veramerikaniseerd, met een vader en een moeder, de een nog mooier en perfecter dan de ander, twee kinderen, misschien drie, allemaal in pyjama, cadeautjes openmaken op kerstochtend.

Dit was niet de werkelijkheid. Niet eens een illusie van de werkelijkheid.

Het volume werd luider gezet. Farbergs echtgenote moest in de naastgelegen tv-kamer zijn. Het nieuws op TV2 begon. Het eerste item was natuurlijk de ontsnapping van Anders Rask en zijn metgezel. De nieuwslezer deed zijn best een dramatische, serieuze toon aan te slaan. En wie nam het hem kwalijk? Dit was ernstig. Twee van de krankzinnigste mannen van het land hadden twee bewaarders gedood. Ze konden overal zijn.

Susanne probeerde het gevoel van zich af te schudden dat Rask wist wie ze was. Dat Tommy iets over haar had gezegd. Dat ze onderweg waren om Mathea te pakken te nemen. Nu, op dit moment.

Ze haalde haar telefoon uit haar tas. Niemand had gebeld terwijl zij wegdommelde in de taxi. Waarom zou iemand hebben gebeld?

Wat haatte ze de kwetsbaarheid die Mathea haar oplegde en die als een dunne laag naaldjes over haar hele lijf lag. Als er ooit iets met Mathea zou gebeuren, zouden alle naalden zich in haar huid boren, zou haar bloed langzaam wegstromen en zou ze voor altijd begraven zijn.

Ze stond op uit de fauteuil, liep de kamer door en bestudeerde een aantal boekenruggen. Als voormalig docent had Farberg meer dan genoeg boeken, misschien was zijn vrouw ook leraar. Dan liepen de kasten vanzelf vol. Susanne was opgegroeid met oneindige meters boekenplanken. Haar moeder was lerares Noors, hoewel ze nooit had hoeven werken. Hoe kon iemand die zoveel over mensen had gelezen, zo verdomd ijzig zijn?

Tussen twee van de boekenkasten hing een reeks oudere litho's en etsen. Susanne herkende twee werken van Zorn: naakte, perfect gevormde vrouwen in zwart-wit. Links ervan hing een oude foto, ook in zwart-wit. Een bijna kale man, met een volle, lange baard, keek aandachtig naar een punt naast de fotograaf. Susanne vond dat zijn vreemde uiterlijk vooral deed denken aan een mengeling van Strindberg en Raspoetin. De man was duidelijk niet goed bij zijn hoofd.

Onder aan de foto stond met witte letters: *Goodwin. John Norén. Uppsala.*

'Hallo!' De stem achter haar overstemde het geluid van de televisie in de aangrenzende kamer.

De man die Jon-Olav Farberg moest zijn, stond in de deuropening. Hij was blootsvoets en gekleed in een spijkerbroek en een open shirt. Hij droogde zijn haar met een handdoek.

Susanne was verbaasd over hoe goed hij eruitzag. Ze zou hem minstens tien jaar jonger hebben geschat. Naar zijn verschijning te oordelen leek het alsof hij na een vrijpartij nog vlug had gedoucht. Maar niet met zijn vrouw. Zij leek zuur en onbenaderbaar.

Hij liep naar haar toe en stelde zich voor.

'Wat is er gebeurd met die andere man, Bergmann?'

'Hij is druk.'

Jon-Olav Farberg glimlachte en maakte een gebaar met zijn arm naar de leren bank achter haar.

'Rask is ontsnapt.' Susanne maakte een beweging met haar hoofd in de richting van de tv-kamer. 'De chef-arts is vermoord. Dat weet u. U hebt Rask vroeger gekend. In de tijd dat Kristiane Thorstensen werd vermoord.'

'Ik vraag me af wat Anders nu denkt,' zei hij en hij knikte naar de dubbele schuifdeuren die naar de tv-kamer leidden.

'Als ze maar niets stoms verzinnen,' zei Susanne. 'Iets wat nog erger is. Als dat al mogelijk is.'

Farberg knoopte het lichtblauwe oxfordshirt dicht. Zweet parelde op zijn voorhoofd. Hij had te snel gedoucht na het hardlopen.

'Knap om nu te gaan hardlopen, met dit weer.'

'Lichamelijke conditie is vergankelijk. Het gaat om wilskracht: mooi weer, slecht weer, dat soort dingen mogen je niet tegenhouden.' Farberg gooide de handdoek over de andere fauteuil en ging zitten. 'Ik word niet jonger met de jaren. Traint u regelmatig, of zet u even alles op alles voor een verplichte fysieke test?'

Susanne gaf geen antwoord, glimlachte alleen maar afwijzend. Tot hier, maar niet verder, dacht ze.

Farberg vroeg niet verder.

'Ik ga vaak naar Ekebergsletta,' zei hij na een tijdje. 'Of Rustadsaga. Je kunt daar goed met een hoofdlamp lopen.'

'Wat denkt u dat er gaat gebeuren? Waar kan hij heen gegaan zijn? U kent Rask beter dan wij.' Susanne knikte in de richting van het geluid van de televisie. De commissaris van de politie in Vestoppland had een diepe bromstem, in schril contrast met de hoofdcommissaris, wat zij dan ook met de zaak te maken had. Ze was er waarschijnlijk door de minister van Justitie op afgestuurd.

'Dat weet ik niet,' zei Farberg. 'Ik heb hem nooit goed gekend. Niemand van ons heeft dat.'

'Denkt u dat Rask het type is om bekenden op te zoeken, om te proberen zich daar te verbergen, ze misschien zelfs te vermoorden?'

Jon-Olav Farberg keek sceptisch.

Susanne hield zijn blik vast. Een beetje te lang. Ze voelde zich een amateur.

'Hier komt hij in elk geval niet naartoe.' Hij probeerde te glimlachen, maar leek direct spijt te hebben. Alsof hij plotseling bedacht dat de mogelijkheid bestond.

'Die andere man moet die twee bewaarders hebben gedood,' zei Farberg. 'Anders zou nooit twee volwassen mannen kunnen doden. Hoe was zijn naam ook alweer?'

'Jensrud. Øystein Jensrud.' Er trok even een rilling door het lichaam van Farberg. Verstrooid knoopte hij de manchetten van zijn overhemd dicht.

'Jensrud,' zei hij bij zichzelf.

'Klinkt de naam bekend?'

Farberg gaf geen antwoord.

'Het feit dat hij is ontsnapt, kan erop wijzen dat hij die meisjes heeft gedood, vindt u ook niet? En de chef-arts? Denkt u dat Rask hem kan hebben vermoord?'

Farberg haalde zijn schouders op. 'Om eerlijk te zijn denk ik dat Anders nooit in staat zal zijn om iemand te vermoorden. Het spijt me, ik zou er toch voor zorgen dat jullie het nummer van Gunnar Austbø kregen? De mentor van Kristiane. Heeft Bergmann u dat verteld?'

Susanne knikte.

'Hij is niet gemakkelijk te vinden,' zei ze.

First thing in the morning.

'Ik ben hier om te praten over de man die u noemde. Die vriend van Rask.'

'Vriend?' Farberg keek haar niet-begrijpend aan.

Susanne ging op het puntje van haar stoel zitten.

'O ja.' Farberg leek te begrijpen wat ze bedoelde.

Hoe kun je dat vergeten? dacht Susanne. Het volgende moment vervloekte ze Tommy omdat hij Farberg tot nu toe niet serieus had genomen. Waarom had hij Rask niet naar die Yngvar gevraagd toen hij de kans had? Hoe dan ook, ze zouden niet ver komen. Misschien, dacht Susanne, en voor het eerst in lange tijd voelde ze zich weer iets positiever gestemd, zou Rask proberen naar deze vertrouwde vriend te gaan.

Er werd op de deur geklopt.

De vrouw van Farberg verscheen.

Susanne kon niet begrijpen wat die twee in elkaar zagen. Farberg zag er veel te goed uit voor haar en leek een heel ander type, enthousiast, sociaal, leuk. De vrouw was misschien ooit mooi geweest, maar nu leek het alsof alle lucht uit haar was verdwenen. Susanne dacht dat ze precies wist hoe dit huwelijk was; stil en leeg, af en toe afgewisseld met korte uitbarstingen van bitterheid en verwijten.

'Ik ga een stukje wandelen,' fluisterde ze en ze vermeed de blik van Susanne.

'Oké,' zei Farberg zonder zich om te draaien. Het leek alsof hij wilde zeggen: en kom ook nooit weer thuis.

Zijn vrouw sloot de deur.

Farberg keek Susanne aan, grijnsde een keer en schudde zijn hoofd.

'Het zal niet gemakkelijk zijn,' zei hij.

'Die vriend,' zei Susanne. Ze keek in haar notitieboekje, al was het maar om aan zijn blauwe blik te ontsnappen. De voordeur viel dicht.

Het werd stil in huis.

'Yngvar,' zei Farberg. 'Het is niet zeker...'

'Het is wellicht de moeite waard om het te onderzoeken.' Het zou weleens cruciaal kunnen zijn, dacht ze. Ze schreef met grote letters in haar notitieboekje YNGVAR.

'Denkt u dat ze hebben samengewerkt?'

'Zoals ik al zei, ik denk het, maar ik ben daar lang niet zeker van.'

'Kunt u zich nog iets meer over die Yngvar herinneren? Wanneer heeft Rask voor het eerst over hem verteld?'

'Volgens mij was het tijdens een personeelsfeest, een zomerfeest dat eens bij de rector thuis gehouden is. Hij had wat gedronken, hij dronk zelden...'

'Yngvar werkte in elk geval niet bij jullie op school?' vroeg Susanne.

Jon-Olav Farberg schudde zijn hoofd. Hij stond op en het leek even alsof hij recht op Susanne af wilde komen. In plaats daarvan liep hij langs haar heen, zijn broekspijp raakte even haar schouder in de wollen trui. Ze hoorde dat hij nog een paar stappen zette, toen werd het stil.

'Ik weet niet hoe vaak ik zo heb gestaan nadat ik hierheen ben verhuisd.'

Susanne draaide half om op de bank.

Jon-Olav Farberg stond met zijn rug naar haar toe naar de tuin te staren, die zwak leek af te dalen in de richting van de zee.

'Nu kan ik nooit meer ergens anders wonen dan hier.'

Susanne stelde zich heel even voor dat zij hier woonde. Dat die oude vrouw van hem nooit meer terug zou komen. Dat Farberg over een paar minuten boven op haar zou liggen, boven in een van die koude slaapkamers. Dat hij nadat ze hadden gevreeën een vuur in de haard zou aanmaken. Dat ze de volgende dag pas rond het middaguur wakker zouden worden. Dat Mathea hier al haar eigen kamer had.

Idioot, dacht ze het volgende moment. Fucking amateuridioot.

Farberg draaide zich om en liep terug naar de zithoek.

Susanne wist dat ze bloosde, alsof hij haar armzalige gedachten kon lezen.

'Ik zal zien of ik de personeelslijsten kan krijgen van de scholen waar hij heeft gewerkt. Ik weet dat Laila, de secretaresse, een overzicht heeft van iedereen die daar heeft gewerkt sinds de dag dat zij begon. Ze heeft zeker Anders' dossier nog in haar kantoor, of ze vraagt het op bij de Bryn, zijn laatste werkplek. Dit kan niet langer doorgaan. Ik bedoel, ze zijn op de vlucht. Er kan iets verschrikkelijks gebeuren.'

Susanne overwoog geen moment om nee te zeggen.

'Geweldig,' zei ze eenvoudig. 'Vraag haar om te zeggen dat de politie ernaar heeft gevraagd, maar dat ze natuurlijk geheimhoudingsplicht hebben.'

'Hebt u een nummer waar ik u kan bereiken? Of moet ik Bergmann bellen?'

Susanne pakte haar tas en rommelde erdoorheen. Ze voelde zijn ogen op haar gericht terwijl ze zich een weg tastte naar de bodem op zoek naar een visitekaartje.

'Vrouwen en tassen,' zei hij. 'Het verandert ook nooit.' Zijn glimlach was warm. Zijn ogen leken grijs in het schemerige licht, maar ze vermoedde dat ze blauw waren.

'Susanne Bech,' zei hij toen ze een kaartje had gevonden en dat hem had overhandigd. 'Bent u familie van Arild Bech?'

Ze haalde een hand door haar haar, wist even niet waar ze haar handen moest laten.

'Dat is mijn vader.'

Jon-Olav Farberg floot zacht.

'Ik dacht al iets van gelijkenis te zien.'

Susanne stond op. Een gesprek over haar vader was niet de reden dat ze hier was gekomen. Als ze eerlijk was, kon ze zich nauwelijks herinneren waarom ze niet gewoon thuis bij Mathea was. Omdat Tommy het haar had gevraagd. Opgedragen, verbeterde ze zichzelf.

'Ik wil u bedanken voor al uw hulp tot nu toe. U hebt mijn nummer. Bel me als er iets is.'

Dit huis is alleen maar een droom, dacht ze toen ze door de gang liepen.

Ineens moest ze denken aan zijn vrouw. Waar was ze naartoe gegaan?

Toen ze in het tochthalletje stonden, zei Farberg: 'Hij had een huisje.' Hij raakte haar onderarm aan, en liet zijn hand er een tijdje liggen. Hun ogen ontmoetten elkaar. Hij lachte het weg en trok zijn hand terug.

'Huisje? Wie?'

'Ik herinner me het nu.' Farberg keek Susanne aan, toen knikte hij voor zich uit.

'Verdomme, ja, Anders vertelde het.'

'Dat huisje, was dat van die Yngvar?'

'Ja.' Farberg haalde zijn hand door zijn haar, hij leek diep in gedachten verzonken. Ten slotte ademde hij zwaar uit door zijn neus.

'Maar ik kan me niet herinneren waar. Totaal niet.'

'Probeer het.'

'Yngvar woont in dat huisje.'

'Woont hij daar?'

Jon-Olav Farberg knikte zachtjes.

'Dat is wat hij zei.'

Hij opende de deur voor haar. De koude lucht sloeg haar recht in het gezicht, maakte het gemakkelijker om helder te denken.

Ze trok de capuchon van haar Canada Goose-jas over haar hoofd. Ze dacht aan Nico's woorden dat ze er altijd uitzag als een klein meisje met dat coyotebont rond haar gezicht. Voorzichtig liep ze de gladde stoeptreden af.

'Ik bel als me nog iets te binnen schiet. Of als Anders belt.'

Farberg lachte om zichzelf.

'Nog één ding,' zei Susanne. Ze wachtte met zich om te draaien. Het was donker in het huis van de buren en overal om hen heen. Heel even was ze bang. Bang om om te draaien.

'Maria,' zei ze en ze draaide zich om.

Farberg hield zijn hoofd schuin. Het was ijzig koud buiten, maar hij stond in hemdsmouwen, alsof er binnen in hem een kachel brandde.

'Wat zei u?'

'Zegt de naam Maria u iets? Of Edle Maria? Heeft Anders Rask ooit een meisje of vrouw genoemd die Maria heette? Edle Maria?'

Farberg gaf geen antwoord.

'Er gaat geen belletje rinkelen?'

'Ik geloof het niet.'

Susanne wachtte. We zijn op zoek naar een vrouw, dacht ze, maar dat kon ze niet zeggen. Een vrouw die brieven had geschreven aan Anders Rask. Die hij nu misschien ging ontmoeten.

Ze had het meeste zin om weer naar binnen te gaan en een taxi te bellen, maar had een allesoverheersend gevoel dat het niet verstandig zou zijn.

'Waar woont u?' vroeg Farberg. 'Hebt u geen auto?'

'Ik ben lopend.'

'Ik kan u naar huis rijden.'

Ze stak haar hand in de Louis Vuitton-tas. Haar vingers grepen de telefoon.

'Mijn vriend haalt me op.'

Farberg zei niets.

'Een politieagent?'

Ze knikte.

'Of taxichauffeur?' Hij grinnikte om zichzelf.

Ze liep weg van het huis.

'Ik bel u over Gunnar Austbø,' zei Farberg. 'Deal?'

6

Het voelde alsof iets in het trappenhuis anders was dan normaal. Het was onmogelijk om er precies de vinger op te leggen, maar zodra hij de voordeur opende, kreeg Tommy Bergmann het idee dat er iets was gebeurd sinds hij die ochtend het woonblok had verlaten. Hij opende de rits van zijn rechterjaszak. Het kleine Raven-pistool had één kogel in de kamer. Desnoods zou hij door zijn jas heen schieten. Zo stil mogelijk liep hij de trap af naar de kelderboxen. Toen hij beneden was, drukte hij op de lichtschakelaar en draaide zich snel om in de richting van de ruimte onder de trap.

Hij opende de deur naar de kelderboxen, hield zijn hand op het pistool en deed het licht aan. Hij stapte over de drempel, keek naar links, naar rechts. Niets, wat sneeuwscheppen, een paar fietsen. Hij bestudeerde de deuren van de boxen, de ruw geschaafde planken, de hangsloten.

Hij had niet de moeite genomen om een nieuw hangslot op zijn eigen kelderbox te zetten, hij had het oude gewoon laten zitten zodat de deur niet open zou glijden. Maar nu leek het alsof er een smalle spleet te zien was, alsof iemand het opengeknipte slot uit de ring had gehaald en niet terug had gehangen. Hij liep snel naar de box toe, hij was zo lang dat zijn haar bijna het plafond raakte. Twee stappen van de deur verwijderd, trok hij het Raven-pistool uit zijn zak, het hangslot hing nog maar in één oog, de deur was open. Met zijn linkerhand rukte hij de deur helemaal open. Het bloed pompte hard door zijn hoofd, hij hoorde nauwelijks iets vanwege het gesuis in zijn oren. Hij zwaaide snel met het pistool om het kleine schootsveld helemaal af te dekken.

Het leek alsof alle lucht in hem in één beweging ontsnapte. Gelukkig, dacht hij. Gelukkig? Waar was hij mee bezig? In de kelderbox was niets aangeraakt. Misschien had iemand per ongeluk het slot aangeraakt en het niet goed teruggehangen.

Terug in het trappenhuis kreeg hij opnieuw het gevoel dat er iets was gebeurd. In de hal bleef hij bij de brievenbussen staan en bestudeerde het prikbord. Iets over een kerstmarkt, een kinderwagen te koop. Een kennisgeving van de vergadering van de vereniging van eigenaren in januari. Informatie van Vastgoedservice.

Hij pakte zijn sleutels uit zijn zak en verzekerde zich ervan dat hij de rits van zijn jaszak had dichtgetrokken, zodat het pistool er niet uit kon vallen. Hij draaide de sleutel langzaam om in het slot van zijn brievenbus, er klonk een droog, krakend geluid. Een enkele envelop. Een vensterenvelop, dacht hij. Voor de verandering was hij opgelucht dat hij een rekening kreeg.

Nee, dacht hij.

Er lag een dubbelgevouwen vel papier achter in de brievenbus.

Hij stak zijn hand voorzichtig in de smalle ruimte en viste het papier eruit.

Eerst leek het alsof de letters zich niet tot zinnen lieten vormen, alsof ze alleen over het witte papier ronddansten. Daarna, toen hij ze begon te begrijpen, moest hij vlug een stap opzijzetten om zijn evenwicht te bewaren. Hij bleef wankelend boven aan de trap naar de kelderboxen staan.

Hij heeft me werkelijk gevonden. Die gedachte liet zich niet tegenhouden. Het leek de enige mogelijkheid. Met zijn rechterhand tastte hij naar het kleine pistool dat Bent hem had bezorgd. Het zat veilig in zijn donsjack. Toen draaide hij zich langzaam om.

Niemand. Hij was alleen.

Het geluid van de tv in het huis van de Pakistaanse familie was niet meer te horen. Alles was rustig.

Met zijn hand op het pistool las hij de tekst op het papier.

In Whitechapel zeiden ze dat het een verloskundige zou kunnen zijn geweest, wist je dat? Een vrouw. Waarom niet? Ze had zich met een bebloed schort tussen de mensen kunnen begeven, ze was maar al te goed op de hoogte van de anatomie van de vrouwen, en ze kon de aanblik van bloed goed verdragen. Waarom kwamen ze pas zo laat op dat idee? Toen was het te laat om hem te vinden. Of haar.

Tommy, mijn vriend, wat denk je?
Zou het een vrouw geweest kunnen zijn?

En ken je me nog?
Het scheelde maar een haar of ik had haar levensgevaarlijk verwond. En jou ook.

Ze deed me aan haar denken.
Het ging allemaal om haar.

Als je maar begrijpt dat wij twee dezelfde zijn, zal ik nog voor kerst dood zijn.

Maar wees om mij niet bevreesd, mijn vriend, want ik heb de hel open al zien liggen.

Hij bleef een hele tijd hoofdschuddend staan. *Als je maar begrijpt dat wij twee dezelfde zijn, zal ik nog voor kerst dood zijn.* Het duurde geen twee weken meer voordat het Kerstmis was. En wij twee dezelfde zijn. Was dat echt zo? *Dat wij twee dezelfde zijn.* De verdwenen foto van zijn moeder. En nu dit.

Hij pakte de kopie van de brief die hij in de kamer van Anders Rask had gevonden. De brief waarnaar Furuberget had gezocht.

Het was niet hetzelfde handschrift.

De brief aan Rask was geschreven door een vrouw, hij was er vrij zeker van.

Deze brief was geschreven door een man.

Ze waren op zoek naar twee personen.

Een vrouw die contact had met Rask.

En een man. Een man die Tommy kende?

Hij draaide zich langzaam om zijn eigen as. Voorzichtig vouwde hij het vel papier dubbel en stopte het in de binnenzak van zijn donsjack. Hij maakte zich er niet druk om dat hij vingerafdrukken op het papier achterliet. Degene die via de voordeur binnen was gekomen en het papier in de brievenbus had gestopt, had hoe dan ook handschoenen gedragen, dat wist hij zeker. Hij wachtte een paar tellen en liep toen de trap weer af naar de donkere kelder. Zo stil mogelijk plaatste hij zijn voeten op de betonnen treden. Het was zo stil in het trappenhuis dat hij zichzelf door zijn neus kon horen ademen.

Hoe had hij binnen kunnen komen?

De deur naar de straat had een systeemslot. Geen enkel legitiem bedrijf in de stad zou een systeemsleutel maken, dan was het game over voor de business. Zo'n sleutel moest worden besteld, en de vereniging van eigenaren had overzicht over het aantal sleutels en wie er een exemplaar in bezit had.

Hij moest samen met iemand anders binnen zijn gekomen, als hij tenminste niet bij een willekeurige bewoner had aangebeld die hem had binnengelaten. Dezelfde methode moest hij hebben gebruikt toen hij in het appartement was geweest en de foto van Tommy's moeder had meegenomen. Hoe had hij in vredesnaam die sleutels in zijn bezit gekregen? Het was alsof Tommy nu pas wakker werd en besefte dat hij het complete slot op zijn voordeur moest laten vervangen.

Hij belde eerst aan bij de Pakistanen op de eerste verdieping, tegenover zijn eigen appartement. Na drie keer bellen en meerdere keren op de deur bonken, gaf hij het op. Hij hoorde de tv binnen en zag dat het donker werd achter het kijkgaatje in de deur, maar ze hadden waarschijnlijk geen zin om open te doen toen ze zagen dat hij het was. Hij had genoeg ruzie met hen gemaakt, en zelfs de moeder zover gekregen dat ze naar buiten ging om op het grasveld voor het woonblok de vleesresten op te zoeken die ze altijd uit het raam gooide. Dit is geen dorp in Punjab, had hij gezegd. Haar man was bij Tommy aan de deur gekomen en had hem van racisme beschuldigd, waarna Tommy de deur recht in zijn gezicht had dichtgegooid. Je kon hem voor een hoop uitmaken, en het merendeel was waarschijnlijk waar, maar racist was hij nooit geweest en zou hij ook nooit worden, hoewel hij in zijn werk genoeg had gezien om zich net als veel van zijn collega's in de half bruine modder te laten meezuigen. Hij wist niet zeker of de vader van het Pakistaanse gezin door de deur was geraakt, maar omdat hij nooit meer was teruggekomen, verwachtte hij dat het niet erger was geweest dan een simpele neusbloeding. Uiteindelijk was het misschien niet verwonderlijk dat de Pakistanen hem gewoon negeerden toen hij op de deur stond te bonzen.

Op de trap naar de tweede verdieping haalde hij de brief weer uit zijn zak. Hij stopte op de overloop en las hem opnieuw, langzaam; deze keer drongen de woorden echt tot hem door. Nog steeds liepen hem de rillingen over de rug van de woorden *dat wij twee dezelfde zijn*, maar deze keer viel zijn oog op iets anders. De merkwaardige woordvolgorde aan het einde van de tekst.

Maar wees om mij niet bevreesd, mijn vriend, want ik heb de hel open al zien liggen.

Ik heb de hel *open al zien liggen*, dacht Tommy toen hij op de tweede verdieping op de deurbel van het appartement aan de linkerkant drukte. Waarom schrijft hij niet, want het moet een hij zijn, ik heb de hel *al open zien liggen*?

Het jonge paar op de tweede verdieping had niets gehoord of gezien, al was dat misschien moeilijk te geloven. Alles wat Tommy vroeg was of ze in de loop van de dag, of de vorige avond, de deur voor een onbekende hadden geopend. De brief was niet gedateerd, als dat al van betekenis was. Ook op de derde verdieping werd hij niets wijzer, maar een echtpaar zou hun dochter morgenochtend vragen of zij een onbekende had binnengelaten toen ze 's middags van school thuiskwam.

Zijn laatste hoop was mevrouw Ingebrigtsen, die helemaal boven woonde. Voordat hij aanbelde, opende hij het raam in het trappenhuis en keek naar beneden naar de ingang, vier verdiepingen lager. De luifel boven de entree maakte het onmogelijk om te zien wie voor de deur stond. Misschien was het mogelijk als je uit het raam van de slaapkamer keek?

Hij drukte op de deurbel en wachtte. De tv stond luid genoeg, dus hij wist dat ze thuis was. Hij keek op zijn horloge. Ze kon natuurlijk voor het kastje in slaap zijn gevallen, de praatprogramma's maakten ondertussen zo'n groot deel van de programmering uit dat mevrouw Ingebrigtsen steeds grotere moeite had met het vinden van tv-programma's die haar echt interesseerden.

Hij belde nog maar eens. Ze was zijn laatste kans. Als niemand de deur had geopend of een onbekende had binnengelaten, kon dat nauwelijks iets anders betekenen dan dat die gek toegang had tot een systeemsleutel. Maar misschien had de postbode hem binnengelaten, of mensen die op bezoek waren?

Hij hield zijn blik op het ouderwetse kijkgaatje gericht, dat waarschijnlijk al in de jaren zeventig was gemonteerd; nog met gewoon glas en zonder groothoek. Het kleine oog was zwart, en hij wist dat mevrouw Ingebrigtsen aan de andere kant stond.

Hij hoorde dat het slot werd omgedraaid. Eerst het gewone slot, een paar tellen later het veiligheidsslot.

'Bent u dat weer, Bergmann?' vroeg mevrouw Ingebrigtsen met half verschrikte stem door de smalle spleet die de veiligheidsketting toeliet. Het was een oud en breekbaar kettinkje, goedkope rommel die haar man veertig jaar geleden moest hebben gekocht. Hij had, als hij dat wilde, haar hele voordeur kunnen intrappen.

'Ik vroeg me af of u vandaag of gisteravond de deur hebt geopend voor een onbekende.'

'De deur hierboven?'

'Beneden. Hebt u misschien met de intercom opengedaan of is er iemand met u mee naar binnen gelopen die u niet kent, iemand die zei dat hij bij iemand op bezoek zou gaan, of zoiets...'

Ze schudde haar hoofd en deed de veiligheidsketting eraf, alsof ze hem wilde laten zien dat hij haar vertrouwen waard was.

'Maar trouwens,' zei ze en ze deed de deur halfopen. Tommy herinnerde zich dat ze vergeetachtig begon te worden, dat had ze laatst toch gezegd? Ze gedroeg zich vreemd, alsof ze een slecht geweten had, of misschien toch bezig was weg te zinken in het duister van de dementie.

'Er was wel iemand die bloemen bij u wilde afleveren.'

Tommy merkte dat hij zijn ogen opensperde, hoewel hij probeerde zo ontspannen mogelijk te kijken.

'Bloemen voor mij?' Hij probeerde te glimlachen, maar wist niet of het echt lukte.

Ze knikte. 'Ja, een man die zei dat hij bloemen voor u had.'

'Weet u nog wanneer dat was?'

'Vandaag, rond een uur of twaalf, zoiets, ik kan het me niet zo goed meer herinneren, weet u. Misschien was het vanmiddag.'

'En u hebt hem binnengelaten?'

Mevrouw Ingebrigtsen wachtte met antwoorden.

'Was dat verkeerd?' Ze zei het met zachte stem. Tommy hield haar blik vast. De diepblauwe irissen werden omrand met een dicht netwerk van gesprongen adertjes, haar ogen waren vochtig, alsof ze op het punt stond om te gaan huilen.

'Helemaal niet. Bloemen zijn altijd leuk,' zei hij en hij glimlachte naar haar. Deze keer kreeg hij het echt voor elkaar.

Mevrouw Ingebrigtsen glimlachte terug en bracht haar hand naar haar haar, zoals oude dames vaak deden, om te controleren of hun kapsel nog goed zat. Ze leek erin te trappen en zijn verbaasde toon toen hij zei 'Bloemen voor mij?' niet op te merken.

'Misschien zijn ze van een geheime aanbidder?' Ze zei het vragend, op een plagende toon, met iets van kinderlijk plezier.

Hij schudde zijn hoofd.

'Dat betwijfel ik, mevrouw Ingebrigtsen. Maar u hebt niet toevallig gezien wie de man was? De bloemenbezorger?'

'Nee, ik ben naar het raam gelopen, maar kon hem niet zien.'

'En u zag ook geen busje van Interflora of een andere bloemist op de stoep geparkeerd staan?'

'Nee. Maar hij had een heel aangename stem, een beleefde en vriendelijke man. Die kom je vandaag de dag niet zo vaak meer tegen.'

'Nee, dat kun je wel zeggen. Wat voor stem had hij?'

Mevrouw Ingebrigtsen fronste haar wenkbrauwen. Ze begon misschien wat verward te raken, maar ze was niet dom, juist op dit moment leek ze helderder dan ooit.

'Waarom vraagt u dat?'

Tommy probeerde een nonchalante grijns, gevolgd door een vriendelijke glimlach, hoopte hij.

'Geen bijzondere reden. Ik ben gewoon nieuwsgierig naar wie het zou kunnen zijn.'

'Wie?' vroeg mevrouw Ingebrigtsen.

Tommy dacht dat het nu wel genoeg was. Hij stelde nog een paar vragen, maar het leek erop dat ze haar heldere moment weer kwijt was.

Hij wenste haar nog een goede avond en vroeg zich af of mevrouw Ingebrigtsen ooit zou beseffen wie ze had binnengelaten. Het zou vermoedelijk haar dood betekenen.

Hij liep langzaam de trappen af naar de eerste verdieping, alsof hij verwachtte dat de man die de brief met de opmerkelijke woordvolgorde *ik heb de hel open al zien liggen* had geschreven, hem op elk trapportaal kon opwachten.

Dat wij twee dezelfde zijn.
De hel open al zien liggen.

Het bonkte in zijn achterhoofd; zoals zovele malen eerder voelde hij zich gewoon niet slim genoeg voor deze baan en had hij het gevoel dat hij weer als een blinde in het rond tastte. Morten Høgda kwam uit Noord-Noorwegen, uit Finnmark, waarom had hij daar niet eerder aan gedacht? De moeder van Tommy kwam er ook vandaan, al wist hij niet precies waar. Ik weet verdomme amper iets over mezelf, dacht hij steeds maar weer opnieuw, totdat er onder zijn schedeldak niets meer te denken over was. Was Morten Høgda in zijn appartement geweest en had hij de foto van zijn moeder meegenomen? Had Høgda bij mevrouw Ingebrigtsen aangebeld? Waarom zou die gek een foto van zijn moeder meenemen?

Toen hij de sleutel in het slot van zijn voordeur stak, schoot een gedachte door zijn hoofd.

Hij draaide zich langzaam om en keek de trap af naar de brievenbussen.

Zijn oog viel op het prikbord bij de deur.

Hij liep langzaam de zes treden af en ernaartoe. Hij trok het papier met het sneeuwruimoverzicht en het nummer van de noodtelefoon eraf.

Vastgoedservice.

Dat was het bedrijf van Asgeir Nordli.

De man van Elisabeth Thorstensen.

Tommy pakte zijn mobiele telefoon en belde haar nummer.

'Dit nummer is niet bereikbaar,' zei de stem aan de andere kant van de lijn.
Hij pakte de kopie van de brief aan Anders Rask.
Medusa's tranen.
Het handschrift van een vrouw.
Waar heb ik Elisabeth Thorstensen eerder ontmoet?

7

Ze meende nog steeds zijn arm onder haar hoofd te voelen. Maar nee, het moest haar eigen arm zijn.

'Torvald?' vroeg ze in de donkere kamer. Een vage geur van zijn parfum zat nog steeds in haar neus. Susanne ging weer liggen en wenste dat hij er nog steeds lag, haar vasthield en over haar haar streelde. Om de een of andere reden had ze zich niet veilig gevoeld nadat ze terugkwam van haar bezoek aan Jon-Olav Farberg op Malmøya. Het telefoongesprek met Leif Monsen van de meldkamer, een paar minuten na haar thuiskomst, had haar humeur geen goedgedaan. Ze wilde dat hij checkte of iemand met de naam Yngvar een vakantiehuisje in Vestfold had, maar Leif Monsen had haar de volle laag gegeven, op een manier die ervoor zorgde dat ze het amper nog met Tommy durfde te bespreken. Soms werd het haar allemaal te veel en was ze niet eens meer in staat om voor zichzelf te zorgen, laat staan voor Mathea.

Wat was er veiliger dan in slaap vallen terwijl een bloedmooie homo je stevig vasthield?

Ze tilde haar arm op en focuste zich op de lichtgevende wijzers. Halfdrie. Torvald moest al een paar uur geleden naar buiten zijn geslopen.

De aanblik van het horloge deed haar denken aan Nico. En zijn vriendin. En haar eigen ziekelijke zucht naar mannen op leeftijd. Zo oud als haar eigen vader.

Ze lag minutenlang naar het plafond te staren. Een deken van stadsgeluiden drong door het dakraam naar binnen en suste haar bijna weer in slaap.

Net voordat ze weer indutte, dacht ze: waarom werd ik eigenlijk wakker? Droomde ik? Ze wist het niet meer. Totdat ze ergens in huis het geluid van haar mobiele telefoon hoorde.

'Telefoon,' fluisterde ze. Ze was door haar mobiele telefoon gewekt. En nu ging die weer over.

Ze trok het dekbed om zich heen, ze had het koud, ook al was ze met al haar kleren aan in slaap gevallen. Met snelle stappen liep ze door de woonkamer naar de open keuken. Op het aanrecht lag haar mobiel. De display lichtte groen op. Ze bad dat het niet Jon-Olav Farberg was. Welke signalen had ze hem eigenlijk gegeven? Mannen als hij gaven nooit op, dat wist ze maar al te goed.

Ze pakte de mobiel en bestudeerde het nummer. Onbekend, uit Oslo. Terwijl ze naar de kerststar keek die Torvald die avond voor het raam had gehangen, bracht ze haar telefoon in slow motion naar haar oor.

'Susanne Bech?' vroeg een vrouwenstem.

'Met wie spreek ik?'

'Het spijt me dat ik u wakker heb gemaakt.'

De vrouw zweeg. Susanne merkte dat ze haar voorhoofd fronste. Een vreemd gevoel kwam over haar heen. Dat er iemand in de kamer van Mathea was. Had Torvald de deur goed afgesloten? Het veiligheidsslot zat er niet op.

'Met wie spreek ik?' vroeg ze streng. Ze liet het dekbed op de vloer vallen en deed de Poul Henningsen-lamp boven de keukentafel aan.

'Ik bel vanuit het Lovisenberg-ziekenhuis.'

Mama, dacht Susanne. Maar nee. Dan zouden ze vanuit Bærum bellen. Bovendien zou zij zeker niet op de hoogte worden gebracht als haar moeder was gestorven.

Ze liep snel naar de voordeur en voelde eraan.

Godzijdank, dacht ze. Ze draaide het veiligheidsslot om en liep de gang door naar Mathea's kamer.

'We hebben hier een patiënt die erop staat met u te praten.'

Susanne bleef voor de deur naar Mathea's kamer staan. Ze legde haar hand op de gekleurde prinsessentekening die met plakband op de deur was vastgemaakt.

'Kan het niet tot morgen wachten?'

'Ik weet niet zeker of hij morgen nog leeft.'

Susanne voelde het kippenvel op haar armen.

'Is het Flaten? Bjørn-Åge Flaten?'

'Ja. Hij weigert om met iemand anders te praten. Hij heeft informatie, zei hij. De dokter heeft ermee ingestemd dat u kunt komen.'

Er viel een pauze. Eindelijk hoorde Susanne haar eigen stem: 'Hou hem in leven. Ik ben onderweg.'

Ze had geen keus. Ze moest Mathea meenemen. Torvald had zijn deel gedaan.

Ze opende de deur naar de kamer van haar dochter.

Mathea praatte in haar slaap.

'Ma...' zei ze. 'Ma...'

'Mama is hier,' zei Susanne.

Mathea draaide zich om naar de muur en sliep verder. Haar ademhaling was zwaar, zo zwaar dat Susanne een moment spijt kreeg. Ze keek op haar horloge, dacht aan Nico en beloofde zichzelf het voor de kerst nog te verkopen.

Tien minuten later stond Mathea volledig aangekleed bij de deur te wachten op Susanne. Ze had mogen aantrekken wat ze maar wilde, zolang het maar winterkleding was. Het was bijna drie uur 's nachts en het meisje zag eruit alsof ze naar het theater zouden gaan. Een witte wollen maillot, een te kleine groene fluwelen jurk met een wit lint van de kinderkledingzaak Fru Lyng, en haar blauwe duffelcoat. Op haar hoofd droeg ze een hoed die beter zou passen in een film over Mariken.

Allemachtig, wat een stel, dacht Susanne toen ze in de koude wind door de Schweigaards gate liepen.

'Dit is leuk,' zei Mathea.

'Vind je?'

Gelukkig stonden er twee taxi's bij het busstation.

'Vraag maar niets,' zei Susanne tegen de taxichauffeur en ze duwde de opgedirkte Mathea op de passagiersstoel.

'Wat gaan we doen?' vroeg haar dochter.

De taxi reed de tunnel in.

'Ik ga alleen maar even praten met een man.' Susanne pakte Mathea's kleine hand en kneep erin. Een man die op sterven ligt, dacht ze, en ze hoorde duidelijk de stem van Bjørn-Åges moeder in haar hoofd.

Maar eerst gaat hij mij iets opbiechten.

Toen ze de tunnel uit reden werd ze haast overmand door de aanblik van de Trefoldighetskerk. Onder een hoop dekens en dozen had een dakloze man voor de nacht beschutting gezocht tegen de kerkmuur.

De taxi schakelde terug en spinde op het gladde wegdek omhoog over de Ullevålsveien.

Susanne streelde de hand van Mathea, die zich tegen haar aan nestelde, aan de rechterkant verdween het beroemde kerkhof Vår Frelsers gravlund in de duisternis. De kans dat Bjørn-Åge Flaten daar begraven wordt is niet heel groot, dacht ze.

'Ik ben hier om met Bjørn-Åge Flaten te praten,' zei Susanne tegen de verpleegkundige op de Spoedeisende Hulp van de psychiatrische afdeling. De verpleegkundige voerde een en ander in op de computer en wierp een blik op Mathea.

'Hallo,' zei Mathea.

'Kan zij hier even blijven? Geef haar maar iets om te tekenen.'

'Hou je van warme chocolademelk?' vroeg de verpleegkundige. Op haar naambordje stond dat ze Jorunn heette, en haar beheerste manier van praten gaf Susanne een rustiger gevoel dan ze in lange tijd had gehad.

'Hij zou hier niet moeten zijn,' zei Jorunn tegen Susanne. 'U weet hoe het gaat, hij heeft een tijdelijke psychose en dan dumpt de politie hem hier op de stoep.'

'Waar had hij dan moeten zijn?'

'In een hospice. We hebben geregeld dat hij daar morgen heen gaat. Als hij het haalt.'

'Als hij psychotisch is, dan...'

'Hij heeft medicatie gekregen. Zie het als zijn laatste wens.'

Mathea bleef met Jorunn bij de wachtpost, ze was zo vol vertrouwen dat Susanne er bijna bang van werd. Op een dag zou haar vertrouwen in andere volwassenen haar noodlottig kunnen worden.

Susanne opende voorzichtig de deur naar Bjørn-Åge Flatens kamer. Ze schrok van een schreeuw uit de kamer ernaast. Ze keek naar de wachtpost. Vreemd genoeg leek Mathea geen enkele angst te hebben.

Wat voor moeder ben ik eigenlijk? Maak haar midden in de nacht wakker en sleep haar mee naar de Spoedeisende Hulp van een psychiatrische afdeling.

Ze stapte de kamer binnen.

Een vastgeschroefd nachtlampje brandde en gaf het gezicht van Bjørn-Åge Flaten een zachte tint, alsof hij ergens tussen leven en dood zweefde, en daar was het goed toeven.

Hij moest heel licht geslapen hebben want hij werd wakker toen ze amper twee stappen in de kamer had gezet.

'Ik doe gewoon alsof en dan nemen ze me hier wel op,' zei hij met een lage, hese stem. 'Als ik in een goed bed wil slapen.'

Susanne trok haar warme jas uit en legde die op de grond. Ze ging op de stoel zitten die de verpleegkundige haar had gegeven.

'Je bent ziek,' zei ze.

Bjørn-Åge Flaten sloot zijn ogen, en ze zag hoe oud hij leek.

'Jij bent de enige die weet dat ik hier ben. Zelfs mijn moeder weet het niet. Ze heeft me opgegeven. Dat weet je.'

'Ik heb je niet opgegeven,' zei Susanne. Ze pakte zijn hand stevig vast alsof ze zijn vriendin was.

'Ik heb iedereen teleurgesteld. Iedereen die het beste met me voorhad. Ik wilde jou niet ook teleurstellen.'

'Wat bedoel je?'
'Je hebt me nooit geloofd. Niemand geloofde me.'
'Vertel me dan de waarheid.'
'Ik wil alleen maar dat jij uitzoekt wie Kristiane heeft gedood. Wie al die meisjes heeft gedood.'
Susanne liet zijn hand een moment los. Hij pakte hem weer vast met alle kracht die hij had.
'Ik kwam haar tegen onder de spoorbrug bij Skøyen.'
'Die zaterdag dat ze verdween?'
'Ja.'
'Ze stond daar gewoon?'
'Ik was met de trein uit de stad gekomen en de laatste die het perron verliet. Op de stoep bleef ik staan om een sigaret op te steken.'
'En toen?'
'Een paar meter verderop stond een meisje, onder de brug. Haar Nordstrand-tas lag op het trottoir. Het leek alsof ze niet goed wist wat ze daar aan het doen was. "Heb je een sigaret?" vroeg ze.'
'En?'
'Ik heb haar een sigaret gegeven. Ik stak hem voor haar aan en vertelde dat een meisje zoals zij niet moest roken.'
'Zei ze nog iets anders?'
'Niet veel. Ik zei dat ik onderweg was naar Amalienborg, dat ze met me mee kon lopen als ze wilde. Dat ik niet gevaarlijk was.'
'Zei ze hoe ze heette?'
'Nee, ik zag een week later haar foto. In de krant, toen ze vermist was.'
'Dus ze is met je meegelopen?'
'Je gelooft me niet.'
Ze streelde zijn hand.
'Jawel.'
'Het bleek dat ze dezelfde kant op moest als ik. Ik vroeg haar of ze naar een feestje ging.'
'Wat zei ze?'
'Dat ze bij iemand op bezoek ging.'
'Maar ze zei niet bij wie?'
Hij schudde langzaam zijn hoofd.
'Voor Amalienborg hebben we afscheid genomen.'
'Zijn jullie onderweg iemand tegengekomen?'
'Een oude vrouw met een hond. Ze keek alleen maar stijf naar de grond, vast omdat ze een hekel had aan mensen zoals ik, junks in Skøyen, je weet wel, heel Amalienborg zit er vol mee.'

'En toen?'

'"Haal je geen problemen op de hals," was het laatste wat ik tegen haar zei. Het leek alsof haar iets dwarszat, maar ik wilde het niet vragen. Ik dacht dat het met een vriendje te maken had.'

'En toen?'

Er werd op de deur geklopt.

De blik van Bjørn-Åge Flaten bewoog in de richting van het geluid.

Susanne hield nog steeds zijn hand vast en streelde die met haar andere hand.

De verpleegkundige Jorunn stond met Mathea in de deuropening.

'Is dat jouw kind?' fluisterde hij.

Ze knikte.

'Ik wist niet dat je alleen was. Zo zie je er niet uit.'

'Niemand ziet er zo uit.'

Ze wenkte Mathea naar zich toe.

'Ga daar maar even zitten.'

Ze dacht dat Mathea bang zou worden voor Flaten, zoals hij eruitzag leek hij dichter bij de dood dan bij het leven.

Hij had zijn ogen gesloten. Uit elk oog gleed een traan.

'Hoe heet ze?'

'Mathea,' fluisterde Susanne.

'Zeg nooit tegen jezelf...'

'Wat?'

'Als ik nog een keer de kans kreeg...'

Ze pakte zijn hand weer. Het leek alsof het leven elk moment uit hem kon wegebben.

'Wat heb je gedaan nadat jullie afscheid hadden genomen?'

'Wat?'

'Wat...'

'Ik deed alsof ik naar binnen ging... toen heb ik tien of vijftien seconden gewacht en keek haar na.'

Susanne pakte zijn hand nog steviger vast.

'Waar ging ze heen?'

'Je gelooft me niet.'

'Jawel.'

'Ze sloeg links af, naar de terrasblokken.'

'Terrasblokken?'

'Er liggen daar blokken met terraswoningen, zoals Selvaag destijds heeft gebouwd.'

'Denk je dat ze daarheen ging?'

'Ja. Als ze verder moest, was ze rechtdoor gelopen, door de Nedre Skøyen vei, begrijp je? Er loopt van daaruit geen weg verder.'
'Mama,' zei Mathea bij het raam. 'Ik wil naar huis.'
Bjørn-Åge Flaten lachte zachtjes.
'Ga naar huis met haar. Beloof me één ding.'
'Ik beloof het.'
'Geloof me.'

8

In het appartement was niets aangeraakt. De persoon die hier was geweest en de foto van zijn moeder had meegenomen, had ook niet dwars door de deur kunnen komen. Hij opende de koelkast en ruimde eerst de oudste groenten, een stuk kaas en nog wat andere niet te identificeren troep op. Twee flessen bier lagen achteraan, op de middelste plank. Hij was helemaal vergeten dat hij die nog had. Hij wipte er een open met zijn aansteker en nam een paar slokken voordat hij de deurketting monteerde die hij bij Bergersen aan de Trondheimsveien had gekocht. Volgens de verkoper een duivels solide ding.

Een beetje te robuust voor deze deurpost, dacht Tommy en hij draaide de schroeven zo stevig mogelijk vast. Het oude kozijn kraakte, het was zo lang geleden dat hij had geklust dat hij was vergeten eerst een priem te gebruiken. Het kozijn spleet van boven naar beneden. Straks stort alles in, dacht hij. Hij dronk het bier op en besloot dat het zo maar moest. Laat hem maar komen. Of laten zé maar komen. Als het echt Rask was, zou hij zijn vriend Jensrud waarschijnlijk meenemen.

De ketting moest het vannacht maar houden. Morgen zou hij naar een slotenmaker gaan.

Hij ging midden in de woonkamer staan en keek naar de boekenkast. De foto van zijn moeder was nog net zo verrot afwezig. Hij had eigenlijk aangifte moeten doen, maar wat voor zin had het? Inbraak zonder een enkel spoor. Degene die had ingebroken, moest een eigen sleutel hebben.

Hij pakte een oude foto van zichzelf uit de kast. Een portretfoto uit de zesde klas. Het had die dag geregend. Regen en herfst, dat waren de duidelijkste herinneringen die hij uit zijn schooltijd had. Was het niet altijd herfst? Met regen? Wat heb ik niet verdrongen, dacht hij. Wat herinner ik me nog? Droge bladeren die langs de woonblokken waaiden, een stoffige lentedag, de doelloze leegte in de buitenwijken van Oslo in het voorjaar, alleen al daarom verlangde hij ernaar dat de zomer voorbij was, de zon die het kleine appartement tot het kookpunt bracht, kapotgegooide ruiten op het metrostation, het geluid van glas dat op de grond viel, gymschoenen die over het perron renden, over de stroom geleidende rails, een junk op zijn knieën, een paar zwervers op een trap, warme zomernachten, een stel dat neukte in de onderdoorgang onder de Tvetenveien, als honden waren ze bezig.

Hij schudde zijn hoofd om zichzelf en zette de Tommy Bergmann uit de jaren zeventig terug op de stoffige plank.

Hij ging op de bank liggen, trok een deken over zich heen en las de brief nog een keer.

Hij zou eigenlijk Reuter moeten bellen, maar hij was te moe.

De hel open.

Als je hier durft te komen, vermoord ik je.

Ik ben er klaar voor, was het laatste wat hij dacht voordat hij in slaap viel. Het beeld van het Raven-pistool op de salontafel ging mee in zijn droom. Daarna stond het water in zijn bergschoenen, een zaklamp scheen over zwarte sparrenstammen die ergens voor hem stonden, flitsen van een gedaante die een beweging maakte met een glimmend voorwerp ergens diep in het bos. Hij probeerde het tempo op te voeren, maar kon het niet, hij was niet in staat om zijn benen snel genoeg te bewegen, het mos op de grond, de modder, het water maakten het onmogelijk. Hij tastte naar het pistool in zijn zak, maar het viel eruit, verdween in het binnenste van de aarde. Toen hij op de plek aankwam, was de gedaante met het glimmende voorwerp verdwenen, op de grond lag een meisje, het was zo donker dat hij haar gezicht nauwelijks kon zien. Ze hield haar handen tegen haar buik, ze was opengesneden, van haar hals naar beneden, en huilde stil, haar gezicht zo wit als een porseleinen pop. Hij boog naar beneden, ze draaide zich naar hem toe en schreeuwde het uit, in stoten, een schreeuw zo luid dat hij stante pede tegen de grond ging, het natte moeras drong door zijn broek.

Hij kwam overeind op de bank. Het koude zweet bezorgde hem kippenvel.

Het geluid, dacht hij.

Haar geschreeuw.

De intercom ging, doordringend.

Het appartement leek helemaal gevuld met het snijdende geluid.

De kamer was ijskoud, alsof iemand de verwarming had uitgeschakeld.

Er werd nog een keer gebeld.

Tommy nam het pistool van de salontafel. De klok op de cd-speler stond op 3.40 uur.

Hij gooide de deken van zich af en zette zijn voeten op de vloer. Heel even was hij bang dat hij in het natte mos en veen zou stappen, dat dit alles een mix van droom en werkelijkheid was, een labyrint waaruit hij niet kon ontsnappen.

Nog een keer de intercom.

Het kon hem niet zijn. Niet op deze manier.

Toch liep hij ineengedoken, maar snel door de woonkamer, merkte op dat hij vooruitziend genoeg was geweest om de gordijnen in de logeerkamer dicht te trekken, het raam dat uitkeek op de ingang van het woonblok.

Hij wachtte bij de intercom. Keek naar de veiligheidsketting, hield zijn wijsvinger op het koude gebogen staal van de trekker.

Toen er nog een keer werd gebeld, pakte hij de hoorn.

Eerst hoorde hij alleen geruis, geen andere geluiden.

'Tommy?'

Het duurde een paar tellen voordat hij de stem herkende.

De stem van een vrouw.

Ze klonk anders dan hij zich herinnerde, omfloerst, sloom van alcohol of drugs.

Hij drukte op de knop om de deur te openen, maar hield een oogje op het trappenhuis door het kijkgaatje in de deur.

Elisabeth Thorstensen liet de buitendeur achter zich dichtvallen. Ze zag er verkommerd uit in haar grote bontjas, alsof ze uit een andere tijd kwam en de dingen om haar heen niet goed begreep.

Tommy zag dat ze even bij de brievenbussen bleef staan, alsof ze nog een laatste keer goed nadacht. Toen begon ze aan de paar traptreden naar zijn appartement.

Vastgoedservice, dacht hij.

Had ze zelf een set sleutels van dit woonblok?

Of had haar man die?

Had ze de sleutels aan iemand anders gegeven?

Hij opende de deur naar de voorraadkast en legde het geladen pistool daar op de vloer.

Hij bekeek haar nog een paar tellen door het kijkgaatje.

Ze had een uitdrukking op haar gezicht die hij niet goed kon plaatsen. Was het verdriet of waanzin, of misschien wel allebei?

Voorzichtig draaide hij de deur van het slot en nam hij de veiligheidsketting eraf, alsof hij bang was dat iemand anders het trappenhuis was binnengekomen tijdens de twee seconden dat hij de andere kant op had gekeken.

'Ik heb pillen geslikt,' zei ze zachtjes. Ze stond midden in de hal. Door de grote bontjas zag ze eruit als een jong vogeltje. Haar donkere haar was nat van de sneeuw, haar mascara was uitgelopen over haar jukbeenderen.

'Ik heb ze een keer van een arts gekregen. Hij was verliefd op mij.' Ze lachte zachtjes om zichzelf, maar haar ogen bleven net zo treurig als eerst.

'Nadat Asgeir naar bed is gegaan... ben ik gaan drinken.'

'Kom verder,' zei hij.

Elisabeth Thorstensen probeerde zich te bevrijden uit de bontjas.

Hij hielp haar met uittrekken.

'Ik wilde niet langer leven. Ik wist niet... Ik dacht aan jou.'

Ze bracht haar handen naar zijn gezicht. Haar hoofd viel tegen zijn open kraag.

'Je hebt me al eens eerder gered.'

Hij sloeg zijn armen om haar heen.

'Ik ben zo moe.'

Voorzichtig probeerde hij haar van zich af te duwen, maar ze liet niet los.

'Laat me niet alleen,' zei ze.

Ze begon te huilen. Na ongeveer een minuut ging haar huilen over in lachen.

'Ik weet niet waarom ik hier ben,' fluisterde ze.

Ik denk dat je het wel weet, dacht Tommy, maar hij zei niets.

'Je moet altijd aardig voor me zijn, Tommy,' fluisterde ze in zijn oor. 'Beloof me dat.'

Hij dacht een verboden gedachte, dat hij haar toen de eerste keer aan de Skøyenbrynet al wilde, toen ze op de keukenvloer zat met het keukenmes in haar hand. Hij duwde de gedachte weg, daar mocht hij niet aan denken.

'Hoe laat is het?' vroeg ze.

'Bijna vier uur.'

'Kan ik hier slapen?'

Tommy schudde zijn hoofd. Ze keek hem aan met een blik die suggereerde dat ze niet aan zichzelf kon worden overgelaten. Ze knipperde en haar ogen liepen vol.

'Ik mis haar. Ik kan niet leven zonder haar, Tommy.'

Hij haalde diep adem en wist dat hij iets stoms ging doen.

'Je kunt op de bank slapen.'

'Dan moet jij naast me komen liggen.'

'Ik...'

Ze legde haar hand over zijn mond.

'Ik wil niet sterven,' zei ze.

Hij sloeg zijn armen om haar heen.

'Je gaat niet dood.'

Hij ontwaakte uit een soort halfslaap. In het trappenhuis sloeg een deur dicht.

Het pistool, dacht hij. Het lag nog in de kast in de gang.

Elisabeth Thorstensen lag half over hem heen op de bank en was diep in slaap.

Godzijdank hadden ze nog kleren aan.

Er is niets gebeurd, dacht hij en nu pas voelde hij de bonkende hoofdpijn.

Hij schoof haar opzij zonder haar wakker te maken. Ze mompelde iets onverstaanbaars en sliep verder, als een oude man zo diep.

Toen hij terugkwam van het toilet, was ze wakker.

Alsof ze alleen maar had gedaan alsof.

'Ze is de eerste aan wie ik denk, elke dag als ik opsta, en de laatste aan wie ik denk voordat ik ga slapen.'

Haar gezicht was nauwelijks te zien in het schemerige licht van de straatlantaarns voor de ramen van de woonkamer.

'Je moet nooit iets anders over mij geloven.'

'Dat doe ik niet.'

'Kristiane had je gemogen. Je bent een goed mens. Weet je dat, Tommy?'

Hij sloot zijn ogen en dacht dat dat het aardigste was wat iemand in lange tijd tegen hem had gezegd.

Hij keek naar haar lichaam toen ze opstond. Ze streek haar haar naar achteren en glimlachte naar hem op een manier die hem met een onverklaarbare rust vervulde.

Ze liep langs de boekenkast.

Zijn gevoel van rust ging over in onrust.

'Wat een mooi stel waren jullie,' zei ze opeens. Ze moest de foto van Hege en hem hebben gezien. God mocht weten waarom hij die in de boekenkast had laten staan.

Tja, dacht hij. Misschien klopt dat wel. Toen schoot hem de verdwenen foto van zijn moeder te binnen. Ineens leek hij wakker te worden. Waarin dreigde hij verzeild te raken?

'Ik denk dat je nu beter kunt vertrekken.'

Elisabeth Thorstensen zette de foto van hem en Hege weg.

Ze keek hem gemaakt beledigd aan.

'Oké dan.'

Ze liep langs hem heen naar de badkamer.

Hij ging naar de woonkamer en pakte de telefoon die op de salontafel lag.

Een bericht van Susanne. Het moest vannacht binnengekomen zijn. Het verbaasde hem dat hij het niet had gehoord.

Kristiane ging naar de terrasblokken aan de Nedre Skøyen vei. Morgen meer.

Hij zat nog steeds naar het bericht te staren toen Elisabeth Thorstensen terugkwam uit de badkamer.

'Bel een taxi voor me. Het is het minste wat je kunt doen.'

'Ja, misschien wel.'

Elisabeth Thorstensen stond in de hal, volledig gekleed. Tommy leunde tegen de deurpost naar de woonkamer. Een brandende sigaret in zijn hand.

Ze had zich snel opgemaakt, twee of drie streken mascara, wat lipstick. Het was kwart voor zes in de ochtend, God mocht weten waarom ze de moeite nam.

Ze streelde een paar keer over de mouw van haar bontjas. Daarna liep ze de paar stappen die hen van elkaar scheidden, pakte de sigaret uit zijn hand, nam een paar trekken en gaf hem aan hem terug.

'Kom hier,' zei ze.

Ze kuste hem snel op de mond en legde daarna haar hoofd tegen zijn borst.

Hij hoorde buiten het slaapkamerraam een auto remmen. Het laagfrequente geluid van een dieselmotor.

'Kristiane was als door de hemel gezonden, Tommy. Ze redde Per-Erik. Het klinkt waarschijnlijk alsof ik gek ben, maar zo voelde ik het. Kun je dat begrijpen?'

'Ja.'

'Het is dus mogelijk om een beter mens te worden. Hij werd het in elk geval.'

Tommy verdrong de gedachte aan zichzelf. Hij had op de bank bij Viggo Osvold moeten liggen, niet hier met zijn armen om een getuige moeten staan.

Hij duwde haar van zich af.

'Ik heb je eerder ergens gezien. Voordat Kristiane werd vermoord. Ik zal niet rusten totdat ik heb ontdekt waar het was.'

'Ik moet gaan,' zei ze.

'Waar ben je opgenomen na de moord op Kristiane?'
'In Frensby.'
Hij voelde een steek in zijn maag. Daar had zijn moeder gewerkt.
'En daarvoor?' vroeg hij.
'Ik ben er verschillende keren opgenomen geweest. Vanaf mijn achttiende. Mijn vader... hij... Ik kan er nu niet over praten.'
Dank je wel, dacht hij. Hij moest haar daar gezien hebben, jaren geleden. Toen hij een keer met zijn moeder mee was naar haar werk. Zo moest het zijn gegaan.
'Kunnen we een keer afspreken? Voor kerst?'
'Dat gaat niet,' zei hij. 'Dat weet je.'
'Ik...' begon ze. Ze keken elkaar een hele tijd aan. Haar ogen leken zich te vullen met tranen, maar op de een of andere manier wist ze haar verdriet terug te dringen.
'... nee, niets.'
Ze opende de deur, bleef een paar seconden aarzelend staan voordat ze die weer sloot.
Hiervoor ben je gekomen, dacht Tommy.
Hij nam de laatste trekken van zijn sigaret. Ze kwam naar hem toe en ging dicht tegen hem aan staan, terwijl ze haar armen om zijn middel sloeg.
'Ik dacht dat ik dit mee zou nemen in mijn graf,' zei ze.
'Wat?'
'Ik denk dat ze verliefd op hem was.'
'Wie?'
Ze sloot haar ogen.
'Kristiane. Hij kan ongelooflijk manipulatief zijn en hij heeft de aantrekkingskracht op vrouwen van zijn vader geërfd. Ik kon de verhouding met hem bijna niet beëindigen, Tommy. Wanneer Morten je eenmaal beetheeft, laat hij je niet meer gaan.'
'Wat bedoel je? Dat ze verliefd was op Morten Høgda?'
Ze schudde haar hoofd.
'Alex is net zo.'
Tommy deed een stap terug.
'Wat probeer je te zeggen?' vroeg hij.
Elisabeth Thorstensen haalde diep adem, hield de lucht lang in haar longen en ademde ten slotte uit door haar neus.
'Ik denk dat Kristiane tot over haar oren verliefd was op Alexander. *Alex*.'
Hij schudde langzaam zijn hoofd.

'Op haar broer?'
'Halfbroer, ja.'
Elisabeth Thorstensen sloot haar ogen.
'O, god,' zei ze. 'Ik hoop dat ze me vergeeft, mijn kind.'
Hij wachtte.
'Ik denk dat hij misbruik van haar maakte,' zei ze zo zacht dat hij het nauwelijks kon horen.
'Wat bedoel je?'
'Ik vond haren van haar in zijn bed. Ik heb de haren zelf gezien. Geen twijfel mogelijk.'
Hij hoorde de stem van Anders Rask in zijn hoofd.
'Ze was die zomer veranderd. Ze maakte het uit met haar vriend en...'
Iemand had het vuur in haar ontstoken.
De stem van Anders Rask vulde zijn hoofd. Zijn wilde blik. De krachten die wegebden nadat Rask had geprobeerd om hem ervan te overtuigen dat Kristiane was veranderd. Juist die laatste zomer.
'Had Alexander op school ook les van Anders Rask?' vroeg hij.
Haar gezicht had een wanhopige uitdrukking, alsof ze alles met Kristiane nog eens herbeleefde.
'Niet verder vertellen, Tommy.'
'Dat kan ik niet beloven. Dit stelt alles in een ander daglicht, Elisabeth, besef je dat?'
Ze liep hem achterna naar de slaapkamer.
'Maar geef me op één vraag antwoord: had Alexander ook les van Anders Rask?'
'Ja.'
Zijn telefoon ging.
De taxichauffeur was benieuwd of er al snel iemand kwam, de meter liep door.
'En beloof me,' zei hij, 'als je nog steeds iets met Morten Høgda hebt, dan moet je me dat vertellen.'
Ze schudde haar hoofd.
'Beloof me dat.'
'Ik beloof het.'
Hij pakte haar hand.
'Bel me,' fluisterde ze. 'Kun jíj me dat beloven?'
'Wat hou je voor me achter?'
Ze schudde haar hoofd.
'Je neemt iemand in bescherming.'
'Wie?'

'Wie heb je dit verteld? Over Alexander en Kristiane?'
'Niemand.'
'Ze ging die zaterdag echt naar Skøyen, Elisabeth.'
Ze sloeg haar handen voor haar gezicht.
'Wie woonde er in Skøyen?'
'Dat weet ik niet,' fluisterde ze.
'Morten Høgda? Heb je het hem verteld? Of Per-Erik?'
'Nee,' zei ze. 'Nee!'
Ze viel op haar knieën en verborg haar gezicht in haar handen.
'Niet Morten,' fluisterde ze. 'Morten kan het niet zijn.'
Even overwoog hij om een ambulance te bellen.
Ze leek geen kracht meer te hebben, alsof ze het had opgegeven.
Hij hurkte naast haar neer, pakte haar polsen, voelde de littekens van het koksmes.
'Ik moet met Alex praten. Dat snap je wel. Hij werkt toch in het ziekenhuis in Tromsø?'
'Ja,' zei ze, dicht tegen zijn borst gedrukt.
'Ga nu naar huis,' zei hij. 'Dan bel ik je vanavond.'
'Beloofd?'
Hij knikte.
Toen hij de taxi achter de KIWI-supermarkt zag verdwijnen, wist hij zeker dat hij zojuist een grote fout had gemaakt.
Hij had gisteravond met de rechercheurs uit Toten gesproken.
In het huis van Furuberget had de technische recherche twee verschillende paren schoenafdrukken gevonden die niet aan de bewoners toebehoorden. Maar ze behoorden ook niet toe aan Rask en Jensrud, zij hadden alle twee sportschoenen gedragen toen ze uit Ringvoll ontsnapten.
Arne Furuberget had bezoek gehad van twee mensen toen hij werd vermoord.
Tommy was ervan overtuigd dat de brief aan Rask was geschreven door een vrouw. Wat het onderzoek van de Landelijke Recherche ook mocht uitwijzen.
Ze waren dus niet op zoek naar Rask en Jensrud.
Ze waren op zoek naar een man.
En een vrouw.

Deel 4

1

Susanne Bech zwaaide Mathea gedag en probeerde er zo min mogelijk aan te denken dat het meisje afgelopen nacht maar een paar uur had geslapen. Mathea leek wel dronken zoals ze daar tegen het raam geleund stond. Het was vijf over zeven in de ochtend en ze waren deze keer als eersten in het kinderdagverblijf aangekomen, zelfs een minuut voordat het hoofd van de kinderopvang arriveerde, de enige die ze hier kende.

Ze nam de metro vanaf Helsfyr en stapte uit bij het Centraal Station. Ze wandelde een tijdje doelloos rond in het stationsgebouw, ze verbeeldde zich dat Kristiane dat ook had gedaan, die zaterdag eind november 1988. De vertrekhal was in de ochtendspits een drukte van belang, ze liep tegen de stroom in naar de Østbane-hal. Deze voormalige stationshal was nu geïntegreerd in het nieuwe Centraal Station en verbouwd tot een winkelcentrum met veel horecagelegenheden. De grote kerstboom in de hal herinnerde haar aan kerstavond, die steeds dichterbij kwam. Ze zouden het fijn hebben, Mathea en zij, ze hadden genoeg aan elkaar.

Ze stelde zich voor dat ze Kristiane was en liep snel door de oude Østbane-hal, langs alle winkels naar buiten. Kristiane was daar het laatst bij de uitgang gezien. Ze ging midden op het plein voor het station staan en dacht dat Kristiane dat ook had gedaan, in de winterduisternis.

Recht voor haar lag de Karl Johans gate, versierd met groene slingers en kerststerren die de stad van broodnodig lichtschijnsel voorzagen.

Een gestage stroom mensen onderweg naar het werk liep langs haar heen. Susanne stond doodstil, alsof ze in leven probeerde te blijven te midden van een stampende kudde buffels, honderden gewone mensen op weg naar weer een dag op het werk, de meesten van hen midden in het leven, een leven waarvan ze noch het begin, noch het eind konden zien. Alleen de gedachte aan Kerstmis sleepte hen de winter door.

Maar ze leven tenminste, dacht Susanne.

Kristiane niet meer.

Ze was van gedachten veranderd, dacht Susanne. Kristiane had precies zo gestaan. Ze nam de trein vanaf Nordstrand, omdat ze niet wilde dat haar teamgenoten haar zouden zien. En omdat ze dwars door het centrum moest. Naar Skøyen, waar ze Bjørn-Åge Flaten tegenkwam. Ze had precies zo gestaan, en had spijt gekregen dat ze op het Centraal Station was uitgestapt. Dit was niet de plek waar ze heen zou, dus ging ze terug naar de Østbane-hal en nam de volgende trein naar Skøyen.

Susanne draaide zich om en deed precies wat ze dacht dat Kristiane had gedaan.

Ze zag zichzelf als Kristiane, de trein uit Ski reed langs perron 9 het station binnen. Haar handen beefden een moment toen ze op een van de lege stoelen plaatsnam en de trein in de tunnel onder de stad verdween. Ze opende haar rugzak waarin ze haar notitieboekje bewaarde en een brochure over koopappartementen aan de Nedre Skøyen vei. Ik moet Bjørn-Åge Flaten geloven, dacht ze en ze sloot heel even haar ogen.

Ze schrok wakker toen de trein bij het Nationaal Theater stopte. Ze had kippenvel op haar armen; tijdens de korte rit door de tunnel had ze gedroomd. Mathea stond voor het raam van het kinderdagverblijf en zwaaide, net als vanochtend. Achter haar verscheen een schaduw, alsof de juf achter haar kwam staan.

Maar deze persoon werkte niet in het kinderdagverblijf. Het gezicht was niet te zien. Gewoon een schaduw achter Mathea. Een hand op haar schouder.

Toen de trein op het station Skøyen stopte, schudde Susanne haar hoofd om zichzelf.

De nacht was gewoon te kort geweest. Het bezoek aan het Lovisenberg had al haar krachten opgezogen. Niets aan de hand, zei ze bij zichzelf en ze liep de stationstrap af.

Halverwege bleef ze staan.

Ze liet de andere passagiers passeren. Toen draaide ze zich langzaam om, alsof ze verwachtte dat de persoon uit de droom vlak achter haar zou staan.

Zonder gezicht, met een hand op de schouder van Mathea.

Ze haalde diep adem.

'Niemand,' zei ze. 'Niemand.'

Ze liep verder de trap af. Op de stoep bleef ze staan en ze staarde vergeefs de onderdoorgang in waar Bjørn-Åge Flaten Kristiane die zaterdagavond had ontmoet.

Langzaam zette ze een paar stappen in de tunnel. Het verkeer stroomde onophoudelijk door, maar ze hoorde het nauwelijks. Het was alsof ze beiden recht voor haar stonden: Kristiane in haar blauwe Millet-jas en de jonge junk Bjørn-Åge Flaten.

'Bij wie ging je op bezoek, Kristiane?' zei Susanne.

Ze begon in de andere richting te lopen, naar Amalienborg en de Nedre Skøyen vei.

Tijdens de korte wandeling was het net alsof Kristiane naast haar liep. Alsof ze haar arm om het jonge meisje heen kon slaan en zeggen: 'Ik zal hem vinden, ik beloof dat ik hem zal vinden.'

Toen ze halverwege was, bekroop het gevoel haar weer.

De droom uit de tunnel. De gezichtloze.

Ze liep langzamer.

Ten slotte bleef ze staan.

Kom me maar halen, dacht ze. Neem mij.

Maar laat Mathea leven.

2

Fredrik Reuter keek met een vastbesloten blik op zijn horloge en wees toen naar Tommy Bergmann. 'Ik neem aan dat je die jongedame van jou onder controle hebt?'

Tommy haalde zijn schouders op. Het was vijf over acht en Susanne was nergens te bekennen. Hij had geprobeerd haar te bellen, maar kwam niet verder dan de voicemail.

'Ik weet niet waar ze is. We moeten maar zonder haar beginnen.'

Hoofdofficier van justitie Svein Finneland zat recht tegenover hem met een merkwaardige uitdrukking op zijn gezicht. Tommy had zijn gezichtsuitdrukking zien veranderen op het moment waarop Reuter 'die jongedame van jou' had gezegd.

Oké, dacht hij. Dus jij bent jaloers dat ik haar baas ben. *Be my guest.* Of ben je bang dat ze zich samen met een of andere vent heeft verslapen?

'Tja,' zei Svein Finneland op een manier die Tommy deed vermoeden dat hij zijn gedachten had gelezen. Hij richtte zich op.

'Dan moeten wij het maar met z'n vijven doen en kun jij "jouw jongedame" later op de hoogte brengen, Bergmann. Als ze zich tenminste verwaardigt om te komen opdagen.'

Halgeir Sørvaag zocht Tommy's blik. De afgeleefde man uit het fjordengebied zag eruit als een diepzeevis op de weg naar de oppervlakte. Een kleine, sluwe glimlach speelde om zijn mond. Tommy dacht dat hij waarschijnlijk aan Susanne zat te denken, hoe ze er bijvoorbeeld zonder kleren uitzag. Liggend in zijn bed, op de plaats van zijn eigen futloze vrouw.

De laatste man aan Fredrik Reuters vergadertafel was Rune Flatanger, psycholoog bij de Landelijke Recherche. Hij zat met zijn blik gericht op de kopie van de brief die Tommy gisteren in zijn brievenbus had gevonden. Het leek alsof hij 'de hel open' mimede.

'Ik kreeg vannacht een cryptische boodschap van Susanne,' zei Tommy. 'Dat Kristiane naar Skøyen ging.' Hij schudde zijn hoofd. Als ze maar niet nog een keer met Bjørn-Åge Flaten had gesproken. Hij wilde vast geld hebben, Tommy kon zich zelfs voorstellen dat ze hem uit eigen zak betaalde.

'Vannacht?' Svein Finnelands blik werd nog donkerder.

Tommy knikte.

'Zullen we beginnen?' vroeg Reuter. Hij moest over een uur bij de commissaris zijn, en Tommy wist hoeveel dat voor hem betekende. Reuter loerde op haar baan. Hij lag al goed op koers, gezien het feit dat de korpschef een driedubbel overgehaalde idioot was en de chef van de afdeling Recherche met pensioen zou gaan.

'Dus,' zei Finneland, 'voor zover ik heb begrepen, hebben we een betere opname van de bewakingscamera in de Cort Adelers gate gekregen.'

Hij pakte een dossiermap die voor Reuter op tafel lag en opende hem. Hij legde drie kopieën van de foto's op tafel.

Tommy kwam overeind en greep de drie kopieën alsof er informatie op stond die de wereld kon redden.

Het duurde even voordat zijn hersenen in staat waren om het gezicht op de foto te koppelen aan een man die hij onlangs had ontmoet.

Het hoefde natuurlijk niets te betekenen. Dat deze man bij Porte des Senses was geweest op de avond dat het Litouwse meisje was vermoord. Of hield hij zichzelf nu voor de gek?

'En,' zei Finneland en hij liet met opzet een pauze vallen. 'Anders Rask en Øystein Jensrud hebben vannacht getankt bij het YX-benzinestation in Oppsal, met de creditcard van Rasks vriendinnetje.' Nogmaals keek de hoofdofficier van justitie Tommy aan.

Jij verdient echt een dreun op je smoelwerk, dacht Tommy en hij keek met een wrange glimlach terug.

'Het nieuws wordt niet vrijgegeven, dus zwijg erover,' zei Reuter.

'Houdt ook de man die nachtdienst had bij YX zijn mond?' vroeg Halgeir Sørvaag en hij maakte een smakkend geluidje.

'We moeten erop vertrouwen dat Onze-Lieve-Heer dat regelt,' zei Reuter. 'En bovendien is YX 's nachts onbemand. De creditcard heeft ons gewaarschuwd.'

'Idioten,' zei Tommy. Hij wist niet precies of hij daarmee Rask en Jensrud of Reuter en Sørvaag bedoelde.

'Dat is nog zacht uitgedrukt,' zei Finneland. 'Het is dus ook heel belangrijk dat zij er niet achter komen dat wij weten waar ze zich bevinden.'

Hij legde nieuwe foto's op tafel. Het kenteken van de auto was duidelijk. Nu wist de politie met welke auto de twee onderweg waren en was het slechts een kwestie van tijd voordat ze werden opgepakt. Een foto toonde Jensrud, die de benzinetank vulde. Rask stond van de camera afgewend. Het leek erop dat hij een sigaret rookte. Als hij iets slimmer was geweest, was hij in de auto gebleven. Maar hij wist waarschijnlijk dat de kaart hoe dan ook zou worden gecontroleerd. De vrouwelijke bewaarder had ze natuurlijk contant geld kunnen geven, maar dan hadden ze bij de kassa moeten betalen. Rask wist waarschijnlijk dat de zaak zo goed als verloren was.

Als ik nu gewoon een gesprek met je kon hebben, dacht Tommy en hij bestudeerde Rask op de foto. Bestond die Yngvar, over wie Jon-Olav Farberg had gesproken, echt? Was Rask naar hem onderweg? En Alexander Thorstensen? Zou Rask onderweg zijn naar Tromsø? Het was een wilde gedachte, maar niet onmogelijk. Rask wist dat Kristiane verliefd was geworden op iemand op wie ze niet verliefd zou moeten zijn. Alexander, haar eigen halfbroer.

'Laat ze verder rijden,' zei hij tegen niemand in het bijzonder.

Svein Finneland nam zijn leesbril van zijn neus.

'Nu hoorde ik niet helemaal wat je zei.'

'Laat Rask en Jensrud verder rijden, volg ze, maar pak ze niet op. Begrijp je?'

Finneland schudde zijn hoofd.

'Het is niet mijn beslissing, maar dit is het domste wat ik in jaren heb gehoord.'

'Ze zijn op weg naar het noorden. Dat heeft geen zin als ze geen doel hebben. Iemand van buitenaf heeft een brief aan Rask geschreven.' Tommy hield de kopie van de brief omhoog die hij in de kamer van Rask in Ringvoll had gevonden. 'Misschien zijn ze op weg naar de schrijver van deze brief.' Hij hield zijn mond over de rest. Die clowns moesten niet de kans krijgen om de zaak te gronde te richten.

Svein Finneland schudde zijn hoofd.

'Dan moet je de Landelijke Recherche zien te overtuigen, zij hebben de Rask en Jensrud-show in handen.'

Rune Flatanger gaapte luidruchtig, alsof hij de hele wereld wilde demonstreren dat dit het meest oninteressante was wat hij in zijn leven had gehoord.

'Om eerlijk te zijn denk ik dat Rask alleen maar zo snel mogelijk weg wil komen. Het probleem is dat hij nergens heen kan. Wat echt interessant is, is de brief aan jou, Tommy. Heb je die gisteren gekregen?'

Tommy knikte. Het origineel was naar de Landelijke Recherche gestuurd voor een analyse van vingerafdrukken en handschrift, maar hij had een kopie. Hij streek met zijn vinger over het handschrift en raakte er nog meer van overtuigd dat de brief door een man was geschreven, terwijl de brief aan Rask door een vrouw was geschreven.

'Dus je denkt dat de brief aan Rask door een vrouw is geschreven, terwijl de brief aan jou door een man is geschreven?' Flatanger keek hem strak aan, een moment lang kreeg Tommy de indruk dat hij wist dat Tommy bij Viggo Osvold in therapie was. Dat hij de laatste twee afspraken niet was komen opdagen. Dat Reuter dat elk moment kon ontdekken en dat zijn carrière dan voorbij was.

Het kon hem verdomme ook niet schelen.

'Ja, dat denk ik.'

Rune Flatanger legde de twee brieven naast elkaar.

'Ze zijn in elk geval geschreven door twee verschillende personen.'

'Waarom denk je dat?' Flatanger boog zich over de brieven. 'Naar mijn gevoel wijzen de stijl en de tekst erop dat ze door dezelfde persoon zijn geschreven.'

'Neem de eerste brief, kijk naar het handschrift en "Medusa", de schrijver verwijst naar een vrouw.'

Flatanger knikte.

'Dat is waar.'

'Waar denk je aan?' vroeg Svein Finneland aan Flatanger. Hij stond op en liep de tafel rond. Achter Tommy bleef hij staan.

'Ik denk dat de brieven geschreven kunnen zijn door twee verschillende mensen met één ziel.'

Tommy hield zijn hand omhoog.

'Wat bedoel je? Twee verschillende mensen met één ziel?'

Flatanger veegde met een hand over zijn gezicht.

'Of twee zielen in één persoon.'

'Maar hoe...' zei Svein Finneland achter Tommy's rug. Hij liep verder om de tafel heen, naar Flatanger.

Rune Flatanger legde de vellen papier naast elkaar.

'Ik denk dat de toon in beide brieven gelijk van aard is, maar het handschrift is duidelijk anders. Toch denk ik dat we op zoek zijn naar één persoon, niet twee.'

'En jij denkt dat we op zoek zijn naar twee personen, Bergmann?' Svein Finneland was weer op zijn plek gaan zitten. Tommy bestudeerde een tijdje het magere gezicht en de duidelijke aders op Finnelands handen.

'Ik denk dat een vrouw aan Rask heeft geschreven, en een man aan mij.' Het was alsof een andere persoon de woorden voor hem uitsprak. Aan mij, dacht hij. Aan mij.

'Die laatste persoon kent jou, dat is duidelijk,' zei Finneland.

'Of...' zei Rune Flatanger, 'de schrijver gelooft, of verbeeldt zich, dat hij je kent.'

'Waarom weet je zo zeker dat het een vrouw is, Tommy?' Fredrik Reuters stem klonk laag en schor. Hij hield de kopie van de brief stevig vast, liet die toen los en tikte met zijn vinger op het tafelblad.

'Het is volgens mij het handschrift van een vrouw.'

'Zou kunnen,' zei Flatanger. 'We zoeken het uit.'

'En dat met Maria. Het meisje aan de Frognerveien. Waarom zei ze Maria? Er moet hier een vrouw bij betrokken zijn.'

'Ja, Sørvaag?' Finneland wendde zich tot Halgeir Sørvaag. 'Ben jij nog verder gekomen? Je had toch een of ander vaag vermoeden?'

Sørvaag haalde diep adem en schudde zijn hoofd.

'Dat dacht ik.'

Er viel een lange stilte, die uiteindelijk door Rune Flatanger werd doorbroken.

'Ik ben er vrij zeker van dat we op zoek zijn naar slechts één persoon. Ik geloof dat Arne... Arne Furuberget dus, op zoek was naar een voormalige patiënt.'

'Hoe weet je dat?'

'Ik vermoed het. Hij vertelde me dat hij in Brumunddal was geweest. Daar ligt het archief van Ringvoll.'

'Stel je voor dat het om een man gaat die denkt dat hij een vrouw is?' zei Tommy.

'Een man die denkt dat hij een vrouw is?' Fredrik Reuter schudde zijn hoofd en keek naar Tommy alsof hij nu echt het vertrouwen in hem had verloren.

Tommy zat met zijn koffiekop in zijn handen.

Hij zette hem voorzichtig neer en pakte de foto van de bewakingscamera. Hij twijfelde geen seconde.

'Een man die denkt dat hij een vrouw is?'

'Overdag een man, 's nachts een vrouw,' zei Rune Flatanger. 'Ik begrijp waar je heen wilt.'

'Zoals deze man,' zei Tommy. Hij hield de bewakingsfoto uit de Cort Adelers gate op. Hij had zich nu lang genoeg ingehouden.

'Dit is Morten Høgda,' zei hij. 'Hij heeft een relatie met Elisabeth Thorstensen gehad. En ik ben er vrij zeker van dat hij die nog steeds heeft.'

De rest hield hij voor zich. Dat hij de vader was van Alexander Thorstensen. En dat Kristiane naar alle waarschijnlijkheid verliefd was op haar halfbroer.

'Morten Høgda,' zei Fredrik Reuter. 'Morten Høgda?'
Tommy besloot dat Høgda zelf maar uitleg moest geven.
'Onmogelijk,' zei Svein Finneland. 'Is het echt Høgda?' Hij pakte de foto en hield die voor zijn gezicht.
'We roepen hem nog niet op voor verhoor. Hij hoeft nog niets te weten, oké?'
'Hem oproepen voor verhoor?' vroeg Finneland.
'Allejezus, er wordt al dagen naar de man gezocht en hij heeft zich niet gemeld. Dat is reden genoeg om hem voor deze zaak op te pakken.'
Tommy stond op. Hier had hij geen tijd voor. Hij moest in één dag op en neer naar Tromsø. En Alexander Thorstensen moest niet van tevoren weten dat hij zou komen.
'Høgda heeft al vanaf de jaren zeventig een huisje op Hvasser, moet ik nog een keer vertellen waar het eerste meisje is vermoord?'
'Tønsberg,' zei Rune Flatanger. 'Ik kijk na of hij ooit in Ringvoll opgenomen is geweest.'
'Mooi. Dan zijn we klaar?' vroeg Tommy.
Reuter opende zijn mond, maar er kwam niets uit.
Tommy stond zonder enige uitleg te geven op en verliet de vergaderkamer.
Hij liep snel naar zijn kantoor, opende internet en typte Morten Høgda in het zoekvenster. Er verschenen een paar foto's op het scherm. Høgda was mediaschuw, maar een van de foto's was zo goed dat hij die kon printen.
Op weg naar de kopieerruimte vroeg hij Linda van het secretariaat om een vlucht voor hem te boeken naar Tromsø, rond het middaguur.
Toen hij terugkeerde in zijn kantoor, zat Halgeir Sørvaag in zijn stoel.
Tommy legde de foto van Høgda op het bureaublad en trok zijn donsjack aan. Hij was niet van plan om Sørvaag te vertellen waar hij heen ging en waarom hij de foto meenam. Het ergste wat kon gebeuren was dat Høgda zich in het buitenland bevond, daar een telefoontje kreeg om zich te melden voor een verhoor in Oslo en op de eerste vlucht naar Cambodja stapte.
Sørvaag staarde schijnbaar doelloos uit het raam.
'Ben je aan het genieten van het uitzicht?' vroeg Tommy. 'Ik heb haast, dus kom ter zake.'
'Ik heb gisteravond een van de kinderen van de oude Lorentzen te pakken gekregen. Ik krijg verdomme dat met die Maria niet uit mijn hoofd.'
'Maria?'
'Edle Maria. Dat zei het meisje toch toen ze in het Rijkshospitaal lag.'

Tommy pakte het papier met de foto van Høgda en stopte het in een envelop.

'Ik moet gaan, Halgeir.'

'Er is niemand die mij gelooft.'

Bij de deur bleef Tommy staan.

'Wat bedoel je?'

'Maria, Tommy. Het was geen toeval dat het meisje dat zei in het ziekenhuis. Ik weet ook zeker dat ze Edle zei. Misschien heeft iemand het meisje gebeld en een afspraak met haar gemaakt. Iemand die zichzelf Edle Maria noemt. Maar we kunnen verdomme haar mobiel niet vinden.'

De beelden flitsten over Tommy's netvlies. Hoe ze overeind was gekomen en had geschreeuwd. Hoe bang hij was geworden.

'Het kan gewoon toeval zijn,' zei Sørvaag.

'Misschien.'

'Nordreisa,' zei Sørvaag.

Het duurde een moment voordat Tommy begreep wat hij had gezegd.

Toen kon hij heel even duidelijk de rotatie van de aarde voelen, zijn voeten verdwenen in zwaar veenmoeras, zijn hoofd leek in een bankschroef te zitten.

'Wat zeg je?' De woorden klonken zo zacht dat Sørvaag ze niet hoorde.

'Oude Lorentzen was politieagent in Nordreisa. Het meisje, Edle Maria, werd daar vermoord. Zijn zoon heeft dat bevestigd. Ik herinner me ook dat hij het zelf vertelde, maar ik wist de plaats niet meer. Ze hebben de moordenaar nooit gevonden.'

'Nordreisa?'

Tommy moest steun zoeken tegen de deurpost.

Hij ontvouwde de kopie van de brief die hij in zijn brievenbus had gevonden.

Ken je me nog?

Hij had zichzelf altijd wijsgemaakt dat hij niet wist waar zijn moeder vandaan kwam. Maar hij wilde het niet weten, hij wilde niets over haar weten, zonder dat hij wist waarom.

Ze kwam uit Nordreisa.

En Morten Høgda kwam uit een dorp daar vlakbij.

3

Haar vingers waren al stijfbevroren, haar huid barstte open onder de dunne handschoenen. Susanne vervloekte zichzelf om dit idiote werk. Ze stond voor het vierde complex met terraswoningen aan de Nedre Skøyen vei. De zon was boven de horizon geklommen en scheen fel in haar ogen toen ze op weg was naar de deurbellen met naambordjes. Ze had al tien bladzijden in haar notitieboekje volgeschreven met namen en adressen, maar op dit moment voelde het volledig zinloos.

Het was zestien jaar geleden dat Kristiane hier was geweest. De persoon die ze zocht woonde hier waarschijnlijk niet eens meer. Ze kon ook iedereen in het bevolkingsregister opzoeken, maar als mensen woonruimte huurden, stemden namen en adressen niet altijd overeen. Eigenlijk kwamen ze zelden overeen.

Maar allejezus, Susanne, niemand huurt hier toch zestien jaar achtereen?

Ze noteerde snel alle namen op een blanco pagina, ze had nu al honderdtien namen en moest aan een nieuw boekje beginnen.

Stop, dacht ze.

Het gevoel dat er iets met Mathea was gebeurd werd met de minuut sterker.

Ze stak haar hand in haar zak en pakte haar mobiel. Even werd het bijna zwart voor haar ogen. Ze toetste twee keer de verkeerde pincode. Toen het haar eindelijk lukte zich de cijfers te herinneren, sloot ze haar ogen terwijl de mobiel naar netwerken zocht. Het was alsof ze wist dat er verscheidene gemiste oproepen van het kinderdagverblijf zouden zijn.

Nee. Vier gemiste oproepen van Tommy, dat was alles. Het was ook omwille van hem dat ze de telefoon had uitgezet. Ze was er zeker van dat hij het werk waar ze mee bezig was uit haar hoofd zou praten. En wie kon het hem kwalijk nemen?

Ze schrok op toen de telefoon plotseling overging terwijl ze ernaar keek.

Tommy Bergmann mobiel stond op de display.

De deur naar het trappenhuis ging met veel lawaai open. Een oudere man keek haar argwanend aan. Oorlog op twee fronten, dacht ze. Kerels, jong en oud, ze waren allemaal hetzelfde, de hele klotezooi.

'Wat spook jij hier uit?' vroeg hij en hij knoopte de bovenste knoop van zijn vest dicht. 'Ik hou je in de gaten, jongedame.'

Bedankt voor het compliment, dacht Susanne.

'Ik werk mee aan een volkstelling,' zei ze en ze glimlachte ontwapenend. Haar mobiel was weer stil. Een paar tellen later kwam een sms binnen. Ze kon bijna aan het geluid horen dat het van Tommy was. En dat hij boos was.

'Volkstelling? Wat een onzin!'

Susanne zette haar ernstige gezicht uit de tijd van de geüniformeerde politie op. Ze opende haar jas en hield de identificatie omhoog die om haar nek hing.

'Ik wil graag in alle rust mijn werk doen, als u het niet erg vindt.'

'Het spijt me,' zei de man. 'Mag ik vra...'

'Nee. U kunt helaas niets vragen. Een fijne dag verder.'

De uitdrukking op het gezicht van de man veranderde meteen, plotseling wekte hij een onderdanige indruk en leek hij bang voor haar. Hij sloot de deur en verdween. Susanne dacht dat als ze hem had verteld wat ze aan het doen was, hij in lachen was uitgebarsten. Een zoektocht hier, zestien jaar nadat Kristiane, volgens een stervende junk, op weg zou zijn geweest naar een van deze vijf terrasblokken? Het was pure waanzin.

Weer ging haar telefoon over. Tommy. Ze had geen keus.

'Waar ben je?' vroeg hij, maar niet zo boos als ze had gedacht dat hij zou zijn.

'Ik volg een spoor.'

'Ik had het op prijs gesteld als je me had geïnformeerd. We moeten met elkaar praten.' Hij zweeg even. Susanne dacht aan de woorden 'we moeten met elkaar praten'. Zij had precies hetzelfde tegen Nicolay gezegd.

'Maar ik moet naar Tromsø vandaag. Jij moet onmiddellijk naar de Nationale Bibliotheek. Je moet uitzoeken wat de kranten in Noord-Noorwegen hebben geschreven over de moord op een meisje in Nordreisa. Ze heette Edle Maria. Ergens halverwege de jaren zestig. Dat moet nú. Het is dringend.'

'Edle Maria?'

Susanne draaide een paar rondjes om haar as.

Maria. De naam die het Litouwse meisje in het Rijkshospitaal schreeuwde. En Edle. Dat was toch de naam waarover Sørvaag het had?

Susanne had iets meer dan honderd namen in haar notitieboekje. Zestien jaar geleden was Kristiane bij deze woningen geweest. En Edle Maria. Nordreisa. Ze schudde haar hoofd, wilde het liefst gaan zitten en huilen. Het klopte allemaal niet. Of wel?

'Ja.' Haar stem klonk gedwee.

'Het kan belangrijk zijn. Begrijp je? Ik heb je nu nodig, Susanne. Wat ben je eigenlijk aan het doen?'

Susanne wachtte even.

'Ik ben vannacht op de afdeling Psychiatrie in het Lovisenberg-ziekenhuis geweest. Bjørn-Åge Flaten ligt op sterven. Hij heeft Kristiane in Skøyen gezien. Hij heeft gezien waar ze heen ging. Ik geloof hem, Tommy.'

Hij ademde moeizaam aan de andere kant.

'Oké,' zei hij eenvoudig. 'Oké. Maar je moet echt naar de Nationale Bibliotheek, en als je daar niets vindt moet je maar wat telefoontjes plegen om het uit te zoeken, oké?'

Susanne leunde tegen de betonnen muur met de deurbellen.

Ze wilde zeggen: Als je toch naar Tromsø gaat, kun je ook bij de *Nordlys* binnenlopen om in hun archief te zoeken. Maar ze durfde niet.

Ze keek naar haar notitieboekje met de namen.

Dit was erger dan een speld in een hooiberg.

Zestien jaar, dacht ze. Wat een hopeloos plan.

4

Gelukkig vond hij gemakkelijk een parkeerplaats. Hij had ook gewoonweg geen tijd om rondjes door de wijk te rijden. Hij wrong de oude Escort tussen een BMW en een Mercedes en zei tegen zichzelf dat hij als onderbetaalde politieman toch maar mazzel had.

Als overlevingsstrategie werd zelfbedrog behoorlijk onderschat. Hij glimlachte even voordat zijn pessimisme weer kwam bovendrijven.

Edle Maria. Nordreisa. Hij kreeg koude rillingen bij de gedachte. Hij probeerde zich te herinneren wat zijn moeder nog meer had gezegd, maar de paar keer dat ze over zichzelf vertelde, had hij nooit goed geluisterd. Waarom ze nooit naar het noorden gingen. Hij had elke keer een soort stille woede gevoeld. Dat de kleine vrouw die zichzelf zijn moeder noemde, beter dood had kunnen zijn. Dat hij haar zelf zou moeten vermoorden. Hij herinnerde zich dat hij dacht dat hij gek was. Dat zijn vader precies zo was geweest. Dat ze daarom hierheen was gevlucht, naar Zuid-Noorwegen. Osvold had erop gezinspeeld. Dat hij niet Hege in elkaar sloeg, maar zijn moeder. Het was alleen zo verdomd beschamend om dat toe te geven. Dat alles wat Hege deed, hem aan zijn moeder herinnerde, die verdomde razernij had niets met Hege te maken. Vreemd genoeg was hij diep vanbinnen blij dat ze erin geslaagd was aan hem te ontkomen.

Osvold, dacht hij. Morgen moest hij weer een afspraak met Viggo Osvold maken. Hij was maar één telefoontje van zijn ontslag verwijderd. Bovendien moest hij met iemand praten. En Susanne, kon hij erop vertrouwen dat ze echt deed wat ze moest doen? Alleen al het feit dat hij haar niet had uitgefoeterd voor haar vertrouwen in Bjørn-Åge Flaten, duidde erop dat hij bezig was een zachtgekookt ei te worden.

Hij liep snel in de richting van het huis waar was geprobeerd het Litouwse meisje te vermoorden. Het jonge paar in het aangrenzende appartement wist meer dan ze hadden verteld, daar was hij zeker van. Tenminste de vrouw. Ze was thuis met een baby van een halfjaar. Met een beetje geluk kreeg hij haar te pakken voordat ze met de kinderwagen in het Frognerpark ging wandelen, of met vriendinnen naar een van de vele koffiebars aan deze kant van de stad ging. Ze hield iets achter. En het was het beste om volkomen onverwacht op de stoep te staan, zoals nu.

Hij drukte op de bel en ontmoette de blik van een jong meisje dat hem voorbijliep, te laat voor school, dacht hij, waarschijnlijk de Franse school.

'Hallo?' klonk het krakend uit de intercom.

'Tommy Bergmann, politie.'

Ze antwoordde niet meteen.

'Het komt nu niet goed uit.'

'Dan moet ik u vragen om later vandaag naar het politiebureau te komen.'

Ze zuchtte lijdzaam.

Hij keek op zijn horloge. Hij zou de vlucht van twaalf uur naar Tromsø missen als zij moeilijk ging doen.

'Oké, dan.'

Hij duwde de witte deur naar het trapportaal open. Net als de moordenaar had gedaan.

Ben jij dat? dacht Tommy en hij pakte de bewakingscamerafoto van Morten Høgda uit zijn zak.

Ze stond met het kind op haar arm te wachten toen hij op de derde verdieping aankwam. Zonder make-up herkende hij haar amper.

'Ik heb maar een paar korte vragen.'

Haar gezicht stond ernstig, het kind sperde haar ogen open, glimlachte eerst, maar begon toen te huilen.

Wie kan het je kwalijk nemen? dacht Tommy en hij keek naar zichzelf in de spiegel in de hal.

Therese Syvertsen legde het kind onder een babygym in de woonkamer. Het meisje stopte onmiddellijk met huilen.

Het licht stroomde door de ramen naar binnen en maakte de kamer nog witter dan die al was.

'Wilt u iets drinken?' vroeg ze, terwijl ze zijn blik vermeed.

Tommy schudde zijn hoofd.

'Is uw man op zijn werk?'

Ze knikte en krabde met haar kunstnagels aan haar onderarm.

Hij pakte de foto van Morten Høgda weer, de verbeterde versie van de bewakingscamera. Daarna pakte hij de print van de foto die hij op internet had gevonden.

'Hebt u deze man eerder gezien? In het trappenhuis?'

Therese Syvertsen streek een blonde haarlok achter haar oren en bestudeerde de foto's lang. Te lang.

Ze sloot haar ogen en deed een paar stappen van hem weg.

'Hebt u hem gezien?'
'Ja,' zei ze.
'Die nacht waarin de poging tot moord op het meisje plaatsvond?'
Ze schudde haar hoofd.
'Waar hebt u hem gezien?'
'Hij is hier vaker geweest. Ik heb hem door het kijkgaatje in de deur gezien. Eén keer ben ik hem beneden in de hal tegengekomen. Hij keek me aan alsof ik net zo een als zij was. Alsof ik te koop was.'
'Maar u hebt die nacht niet door het kijkgaatje gekeken?'
'Nee.'
'Echt niet?'
'Ik sliep. Ik heb niemand gezien.'
'En uw man?'
'Hij wordt nergens wakker van. In elk geval niet van haar.' Therese Syvertsen knikte in de richting van het kind dat tegen zichzelf lag te brabbelen op de vloer. Ze sloeg naar het speelgoed dat aan de babygym hing.
'Weet u wie hij is? Hebt u hem eerder ergens gezien?'
Ze schudde haar hoofd.
'Morgen moet u naar het politiebureau komen. Om negen uur, gaat dat lukken? Breng de baby maar mee. U moet een paar papieren ondertekenen.'
Therese Syvertsen staarde hem met een lege blik aan, alsof ze iets voor zich hield.
'Heeft uw man u gevraagd uw mond te houden?' vroeg hij. Het leek alsof hij ergens in haar een snaar raakte, ze ging onmiddellijk rechtop zitten, haar gezichtsuitdrukking veranderde.
'Nee, waarom denkt u dat?'
'Het is belangrijk dat u me alles, werkelijk alles vertelt. Op het politiebureau zult u ook het fotoregister moeten bekijken.' De man die het alarmnummer had gebeld over de ontdekking van het Litouwse meisje, kon haar pooier zijn. Als ze geluk hadden, zat hij in het digitale fotoregister van de Landelijke Recherche.
Op weg naar de auto belde Tommy naar Reuter.
Het was zo koud dat de sneeuw die op de stoep was achtergebleven kraakte. Dat deed hem denken aan zijn jeugd. Aan zijn moeder. Kwam ze uit Nordreisa of had ze er op zijn minst een paar jaar gewoond?
Hij legde Reuter de situatie uit. Reuter reageerde alleen met stilte.
'Laat hem volgen, oké? Ik wil niet dat hij nu al iets weet. Dan is alles voor niets. Zorg dat hij het land niet verlaat.'

'De vrouw was ervan overtuigd dat ze hem in het trappenhuis had gezien?'

'Ja.'

'Dat hoeft niets te betekenen.'

'Nee,' antwoordde Tommy. 'Maar er is iets met hem. Hij houdt iets voor mij achter.' Hij ging ervan uit dat Reuter niet wist dat Alexander Thorstensen de zoon van Høgda was. Of dat Høgda afkomstig was uit een dorp in de buurt van Nordreisa. Had Høgda daar zijn moeder leren kennen? Was Høgda misschien zijn vader?

Het idee vervulde hem met afschuw.

'De hel open al zien liggen,' zei Reuter plotseling, vanuit het niets. 'Het is een opvallend vreemde woordvolgorde die die gek heeft gekozen in zijn brief aan jou, vind je ook niet?' Tommy merkte dat hij liever niet over de brief wilde praten. Hij kreeg het gevoel dat zijn keel langzaam werd dichtgeknepen, alsof iemand heel langzaam een staaldraad rond zijn hals wikkelde. Iemand die meer van hem wist dan hij zelf deed. Iemand die de meisjes had gedood, of in elk geval wist wie het had gedaan.

'Ja, heel vreemd. "Ik heb de hel al open zien liggen" klinkt natuurlijker. Wat zegt Flatanger?'

'Hij is het daar helemaal mee eens. Hij denkt dat het bewust gedaan is. Ik ben er niet zo zeker van.'

'De hel open,' zei Tommy zacht voor zich uit.

'Ik zal het er eens met mijn vrouw over hebben,' zei Reuter. 'Zij zou mijn werk moeten doen. Ze doet niets anders dan lezen en denken. Zo gaat dat op den duur, Tommy.'

Echt? dacht hij.

'Wat denk je van wat Flatanger zei? Twee verschillende mensen met dezelfde ziel. Of omgekeerd?'

'Een man die denkt dat hij een vrouw is,' zei Reuter. 'Overdag man, 's nachts vrouw?'

'Ja.'

'Zorg gewoon dat je die klootzak vindt, dan kan het mij niet schelen of er één, twee of drie personen in zijn hoofd zitten, of dat hij 's nachts in een jurk rondparadeert.'

'Zorg dat je Høgda vindt, volgens mij hebben we hem dan te pakken,' zei Tommy.

'De Landelijke Recherche is van plan Rask op te pakken voordat ze Trondheim bereiken. Ze hebben zelfs het leger laten aanrukken, dus dat wordt feest.'

Tommy gaf geen antwoord.

Hij was van mening dat ze een fout maakten. Of misschien ook niet. Hij wist het niet meer. Was Rask onderweg naar Alexander Thorstensen? Tommy geloofde er zelf niet meer in.

Voor de zekerheid belde hij vanaf Gardermoen zonder nummerweergave het universiteitsziekenhuis in Tromsø.

'Alexander Thorstensen? Hij heeft dienst. Een moment, ik zal kijken of ik u kan doorverbinden.'

Hij hing op en bestelde nog een biertje, hij had het gevoel alsof hij al ontelbare malen eerder zo had gezeten.

Nog voordat ze opstegen, viel hij al in slaap. Hij droomde dat Elisabeth Thorstensen hem omhelsde. Dat de zaak was opgelost en zij bij hem woonde.

Dat ze met een keukenmes tegen haar pols bij hem in de hal zat en zei: 'Het is allemaal jouw schuld. Jouw schuld, Tommy.'

5

De Nationale Bibliotheek deed haar vooral denken aan een oude psychiatrische inrichting, hoewel ze daar nooit binnen was geweest. Susanne verzekerde zich er nog een keer van dat haar mobiel niet uit stond, alleen het geluid. Hoe kon ze die urenlang uit hebben laten staan? Zelfs 's nachts deed ze dat nooit.

Ze kreeg hulp van een van de bibliothecarissen. De *Nordlys*, kranten uit begin jaren zestig? Er moest iets in staan, meende Susanne en ze glimlachte zo onschuldig als ze kon. Alles wat ze terugkreeg was een matte glimlach.

Na een uur waren haar ogen zo moe van die verdomde microfilm waarop de kranten waren ingescand, dat ze op het punt stond om het op te geven.

Het was twaalf uur en ze had nu bij het bevolkingsregister moeten zitten, op zoek naar de speld in de hooiberg.

Ze werkte wel snel, controleerde alleen de voorpagina en de eerste nieuwspagina's, in die tijd zou een moord daar toch vermeld staan? Voor iets anders had ze geen tijd; zeker niet voor de kerstaanbiedingen uit 1961, wasmachines of reclame voor alcoholische dranken.

Om één uur merkte ze dat ze de hele dag nog niets had gegeten. Mathea kreeg ontbijt op het kinderdagverblijf.

Toen ze bij oktober 1962 was aangekomen, vond ze dat het wel genoeg was.

Ze verliet de leeszaal en liep naar een van de zithoeken met uitzicht op de rode beuk en het park rond de kantoren van Norsk Hydro aan de andere kant van de Drammensveien. Ze toetste het nummer van Torvald in.

'Gaat het goed?' vroeg hij aan de andere kant van de lijn. Opnieuw dacht ze het onmogelijke, dat hij geboren zou zijn met andere genen. Dat hij viel op iemand zoals zij.

'Heb je het druk vanavond? Ik heb een oppas nodig.'

'O?' zei hij. 'Eindelijk, Susanne. Er staat iets te gebeuren.'

'Ik moet honderdtien namen in het bevolkingsregister checken.'

Torvald zweeg.

'Er komt een klant aan, ik bel je terug,' zei hij, zonder een zekere teleurstelling in zijn stem te verbergen.

Een paar minuten later kreeg ze een sms: *Oké met Mathea, darling. Maar we hadden toch een deal dat jij weer een eigen leven zou beginnen... het leven na Nico?*

Ik hoef alleen... dacht Susanne. Ik hoef alleen die maniak te vinden die die meisjes heeft vermoord.

Ze keek op de wandklok en ging weer voor de microfilmlezer zitten.

Kloteopdracht. Van een man die op dit moment in Tromsø rondloopt.

Ze opende de krant van 2 oktober 1962.

In de kolom aan de rechterkant las ze iets wat haar nekharen recht overeind liet staan.

16-jarig meisje vermoord in Nordreisa.

Een zwart-witfoto van een paar gebouwen.
Een lead.

De 16-jarige Edle Maria Reiersen is gisterochtend vermoord aangetroffen in Storslett. De politie heeft in de zaak nog geen enkel spoor. De omstandigheden rond de moord zijn niet bekend, maar voor zover de Nordlys *op de hoogte is, had het meisje afschuwelijke verwondingen.*

6

Half december zijn er op de hele wereld maar weinig plaatsen met mooier licht dan Tromsø. Het was nu midden in de donkere periode, maar het landschap leek te zijn geschilderd in blauwe, witte en roze tinten. Tommy had wel de hele dag in een taxi rond het eiland Tromsøya kunnen rijden, de hele dag rondjes draaien alsof hij een schooljongen in een pretpark was. Het arctische landschap werkte als een medicijn en vertelde hem ten minste één ding: wellicht hoorde hij hier in het noorden echt thuis, en niet in het zuiden van het land. Haast met tegenzin stapte hij bij het universiteitsziekenhuis uit de bus, teleurgesteld dat de rit niet langer had geduurd.

Bij de receptie stond een kerstboom, geen plastic exemplaar zoals op het hoofdbureau van politie in Oslo, maar een hoge, echte spar die heerlijk geurde en schitterde van authenticiteit en standvastigheid, net als dit deel van Noorwegen zelf. Tommy meldde zich aan de balie en zei dat hij met Alexander Thorstensen wilde praten, desnoods zou hij blijven wachten tot de dienst van Thorstensen er om middernacht op zat.

Hij zei tegen zichzelf dat het Alex niet kon zijn. Hij was achttien toen Kristiane verdween. Maar hij was chirurg. Dat idee liet hem niet los.

De in het wit geklede vrouw bij de receptie leek geen aandacht te schenken aan het absurde in zijn verzoek, ze verwees hem naar de wachtruimte en zei dat Thorstensen het erg druk had, maar dat ze hem zou oproepen. Tommy herhaalde dat hij de hele dag had. Zelfs toen kreeg hij geen andere reactie dan een half opgetrokken wenkbrauw.

Hij had nog maar een paar minuten in de *Nordlys* gebladerd toen vlak bij hem iemand zijn keel schraapte. Verbluft keek hij naar het gezicht.

Het eerste wat hem opviel waren zijn licht vrouwelijke trekken. Hij leek zoveel op Elisabeth Thorstensen dat hij in zijn jongere jaren zeker voor een meisje door had kunnen gaan. Het idee leek opeens mogelijk: hij was alleen maar de halfbroer van Kristiane, en hij had een look waarvoor tienermeisjes altijd zouden vallen. Waarom zou Elisabeth Thorstensen niet de waarheid spreken?

'Alexander Thorstensen.' Hij stak zijn hand uit, groot, met goedverzorgde nagels, een brede trouwring. De witte jas verschafte hem autoriteit, gaf gewicht aan het rimpelloze gezicht. Tommy voelde zich een getekende oude dronkenlap naast de beeldschone zoon van Elisabeth Thorstensen.

'Je bent niet van de politie hier uit Tromsø,' zei Alexander Thorstensen en hij liet Tommy's blik los.

'Het betreft...'

'Kristiane,' voltooide Alexander Thorstensen de zin met zachte stem. Heel even leek hij zo op Elisabeth Thorstensen dat Tommy bijna een zucht van verlangen door zich heen voelde gaan. Het werd tijd dat hij weer met beide benen op de grond kwam en hij zei tegen zichzelf dat hij, zodra hij terug in Oslo was, een afspraak zou maken met Viggo Osvold.

Hij probeerde de trekken van Morten Høgda in het gezicht van Alexander Thorstensen te vinden, maar dat lukte niet.

'Ik heb alleen maar een paar vragen.'

'Die niet telefonisch gesteld konden worden?'

'Ik geef er de voorkeur aan om de mensen te zien met wie ik praat. Bovendien kon ik wel wat frisse lucht gebruiken.'

De pieper in Alexander Thorstensens jaszak liet van zich horen.

Hij zuchtte en liep snel naar de telefoon op de balie.

'Je moet even geduld hebben,' riep hij tegen Tommy en hij draafde weg door de gang. Tommy volgde hem met zijn ogen tot hij verdween achter een dubbele deur die langzaam dichtviel.

Hij ging naar de kantine waar hij genoeg tijd had om alle kranten te lezen die ze in het ziekenhuis hadden en bovendien vijf of zes sigaretten buiten voor de ingang te roken voordat er iets gebeurde.

De receptioniste kwam de kantine binnen met een onderzoekende blik. Het leek alsof ze even kwijt was wie ze ook alweer zocht. Tommy stak een hand in de lucht om zowel haar als zichzelf tijd te besparen.

'Telefoon,' zei ze. Hij sjokte achter haar aan, voelde zich haast een hond die kwispelend achter zijn baasje liep.

'Kom maar naar de afdeling Anatomie,' zei Alexander Thorstensen aan de andere kant van de lijn. Hij probeerde de route uit te leggen.

'Ik vind het wel.'

Uiteindelijk vond Tommy de juiste trap naar de eerste verdieping. Op het portaal halverwege de trap bleef hij staan en keek door het raam in de richting van het vasteland. Hij kreeg nog net het laatste restje daglicht mee. Een skipiste aan de andere kant van de zeestraat zag eruit als een grote glimworm in de schemering.

'Kom maar mee.'

Hij draaide naar links en keek omhoog. Op de bovenste trede stond Alexander Thorstensen. Zijn gezicht leek ouder geworden sinds Tommy hem een paar uur geleden had gezien.

Ze liepen zwijgend de paar meter naar de deur waarop ANATOMIEZAAL stond. Alexander Thorstensen wisselde een paar woorden met twee meisjes die naar hen toe kwamen lopen, waarschijnlijk studenten. Ze keken even naar Tommy, maar liepen toen snel de trap af. Toen ze beneden waren, hoorde hij gesmoord gelach, van dat meisjesgegiechel dat mannen nooit zouden begrijpen.

Hij bleef op de drempel van de grote ruimte staan. Alexander Thorstensen liep naar binnen, alsof de aanblik van een kleine dertig glazen vitrines met lichaamsdelen drijvend in formaline voor hem de natuurlijkste zaak van de wereld was.

Het eerste wat Tommy zag, was een foetus die in de lucht leek te zweven, met de duim in de mond, de nek gebogen. Dan een afgezaagde arm, en daarnaast een torso. Hij deed een paar stappen de zaal in en bestudeerde de keurige snede waar de arm aan het lichaam had gezeten, en verplaatste vervolgens zijn blik naar de hals. Het hoofd was nergens te bekennen. Dat was maar goed ook. Hij dacht aan hoe het meisje aan de Frognerveien eruit had gezien. Hoe Kristiane eruit had gezien.

Een mens is niet meer dan dit, dacht hij. Hij liep naar de achterkant van de vitrine met de romp en bekeek de rug van de man die zijn lichaam aan de medische wetenschap had geschonken en uiteindelijk op de anatomische afdeling was beland als een monument voor de vergankelijkheid van de mens, in stukken gesneden als een beest, elk lichaamsdeel bevroren in tijd en ruimte.

'Waarom heb je niet in Oslo gestudeerd?' vroeg hij Alexander Thorstensen, die op een van de tafels aan het eind van de zaal was gaan zitten.

'Wat bedoel je?'

'Wilde je hier naar Noord-Noorwegen, of werd je in Oslo niet voor de studie geneeskunde toegelaten?'

Alexander Thorstensen hield Tommy's blik een tijdje vast, daarna richtte hij zijn ogen op de gewichtloze torso zwevend in formaline.

'Ik moest weg. Ik was opeens niets meer dan de broer van het meisje dat werd vermoord, begrijp je?' Tommy keek de man voor hem aandachtig aan. Kristiane had zeker verliefd op hem kunnen worden, als ze al over de drempel tussen goed en kwaad was gestapt.

'Ben je daarom helemaal hierheen gekomen?' vroeg Alexander Thorstensen. Hij lachte zacht, alsof hij het vleugje sarcasme in zijn stem wilde onderstrepen. 'Om mij vragen te stellen over mijn studie?'

Tommy schudde zijn hoofd.

'Je weet net zo goed als ik dat Anders Rask is ontsnapt. Ook al was het hem gelukt de Kristiane-zaak te heropenen.'

Alexander Thorstensen knikte.

'Paradoxaal, vind je ook niet?' zei hij. 'Hij ontsnapt, hoewel hij beweert dat hij mijn zus niet heeft vermoord.'

'Heb je les van hem gehad op school?'

'Ja.'

'Heb je nog contact met hem gehad na je schooltijd?'

Alexander Thorstensen snoof.

'Wat denk je zelf?'

Er viel een pauze.

Alexander Thorstensen zette zijn handen op het tafelblad, duwde zich af en liep in de richting van de grote glazen vitrine met de romp. Hij leunde met zijn hoofd tegen een van de glazen wanden, zijn gezicht werd vertekend door de formaline.

'Wanneer hoorde je dat Morten Høgda je vader was?' vroeg Tommy.

'Vlak voor mijn achttiende verjaardag.'

'In het voorjaar van 1988?'

'Ja. Maar ik had het al jaren begrepen. Ik merkte het aan hem. Aan papa.'

'Wat vond je ervan?'

'Waarvan?'

'Dat Morten Høgda je vader was?'

'Wat denk je zelf?' Alexander Thorstensen trok zijn hoofd weg van de glazen wand. Met zijn handen op de rug wandelde hij tussen de vitrines, alsof hij een oude schoolleraar was die een ronde deed langs zijn leerlingen.

'Wat dacht je van je moeder?'

Alexander Thorstensen begon te lachen.

'Wie ben je? Mijn psycholoog? Mama is altijd gek geweest. Echt gek. Maar er is gewoon niemand die erin slaagt om het te zien.'

Tommy liep hem achterna. Alexander Thorstensen leek intens geïnteresseerd in de inhoud van de verschillende vitrines: armen, benen, de foetus.

'Heb je Kristiane ooit verteld dat je alleen maar haar halfbroer was?'

Alexander Thorstensen opende zijn mond om iets te zeggen, maar bedacht zich blijkbaar.

'Wat is dat voor vraag?' Hij streek met zijn hand over de vitrine met de afgezaagde romp.

'Ik heb hier altijd graag mogen zijn,' zei hij. 'Het zegt zoveel over het leven, vind je ook niet?'

'Heb je het ooit tegen haar gezegd? Dat je alleen maar haar halfbroer was?'

'Ja.'

'Wanneer?'

'Een keer.'

'Wanneer?'

'De laatste zomer.'

'1988?'

Alexander Thorstensen stond nu met zijn gezicht tegen het glas van de vitrine met de dode foetus. Die moest de duim in de mond hebben gehad toen hij uit het lichaam van de moeder werd gehaald. Wat een wonder dat je zoiets als dit kunt zien, dacht Tommy. Een doodgeboren kind met de duim in de mond.

'Deze is de mooiste,' zei Alexander Thorstensen. 'Ik denk vaak aan deze kleine boef als ik alleen met mijn zoon ben. Zo dun is de grens tussen leven en dood.'

Hij stopte met praten, alsof hij geen woorden meer had. Alexander Thorstensen staarde een hele tijd naar de dode foetus voordat hij zijn mond weer opende: 'We waren een weekend alleen in het vakantiehuisje en...'

'Op Hvaler?'

Hij knikte tegen het glas.

'Papa en mama waren het hele weekend weg. Het was mooi weer, Kristiane had vrij van handbal. Ik zei dat ze een vriendin mee kon nemen, maar dat wilde ze niet. Ze had problemen met haar vriendje of zoiets.'

'Dus jullie waren daar alleen?'

Hij gaf geen antwoord.

'Is er toen iets gebeurd in het huisje?'

'Wat had er moeten gebeuren?'

'Je moeder zei dat ze dacht dat Kristiane verliefd op je was geworden.'

Alexander Thorstensen vertrok geen spier.

'Er waren veel meisjes verliefd op mij. Maar ze waren oninteressant.'

'Maar niet je eigen zus? Zij was wel interessant? Vijftien jaar oud.'

'Ze wist precies wat ze deed.'

'Dus het klopt wat je moeder vertelde?'

'Wat zei ze?'

'Dat jullie met elkaar naar bed gingen. Jij en Kristiane.'

Alexander Thorstensen lachte zacht.

'Je hebt toch gehoord wat ik zojuist zei? Mama is niet goed bij haar hoofd, Bergmann.'

De deur achter hen werd ruw geopend.

Twee studenten vielen bijna met de deur naar binnen, een jongen en een meisje.

'O, sorry,' zei de jongen. Het meisje begon te lachen, eerst ingehouden, maar voordat ze weer buiten waren, bijna hysterisch.

Een daverende stilte daalde over de zaal neer toen de twee weer naar buiten waren gegaan.

Tommy en Alexander Thorstensen keken elkaar aandachtig aan. Alexander Thorstensen hield zijn hoofd een beetje scheef. Tommy moest oppassen om niet hetzelfde te doen.

'Jullie waren de avond dat ze verdween alleen. Heb je haar ergens afgehaald?'

'Luister,' zei Alexander Thorstensen. Hij had zijn stem nog onder controle, maar onder de oppervlakte klonk een kille afstand die Tommy interpreteerde als woede. 'Wat wil je eigenlijk zeggen?'

'Ik wil gewoon weten of het waar is dat jullie met elkaar naar bed gingen, waar je was op de avond van haar verdwijning, in de uren dat je volgens jou op een feest was waar niemand zich kan herinneren dat ze jou voor twaalf uur hebben gezien.'

'Wil je zeggen dat ik Kristiane heb vermoord?'

Zijn stem brak, alsof hij nog nauwelijks de baard in de keel had, maar het was geen woede, meer iets van wanhoop, alsof hij in een hoek werd gedreven en wist dat er geen uitweg was.

'Zou je haar die avond ergens ontmoeten?'

Alexander Thorstensen schudde zijn hoofd.

'Het feest was in Nordstrand, Bergmann. Ze nam de trein ván Nordstrand, nietwaar?'

Alexander Thorstensen glimlachte vaag.

'Je zou je beter op andere dingen kunnen concentreren,' zei hij. 'Dat mijn moeder hulp nodig heeft, bijvoorbeeld, en dat je niet alles moet geloven wat ze zegt. Heb je dat niet begrepen? Ze is ziek. Ze is al eerder opgenomen geweest, weet je dat?'

Tommy haalde diep adem. Wie was hier de gek?

'Heeft je moeder het ook aan anderen verteld? Aan Per-Erik? Morten Høgda?'

Alexander Thorstensen draaide zich op zijn hakken om. Zonder een woord te zeggen liep hij naar de deur.

Vlak voor de laatste vitrine bleef hij staan. Even dacht Tommy dat hij die vitrine, met het afgezaagde been, om zou gooien, zodat het glas zou breken en de formaline en het been over de groene linoleumvloer zouden stromen.

Maar hij leek zich te beheersen, tot hij bij de deur kwam. Toen sloeg hij zo hard met zijn hand tegen de deurpost dat Tommy even dacht dat hij die had gebroken. Een chirurg met een gebroken hand, misschien een voor altijd beschadigde hand, was niets waard.

Tommy wachtte een tijdje voordat hij achter hem aan ging. Toen hij in de gang kwam, was Alexander Thorstensen verdwenen. Er waren drie mogelijkheden: rechtdoor door een dubbele deur, de trap naar beneden naar links, waar hij zelf vandaan gekomen was, en een deur naar rechts, een nooduitgang. Als hij die weg had gekozen, was het alarm afgegaan.

Tommy besloot de trap te nemen, maar hij had zoveel tijd verspild dat het al te laat was. Hij haastte zich naar de receptie, waar nu een andere dame stond. Ze belde Alexander Thorstensen.

Verdomme, dacht Tommy. Waar is hij in vredesnaam gebleven?

'Ik krijg alleen het antwoordapparaat, zijn dienst zit erop, dus...'

Tommy knikte zwijgend.

Hij nam een taxi naar de Skolegata waar Alexander Thorstensen woonde, in een oude Zwitserse villa. Alle ramen waren donker, zelfs de kerststerren brandden niet. Hij bleef eerst een tijdje op de bel drukken en liep daarna een rondje om het huis. De sneeuw drong in zijn schoenen en hij vervloekte Alexander Thorstensen en iedereen die hij ooit had gekend. Het was vrijwel onmogelijk om binnen iets te zien. Met zijn handen rond zijn gezicht probeerde hij beter door de ramen te kijken.

Niemand thuis, dacht hij. Of ze hebben zich op de bovenverdieping verstopt. Hij liep achteruit door de sneeuw tot hij midden in de tuin stond. Geen schaduwen achter de ramen, hoewel het van die afstand moeilijk te zien was. Hij bleef een paar minuten roerloos staan, maar nee, geen gezicht achter de ramen te zien.

Er kwam een sms binnen.

Susanne.

Heb het meisje gevonden. Edle Maria, vermoord in Nordreisa oktober 1962. Meer weet ik niet voor ik het dossier heb.

Oké, dacht hij. En verdomme. Dit bracht hen niet veel dichter bij de waarheid. Ze moesten het dossier vinden.

En ik heb Alexander Thorstensen niet eens gevraagd naar Edle Maria.

Maar hij moest terugkeren naar Oslo. Hij moest opnieuw met Morten Høgda spreken. Het beste zou zijn om hem in staat van beschuldiging te stellen, al was het maar omdat hij zich niet bij de politie had gemeld.

In de taxi naar de luchthaven zat hij zichzelf te vervloeken. De reis naar Tromsø was helemaal voor niets geweest.

Op het vliegveld kocht hij nieuwe sokken. Nadat hij met de roltrap naar de vertrekhal was gegaan, liep hij op kousenvoeten verder en vermaakte zichzelf met de scheve blikken die hem werden toegeworpen.

Toen hij in een van de stoelen bij de gate zat weg te dommelen ging zijn telefoon.

'Ik denk dat mijn vrouw hem heeft gekraakt,' zei Fredrik Reuter.

'Waar heb je het over?' Even dacht Tommy dat hij terug moest naar het ziekenhuis, of het huis van Alexander Thorstensen.

'De hel open. Dat ben je toch niet vergeten?'

Om eerlijk te zijn had hij helemaal niet meer aan de brief gedacht.

'Nee.'

'Het enige wat ze kan bedenken, is Fröding. Ze is afgestudeerd in Scandinavische talen, en bovendien half autistisch. Speel nooit scrabble met haar.'

'Fröding. Wat is dat?'

'Wie is het? Of wie was het, bedoel je.'

'Ja?'

'Gustaf Fröding, Zweedse dichter, een echte zonderling, bracht het grootste deel van zijn leven in psychiatrische ziekenhuizen door. Hij schreef ooit een gedicht genaamd "Een visioen", waarvan één regel als volgt gaat: "De hel zag ik al liggen open".'

Tommy zuchtte. 'Het gaat mij allemaal een beetje boven mijn pet.'

'Ik ga voor mijn vrouw,' zei Reuter. 'Zij is slimmer dan ik. En wanneer ze slimmer is dan ik, is ze in elk geval ook slimmer dan jij.'

'We praten verder als ik terug ben.'

'En dan nog iets,' zei Reuter. 'Wat ik je nu vertel, daar moet je voorlopig je mond over houden. Het nieuws wordt pas over een uur of twee vrijgegeven.'

'Dan zit ik in het vliegtuig.'

'Er wordt een dertienjarig meisje vermist in Kolbotn,' zei Reuter. 'Amanda Viksveen.'

'Ze komt wel weer thuis.'

'Ze was onderweg naar huis vanaf de Sofiemyrhal, Tommy.'

'Hoe lang is ze al weg?'

'Twee uur.'

'Twee uur, dertien jaar. Alsjeblieft. Is er paniek?'

'Het gaat om een doodgewoon meisje. Geloofwaardige ouders. Ze hadden afgesproken dat ze naar huis zou komen.'

'Doodgewone meisjes zijn altijd de ergste.'

'De ouders willen haar als vermist registreren. Ze zouden met haar naar het centrum gaan om kleren te kopen. Ze is spoorloos, Tommy. Ze zou de korte route door het bos nemen.'

Verdomme, dacht Tommy. Hij was er talloze keren geweest. Het was er pikdonker in de winter. Op een plek tussen de hal en het voetbalveld leek het net alsof je in een zwart gat was.

'Ik ben een optimist.'

Reuter moest ophangen. Hij was geen optimist.

Tommy vertelde zichzelf dat de dertien jaar oude Amanda in de loop van de avond wel weer zou opduiken.

Hij werd zich ervan bewust dat er rechts van hem iets aan de hand was. Er was rumoer bij de veiligheidscontrole.

Tommy meende dat hij iemand zijn naam hoorde zeggen.

Nee. Hij sloot zijn ogen weer. Fröding, dacht hij. Wat zou dat betekenen?

'Bergmann, wil Tommy Bergmann zich melden bij de veiligheidscontrole?' klonk het uit de luidsprekers. Het duurde even voordat hij zich realiseerde dat het zijn naam was.

Alexander Thorstensen stond als een hond aan een iets te strakke riem aan de andere kant van de veiligheidscontrole.

'Je moet me geloven,' zei hij.

Tommy keek op zijn horloge. Toen weer naar Alexander Thorstensen. De veiligheidsbeambte naast hem leek de jonge chirurg elk moment in de boeien te willen slaan.

Hij zou zijn vlucht niet halen. Over een uur ging het volgende vliegtuig.

'Ik zie je beneden,' zei hij tegen Alexander Thorstensen.

Alexander Thorstensen stond voor de deuren van de aankomsthal.

Ze liepen in stilte naar een van de banken.

'Je moet me geloven. Ik heb Kristiane niets gedaan. Ik was de hele avond alleen, totdat ik naar het feest in Nordstrand ging.' Hij streek met zijn handen over zijn gezicht, haalde zijn vingers door zijn haar.

'Maar was ze verliefd op je?'

Hij trok zijn schouders op.

'Dat weet ik niet.'

'Vertel me de waarheid.'

'Misschien.'

'Waarom zou je moeder zoiets vertellen? Denk je dat ze het echt geloofde? Dat ze haren van Kristiane in je bed heeft gevonden?'

'Misschien heeft Kristiane in mijn bed geslapen toen ik een keer niet thuis was. Ik weet het niet.' Hij opende zijn mond om nog iets te zeggen, maar bedacht zich.

'Ja?'

'Mama is altijd geobsedeerd geweest door alles wat met incest te maken had. Het was net alsof ze me ertoe aanspoorde. Jullie zouden kunnen trouwen, heeft ze me een keer gezegd. En ze lachte erbij op een manier die me bang maakte. Dat zullen mooie kinderen worden, dat soort dingen kon ze zeggen wanneer we alleen waren. Je bent zo mooi, Alex. Soms was ik bijna bang dat mama bij mij in mijn bed zou kruipen. Begrijp je?'

Tommy schudde zijn hoofd.

'Niet echt.'

'Ze heeft hulp nodig, Bergmann, nog steeds. Waarom denk je dat ik helemaal hierheen ben gegaan? Ik wilde van haar weg. Weg van Morten. Hij is bijna net zo gek als zij, denk ik.'

'Je moeder is in Frensby opgenomen geweest, hè? Ik denk dat ik haar daar zelf een keer heb ontmoet. Toen ik een kind was.'

'Frensby?' zei Alexander Thorstensen. 'Dat wist ik niet.'

'O?' zei Tommy. 'Vertelde ze niet waar ze was?'

Alexander Thorstensen staarde hem aan.

Langzaam begon het Tommy te dagen.

Ergens had hij een banale fout gemaakt.

'Ik moet gaan,' zei Alexander Thorstensen.

Tommy sjokte achter hem aan.

Toen ze bij de uitgang afscheid namen, liep Tommy rechtstreeks naar de sas-balie en zei dat hij een pc nodig had. Hij duwde het jonge meisje zijn legitimatie onder de neus.

Ze liet hem achter de balie.

Hij opende de browser. Het *Dagbladet* had groot nieuws op de voorpagina.

Anders Rask was door een politiepatrouille bij Heimdal in Trondheim neergeschoten. Het moest net gebeurd zijn.

Dat klopte. Zijn telefoon begon te trillen.

Fredrik Reuter. Tommy negeerde het en typte *Gustaf Fröding* in het zoekveld.

Hij kreeg een aantal zwart-witfoto's te zien. En ja hoor, de kale man met de grote baard zag er inderdaad uit alsof hij een opgejaagde ziel was.

En nee, er ging geen belletje rinkelen. Hij klikte op de opvallendste foto. Een vergeelde zwart-wit portretopname. In de linkerbenedenhoek stond iets geschreven met witte letters. Tommy las het, maar werd er niet wijzer van.

Wat is dat verdomme voor een kerel? dacht hij.

En waarom deed Susanne niet wat haar opgedragen was?

Hij keek op zijn horloge. Hij kon nog naar de stad teruggaan en bij de *Nordlys* langsgaan, maar nee, hij moest vanavond terug naar Oslo.

Frank Krokhol, dacht hij. Hij is me nog iets verschuldigd.

De oude *Dagbladet*-nestor nam vrijwel onmiddellijk de telefoon op.

'Ik heb het je gezegd. Het is Rask niet. De arme Anders rijdt in Trondheim in een politiefuik en in Kolbotn verdwijnt een meisje. Heb ik het niet gezegd?'

'Hoe weet jij dat?' liet Tommy zich ontvallen. Hij had beter moeten weten.

'Mijn beste jongen,' zei Krokhol. 'Nog voor jouw geboorte had ik al betere bronnen dan jij ooit zult krijgen.'

'Doe me dan een lol. Jij komt toch uit Tromsø?'

Krokhol gaf geen antwoord.

'Herinner je je nog dat ik naar een zaak over Edle Maria vroeg?'

'Sorry, Tommy. Het is de laatste tijd een beetje druk geweest.'

'Zoek voor mij de overlijdensadvertentie uit de *Nordlys*, oktober 1962. Dat als eerste.'

'Ik ben bij die krant groot geworden.'

'Als dat zo is, weet je het waarschijnlijk nog.'

'Zo oud ben ik nu ook weer niet...'

'Jij hebt de contacten. En snel, graag. Ik wil alles wat ze hebben over die zaak. Wie, wat, waar, snap je?'

'Goeie god, ik dacht dat jullie je zaakjes op orde hadden, Tommy. Ik wilde voor de kerst nog graag afreizen naar een warm land.'

'Doe het nu maar. Als we iets te melden hebben, ben jij de eerste.'

Aan de andere kant van de lijn hoorde hij Krokhol een sigaret roken.

'Edle Maria. Oktober 1962. Wat wil je verdorie met een overlijdensadvertentie?'

Dat weet ik niet, dacht Tommy. Ik weet ook niet of ik de energie heb om het uit te zoeken.

7

Moest ze zich schuldig voelen omdat ze Mathea door Torvald bij het kinderdagverblijf liet ophalen? Ja. Zeker weten.

Susanne Bech zat met de hoorn van de telefoon tegen haar oor geklemd, terwijl ze ondertussen letters in het zoekveld van het bevolkingsregister typte. Ze was al vanaf halfvijf bezig en had alleen nog maar het eerste terrasblok aan de Nedre Skøyen vei gecontroleerd. Ze was vast volkomen idioot aan het werk, maar het was het enige wat ze op dit moment had. En ze moest zien dat ze klaar was voordat Tommy uit Tromsø terugkwam. Zonder resultaat kon ze het wel schudden. Hij zou denken dat ze de weg helemaal kwijt was.

Ze bestudeerde haar spiegelbeeld in het raam terwijl de stem van Mathea haar hoofd vulde.

'Dus je hebt het wel naar je zin met Torvald?'

'Ja.'

'Waar kijk je naar op de televisie?'

'Iets over oude dingen.'

'Oude dingen?'

Torvald riep iets op de achtergrond. Een of ander antiquiteitenprogramma. Mathea wil het zien, zei hij.

Vast, dacht Susanne.

'Torvald kan beter pannenkoeken bakken dan jij,' zei Mathea.

'Dat geloof ik graag.' Susanne keek op haar horloge. Het meisje had allang in bed moeten liggen.

'Ben je niet moe?'

Susanne maakte een print van de voormalige echtgenoot van Randi Gjerulfsen op de tweede verdieping van het eerste terrasblok. Rolf Gjerulfsen was twee keer veroordeeld voor geweldsdelicten.

Mijn god, dacht ze. Dit is waanzin.

Torvald nam de telefoon over. Hij fluisterde.

'Als jij ooit doodgaat, God verhoede het, dan neem ik haar, als je dat maar weet. Hebben we een deal?'

Susanne haalde diep adem.

'Dan moet je met Nico samenwonen.'
'Anytime.'
'Leg haar in bed, alsjeblieft. Als ze geen tanden wil poetsen, dan sla je dat maar over. En?'
'Ja.'
'Ik hou van je, weet je dat?'
'Dikke kus.'

De bezettoon piepte in haar oor. Ze verborg een poosje haar gezicht in haar handen en probeerde niet te huilen. Ze was zo verschrikkelijk moe van alles, maar ze moest dit voor elkaar krijgen. Tommy mocht haar niet, daarvan was ze overtuigd, maar als dit goed ging, als ze een spoor vond dat van cruciaal belang was, dan moest hij haar wel een vaste aanstelling geven, of op z'n minst haar tijdelijke aanstelling verlengen.

Ze hoorde de stem van Fredrik Reuter in de hal en richtte zich op.

Verman je een beetje, dacht ze. Je lijkt wel een oud wijf met je gesnotter. Je bent nog erger dan toen Line stierf.

'Ik dacht dat jij vandaag bij je dochter zou zijn?' zei Reuter en hij stevende haar kantoor binnen.

Ze mompelde iets wat ze zelf ook nauwelijks verstond.

'Jensrud is aan zijn verwondingen overleden,' zei hij. 'Maar hou dit voorlopig nog even voor je.'

'En Rask?'

'Ik hoop dat hij de ochtend niet haalt.'

'Maar ze hebben Furuberget en zijn vrouw niet vermoord,' zei Susanne. 'En dus zijn we nog geen stap verder.'

Reuter gaf geen commentaar. In plaats daarvan pakte hij een tandenstoker uit het borstzakje van zijn overhemd. Susanne keek er met afschuw naar. Hij gebruikte de hele dag dezelfde tandenstoker, tot er helemaal niets van over was. Eigenlijk had ze niets tegen Reuter, maar alleen al die tandenstoker was genoeg om te denken: ook al was je de laatste man op de wereld, Fredrik Reuter...

'Waar ben je mee bezig?'

'Skøyen,' zei ze en ze ging verder met letters in het zoekveld typen, voerde vervolgens alle namen in een Excel-sheet in en controleerde ze in alle registers.

'Juist,' zei Reuter en hij peuterde grondig verder tussen zijn kiezen.

'Vertel eens,' zei hij ten slotte. 'Heb jij ooit van Gustaf Fröding gehoord?'

'Fröding? Nee, hoezo?'

'Gewoon een vraag.'

'En check de onlinekranten over een uur. Het spijt me maar ik ben bang dat er dit jaar geen kerstviering voor ons in zit.'

Hij verdween uit haar kantoor. Ze sloot haar ogen en wist precies wat hij dacht: Susanne Bech was een domme brunette, die het belastinggeld verbraste en de tijd voor haar kind verspilde aan het typen van domme namen in domme schema's.

Om tien uur wilde ze juist inpakken toen Tommy belde. Om de een of andere reden voelde het veilig om zijn stem te horen.

Ze vertelde hem over de zoektocht naar Edle Maria in de Nationale Bibliotheek en maakte van de gelegenheid gebruik om te vertellen dat ze nog steeds aan het Skøyen-spoor werkte.

Dat hij niet tegen haar tekeerging, beschouwde ze als een compliment. Aan de andere kant leek hij ook niet bijzonder geïnteresseerd.

'Heb je de overlijdensadvertentie gecontroleerd?' vroeg hij.

'De overlijdensadvertentie?'

'Van Edle Maria. Misschien heeft er na haar dood een advertentie in de krant gestaan. Totdat we het dossier vinden, is het misschien de moeite waard om dat te checken.'

Je had in Tromsø kunnen overnachten en morgen het staatsarchief of het archief van de *Nordlys* kunnen raadplegen, dacht ze, maar ze hield haar mond.

'Ik zie je morgen,' zei hij en hij hing op.

Verdomme, dacht Susanne. Ze keek op haar horloge en zette de pc weer aan. Tommy zou er wel achter komen, dacht hij nu echt dat ze volslagen idioot was?

Ze koos een willekeurige naam uit het derde terrasblok en typte die in het zoekveld van het bevolkingsregister.

Anne-Britt Torgersen, geboren in 1947.

Susanne klikte door naar meer informatie.

Eén kind, geboren in 1985.

Het duurde een paar seconden voordat ze zich realiseerde dat de naam van de vader van het kind haar bekend voorkwam.

Ze schoof een tijdje doelloos met de muis heen en weer.

Het kon geen toeval zijn. Woonde hij toen daar?

In een moment van helder inzicht herinnerde ze zich een fragment uit het korte verslag dat Tommy had geschreven.

Ze ging naar de map met de naam HEROPENING KRISTIANE-ZAAK.

Ex-vrouw belde. Hij zei dat hij zijn ex het appartement had gegeven. Hier vlak in de buurt. Tegenwoordig een vermogen waard.

Een snelle zoektocht bezorgde haar een loodzwaar gevoel in haar maag. Haar vingers verstijfden op het toetsenbord.

In 1990 was hij verhuisd van de Nedre Skøyen vei.

Het kon niet kloppen.

Ineens hoorde ze Reuters woorden in haar hoofd. Check over een uur de onlinekranten.

Ze opende de site van het *Dagbladet*.

AMANDA (13) VERMIST IN KOLBOTN.

O, god, dacht ze. Het kan hem niet zijn.

Ze bladerde terug in haar notitieboekje. Zijn telefoonnummer. Ze keek naar de pagina in het bevolkingsregister. Hij had vanaf 1988 in Skøyen gewoond. Het was echt waar. Ze toetste de eerste vier cijfers, maar bedacht zich.

Ze liep de gang in om te zien of Reuter nog aanwezig was, maar nee. Het licht was uit. Ze keek op haar horloge. Wie was 's avonds zo laat nog aan het werk, zonder betaling van overuren?

Ik moet ook naar huis, dacht ze. Ze zocht Tommy's nummer op haar mobiel en sloot haar ogen toen ze het antwoordapparaat kreeg.

Ze moest Tommy op de hoogte stellen.

Zou het echt zo zijn?

8

Susanne rende zonder uit te kijken over de Grønlandsleiret. Lijn 37 kon nog net op tijd remmen. Een tijdje stond ze op de stoep en ze realiseerde zich dat ze bijna was aangereden. Dat ze nog maar net in leven was.

Ze was bij hem geweest.

Ze wankelde en moest steun zoeken tegen de etalage van een Thais restaurant.

De bonte kerstverlichting langs het kozijn verwarde haar. Was het al Kerstmis?

Ze was alleen geweest met hem. Het kon niet waar zijn.

Haar laarzen sopten in de natte sneeuw toen ze links afsloeg naar de Mandalls gate.

Ze wilde naar huis, naar huis.

Die arme ouders in Kolbotn. Ze had alleen de lead kunnen lezen, daarvan ging ze al bijna over haar nek.

Onderweg naar beneden, in de lift op het politiebureau, was ze weer overmand door het gevoel dat er iets vreselijks was gebeurd. Dat Torvald vermoord in haar appartement lag, dat Mathea nog niet dood was, maar zich bloedend naar de deur sleepte terwijl ze om haar mama schreeuwde.

Met trillende handen stak ze de sleutel in de roodgeschilderde poort. Ze sloeg de deur achter zich dicht en rende naar het midden van de binnenplaats. Daar bleef ze staan. Het licht dat door de keukenramen op de verdiepingen boven haar viel, gaf haar een veilig gevoel. Kerststerren, kandelaars. Het was kerst. Het was werkelijk kerst. Zo verkeerd kon het toch niet zijn. Of wel?

De trappen in het trappenhuis deden haar denken aan het appartementencomplex aan de Frognerveien. Ze was, goddank, niet zelf op de plaats delict geweest, maar ze had de foto's gezien. En ze had de foto's van de autopsie van Kristiane gezien en wist dat ze die nooit meer van haar netvlies zou krijgen.

Toen ze op haar eigen voordeur klopte, ging haar pols erger tekeer dan na een trainingsronde in de sportschool. Ze had gewoon niet de kracht om de sleutel uit haar jaszak te halen.

'Allemachtig, wat is er aan de hand, lieve schat?' begon Torvald. Hij was mooier dan ooit, ze kon niet anders dan glimlachen.

'Niets. Gewoon een beetje moe. Is alles goed gegaan?'

'Fabelachtig. Ik wil ook zo'n kleintje, snap je?'

'Trouw met me.' Hij nam haar jas aan, hield het coyotebont tegen zijn gezicht en bestudeerde zichzelf in de spiegel in de gang.

'Pas op, Liberace. Drink je een glas wijn met me voordat je naar beneden gaat?' Susanne schopte haar laarzen uit en liep snel langs de open keuken naar Mathea's kamer.

Ze duwde de deur voorzichtig open. In het schemerige licht van het dakraam zag ze haar dochter boven op het dekbed liggen. Een been hing over de rand van het bed.

Ze ging op het voeteneind zitten en streelde met haar hand over het kleine, blote been. Ik hou van je, dacht ze. Ik hou echt van je.

Torvald verscheen in de deuropening. Hij had een halfvol glas wijn in zijn hand.

'Is er iets gebeurd?' fluisterde hij.

'Nee.' Ze stond op en pakte het glas aan.

Ze lag met haar hoofd op zijn schoot, terwijl de tv zachtjes bromde op de achtergrond. De herhaling van de een of andere Engelse talkshow die Torvald in het weekend had gemist.

Na tien minuten viel ze in slaap. Snel werd ze opgeslokt door een nachtmerrie die ze al sinds ze een kind was niet meer had gehad. Alleen in een kelder, in een oud huis, een vieze, vochtige lucht en ruwe betonnen muren. Alles was donker. Ze tastte zich een weg langs de muur, met bloedende handen. De stem van Mathea was nauwelijks hoorbaar. Het meisje gilde en riep naar haar, afgewisseld met geschreeuw alsof ze werd gemarteld, dan weer riep ze mama, als een kind dat net had leren praten.

Ze hapte naar lucht en sloeg haar ogen op.

Torvald hield een hand op haar voorhoofd.

'Nu vertel je me wat er aan de hand is, Susanne. Iets met je werk, hè?'

Ze stond op zonder hem te antwoorden en pakte haar mobiel. Het was al halftwaalf.

'Ik moet slapen, lieverd. Ik bel je morgen, oké? Ik ben je eeuwig dankbaar.' Ze kuste hem op de wang en trok hem half van de bank overeind.

In de gang pakte hij zijn schoenen en greep de deurklink. Een tijdje stond hij naar haar te kijken, alsof hij iets wilde zeggen.

'Wat is er?' vroeg ze.

'We praten morgen.' Hij verdween in het trappenhuis. Susanne keek hem na, hoewel hij maar een verdieping naar beneden hoefde.

Halftwaalf, dacht ze, en ze verzekerde zich ervan dat de veiligheidsketting goed vastzat.

Ze keek naar zichzelf in de spiegel in de hal. De kleine rimpels rond haar ogen. De frons in haar voorhoofd. Ze had het allemaal van haar moeder geërfd. Fuck haar, dacht ze. Fuck de hele zooi. Ze hield haar mobiele telefoon stevig vast. Kan ik hem nu bellen? Ik zal wel moeten.

Hier vlak in de buurt. Het moest wel kloppen. Of zou Kristiane naar iemand anders zijn gegaan? Susanne wist dat ze nauwelijks een derde van de namen had gecontroleerd, laat staan dat ze iedereen had gecheckt die familie was van de bewoners, of ooit familie was geweest.

Ze liep afwezig terug naar de woonkamer en plofte neer op de bank. Het laatste restje warmte van Torvald zat nog in de stof. Een zacht gelach klonk uit de tv. Ze keek door haar grote dakappartement. Het was te groot geweest voor hen drieën, Nicolay, haar en Mathea. Nu leek het absurd groot. Enorm. En donker.

Ze pakte het glas rode wijn en zette het aan haar mond.

Telefoon, dacht ze.

Het geluid kwam uit de hal. Ze had haar mobiel op de oude ladekast gelegd. Ze nam haar glas mee en liep met snelle stappen naar de hal.

Ik moet Tommy bellen, dacht ze.

Het was Torvald.

'Was je al naar bed?' vroeg hij.

'Nee. Ik ga straks. Je bent toch niet boos op me? Ik ben gewoon moe. Er is verder niets aan de hand.'

Hij gaf geen antwoord.

'Torvald?'

'Ik moet alleen wat tegen je zeggen. Ik was het bijna vergeten.'

Zijn stem klonk wat anders. Alsof hij ertegen opzag om het te zeggen. Susanne voelde hoe haar nekharen overeind kwamen. Dit was niet goed, dit kon niet goed zijn.

'Wat?' zei ze, strenger dan ze bedoelde.

'Mathea vertelde me vanavond, net voordat ze naar bed ging...' Hij stopte.

Susanne kneep het wijnglas bijna fijn. De blik die haar in de spiegel ontmoette was leeg, ze herkende zichzelf nauwelijks.

Rustig maar, mimede ze tegen zichzelf. Niet hysterisch worden, was dat niet wat haar moeder altijd tegen haar had gezegd?

'Wat heeft Mathea je verteld?' Dat de nieuwe oom in het kinderdagverblijf, een jonge, aardige vent, aan haar heeft gezeten, dacht ze. Ik maak hem dood. Snij hem in stukken.

'Ach, het is waarschijnlijk niets.'

'Zeg het nu maar.'

'Ze zei dat ze vandaag alleen achter het kinderdagverblijf was geweest, daar is ze wel vaker...'

Susanne had nog amper gevoel in haar handen, haar armen. Haar hoofd zat vol witte sneeuw.

'Toen heeft ze gepraat met een vrouw buiten het hek,' zei hij. 'Een aardige dame, maar ik vond het wat vreemd. Ze zou een andere keer weer terugkomen, maar Mathea moest beloven om het tegen niemand te zeggen.'

'Wie zou terugkomen?'

'Die vrouw. Met wie Mathea had gepraat. Ze vond dat Mathea een mooi meisje was.' Ze kon Torvalds stem nauwelijks horen.

'Waarom heb je me in godsnaam niet gebeld, Torvald? Weet je wel...' Ze viel stil. Haar ogen vulden zich met tranen.

'Niet boos worden, Sussi. Alsjeblieft. Ik ben het vergeten.'

'Vergeten? Je kunt zoiets niet vergeten!'

'Neem me niet kwalijk.' Hij klonk nu bijna als een kind.

'Oké.' Een plotselinge rust kwam over haar. Ze had geen twee kinderen nodig. 'Het is oké.'

De plotselinge rust verdween toen Torvald weer begon te praten. Hij zei een woord, een enkel woord, maar het drong niet tot haar door. Toen zei hij twee woorden, en Susanne was nauwelijks nog in staat om het wijnglas vast te houden.

'Edle Maria,' zei hij. 'Het klonk zo vreemd, dat ik...'

Susanne staarde naar zichzelf in de spiegel, maar haar gezicht werd steeds meer vervormd. Nu was zij het die huilde als een kind.

'Susanne. Zeg iets. Toe, zeg iets.'

Ze had niet in de gaten dat het glas rode wijn uit haar hand was verdwenen voordat ze het geluid van brekend glas hoorde. Ze richtte haar blik apathisch op de grond. De rode wijn zag eruit als bloed, op de vloer, over haar broekspijpen.

'Zeg dat het niet waar is,' fluisterde ze.

'Wat niet?'

'Maria. Edle Maria. Zeg dat het niet waar is.'

'Maar dat was wat Mathea zei. Die vrouw vertelde dat ze Edle Maria heette.'

9

Alleen mooie meisjes roken Marlboro Light, dacht Tommy en hij stak zijn hand achter de boeken in de kast. Hij was door zijn voorraad Prince-sigaretten heen en doorzocht zijn appartement naar een noodvoorraad die hij voor gelegenheden als deze had verstopt. Vooral voor gelegenheden waarbij hij een kater had en de deur niet uit kon om sigaretten te kopen.

Daar. Zijn hand vond een zacht pakje. Deze waren nog van Hege. Tax-free, hij herinnerde zich van wanneer. Een van die catastrofale keren. Was het niet elke keer zo geweest? Nee, niet elke keer.

Hij had de sigaret juist aangestoken toen zijn mobiel overging. Hij keek op zijn horloge. Hij nam aan dat het Alexander Thorstensen zou zijn. Of misschien de jongens van de surveillancedienst die Morten Høgda in de gaten hielden. De eerste rapportage had niets opgeleverd. Høgda was tot acht uur in zijn kantoor gebleven. Daarna was hij de Munkedamsveien overgestoken en vijf minuten later was het licht in zijn appartement aangegaan. Daar was hij nog steeds.

Hij was niet snel genoeg om de telefoon direct op te nemen, maar hij ging meteen weer over.

Susanne, dacht hij. Nu?

Op het moment dat hij de groene knop indrukte, begon ze te roepen: 'Je moet komen. Je moet komen.'

'Als jij rustig wordt, ga ik erover nadenken.'

Ze werd stil.

Het klonk alsof ze huilde.

'Ze wil mijn kind, Tommy.'

Hij schudde zijn hoofd.

'Over wie heb je het?'

'Maria,' fluisterde ze. 'Edle Maria.'

'Edle Maria?'

Aan de andere kant zei Susanne niets.

Hij hield de mobiel tegen zijn oor en propte ondertussen zijn linkerarm in de mouw van zijn donsjack. Het Raven-pistool drukte tegen zijn borst. Hij had het gevoel dat hij dat nog weleens nodig kon hebben.

'Ben je thuis?'

Hij kon nauwelijks horen dat ze 'ja' zei.

'Vlug,' zei ze. 'Kom zo vlug mogelijk.'

De nukkige Escort startte al bij de eerste poging. In de Mandalls gate parkeerde hij dubbel. Door de intercom hoorde hij een mannenstem.

'Wie ben jij?' vroeg Tommy.

'Een vriend,' zei de stem, half gesmoord.

Tommy schudde zijn hoofd. Hij begreep niet altijd alles in deze wereld.

Susanne opende zelf de deur. Ze trok hem tegen zich aan alsof ze haar hele leven op hem had gewacht.

'Edle Maria,' fluisterde ze. 'Edle Maria was op het kinderdagverblijf.' Tommy hoorde een geluid uit de woonkamer. De tv stond aan. Een kinderfilm.

Susanne vertelde hem wat er was gebeurd. Haar dochter had bij het hek van het kinderdagverblijf met een vrouw gesproken. Die had verteld dat ze Edle Maria heette. En dat ze vond dat Mathea een mooi meisje was.

Hij liep de kamer in en knikte tegen de man die daar zat, een knappe, donkere man.

'Torvald,' zei Susanne. Tommy schudde zijn hand. 'Buurman en vriend. Mijn beste vriend.'

'Mathea,' zei ze, 'wil jij Tommy vertellen wat er is gebeurd?'

Haar dochter gaf geen antwoord. Ze lag aan het andere uiteinde van de bank en keek met ogen als schoteltjes naar de tv. Tommy pakte de afstandsbediening van de salontafel en zette de tv uit.

'Ik denk dat je ons moet helpen, Mathea.'

'Ze was aardig.'

'Dat is mooi.'

'Ik ga morgen met haar praten. Op het kinderdagverblijf.'

'Weet je nog wat voor haar ze had?'

'Ik wil naar de film kijken.'

'Was het donker, zwart, of was het blond?'

'Weet ik niet.'

'Mathea,' zei Susanne. 'Nu moet je...'

'Laat haar maar naar de film kijken,' zei Tommy. Hij stond op van de bank en wees naar de keuken. Susanne schonk rode wijn in een glas. Hij schudde zijn hoofd. Ze dronk het zelf op. Twee grote slokken, alsof het sap was.

'Heb je een print gemaakt van de krantenartikelen? Over de Edle Maria-zaak?'

Ze knikte.

'Maar die liggen op kantoor.'

'Ik ga erheen.'

'Ik begrijp het alleen niet. Ze is toch dood?'

'Wat heb je vandaag gedaan?'

'Ze ging naar Skøyen, Tommy. Ik denk dat ik weet bij wie ze op bezoek ging.'

'Wie?'

'Ik denk dat hij degene was op wie ze verliefd was.'

Tommy fronste zijn voorhoofd. Dit werd voor hem te cryptisch.

'Farberg. Jon-Olav Farberg. Hij woonde destijds in Skøyen.'

'Zeker weten? Onmogelijk,' zei hij. 'Een van de mensen die we zoeken, kent mij. Of mijn moeder. Dat kan Farberg niet zijn.'

'Wat bedoel je?'

'Heb je een pc?'

Ze wees naar de gang.

'In Nico's oude kantoor. Snap je dat ik bang werd?'

'Edle Maria is dood,' zei Tommy. 'Ze moet dood zijn.' Maar ze is vermoord in hetzelfde dorp als waar mijn moeder vandaan kwam. Dat was een vaststaand feit, een feit dat hem bijna lichamelijk tegenstond.

Hij opende de browser op de Mac en toetste *Gustaf Fröding* in het zoekveld. Op het scherm verscheen een reeks foto's. Hij klikte op de foto die eerder zijn aandacht had getrokken, de vergeelde zwart-witfoto. Onderaan in witte letters: *Goodwin. John Norén. Uppsala.*

'Reuter is van mening dat de persoon die de brief aan mij heeft geschreven, een van de gedichten van deze man als referentie gebruikt. En Elisabeth is van mening dat Kristiane verliefd was op haar broer Alexander. Ze heeft Farberg met geen woord genoemd.'

'*O my God*,' hoorde hij zacht naast zich.

Hij draaide zich om naar Susanne.

Ze wees naar het scherm.

'Die foto.'

'Wat is er met die foto?'

'Dat is hem. Dat is hem, Tommy.'

'Wie?'

'Jon-Olav Farberg. De leraar. Haar trainer. Ik was bij hem thuis. Hij had me kunnen vermoorden, Tommy. Ik denk dat hij erover nadacht toen ik daar was. Dat hij me zou vermoorden. We waren alleen in het huis. Helemaal alleen.'

Tommy stond op en pakte haar bij haar schouders.

'Vanaf het begin, Susanne. Waar heb je het over?'

'Die foto hangt bij hem in de bibliotheek.'

Hij liep zonder een woord te zeggen de hal in, Susanne volgde een paar stappen achter hem.

'Haal een handdoek,' zei hij.

Ze keek hem vragend aan, maar deed wat hij zei.

Hij pakte het Raven-pistool uit de binnenzak van zijn donsjack en wikkelde de handdoek eromheen.

'Stel geen vragen,' zei hij. 'Als hij komt, denk je niet na. Richt op zijn buik.'

10

Hij stormde door het draaihek op de begane grond. De bewaker riep hem iets na, maar hij was al halverwege de trap naar de eerste verdieping.

Farberg, dacht hij, terwijl het bloed de druk in zijn slapen ondraaglijk maakte. Kleedde hij zich in vrouwenkleren? Was hij twee mensen in één geest, zoals Rune Flatanger aannam?

Hij rukte de glazen deuren open nadat hij zijn legitimatie voor de kaartlezer had gehouden. Op slot.

Nog een keer. Hij hoorde een klik, wachtte twee seconden, opende voorzichtig de deur en drukte op de lichtschakelaar.

'Verdomde deur,' mompelde hij en hij rende door de gang naar Susannes kantoor. Een voor een gingen de tl-lampen boven zijn hoofd aan. Als het in zijn hoofd nu ook eens zo helder zou worden? Jon-Olav Farberg? Wat had hij met Edle Maria te maken? Want Edle Maria was de sleutel. Ze moest dat wel zijn. En Farberg had een foto van Fröding in huis.

Hij was het. Hij was het echt, dat varken dat hem op het spoor van die vermeende vriend van Anders Rask, Yngvar, had gezet.

Als ik je vind, sla ik je hersens in. Maar eerst moet je me alles vertellen over Edle Maria.

Susanne had alle prints over Edle Maria in een aparte map gestopt. Hij las snel de tekst op de eerste print. 1962, dacht hij. Ze schreven amper iets over de zaak. In die tijd voegde de pers zich nog helemaal naar het Openbaar Ministerie en niemand stelde kritische vragen over het onmiskenbaar armetierige onderzoek.

Hij pakte zijn mobiele telefoon en belde Fredrik Reuter.

'Dit moet verdomd belangrijk zijn.'

'Het is amper twaalf uur en om deze tijd liggen alleen kinderen in bed.'

'O ja? Heb je het meisje uit Kolbotn gevonden?'

'Bel papa. Ik heb een wapen en twee arrestatieteams nodig.'

Reuter gaf geen antwoord.

'We hebben hem gevonden.'

'Waar?'

'Op Malmøya. Jon-Olav Farberg. Een van haar leraren. Een collega van Rask.'

'Malmøya. Geef me het adres.'

Tommy hoorde aan de stem van Reuter dat hij al bijna onderweg was naar de kelder om de wapenkast te ontgrendelen.

Het is nu slechts de vraag wie van ons hem het eerst zal doden, dacht Tommy toen hij in de patrouillewagen stapte. Hij ontgrendelde de oude Smith & Wesson-revolver al toen ze over de Tøyenbekken reden, voorbij de Mandalls gate.

Hij keek schuin omhoog langs de moskee van World Islamic Mission, naar het appartement van Susanne.

11

De laatste paar meter voor de oprit van Farbergs huis zetten de patrouillewagens de zwaailichten uit en lieten alleen de parkeerlichten aan. Tommy tilde zijn dienstrevolver op en liet zijn blik over het huis gaan. De auto's gleden haast geruisloos over de sneeuw. Het huis leek verlaten. Behalve de buitenverlichting brandde alleen op de eerste verdieping een lampje.

Hij stapte uit de auto met zijn revolver schietklaar. Het kogelvrije kevlarvest voelde even als een dwangbuis, hij had zin om het van zich af te rukken. Hij kwam om Farberg te doden, voordat die in de aanval kon gaan. Als de man tot de aanval zou overgaan, zou het geen optie zijn om Farberg levend te arresteren.

De leider van het arrestatieteam gaf zijn vier mannen bevelen. Met een paar armbewegingen stuurde hij een man naar de ene korte zijde van het huis en een andere naar de voorkant, naar het water. Ze hadden in elk geval MP5-pistoolmitrailleurs met een *red dot*-richtkijker bij zich, geen oude, bijna afgedankte revolver, zoals Tommy.

Tommy had in de beschutting van de grote Dodge Van een kort overleg gevoerd met de leider en besloot met een van de mannen naar de achterkant van het huis te gaan. Hij stapte door de sneeuw, zijn schoenen werden met elke stap kouder en natter. De agent was al op het terras aan de kant van het water en Tommy zorgde dat hij zo snel mogelijk bij hem kwam. Ook aan deze kant van het huis waren de lichten gedoofd. De agent zocht positie achter de dichtstbijzijnde muur en scheen met zijn lamp schuin door de ramen van de woonkamer. Tommy ging vlak naast het linkerkamerraam staan.

Hij zag dat de agent zijn hoofd schudde.

'Ik kan niets zien.'

De mobilofoon kraakte.

'We bellen aan,' zei de leider van het arrestatieteam.

'Bericht ontvangen,' antwoordde de agent. Hij hief zijn machinegeweer op en richtte op de terrasdeur. De rode punt schoot over de vloer van de woonkamer. Een bank. Boekenkasten. Een open haard.

Een glimp van iets.

Een lichaam.

Het meisje, dacht Tommy. Heeft hij haar hier verborgen in de woonkamer, of haar hier gedood?

'Wacht,' zei hij luid. De agent schrok op.

'Geen reactie,' zei de leider.

Tommy legde zijn handen tegen de ruit en probeerde in de woonkamer te kijken. Hij moest zijn adem inhouden om te voorkomen dat het glas besloeg. Het lukte hem maar een paar seconden. Zijn hart ging zo tekeer dat hij niet zonder zuurstof kon. Wanneer Farberg ergens verderop in de woonkamer stond, zou hij Tommy's gezicht gemakkelijk als schietschijf kunnen gebruiken.

In de verte hoorde hij het geluid van een auto.

Of nee. Door de dennen achter hen klonk het geruis van de wind. Stilte, duisternis, dacht Tommy.

En een auto. Aan de voorzijde van het huis.

Hij drukte zijn gezicht tegen de ruit.

Er lag daarbinnen een lichaam. Op de bank die naar de ramen stond gekeerd, in de richting van de zee. Het moest Farberg zijn.

Hij klopte op de ruit.

'Doe open, Farberg!'

Opnieuw klopte hij op het raam, zo hard dat het kon breken.

De bult in de woonkamer verroerde zich niet.

'Geef me het machinegeweer,' zei hij. Aan de andere kant van het huis sloeg het portier van een auto dicht.

Hij sloeg met de kolf op het glas van de terrasdeur.

Drie keer achter elkaar. Een seconde lang leek het geluid van rinkelend glas de geluidsbarrière te doorbreken, een knal, gevolgd door een tweede allesomvattende dreun.

Hij stak zijn hand door de opening in het glas, draaide het slot om en duwde de deurklink naar beneden.

Er brandde een rood lichtje in de kamer. Een van de sensoren van het alarmsysteem was geactiveerd. Ergens in de stad ging bij een beveiligingsbedrijf het stil alarm af.

Tommy gaf zijn revolver aan de agent en stapte voorzichtig over de scherven. Hij ontstak het licht op het machinegeweer. De rode stip en het felle licht flitsten over de wanden.

Het geluid van glas dat verbrijzelde en de voordeur die werd geopend aan de andere kant van het huis, brachten hem even in verwarring.

Hij wees naar de zitgroep in het midden van de kamer en richtte de MP5 op de wand links van hem.

De lamp verlichtte een foto die hij eerder had gezien. Gustaf Fröding, dacht hij, zoals Susanne had gezegd. Hier had ze die foto gezien.

De plafondverlichting ging aan. Het deed pijn aan zijn ogen, maar niet zo erg als de aanblik van de vrouw die op de bank lag. Of wat er nog van haar over was. Ze lag in het midden, het beige leer was doordrenkt met bloed van talloze steekwonden. Haar gezicht was bijna verdwenen. Tommy wist niet wie ze was, hij kon alleen maar veronderstellen dat het de vrouw of vriendin van Jon-Olav Farberg was.

'O, my God,' zei de agent achter hem. Het klonk alsof hij elk moment over zijn nek kon gaan.

'Ik begrijp het niet,' zei Tommy voor zich uit, en hij liet de MP5 naar de vloer zakken.

In de zak van zijn donsjack ging zijn mobiel over. Hij rukte het jack uit en maakte het klittenband van het kevlarvest los. Voor een moment voelde het alsof hij niet kon ademen. *Frank Krokhol*, stond er op de display.

Hij keek naar het dode lichaam van de vrouw. De leider van het arrestatieteam stampte rond en verzocht via de mobilofoon om een ambulance. Maar het was hoe dan ook te laat.

Tommy liep naar het terras.

Krokhol belde nog een keer, hoewel hij niet begreep waarom.

'Ja?' Hij keek door de woonkamerramen naar binnen.

'Is er iets gebeurd?' vroeg Krokhol. Hij rook het nieuws door dat ene woord, de toon waarop Tommy het uitsprak.

'Wat is er?'

'De overlijdensadvertentie. Ze hadden die daar in het noorden heel vlug gevonden.'

'En?'

'*Onze onmisbare Edle Maria*,' las Krokhol. '*Edle Maria Reiersen. Geboren op 3 mei 1946. Overleden op 1 oktober 1962.* Daaronder staat *Gunnar en Esther*. En nog een naam.'

Het was alsof al het bloed uit zijn lichaam stroomde, net zo snel als uit de vrouw op de bank, die de vrouw van Farberg moest zijn.

Het duurde een tijdje voordat de naam die Krokhol in zijn oor zei tot hem doordrong.

Hij kon niet eens reageren toen Krokhol twee keer achter elkaar vroeg: 'Wat betekent dat, Tommy?'

12

Zoals zo vaak kwam er een onverklaarbare rust over haar toen ze tandenpoetsten. Eigenlijk was het al zo laat dat ze het beter konden overslaan. Af en toe zette Mathea nog steeds haar hakken in het zand en beet in de tandenborstel als Susanne haar tanden wilde poetsen.

Op dit moment echter voelde het dagelijkse ritueel essentieel voor haar gemoedsrust. Torvald was naar beneden gegaan, naar zijn appartement, om een fles rode wijn te halen. Zelf had ze niets meer in huis. En ze moest niet zo verdomd hysterisch zijn. De deuren waren op slot, zowel die naar de binnenplaats als naar de straat.

Een beetje wijn, dacht ze. Een beetje wijn is alles wat ik nodig heb.

Wat had ze allemachtig veel gedronken dit najaar. Na kerst moest het beter worden.

Als Torvald er maar aan had gedacht om de deur op slot te doen.

Natuurlijk. Natuurlijk had hij dat wel gedaan.

Ze kon nog net de muziek uit de woonkamer horen. De deur van de badkamer stond halfopen.

'Lieve mama,' zei Mathea. 'Lieve, mooie mama.' Susanne schudde haar hoofd om haar kind. De complimenten kwamen volkomen onverwacht uit de lucht vallen.

Ze spoelde de tandenborstel af onder de kraan en stond op. Ze voelde dat ze te lang op haar hurken had gezeten en dat haar hersenen iets te weinig zuurstof hadden gekregen. Een kort moment was ze bang dat ze zou flauwvallen. Het werd haar even zwart voor de ogen.

Toen de duizeling wegtrok, klonk het geluid van stromend water onnatuurlijk lawaaiig. Als een waterval.

Haar blik gleed over de spiegel.

Laat het niet waar zijn, dacht ze.

Een gezicht. Bleek. Aan de rand van de spiegel.

In de deuropening.

Susanne haalde diep adem door haar neus. Het geluid van het water overstemde elke gedachte. Ze sloot even haar ogen.

Het gezicht was verdwenen.

Susanne moest zich concentreren om de kraan dicht te draaien. Het was stil in het appartement.

'Mama?'

Susanne staarde strak naar de tegels op de vloer.

'Waarom adem je zo raar?' Mathea probeerde de tandenborstel uit Susannes hand te pakken, maar die wilde niet loslaten. Ze kon niet loslaten. Ze keek weer op. In de spiegel.

Het gezicht was verdwenen.

Maar het was er geweest.

Een bleek gezicht. Donker haar. Een vrouw.

'Wees stil,' zei ze. 'Torvald?' riep ze daarna.

'Mama, wat is er?'

'Niets.' Ze glimlachte en aan het gezicht van Mathea kon ze zien dat de poging om haar gerust te stellen succesvol was.

'We spelen een spel,' fluisterde Susanne. 'Kun je twee keer achter elkaar tot honderd tellen?'

'Ik denk het wel.'

'Ik ga naar buiten en doe de deur van de badkamer dicht. Jij gaat op de vloer zitten en tellen. Als het je lukt, krijg je een prijs. Dan doe ik de deur weer open en morgen gaan we naar de speelgoedwinkel en kopen alles wat je wilt. Durf je dat?'

'Alles?'

'Alles.'

'Het is wel een beetje een raar spel. Maar ik durf wel.'

Ze opende de kast in de badkamer en pakte de sleutel die daar altijd verstopt lag, zodat Mathea zichzelf niet kon opsluiten.

Mechanisch, alsof ze dit eindeloos vaak had geoefend, pakte ze de metalen nagelvijl.

Had ze een visioen gehad?

Nee.

Ze hoorde een geluid.

Uit de keuken. Een glas dat omviel.

'Dat is vast Torvald,' fluisterde Susanne. 'Begin maar te tellen.' Ze kuste Mathea op de wang.

Het pistool dat Tommy haar had gegeven, zat in de binnenzak van haar jas in de hal. Nog een geluid, nog een glas, uit de keuken. Ze had een kans.

Wonder boven wonder ging Mathea op de vloer zitten. Ze was al bij twintig.

Susanne haalde diep adem en toen ze weer uitademde, voelde ze dat ze beefde.

Ze opende de deur met de nagelvijl in haar ene en de sleutel in de andere hand. Ze staarde recht in de woonkamer. Snel sloot ze de deur achter zich en ze probeerde haar hand onder controle te krijgen. Het leek alsof de sleutel niet paste. Ze draaide en draaide terwijl ze naar rechts keek.

Eindelijk.

Ze stopte de sleutel in haar broekzak.

Torvald, dacht ze. Was er iets met Torvald gebeurd?

Ze liep achteruit door de gang naar de hal, draaide halverwege een slag naar rechts en keek de woonkamer in. Daar was niemand. Geen Torvald. De vrouw met het bleke gezicht had hem waarschijnlijk al te pakken gekregen toen hij naar beneden ging. In de hal zocht ze steun tegen de buitenmuur. De deur stond halfopen. Ze zag de schoenen van Torvald op het trapportaal. Een beweging. Een gorgelend geluid kwam uit zijn mond. Er sijpelde bloed uit, maar hij leefde. Hij fluisterde iets, maar ze kon hem niet verstaan.

'Dus jij bent Susanne?'

Tien meter voor haar stond de vrouw met het bleke gezicht, voor de keuken. Ze hield een mes, een koksmes, in haar hand, die slap langs de zijkant van haar lichaam hing.

Susanne voelde zich plotseling zo koud als nooit tevoren.

Ze deed een stap opzij en tastte naar het kleine pistool dat Tommy haar had gegeven. Het zat nog in de binnenzak van haar jas. Haar hand was rustig toen ze het ontgrendelde.

'Schiet maar,' zei de vrouw en ze zette een paar stappen naar Susanne toe. In haar grote bontjas leek ze een gewond roofdier. Ooit moest ze een prachtige vrouw zijn geweest, maar nu leek ze haast een lijk. Haar gezicht was ontdaan van elke kleur, van elk leven.

'Mama!' riep Mathea uit de badkamer.

De vrouw bleef voor de badkamerdeur staan.

Susanne tilde met twee handen het pistool op. Op hetzelfde moment herkende ze de vrouw.

Dit kan niet waar zijn, dacht ze. Alsjeblieft, zeg dat jij het niet was.

'Schiet maar, terwijl zij het hoort. Als ik haar niet te pakken neem. Je weet het. Edle Maria is stout. Elisabeth heeft me verteld dat ik stout ben. Ik ben niet edel, is dat niet vreemd?'

'Edle Maria is dood,' zei Susanne.

'Nee, Elisabeth heeft me gemaakt.'

'Nee, jij bent Elisabeth. Leg het mes weg en ik zal je helpen. Je hebt hulp nodig.'

Susanne realiseerde zich dat Elisabeth Thorstensen de persoonlijkheid van haar overleden zus Edle Maria had overgenomen. Ze dacht dat ze nu Edle Maria was, en niet zichzelf.

'Ik kom straks, Mathea,' zei de vrouw. Mathea werd stil.

'Ik vermoord je als je haar iets probeert aan te doen,' zei Susanne. 'Begrijp je dat? Ik schiet je dood.'

'Papa heeft me nooit aangeraakt. Nooit. Elisabeth was zoveel mooier dan ik. Daarom haatte ik haar. Die vervloekte teef.' Haar stem ging over in iel gepiep.

'Hij was onze vader. Begrijp je?'

'Wie heeft je vermoord? Wie heeft jou vermoord, Edle Maria?'

De vrouw kwam dichterbij.

'Jon-Olav heeft me over jou verteld. De idioot. Je hebt hem naar mij gevraagd. Hij is Elisabeths beste vriend. Dat vertelde ze me. Dat hij haar in Sandberg voorlas. 's Zomers. Ze vertelde hem alles. De hoer vertelde hem alles. Aan niemand anders, alleen aan hem.'

'Mama!' riep Mathea. Ze bonsde op de deur, op slechts centimeters afstand van de vrouw.

'Kom naar buiten,' zei de vrouw. 'Kom, lieverd.'

'Mathea, geef haar geen antwoord,' zei Susanne. Ze zette een stap dichterbij, maar liet het wapen zakken.

'Elisabeth vroeg me om hulp, maar ik heb haar nooit geholpen. Ik wist van haar en mijn vader, weet je?'

Susanne liet het pistool bijna uit haar hand vallen.

'Hij misbruikte haar? Is dat wat je bedoelt?'

'Mama. Mama.' Mathea's stem klonk zo radeloos dat Susanne even overwoog om Elisabeth Thorstensen met een schot te verwonden zodat ze Mathea uit de badkamer kon halen.

'Je hoeft niet bang te zijn,' riep Susanne. 'Ik kom zo.'

Ze probeerde haar mobiele telefoon uit haar achterzak te krijgen, maar dat lukte niet.

'Is Jon-Olav de vriend van Elisabeth? Jon-Olav?'

'Ja.'

'Dus hij is Elisabeths vriend? Hij zorgt ervoor dat je slechte dingen doet.'

Ze knikte.

'Hij zei tegen Elisabeth dat als ik slechte dingen doe, Elisabeth misschien beter wordt. Hij wilde alleen maar Elisabeth helpen om beter te worden. Ik heb die dingen gedaan, niet Elisabeth. Ik lokte ze naar mij. Niemand verdenkt een vrouw, zei Jon-Olav.'

'Waarom Kristiane? Je weet toch dat ze de dochter van Elisabeth is?'

Elisabeth Thorstensen staarde haar aan met een blik waarvan Susanne wist dat ze die nooit zou vergeten, alsof ze haar echte persoonlijkheid naar voren probeerde te dringen, maar daar niet toe in staat was.

Susanne voelde het zweet in de hand die het pistool vasthield. Ze wist niet wat ze nog meer tegen Elisabeth Thorstensen zou moeten zeggen om haar zover te krijgen dat ze het mes weglegde. En ze moest naar Torvald toe.

'Maar Jon-Olav is nu dood.'

'Waar is hij?'

'In een oven,' fluisterde Elisabeth.

In de badkamer begon Mathea zachtjes te huilen. Susanne hield het kleine pistool steviger vast.

'In een oven?'

'Hij wilde niet meer. Hij wilde Elisabeth niet langer beter maken. Dus heb ik hem vermoord.'

'Waar?'

'In een oude fabriek. Je vindt hem wel. We gingen er soms naartoe.'

Susanne klemde nu beide handen om het pistool en hield het recht voor zich uit.

'Je wilt weten wie mij heeft vermoord. Elisabeth vermoordde mij,' zei de vrouw, nauwelijks hoorbaar. 'Ze sloeg mijn gezicht met een stuk steen kapot. Hij was met ons naar het hoge noorden verhuisd, maar hield niet op met aan haar te zitten. Ze kreeg een vriendin, maar die hielp haar ook niet. Elisabeth vertelde me dat het de moeder van je man was, van Tommy.' De vrouw glimlachte.

'Hij is mijn man niet.'

'Hij is je man wel. En toen sloeg ze mijn gezicht kapot met een stuk steen. Ze hield een hand voor mijn mond en sloeg. Tot mijn gezicht helemaal weg was.' De vrouw viel op de vloer en liet het mes los.

'Hou je mond,' zei Susanne.

Mathea huilde steeds luider, maar Susanne hoorde het bijna niet meer. Ze liep langzaam naar de vrouw toe, die met haar hoofd gebogen zat, als een klein kind, als Mathea. Het mes lag bijna dertig centimeter bij haar vandaan. Ik kan het, dacht ze.

Ver weg hoorde ze voetstappen op de trap. Verscheidene mensen. Een mobilofoon. Een commando.

'Ik zal je helpen,' zei ze. 'Elisabeth, ik zal je helpen.'

'Elisabeth heeft me vermoord!' riep de vrouw.

Susanne voelde eerst niets. Het ging zo snel dat ze niet begreep wat er was gebeurd. Een felle scheut trok door haar been, daarna een pijn, zo hevig alsof haar been dwars afgesneden werd. Ze viel op de grond, op haar rechterzij, boven op de hand met het pistool. De vrouw stond over haar heen gebogen met het mes in haar hand.

Het is mijn bloed, dacht Susanne. Het werd zwart voor haar ogen.

'Het spijt me zo,' fluisterde de vrouw. Ze hief de arm met het mes op. 'Maar jouw kind wordt net als Elisabeth. Dat heb je toch wel begrepen? Ik kan haar niet laten leven. Jon-Olav zei het. Laat haar niet leven.'

Susanne draaide naar links. Het enige wat ze hoorde was haar eigen hartslag, niet Mathea, niet de voetstappen op de trap, maar het kloppen tegen haar slaap, tegen haar borst, tegen haar hals. Het voelde alsof ze in de val haar rechterarm had gebroken, maar het lukte haar die op te tillen.

Het schot maakte alles stil. Een seconde lang was er geen geluid. Het rechteroog van de vrouw verdween. Een zuil van bloed spoot over Susannes benen en buik. Ze loste nog een schot, deze keer zoals Tommy had gezegd, midden in de buik.

De vrouw liet het mes op de vloer vallen en viel over haar benen. Susanne voelde een rib breken toen het hoofd haar lichaam raakte.

En alles was stil.

Geen voetstappen op de trap.

Geen Tommy.

Mathea begon weer te huilen.

Susanne probeerde de dode vrouw van zich af te duwen, maar het lukte haar niet. De pijn in haar linkerbeen werd steeds heviger, als dat al mogelijk was. Haar rechterarm leek nu helemaal lam, alsof die nooit weer tot leven zou komen.

'Ik kom,' fluisterde ze. Ze probeerde te roepen, maar er kwam geen geluid. Haar kleren waren doorweekt met bloed, het hoofd van de vrouw lag in haar schoot, en ze kon niets anders dan fluisteren: 'Ik kom, Mathea. Ik kom.'

Torvald, dacht ze. Hij lag op de trap.

Ze probeerde te schreeuwen, maar er kwam slechts een iel, sissend geluid.

Beneden in het trappenhuis werd een deur geopend. Iemand schreeuwde in een andere taal. Punjabi, dacht ze. Steeds meer stemmen.

13

Vijf dagen later

Een van de meisjes gooide de bal tegen de lat. De paar mensen op de tribune reageerden zo luidkeels dat Tommy opschrok.

Eerst gejuich, toen teleurstelling.

Het geluid van de bal tegen het hout, schreeuwende vaders, een moeder die riep dat het de volgende keer raak was, alles stroomde zijn hoofd binnen alsof de werkelijkheid was verstuurd met een paar seconden vertraging.

Hij stond op van de bank. Hij was nog steeds licht in zijn hoofd en kon niet helder denken, maar nu probeerde hij in elk geval de wedstrijd weer te volgen. Hij keek naar het scorebord en herinnerde zich een kort moment voor de wedstrijd. Hadja was er met haar nieuwe vriend. Hij was even uit het veld geslagen en hoewel hij altijd al een stuntel was geweest, sloeg het deze keer alles. Maar wat maakte het uit? Hadden ze eigenlijk wel een relatie gehad? Het was bijna anderhalf jaar geleden. Wat een idioot was hij.

Het deed er niet toe.

De reden dat hij zich apathisch en wereldvreemd gedroeg, was een heel andere.

Hij riep een paar woorden, *hoger baltempo*, en gaf daarna aan dat er over de vleugels gespeeld moest worden. Een paar tellen later keilde Martine de bal in het doel.

Hij gaf zijn assistent-trainer, Arne Drabløs, een high five en ging weer zitten. Even kantelde hij iets te ver naar achteren en dreigde hij op zijn rug te vallen, alsof hij straalbezopen was.

Hij was gisteravond met het laatste vliegtuig uit Tromsø teruggekeerd en had de hele nacht wakker gelegen. Om acht uur had hij een therapiesessie bij Osvold gehad. Het was misschien ook niet verwonderlijk dat hij niet had geslapen.

'Misschien had ik zelf in Ringvoll of Sandberg opgenomen moeten worden,' had hij Osvold verteld. De psychiater had geen antwoord gegeven, en Tommy interpreteerde de stilte zoals hij zelf wilde.

De tweede ontmoeting met Alexander Thorstensen in Tromsø had hem niet veel meer opgeleverd dan wat hij al wist. Tommy besefte dat hij had moeten nagaan of Elisabeth na de moord op Kristiane in Ringvoll had gezeten, en niet in Frensby. En in de jaren zeventig was ze in Sandberg opgenomen geweest, vlak bij Hamar. Hervormingen in de gezondheidszorg hadden ertoe geleid dat ze met haar vermeende schizofrenie half Oost-Noorwegen had afgereisd. Alexander Thorstensen had gezegd dat hij zo goed op de hoogte was van het afschuifsysteem in de zorg dat hij niet verbaasd was dat zijn moeder nooit de hulp had gekregen die ze nodig had. Maar misschien was het ook onmogelijk om bij haar een juiste diagnose te stellen. Ze had zonder twijfel een gespleten persoonlijkheid ontwikkeld. Lange tijd geloofde men dat schizofrenie gekoppeld was aan een gespleten persoonlijkheid, maar nu wist men dat dat niet klopte. Patiënten met een gespleten persoonlijkheid konden zich in het ergste geval bewust zijn van het bestaan van de verschillende persoonlijkheden en ze verbergen onder het mom van een psychotische toestand. Alexander meende dat zijn moeder zich tegenover haar behandelaars had ontpopt als een onoplosbaar raadsel.

'Maar Jon-Olav Farberg moet in staat zijn geweest om haar te lezen als een open boek,' had Tommy gezegd.

Alexander Thorstensen had verteld dat Farberg waarschijnlijk de eerste volwassene was op wie zijn moeder had kunnen rekenen en door wie ze er eindelijk in was geslaagd om haar ware ik te laten zien. Met haar opvoeding en ziektebeeld had het fatale gevolgen kunnen hebben als hij geen goede bedoelingen had gehad.

Uit de personeelsadministratie van Sandberg was gebleken dat Jon-Olav Farberg als invalkracht in het psychiatrisch ziekenhuis had gewerkt toen hij de lerarenopleiding in Hamar volgde. Bij vollemaan moest er altijd meer personeel worden ingezet.

Volgens Alex had Kristiane vermoedelijk een oogje op Jon-Olav Farberg gehad. Dat ze naar zijn appartement in Skøyen ging om hem te ontmoeten. Elisabeth moest dat op de een of andere manier hebben ontdekt. Farberg had haar waarschijnlijk gebeld. Het leek voor Alex een enorme opluchting te zijn dat zijn moeder dood was; ze had al die meisjes en zelfs zijn eigen zus gedood.

Wie kon het hem kwalijk nemen?

Martine scoorde nog een keer, een onderarmschot van negen meter. Tommy zag het zonder het te zien. Hij applaudisseerde, maar het was net alsof hij dat niet zelf deed, zijn handen waren niet van hem.

De rest van die dag had Tommy gebruikt om Morten Høgda te ondervragen.

In de verhoorkamer was Høgda uiteindelijk overstag gegaan. Hij zei dat Elisabeth hem ooit had verteld dat haar vader haar seksueel had misbruikt, sinds ze acht of negen jaar oud was, maar dat hij het niemand mocht vertellen. Dat haar vader haar zus nooit had aangeraakt, dat ze zich zo vies voelde, dat alle meisjes vies waren, en dat hoertjes het net als zij niet verdienden om te leven.

'En jij maakte haar nog smeriger,' had Tommy gezegd. 'In plaats van dat je probeerde haar te helpen.' Høgda had gezegd dat hij af en toe bang voor Elisabeth was, dat er iets ondefinieerbaar engs achter haar ogen rustte, dat ze een ander gezicht had dat hij nooit duidelijk had gezien. Toen hij een keer probeerde om er met haar over te praten, was ze woedend geworden, hij was van mening dat ze weer moest worden opgenomen en dat ze alles aan de artsen moest vertellen. Høgda dacht dat hij bedrogen was. Dat niet hij al die jaren gebruik had gemaakt van Elisabeth, maar dat het andersom was geweest. Dat zíj had geprobeerd hem in een val te lokken.

Høgda vertelde dat hij niet degene was geweest die te laat op de afspraak in het SAS-hotel verscheen, de nacht dat het Litouwse meisje was vermoord.

'Twee dagen later belde ze me en vroeg waarom ik zo laat was gekomen,' had Høgda gezegd. 'Ik zei dat zij het was die tweeënhalf uur te laat was gekomen. Toen begon ze te huilen, als een kind. Ze is altijd een beetje gek geweest, maar dat...'

Tommy had alleen zijn hoofd geschud. Hij had Høgda een handgeschreven brief van vier pagina's laten maken, alleen maar om de mogelijkheid uit te sluiten dat Høgda een van de brieven in deze zaak had geschreven.

Toen hij weer in de verhoorkamer kwam, had hij het papier in elkaar gepropt en in de prullenbak gegooid.

Elisabeth Thorstensen was dood. Jon-Olav Farberg ook. Anders Rask lag nog steeds in coma in een ziekenhuis in Trondheim. Maar ze hadden het lijk van Farberg nog niet gevonden. Een oude fabriek, had Elisabeth Thorstensen gezegd. Waar moesten ze beginnen?

De wedstrijd was eindelijk afgelopen. Tommy kreeg nog net mee dat het gelijkspel was geworden.

Hij liet de rest over aan Drabløs en probeerde zo snel hij kon uit de hal te verdwijnen. Helaas werd hij opgehouden door enkele ouders die hem wilden bedanken voor het seizoen tot nu toe en hem een goede kerst wensten.

Natuurlijk haalden Hadja en haar vriend hem in.

'Dat is lang geleden,' zei ze. 'Dit is Thomas.'

Tommy stak een hand uit. Hij was jong en knap, tenger gebouwd, hij droeg moderne, goed zittende kleding. Totaal anders dan Tommy zelf, een mammoet van ruw gehouwen graniet, gekleed in een blauw trainingspak in de maat extra large, dat eigenlijk nog te klein was.

Hij voelde niets, en dat was misschien ook goed. Ze had toch niets voor hem betekend?

Ze omhelsde hem vluchtig toen ze buiten de hal waren gekomen. Haar haren wapperden in de wind, net als vorig jaar zomer.

'Ik hoop dat het goed met je gaat,' zei ze. 'Vrolijk kerstfeest!'

De jonge man, Thomas, sloeg zijn arm om haar heen toen ze de trap op gingen naar het winkelcentrum.

Tommy stond een tijdje in de sneeuwjacht met een onaangestoken sigaret in zijn hand. Hij staarde naar de bussen, die geparkeerd stonden voor het metrostation, en de drommen mensen op de perrons.

Kerst, was het kerst?

Had Susanne Elisabeth nu maar in haar been geschoten. Maar wat voor wens was dat?

Hij gooide de onaangestoken sigaret weg en liep bijna met tegenzin de parkeergarage in. Het beeld van Hadja en de jonge man brandde op zijn netvlies. *Ik hoop dat het goed met je gaat.* Wat bedoelde ze daarmee?

Het was alsof het geluid van de mobiele telefoon in zijn zak belette dat hij in een, zoals hij wist, toenemende depressie zou vervallen die de hele kersttijd zou duren.

'Luister!' zei Leif Monsen van de meldkamer.

Tommy bleef op de trap naar de tweede verdieping staan.

Een zwak licht viel op hem, alsof hij zich in een cocon midden in het winterduister bevond. Met zijn ogen volgde hij een vallende sneeuwvlok.

'Ik ben bij Frysja. Die oude tegelfabriek.'

Tommy liep snel de laatste treden op. Hij durfde te zweren dat hij wist wat er uit de mond van Monsen zou komen.

'Volgens mij moet je hierheen komen. Twee Poolse arbeiders hebben iets meer dan een uur geleden een klein geroosterd varkentje in een verbrandingsoven gevonden.'

'Een varkentje?'

'Hoe je ook je best doet om een mensenlichaam te verbranden, het lukt niet, begrijp je? De restanten lijken op een geroosterd speenvarken, een biggetje met een gekrompen mensenhoofd.'

Een kwartier later parkeerde Tommy de oude Escort voor de poort van de voormalige tegelfabriek in Frysja. Een jonge agent in uniform tilde het afzetlint voor hem op, net zoals hijzelf vroeger voor de ervaren rechercheurs had gedaan. Een eenzame looplamp hing boven de ingang. Het bord met daarop HØGDA VASTGOED was nog net leesbaar.

Naast de agenten van de surveillancedienst waren alleen de twee Poolse arbeiders, Monsen en technisch rechercheur Georg Abrahamsen, die vlak in de buurt woonde, in de grote werkplaats aanwezig. De deuren van de verbrandingsoven stonden wijd open. Tommy knikte even naar de beide Polen en Monsen. Hij liep naar de oven, waar Abrahamsen bezig was een lamp op te stellen.

'Hou deze even vast,' zei hij en hij gaf Tommy een stuk metaal dat waarschijnlijk bij een statief hoorde. Door een van de kapotte ruiten onder het plafond trok een koude tocht door de grote hal.

Elisabeth Thorstensen moest van deze plek hebben geweten, dacht hij. Misschien had Høgda haar over dit project verteld.

Maar hoe had ze alles voor elkaar gekregen?

Elisabeth had nooit genoeg tijd gehad. Eerst de vrouw van Farberg doden, daarna Farberg zelf, dan nog het meisje in Kolbotn en ten slotte naar Susanne in de Mandalls gate.

Volslagen onmogelijk.

Tommy wachtte tot Abrahamsen klaar was met het opstellen van de lamp en liep toen naar de verbrandingsoven.

'Verdomme, ik ben zo slecht in Engels dat die twee verdraaide Polen mij totaal overklassen,' zei Monsen naast hem.

'Wij zijn een ontwikkelingsland, Leif, niet Polen. Ik dacht dat je dat wel wist.' Tommy nam de zaklamp van hem over en scheen op het misvormde lichaam, dat dwars in de oven lag.

'Ze hebben het lichaam teruggelegd,' zei Monsen. 'Maar goed dat die clowns het niet hebben laten vallen. Waren het twee negers geweest, dan was dat vast gebeurd, denk je ook niet?'

'Ik weet niet helemaal zeker wie hier de clown is,' zei Tommy en hij draaide hem zijn rug toe. 'En ik zou graag een neger in jouw plaats willen.'

Georg Abrahamsen stak zijn hoofd in de verbrandingsoven.

'Je moet het lichaam eruit halen,' zei Tommy tegen Abrahamsen.

Abrahamsen zweeg.

Tommy bestudeerde de oven en dacht dat Elisabeth Thorstensen Farberg prima in haar eentje door de open deuren in de oven had kunnen schuiven. De deuren klapten naar beneden open en ze kon hem er zo in rollen. Het mechanisme naast de deur werkte heel simpel. Een schakelaar, een thermostaat. Net als een bakoven.

'Ja, we moeten hem eruit halen,' zei Abrahamsen. Hij had een schep gevonden die nog het meest leek op een schep die werd gebruikt in Italiaanse pizzabakkerijen. De gedachte alleen al stond Tommy tegen.

Toen het ineengekrompen wezen voor hen lag, leek het ondenkbaar dat het ooit een man was geweest.

'De identificatie gaat wel een tijdje duren,' zei Abrahamsen en hij hurkte neer. Tommy vond dat het kleine lichaam meer deed denken aan een verbrande Roswell-alien dan aan een speenvarken, maar het was en bleef een onaangenaam schouwspel.

'Niet echt een barbecuegeurtje,' zei Abrahamsen en hij snoof. 'En ik denk dat de tanden eruit zijn geslagen.' Hij wees met zijn zaklantaarn naar wat ooit het gezicht van de man was geweest.

'Het kan iedereen zijn,' zei Tommy. 'Maar je slaat niet iemand de tanden uit de mond, tenzij je de identificatie zo moeilijk mogelijk wilt maken.'

'Onmogelijk is het niet, maar het gaat verschrikkelijk lang duren.'

'Waarom zou Elisabeth Thorstensen de tanden van Farberg eruit slaan?'

'Om tijd te winnen. Daarom doe je dat soort dingen, Tommy.'

'Maar waarom moest ze tijd winnen? Ze vertelde zelf aan Susanne dat ze hem had vermoord.'

'Misschien is het het meisje uit Kolbotn?' zei Georg Abrahamsen, schijnbaar meer tegen zichzelf dan tegen iemand anders.

'Het meisje?' hoorde Tommy ergens achter hem. De deur in de grote poort sloeg dicht, een nog koudere tocht dan zojuist zorgde ervoor dat Tommy de capuchon van zijn donsjack over zijn hoofd trok. Hij stak een sigaret op zonder Abrahamsen om toestemming te vragen.

'Dus dit is Jon-Olav Farberg?' Fredrik Reuter zag eruit alsof hij het uitgebrande karkas met één schop weg wilde trappen.

'Ze heeft zijn tanden eruit geslagen,' zei Tommy.

'Dat is Farberg, ook al moet ik zelf zijn overlijdensakte ondertekenen, Tommy.'

'Als het maar niet het dertienjarige meisje uit Kolbotn is,' zei Tommy. 'Amanda.'

Het gezicht van Fredrik Reuter stond op het punt om van wit naar rood te kleuren.

'Ga niet mijn kerst verpesten, hè?'

'Is het bij je opgekomen dat Anders Rask zich op een gegeven moment liet gebruiken, Fredrik? En dat hij niet de enige was?'

'*Never let facts ruin a good story.* En vrolijk kerstfeest, Tommy.'

Tommy kende Reuter zo goed dat wat hij ook zou zeggen, niets tot hem zou doordringen. Reuter wilde in alle rust Kerstmis vieren en misschien wilde hij dat zelf ook wel, nu hij erover nadacht.

Na een uur was er niets meer wat Tommy in de oude werkplaats kon doen. Abrahamsen en zijn collega's hadden alles onder controle. Fredrik Reuter had geweigerd om met hem over iets anders dan Kerstmis te praten.

Toch liet de gedachte hem niet los. Had Georg Abrahamsen echt Farberg uit de oven gespit?

Nee, dacht Tommy toen hij de auto parkeerde op een vrije parkeerplek vlak voor de ingang van het woonblok in Lambertseter. Ik geloof het niet.

Hij controleerde zijn brievenbus. Die was leeg.

'Gelukkig,' zei hij zacht.

In zijn appartement pakte hij in de keuken een mes en liep ermee van kamer naar kamer. Ten slotte schopte hij de deur naar de badkamer open. Net zo allejezus leeg als die sinds Heges vertrek was geweest. Of tenminste net zo allejezus leeg als die was geweest sinds hij het nieuwe veiligheidsslot had gemonteerd.

Je bent hard op weg om net zo gestoord te worden als Anders Rask en Elisabeth Thorstensen.

Hij zette de pc aan en las het laatste nieuws over het dertien jaar oude meisje uit Kolbotn. AMANDA (13) VERMIST. Een schoolfoto vulde het hele scherm. Het was alsof de tijd had stilgestaan sinds de moord op Kristiane. Hij zag dit meisje Amanda voor zich, hoe ze door het bos achter de sporthal was gegaan. Nauwelijks één meter zestig lang, een beetje aan de magere kant. Hoe kon ze zich verdedigen? Verlamd door angst. Misschien had ze nooit begrepen wat er gebeurde. Een halve minuut langer hoefde het niet te duren. Dat was alles.

Zij?

Elisabeth? Tommy probeerde een tijdlijn te tekenen op een vel papier, maar gaf het al op voordat hij echt was begonnen.

Elisabeth, alleen?

Ondenkbaar. Waarom kon Reuter dat niet gewoon inzien?

Tommy staarde minutenlang naar het gezicht van het jonge meisje op het scherm. Ze had een hartvormig gezicht, druppelvormige ogen en bijna perfecte tanden. Hij ging ervan uit dat Elisabeth haar lange tijd in de gaten had gehouden. Ze zou een mooie vrouw worden. Ze was al mooi. Op een manier die Elisabeth provoceerde. Omdat mannen haar binnenkort zouden begeren, het misschien nu al deden.

Tommy wist niet waarom, maar het gevoel dat Amanda nog in leven was, vervulde hem een moment van top tot teen.

De rit naar het politiebureau duurde tien minuten. Hij haalde de sleutels van het huis op Malmøya en probeerde zo min mogelijk na te denken.

14

Als in trance reed hij naar Sjursøya, daar kwam hij langzaam weer tot zichzelf. Toen hij over de brug tussen Ormøya en Malmøya reed, leek alles voor de hand te liggen.

Hij bleef lang in de auto zitten met het leeslampje aan. In een notitieboekje probeerde hij nogmaals een tijdlijn te tekenen. Dat hadden ze allang moeten doen, maar deze zaak ging gebogen onder een vloek van foute conclusies, en dat leek gewoon door te gaan.

Hadden ze samen de meisjes vermoord? Wat had Elisabeth tegen Susanne gezegd? 'Hij wilde niet meer?'

Hij deed het leeslampje uit en stak een sigaret op.

Waar was Amanda?

Asgeir Nordli had een huisje op Nesodden. Dat was leeg. Jon-Olav Farberg had twee huisjes, een in Geilo en een op Hvaler. Ook leeg.

Het meisje had vast een vriendje, dacht Tommy en hij gooide de sigaret uit het autoraampje. En wilde dat thuis niet zeggen.

Dat was alles.

Hij stond lange tijd voor het huis en keek naar de ramen, een voor een. Hij had het gevoel dat hij binnen niet alleen zou zijn. Totaal irrationeel, maar toch, het liet hem niet los. Moest hij bewapening vragen? Hij had op het moment al problemen genoeg. Susanne dacht dat het wel zou worden opgelost, maar het was niet haar probleem. Hij had haar het wapen gegeven. Het had haar leven gered, dus het was het waard, ook al zou het hem zijn baan kosten.

Hij liep naar de achterkant van het huis, net zoals hij een week geleden had gedaan. Toen hij zijn gezicht tegen het raam van de woonkamer drukte, was hij even bang dat de vrouw van Farberg er nog steeds zou liggen.

Hij verwijderde het afzetlint voor de deur en verbrak de verzegeling op het slot met de sleutel.

Op het terras trok hij een paar blauwe plastic sokken over zijn schoenen en zette een haarnetje op dat in een doos bij de deur lag. Hij had nog maar een paar stappen in de hal gezet toen een van de muurtafels naar beneden klapte.

'Verdomme,' zei hij bij zichzelf. Het werd kouder buiten, dan gebeurden dat soort dingen. Met zijn Maglite verlichtte hij kamer na kamer, de keuken, de bibliotheek met de foto van de gekke dichter Fröding, het kantoor, de woonkamer.

Hij liep terug naar het kantoor en ging zitten in de stoel achter het bureau. Het licht van de Maglite sneed door de duisternis en maakte het bijna onmogelijk om de buitenste randen van de kamer te zien. Hij liet de lichtstraal schijnen op de foto van de zoon van Farberg, die op het bureau stond. Op die foto was hij misschien een jaar of twaalf. Hoe oud is hij nu? Tommy zei tegen zichzelf dat hij hem morgen moest bellen. Hij had de ex-vrouw van Farberg meerdere keren gesproken. Ze was de zaterdag dat Kristiane in Skøyen was, niet thuis geweest. Eerder die dag hadden ze ruzie gehad. Ze had hun drie jaar oude zoon meegenomen naar haar moeder in Holmestrand.

Dit is hopeloos, dacht hij en hij deed de groene bibliotheeklamp aan.

Hij wist niet eens wat hij zocht.

Of ja toch. Natuurlijk wist hij het.

Hij deed de lamp weer uit.

Hij liep voorzichtig de trap op naar de eerste verdieping, zonder het licht aan te doen. De treden kraakten onder zijn gewicht. Hij bleef halverwege staan en draaide zich om. Geen geluid te horen. Hij had de deur toch achter zich op slot gedaan?

In de badkamer op de bovenverdieping deed hij het licht aan. De tl-buis flikkerde een paar keer. Hij bekeek zichzelf in de spiegel en dacht na over wat Susanne had verteld: het gezicht van Elisabeth in de spiegel.

Hij opende de badkamerkast. Een kam en een haarborstel met iets wat leek op het haar van Farberg. Hij stopte beide dingen in een hersluitbare plastic zak. Daarna gooide hij de inhoud van de wasmand op de vloer, pakte twee van Farbergs onderbroeken en deed ze in een nieuwe zak.

Morgen zou hij Georg Abrahamsen vragen om alles voor onderzoek op te sturen naar de Landelijke Recherche. Desnoods achter de rug van Reuter om.

Hij was juist de oprit van Farbergs huis af gereden toen zijn mobiele telefoon een geluid maakte.

Hij gaf richting aan en parkeerde aan de rand van de straat. Om de een of andere reden wilde hij het in duister gehulde huis in de gaten houden. Hij had het gevoel dat achter een van de ramen plotseling het licht zou aangaan.

Susanne? dacht hij. Het was al halfelf in de avond.

Slaap je? luidde het bericht.

Nee, antwoordde hij.

Ze belde een halve minuut later.

'Gaat het goed met je?'

'Ik vind het niets om hier te zijn. Maar ik vond het ziekenhuis ook niets.'

'Ik snap het. Laat me weten als je iets nodig hebt.'

Ze gaf geen antwoord.

'Hoe is het met Torvald?'

'Hij overleeft het. Straks moet hij opnieuw leren lopen. Maar hij gaat het redden. Ga je na kerst mee op bezoek?'

Tommy wachtte met antwoorden. Niet vanwege de vraag zelf, maar vanwege de toon. Alsof ze echt wilde dat hij met haar meeging. Dat ze samen zouden zijn.

Idioot, dacht hij.

'Ja,' zei hij ten slotte. 'Natuurlijk.'

'Wat doe je overmorgen?'

'Overmorgen?'

Ze lachte. Niet haar gebruikelijke 'kijk mij eens'-lach. Maar iets wat bij hem overkwam als zachtaardig, zorgzaam. Een lach waarmee hij kon leven.

'Kerstavond, hallo?'

Tommy dacht dat ze best wist dat hij geen familie had. Tenminste niet voor zover hij wist. Niemand van wie hij wilde weten.

'Ik ga...' Hij probeerde een leugen uit zijn mouw te schudden, alsof het een spelletje poker was. Maar hij was nooit een pokerspeler geweest.

'Niets.'

'Je kunt niet alleen gaan zitten. Je mag van mij niet alleen zijn, Tommy.'

Hij gaf geen antwoord.

'Mathea houdt van roze. Alles wat roze is.'

15

Het werd een betere kerst dan hij in jaren had meegemaakt. Sinds hij zelf een kind was. Susanne was grappig, en ze kon koken. Tommy had het vreemde gevoel dat hij daar gewenst was, en niet dat hij daar alleen maar was omdat hij geen andere plek had.

Om de een of andere reden leek het meisje Mathea een bijna angstaanjagend vertrouwen in hem te hebben. Misschien was ze met iedereen zo, dat wist hij niet. Voor het eerst had hij het als een mogelijkheid beschouwd. Kinderen hebben. Ik? Vergeet het maar, had hij de volgende seconde gedacht.

Mathea was met haar kerstjurk aan in slaap gevallen. Hij had haar naar haar slaapkamer gedragen en daar een tijdje staan kijken naar de slapende vijfjarige. Enkele minuten pure onschuld deden hem goed. In deze baan ga je kapot zonder het zelf te merken. De wereld was niet alleen maar slecht. Niet alleen.

Susanne stond in de keuken met een ongeopende fles wijn toen hij weer naar buiten kwam. Hij zag aan haar gezichtsuitdrukking dat het tijd was om naar huis te gaan.

'Svein komt straks hierheen. Die tweede fles doen we een andere keer, Tommy.' Ze probeerde te glimlachen.

Hij schudde zijn hoofd.

'Svein?' vroeg hij. Het volgende moment begreep hij het.

'Finneland?'

Ze knikte en trok een soort grimas. Haar lichaamstaal gaf aan dat ze het niet wilde uitleggen.

'Ze hebben ruzie. Ik...'

Ze viel stil.

'Ik stond op het punt te gaan.'

Ze lachte.

'Het was erg leuk dat je er was.'

'Het was leuk dat je me hebt uitgenodigd. En ik zeg dat niet vaak.'

Ze liep met hem mee naar de hal. Ze stond steviger op haar benen dan hij had gedacht.

'Die scheenbeschermers staan je goed.'
Ze lachte weer. Hij wilde het niet toegeven, maar hij hield van haar lach. En van haar ogen.
'Ik dacht eerlijk gezegd dat hij getrouwd was, Susanne.'
Ze sloeg haar armen om hem heen.
'Hoe oud ben je?' Ze hield hem lang vast.
'Volgend jaar veertig. Eigenlijk over twee maanden.'
'Perfect.'
Ze streelde zijn wang.
'We zouden samen perfect kunnen zijn, denk je ook niet?'
Hij trok een grimas, haalde zijn schouders op.
'Maar het leven is niet perfect, Tommy.'
'Precies.' En nu niet meer drinken, dacht hij.
In de Schweigaards gate nam hij een taxi en viel in slaap nog voordat ze in de tunnel waren.

'Svein Finneland,' mompelde hij toen hij naar de sleutel van de voordeur zocht. Hij bleef voor het prikbord staan. Het briefje van Vastgoedservice hing er nog steeds. Elisabeth had daar gewerkt. Waarom had hij daar niet aan gedacht?
Hij stak de sleutel in het slot van de brievenbus en opende het deurtje met de klep erin.
Twee reclamekranten. En een stapel witte enveloppen.
Allemaal vier dagen geleden in Lillehammer gestempeld. 20 december. Tezamen twintig stuks. Zo vlak voor de kerst was de bezorging natuurlijk wat vertraagd. Het handschrift was op alle enveloppen identiek. Hij had het al eerder gezien. Uiteraard had hij dat.
Hij scheurde de eerste envelop open met zijn sleutel.
Er zat een dubbele kerstkaart in, zo'n goedkope uit de supermarkt. Hij opende de kaart. Er viel een klein vel papier uit dat op de vuile vloer terechtkwam.
Het was een kopie van een oude zwart-witfoto. Een jonge man met een bril, in rokkostuum.
Gustaf Fröding, dacht Tommy.
Hij las de dicht opeen geschreven tekst op de binnenkant van de kaart.

Ik ben zo benieuwd hoe het is gegaan. Susanne, zo noemde ze zich toch? Ik ken dat soort bezoekjes. Elisabeth heeft nooit iemand anders gedood dan Edle Maria. Maar ze keek elke keer toe. Ik zei dat het haar weer beter zou maken, en zij geloofde het. Ze geloofde dat Edle Maria

uit haar lichaam zou verdwijnen, dat ze nooit meer door haar zou worden geplaagd. Ze nam voor mij tapes op met hun geluiden. Het werd onze muziek, Tommy. Vanaf de keer dat ze me belde uit Tønsberg en zei dat ze een meisje had gevonden, een meisje dat wij gingen vermoorden. Ze was met Morten in het huisje, ze had het meisje op een dag in de stad gezien en was haar naar huis gevolgd. Ze bevuilde zichzelf met Morten, dat wist ze. En ik wist dat ze alles deed wat ik wilde... Het gaf me een macht die je nooit zult begrijpen. Denk je dat ze me heeft vermoord, Tommy? Misschien haatte ze me vanaf de eerste keer dat ik haar kamer in Sandberg binnenkwam. Misschien omdat ik haar ervan overtuigde dat Kristiane ook moest worden geofferd. Dat ze net als Elisabeth zou worden. Een hoer voor haar broer. Of nee, voor mij. Zoals Elisabeth dat voor haar vader was geweest. Die lichtzinnige vrouwen vernietigen de wereld. Nee, vrouwen vernietigen de wereld. Ten slotte zijn ze allemaal gelijk. Meer hoef je niet te begrijpen. Verder is er niets te begrijpen op deze aarde. En dan die idioot van een Furuberget. Hij kende me nog uit Sandberg. Geen wonder dat Elisabeth hem erin luisde. Misschien wilde hij de waarheid niet zien toen ze werd opgenomen nadat jij Kristiane had gevonden. Vind je mij, dan vind je haar dagboek. Alsof dat je ook maar iets zal vertellen.
Ik kan je meer vertellen. Als je op de juiste plek zoekt.
Vertrouw op jezelf.
Uiteindelijk zul je me vinden.

Tommy las de tekst nog een keer. Hij schudde zijn hoofd. Een deel ervan was onsamenhangend, van de hak op de tak springend. Andere delen van de tekst zorgden ervoor dat hij het beter begreep. Als het al waar was wat hier stond.

Hij vouwde de kerstkaart dicht en stak die terug in de envelop.
Toen opende hij een andere envelop.
Die was leeg.
De volgende zeventien enveloppen waren ook leeg.
Hij nam een pauze voordat hij de laatste openmaakte.
Nog een kerstkaart, identiek aan die in de eerste envelop, een rode kaars voor een kerstkrans. Opnieuw hetzelfde handschrift.

Een duivels trekje.
Waar was ik gebleven?
Vlammende ziel, bloedende dans.
Waar was ik, Tommy?

16

Tommy pakte zijn mobiel en belde Susanne. Heel even sloot hij zijn ogen en voelde haar tegen zich aan. Haar geur in zijn neus. En dat terwijl hij haar niet eens echt mocht.

'Ja?' zei ze een beetje scherp. Hij was vast al bij haar thuis. Svein Finneland. Ieder zijn meug.

'Het is niets.'

'Is er iets gebeurd?'

Hij las nog een keer de tekst op de kerstkaart. Het handschrift was niet hetzelfde als in de brief die hij in het bloedrode boek van Anders Rask had gevonden. Het was identiek aan de brief die hij zelf had ontvangen. Op hetzelfde moment begreep hij dat Elisabeth de brief aan Rask had geschreven, maar dat Farberg die had gedicteerd. De brief aan hem moest door Farberg zijn geschreven, maar gedicteerd door Elisabeth. Of hij had haar de woorden in de mond gelegd.

'Nee. Tot ziens,' zei hij. En doe de deur nu eens een keer goed op slot, dacht hij, maar hij koos ervoor om niets te zeggen. Hij zei tegen zichzelf dat Mathea geen onderdeel was van Farbergs obsessie. En Susanne zelf?

In het appartement zette hij de pc aan, nadat hij alle kamers, en zelfs de kelderbox, had gecontroleerd.

Hij deed een zoekopdracht op Gustaf Fröding.

Ineens gingen alle alarmbellen af.

'Hij is echt de grootste...' zei hij hardop tegen zichzelf.

Fröding was in de eerste helft van de jaren 1890 opgenomen in het psychiatrisch sanatorium Suttestad in Lillehammer in Noorwegen. Hij klikte op de link van Suttestad. Het was tegenwoordig een bed and breakfast, twee kilometer buiten het centrum. Zes grote kamers met uitzicht op de stad.

Hij nam de trap in twee grote stappen en was de deur al uit voordat hij echt had nagedacht. Pas bij het Shell-station bij de kruising Skedsmokorset besefte hij dat hij ongewapend was.

Als ik vannacht sterf, dan zal dat de bedoeling zijn, dacht hij.

Het was kerstnacht en er was nauwelijks verkeer op de weg. Tommy hoefde maar een enkele keer naar de linkerrijbaan uit te wijken om zijn snelheid op honderddertig kilometer per uur te houden. Dat was het maximum wat de oude auto aankon.

Het was halfvier 's nachts toen hij bij Suttestad arriveerde. Het voormalige sanatorium bood een adembenemend uitzicht over de stad en de rivier.

Tommy parkeerde bij de oude voorraadschuur. Overal lagen hoge bergen sneeuw. De sneeuw kraakte onder zijn voeten, luid genoeg voor een waakzame man om het door een gesloten raam te horen.

Er stonden drie auto's voor het grote, witgeschilderde hoofdgebouw geparkeerd. Allemaal met een kentekenplaat uit Lillehammer.

Hij liep voorzichtig de stoep op naar de hoofdingang en klopte een paar keer hard op de deur. Daarna belde hij nog een keer met de bel die op de veranda hing.

Het geluid echode tussen de oude gebouwen.

Tommy probeerde zo min mogelijk na te denken toen hij weer op de deur begon te kloppen.

Na een halve minuut hoorde hij vanaf de bovenverdieping een mannenstem mompelen.

Voetstappen op de trap.

'Wat is hier verdomme aan de hand?' zei de stem aan de andere kant van de deur.

De sleutel werd langzaam in het slot rondgedraaid.

'Wat is dit?' zei de man, starend naar Tommy met een gezicht dat duidelijk meer slaap nodig had.

Tommy hield zijn legitimatie op.

'Hebt u hier de afgelopen nachten gasten gehad?'

'Zeg eens eerlijk,' zei de man. 'Is dit belangrijk genoeg om hiervoor midden in de nacht mijn kinderen wakker te maken?'

'Ik kom net uit Oslo. Het is belangrijk.'

De man knoopte zijn ochtendjas dicht en schudde zijn hoofd.

'Ik ben de laatste dagen in Londen geweest op een voetbaltrip met mijn zoon, maar nee, ik geloof het niet. Dat moet u aan mijn vrouw vragen.'

Hij sloeg de deur dicht. Tommy bleef op de stoep staan. Na een tijdje hoorde hij opnieuw voetstappen op de trap. De man was terug, deze keer met een vrouw die een paar jaar jonger was. In haar kimono leek ze in de deuropening te bevriezen.

'Nee,' zei ze. 'Er is hier niemand geweest. Er zijn op dit moment weinig gasten.'

'Sorry,' zei de man. 'We hadden u graag geholpen.'

Tommy hield de blik van de vrouw vast toen ze de deur sloot. Hij deed dit werk lang genoeg om te zien dat ze loog. En ze was doodsbang.

Hij maakte een beweging met zijn hoofd in de richting van de auto.

Hij liep er zo langzaam mogelijk naar terug, stak een sigaret op en stapte in. Het was binnenin nog warm genoeg, dus hoefde hij de motor niet te starten. Na nog een sigaret ging het licht in de hal aan. De deur werd geopend.

Hij stapte uit en deed een paar stappen in haar richting. Ze zette de capuchon van haar winterjas op en haastte zich over het erf.

De damp sloeg uit haar mond toen ze op de passagiersstoel plaatsnam.

'Hij valt gelukkig weer snel in slaap.'

Ze wees naar het pakje met Prince-sigaretten dat op de middenconsole lag.

Hij gaf haar vuur. Ze rookte de halve sigaret in stilte.

'Er was een man hier. Hij noemde zich Vidar Østli en betaalde contant.' Ze staarde stijf voor zich uit en sprak met een zachte stem.

'Wanneer?'

'Twee dagen geleden. Hij zei dat hij was gescheiden en uit zijn huis gezet. Hij had tijd nodig om na te denken.'

Tommy kon niet voorkomen dat hij naar adem hapte. Ze draaide zich naar hem toe.

'Wie is hij?' vroeg ze.

'In welke kamer verbleef hij?'

'De grote. Op de hoek.'

'Je moet mij de kamer laten zien.'

Ze schudde haar hoofd.

'Waarom niet?'

'Dat kan ik niet zeggen. Hij gaat me vermoorden.'

'Wat bedoel je?'

'Je mag het tegen niemand vertellen. Als ik je de kamer laat zien, mag je nooit zeggen dat je hier bent geweest.'

Tommy deed het portier open, de binnenverlichting ging branden, hij keek haar aan. Jong, misschien begin dertig. Ze stapten uit.

Alles werd donker om hen heen. De lichten van de stad schitterden, het leek een andere planeet in deze stilte.

Ze leidde hem naar de zijkant van het hoofdgebouw, dat meer dan vijfhonderd vierkante meter groot moest zijn. Een aparte ingang leidde naar het gastenverblijf.

'Dit is toch ooit een psychiatrisch sanatorium geweest?' zei hij toen ze de trap op liepen naar de eerste verdieping.

'Ja. Het is een beetje eng om daaraan te denken. Soms denk ik dat ik 's nachts geluiden hoor.'

Ze liepen door een donkere gang. Ze deed het licht in de laatste kamer aan.

Het was een groot vertrek met ramen in twee wanden. Rechts beneden hen lag de stad.

'Ik wilde alleen zijn bed opmaken. Hij had geboekt voor twee nachten.'

'Ja?'

'Hij kwam de kamer binnensluipen, ik hoorde hem niet. "Als je ooit tegen iemand zegt dat ik hier ben geweest, dan kom ik je halen," zei hij. Hij stond midden in de kamer.'

'Wie heb je dit verteld?'

'Aan niemand.'

'Ook je man niet?'

'Nee. Hij is zo'n heethoofd. Hij zou zeker proberen om hem te vinden. En ik heb drie kinderen. Ik kan er 's nachts niet meer van slapen.'

Tommy legde zijn hand op haar schouder.

'Hij komt niet terug.'

Ze sloot haar ogen en kon haar tranen nauwelijks in bedwang houden.

'Wat voor auto had hij?'

'Ik denk een blauwe. Ik weet het niet meer. Misschien grijs. Hij maakte me zo bang. En ondertussen was hij zo kalm. Begrijp je?'

'Een blauwe auto?'

Hij wendde zijn ogen van haar af, staarde naar de stad. Het was hopeloos. Hij zou vannacht al een opsporingsbevel moeten uitvaardigen, hoewel hij niet het gevoel had dat dat ergens toe zou leiden.

'Op de ochtend van de tweede dag stond de hond zo bij zijn auto te blaffen, dat ik hem binnen moest halen.' 'Wat voor auto was het? Je moet proberen je het te herinneren. Het merk, groot, klein?'

'Een bestelauto,' zei ze zacht. 'Het was een bestelauto. Vrij groot. Zo een die werklieden gebruiken, weet je.'

Het meisje, dacht Tommy. Amanda. Ze leeft.

Hij opende het raam en zette het op de haak vast. Koude lucht stroomde naar binnen en maakte het gemakkelijker om te ademen. Het was alsof de kamer hem dreigde te wurgen. Hij leunde naar buiten en keek naar de lichten van de stad, die zich als penseelstreken mengden met slierten koude mist.

'En de hond blafte bij de auto?'

'Dat doet hij nooit. Maar hij markeerde, op de een of andere manier.

Zoals tijdens de jacht.'

Tommy hoefde maar een paar minuten te zoeken.

In de bovenste la van het nachtkastje, onder een oude toeristische brochure, lag nog een kerstkaart, dezelfde als hij met de post had ontvangen.

De binnenkant was met pen beschreven. Tommy herkende het handschrift.

Vlammende ziel, bloedende dans.
Waar ben ik, Tommy?

Ontdek de beste en mooiste nieuwe boeken met de gratis *Lees dit boek*-**app**
Wilt u als eerste de beste en mooiste nieuwe boeken ontdekken? Vaak nog voordat die boeken zijn verschenen en de pers erover heeft geschreven? Download dan gratis de *Lees dit boek*-app voor Android-telefoons en -tablets, iPhone en iPad via www.leesditboek.nl.

Blijft u graag op de hoogte van de nieuwste spannende boeken?
Volg ons dan via www.awbruna.nl, en en meld u aan voor de spanningsnieuwsbrief.